斯蒂芬·金小说的身体叙事研究

宁 乐／著

新华出版社

图书在版编目(CIP)数据

斯蒂芬·金小说的身体叙事研究 / 宁乐著. —北京：
新华出版社，2022.3

ISBN 978-7-5166-6217-5

Ⅰ.①斯… Ⅱ.①宁… Ⅲ.①金(King，Stephen
1947－)－小说研究 Ⅳ.①I712.074

中国版本图书馆 CIP 数据核字(2022)第 041540 号

斯蒂芬·金小说的身体叙事研究

著　　者:宁　乐

责任编辑:蒋小云　　　　　　　　封面设计:马静静

出版发行:新华出版社

地　　址:北京石景山区京原路 8 号　邮　　编:100040

网　　址:http://www.xinhuapub.com

经　　销:新华书店

　　　　　新华出版社天猫旗舰店、京东旗舰店及各大网店

购书热线:010－63077122　　中国新闻书店购书热线:010－63072012

照　　排:北京亚吉飞数码科技有限公司

印　　刷:三河市德贤弘印务有限公司

成品尺寸:170mm×240mm

印　　张:14.75　　　　　　　　字　　数:234 千字

版　　次:2022 年 6 月第一版　　印　　次:2022 年 6 月第一次印刷

书　　号:ISBN 978-7-5166-6217-5

定　　价:78.00 元

前　言

　　斯蒂芬·金先生虽近耄耋之年，但仍笔耕不辍，他几乎每年都会写一两部新故事，这些故事有的悬念丛生，有的直击心灵。很早以前，金就靠写作成为了富豪，如果真是为了钱而写的话，我想金早已有了足够的退休理由，让他仍坚持着这种劳心费神的工作的应该是热爱——对写作的热爱。相比之下，学习文学算不上是个劳心的事儿，但挺费神。读完作品要思考，思考完了还得找视角，找好视角还要证明自己的设想，进而形成一个自圆其说的系统，如还能写出文章并让大家都看见，那就更厉害了。这条路，或许只有靠"真爱"才能让人坚持下去。

　　金的早期研究者乔治·比姆曾说："如果不幸的学者选择研究的作家依然在世，抑或还在继续写作，那么他就要尝试着去重新思考关于这位作家的问题"，这一点也恰好对应了学术界对于知识更迭的追求，所有的"重读"和"再思考"皆秉承这求新原则。作为一个喜欢读金小说的人，我经常把以前读过的故事翻出来看，或在没事儿的时候把那些离奇的情节在大脑里"闪回"几遍，几乎每次都把故事和现实放到一起，尝试去发现些新东西，这也许是思考者轻微的强迫症吧。我也常常自问：为什么偏要把一位通俗小说作家当作正儿八经的研究对象？要知道学术界极有可能对这样的行为嗤之以鼻……实际上我本无心思考关于"严肃"和"通俗"的问题，而只愿安心地看些书，凭着感觉做些思考，或者写点什么，好让自己透过那些故事去观察、认识世界。

　　作家离不开现实世界，作为二战后出生的作家，金在很大程度上受到了冷战及其后期世界格局的影响，他的作品永远在描绘这这个处处充满危机的世界，其中的那些惊悚、恐怖的元素和现代科技、军事、政治、医学、网络的发展息息相关。人类的现状是什么样的、人类在不久的未来将要成为什么样子、以后的人们会害怕些什么、以后的英雄要怎样拯救世界，这些都被金写在了小说里。

　　金的生命中经历了父爱缺失、亲友离世、一夜成名、大难不死，他也曾吸大麻、骑哈雷、玩摇滚、打棒球，他的生活是美国人生活的剪影，也是世上很多人曾有的经历。金的故事里总有一些微妙的人物，能让我在不经意间联想到身边的朋友或颇有印象的某人，把这些人都放到一起没准儿就成了我们身处的社会，这些人的故事也正是我们谓之"文学"的东西，人们的七情六欲、聚散离别、柴米油盐都写在这里。

如果金写的东西能体现黑格尔的"时代精神"的话，那么我们读读他的书也算有点用处，即便不去谈什么学术研究，至少能够充得上闲聊时的谈资，或者能用来吓唬那些缠着你听故事的小孩子，毕竟那些离奇、怪异、荒诞的故事总是让人或是着迷，或是害怕，即便听故事的人知道这一切都假得不能再假，也要坚持把故事听完。人们总是很喜欢沉浸在作家创造的文字的世界里，不愿离开。无论阅读时有着何种心情或出于何种目的，一些读者总会边读边考虑故事中人物的遭遇以及他们所处的时代，并把这些内化为自己的知识，当然也有读者喜欢去深究故事的社会、政治、文化等因素，再形成某种反思。这样一来，文学对人的作用也就不言而喻了。

无论经典文学还是通俗作品，其实都在描绘这个世界本来或可能的样子，对于爱思考的人来说，读什么样的故事其实并不重要，重要的是在读完之后该如何看待关于"人"的问题。当我们不停地穿梭于作家们编织的一个个精彩的故事之中时，作为智慧生命，我们是否该反思一下我们对同类做了什么？对地球做了什么？我们以后打算做些什么？这些问题在金的小说里其实并没有明确的答案，我只能通过文学思考做出比较生涩的解答，这也恰恰是写作本书的目的所在。

目　录

绪　论

第一节　研究背景

一、斯蒂芬·金的创作背景与历程

美国当代著名作家斯蒂芬·埃德温·金(Stephen Edwin King)于1947 年出生于美国缅因州(Maine)的波特兰市(Portland)。金是家中的次子,他的父亲唐纳德(Donald Edwin King)在他两岁的时候便离家而去,母亲奈丽(Nellie Ruth Pillsbury King)将他们兄弟养大。金的童年在印第安纳州韦恩堡(Fort Wayne,Indiana)和康涅狄格州的斯特拉福(Stratford,Connecticut)度过。在金十一岁时,母亲奈丽听从了姐姐的建议,为了照顾自己的双亲而举家迁回缅因州,家中的亲戚为他们在杜拉姆(Durham,Maine)提供了一栋小房子居住,金一家从那时起便一直生活在那里。儿童时期的金有着极为仔细的观察能力,他热爱阅读也热爱写作,他和哥哥在自家阁楼翻出父亲留下的洛夫克拉夫特(H. P. Lovecraft)的恐怖故事集《深渊奇谈》(*The Lurker at the Threshold*),他对这类故事爱不释手,还曾尝试自己写作一些吓人的小故事,并且在学校成功地将自己写的小故事卖给了同学。金的童年正是美国战后经济、政治秩序的重建时期,这期间普通民众的日常生活成为金许多创作的灵感来源,他曾目睹了玩伴被火车撞死的惨剧,这一点成为他日后写成《伴我同行》(*Stand by Me*)的灵感所在。同时,单亲家庭也影响着金的创作,《凯丽》(*Carrie*)和《亚特兰蒂斯之心》(*Heart in Atlantis*)中的小主人公都来自于单亲家庭。儿时的金爱好阅读恐怖故事和观看怪兽电影,四十余万字的长篇小说《它》(*It*)就有很多金童年生活和学习的影子。

　　随着经济的复苏,美国社会日益繁盛的宗教活动也影响着金的创作,金全家人都是卫理公会教徒,成年后的金也一直保持着他的信仰,在他的很多小说中(例如《迷雾》《末日逼近》《撒冷镇》)都渗透着强烈的宗教思想与世界观。童年时期的金家庭生活十分困难,母亲在洗衣房给人打工赚钱养家,同时还要照顾自己的父母,这段经历对他后来的创作有着一定影响,金的小说《惊鸟》(*Doloris Claiborne*)就以艰难养家的单身母亲为主人公。

　　学校的生活和越南战争的时代背景给金的创作提供了很多的素材。金在杜拉姆上小学,然后到里斯本瀑布中学(Lisbon Falls High School)就读,于1966年毕业。高中毕业后,金在缅因大学奥洛诺校区(University of Maine at Orono)的英语专业学习,他在那里遇到了后来的妻子塔碧莎(Tabitha Spruce)。金从大二开始就常为校报《缅大校报》(*The Maine Campus*)撰稿,也曾在学委会任职并经常参与反对越战的活动。他的《死亡区域》(*The Dead Zone*)就以越南战争和水门事件为故事背景。金在大学期间为了赚够学费,不得不去加油站、洗衣房工作,有时也帮人看大门,这些经历给了他许多生活的历练,在他的短篇小说《卡车》(*Trucks*)、《绞肉机》(*The Mangler*)中都有这些工作带给他的灵感。虽然早在1967年,金就写作了短篇小说《玻璃地板》(*The Glass Floor*),并且发表在《恐怖神秘故事集》(*Startling Mystery Stories*)中,但他成为职业作家的路上还是布满了艰辛。

　　教师的职业生涯是金在创作上的一笔财富。1970年,金大学毕业后就和塔碧莎(Tabitha)结了婚,虽然金获得了高中英语教师资格,但他一时没能找到合适的职位,于是只能和妻子一起在洗衣房打工,有时还要花妻子的积蓄,偶尔也给男性杂志投稿赚点小钱,其中一些小故事在后来被编入了故事集《夜班》(*Night Shift*)。1971年秋,金开始在汉普登高中(Hampden Academy)任英语教师,他白天上班,晚上为了生计而坚持写作。这段职业经历影响了他的创作,金在《死亡区域》和《多兰的凯迪拉克》(*Doran's Cadillac*)中的主人公都是高中英语教师。在1973年,金的生活得到了转机,他的小说《凯丽》被双日出版社(Doubleday & Co)的编辑比尔·汤普森(Bill Thompson)看中并于次年出版。《凯丽》算得上是金的成名作,是他"在拖车里用妻子的便携打印机在两周内"写成的,①灵感来自他的一位高中同学和他做教师期间的一个学生。② 这部小说的版权费用让他支付了生活开支,由此金开始迈向职业小说家之路。就在出版《凯丽》不久之后,金辞掉了教师的工作,来到斯巴葛湖畔(Sebago Lake,North Windham)的母亲身边照顾病危中的母亲。在此期间,金完成了《重返》(*The Second Coming*),后来在妻子的建议下改名为《耶路撒冷镇》(*Jerusalem's Lot*),也就是后来出版的《撒冷镇》(*Salem's Lot*)。虽然租住在一栋小房子里,只能在车库里日夜写作,但生活的困境并没能阻止金继续前进的步伐。不幸的是,金的母亲还没有看到他成名便撒手人寰。

美国的广大地域和复杂气候环境给金提供了丰富的灵感源泉。金的全职作家的生涯始于 1974 年秋天。金离开缅因州,来到了科罗拉多州的布尔德(Boulder,Colorado)并在那里生活了接近一年时间。在此期间,金写就了著名的《闪灵》(*The Shining*)。这部小说以科罗拉多的冬天为背景,讲述了深受精神问题困扰的父亲杰克与家人的灵异故事。1975 年回到缅因州之后,金又完成了《末日逼近》(*The Stand*)和《死亡区域》两部小说,这两部小说是在金新买的位于缅因州西部湖畔区(Lakes Region)的别墅中写成的。1977 年,金开始在其母校缅因大学奥洛诺校区教授创意写作(creative writing)课程,后来他总结了一些授课经验,出版了自己的理论性著作《写作那回事》(*On Writing*)。

金在刚开始写作时就将对美国社会状态的关照与他的文学兴致在自己的实验性小说中予以熔合。在他的第二个创作阶段,金把这种实验写作大量应用于自己的小说创作中,并且验证了他事业上空前的成功。③在这个过程中,他成为道德与学术卫道士们眼中极具争议的形象,因为金的小说对他们认可的行为与艺术标准来说是一种危险的冒犯。尽管如此,金的系列作品不断证明了他的才智,而且强有力地展示出其作品令人敬仰的文学价值。④ 不仅如此,他的作品还是对美国社会进行哥特式抨击的尝试。

---

① George Beahm. *The Stephen King Story* [M]. Kansas City:Andrew and McMeel,1991,pp. 165.

② 詹姆斯·帕里什. 斯蒂芬·金[M]. 叶婷婷译. 上海:上海交通大学出版社,2012:64.

③ Creg Smith. *Dark Side of the Dream:The Social Gothic in Vietnam Era America* [M].Kalamazoo:West Michigan University Doctoral Thesis,2000,p. 110.

④ ibid. p. 111.

　　除了各种篇幅的小说之外,金也创作过题材宏大的作品。《黑暗塔》(*The Dark Tower*)系列小说在世界通俗文学大环境的影响下应运而生,同时也是美国本土文化与欧洲通俗文学的结合体。受英国著名作家托尔金(J. R. R. Tolkien)《指环王》(*Lord of the Rings*)系列小说的影响,金在 20 世纪 70 年代末期开始创作属于自己的鸿篇巨制《黑暗塔》系列小说。这部小说以美国西部为背景,创造出一个虚拟的平行空间"中世界"(Mid-World),其中的主人公罗兰(Roland Deschain)是个行侠仗义的枪侠(gunslinger),整个故事讲述了罗兰为了摧毁控制世界的"黑暗塔"而不懈斗争的故事。从 1982 年发表《黑暗塔》的第一部《枪侠》(*The Dark Tower：The Gunslinger*)开始,金完成整部八卷本的系列小说共用了 30 年时间。2012 年,《黑暗塔》的中间集《穿过锁眼的风》(*The Dark Tower：The Wind Through the Keyhole*)出版,这标志着金持续写作了半生的"中世界"故事的最终完结。

　　后现代时期的大众文化语境对金的创作有着很大影响,金在作品中对美国社会现实的描绘细腻而深刻,对普通美国人生活的刻画生动而真实。在金的笔下,处于后工业时代的美国充满着各种令人不寒而栗的危机。《卡车》《克里斯汀》和《神秘别克》(*From a Buick 8*)等作品都有着强烈的工业时代特征。也正由于金的作品十分贴近美国人的生活,他逐渐成了出版界的宠儿。在 20 世纪 70 年代末到 80 年代那段时间,为了证明自己不是靠着在出版界的名声到处圈钱,金开始使用笔名理查德·贝克曼(Richard Bachman)发表自己的小说,这个笔名来自他十分喜爱的加拿大硬摇乐队——Bachman-Turner Overdrive。《怒火》(*Rage*,1977)、《漫漫长路》(*The Long Walk*,1979)、《修路》(*Roadwork*,1981)、《奔跑的人》(*The Running Man*,1982)和《瘦到死》(*Thinner*,1984)都是金在这个时期用笔名创作并发表的作品。金拥有众多书迷,其中一位在华盛顿一家书店当店员的书迷发现了这几本书有着浓厚的斯蒂芬·金风格,于是查阅了国会图书馆里的出版商记录,发现金就是这个贝克曼。这一事件后来被媒体报道而路人皆知,金无奈之下只能停用这个笔名,但是这段经历给予了金更多的创作灵感,在他后来出版的《黑暗的另一半》(*The Dark Half*,1989)一书中,金将书中的主人公设定为一名作家,这位作家也曾用笔名写作,但后来为了摆脱盛名之下的种种标记,他决定弃用这个笔名,不料笔名竟是作者来自地狱的邪恶双胞胎兄弟,他妄图杀死作家以继续存在,后来作家几经磨难终于战胜了这个邪恶的双胞胎。此后,金还用这个笔名出版过两部姊妹小说《绝望郡》(*Desperation*)和《监督者》(*The Regulators*)。2006 年,金在母校缅因大学找到了自己曾于 1973 年用贝克曼的笔名创作的《布莱泽》(*Blaze*),在他修改手稿之后,这部小说于次年出版。此外,金还曾在 1972 年用另一个笔名约翰·思维坦(John Swithen)发表过一篇名为《第五个硬币》(*The Fifth Quarter*)的短篇故事,这个故事后来被收入金的故事集《恶梦工厂》(*Nightmares & Dreamscapes*)中。

金的生活经历不断地滋养着他创作的沃土。1999 年,金遭遇了一场严重的车祸之后停笔了一段时间,这段痛苦的经历也给了他创作上的新灵感,金的作品中开始频繁地出现对伤痛和"患肢"的描写。《杜马岛》(*Duma Key*)就是一部以受外伤而养病的作家作为主角的小说,其中有很大篇幅的心理和伤痛书写。

进入新世纪后,金开始尝试通过网络推销自己的作品。2000 年,金发表了自己的首部网络小说《植物》(*The Plant*),①他的另一部小说《骑弹飞行》(*Riding the Bullet*)也是先通过网络途径发表的。他对网络途径发表小说十分感兴趣,甚至预测网络小说在 10 年左右的时间会和纸质小说分庭抗礼,但他也同时表示,"事情总是这样,人们将会很快厌倦这些新的玩法"。②美国社会文化的丰富性与多元性为金的创作提供了源源不断的营养,在金的小说中,美国的各类音乐、体育运动、文化名人、科技发明都被金加以利用并成为他众多故事的组成部分,后现代文化语境下的大众生活与金的创作密切相关。

正如美国文学思想批评家罗德·霍顿(R. W. Horton)和赫伯特·爱德华兹(H. W. Edwards)在《美国文学思想背景》一书开篇处所指出的那样,文学批评的重要领域之一"在于了解文学及其形成的社会背景之间的关系",因为"有时文学作品会落后于时代,有时又会预示未来",总体而言,"文学通常能够反映时代的主要发展趋势"。③金的创作深植于美国社会现状之中,美国资本主义制度固有的问题、美国社会生活的诸多

---

① Dan Verton. "Barnes & Noble Takes Popular Literature Digital. "[J]. *Computerworld*, Jan 8,2001. p. 14.

② Bob Minzesheimer."More Bibliophiles Get on The Same Page with Digital Readers". [J]. *USA Today*,October 20,2010. p. 2.

③ Rod W. Horton,Herbert W. Edwards. *Backgrounds of American Literary Thought*[M]. Englewood Cliffs:Prentice-Hall,Inc. ,1974,pp. 1-2.

矛盾、普通美国人的不幸遭遇构成了金笔下的故事世界。处于多样化、不确定的后现代时期,金的文学创作也反映了这个时代的某些特征,《凯丽》中由多种文体拼贴出来的故事、《撒冷镇》中拥有复合身份的人物、《骑弹飞行》中破碎、离奇的梦境都是对后现代时期的社会形态和文学形态的映照。

金并没有固守自己"惊悚小说大师"的美誉,他在新的世纪中依然保持旺盛的创作力,每次出版的新书也都有着巨大的发行量。当人们习惯了金所创作的惊悚小说时,金又开始尝试涉足侦探小说。其中,侦探小说三部曲《梅赛德斯先生》《私家侦探》(Finders Keepers)和《时间尽头》(End of Watch)分别于2014、2015和2016年问世。这些作品仍然有着很高的人气。对于自己的写作,金认为坚持不懈才是成为一名合格作家的关键,从金本人持续多年的高产记录来看,这的确不无道理。然而,金的创作成就既有自我训练的因素也有着多方面的文学传承因素。金曾表示:"影响我最大的作家莫过于理查德·麦瑟森(Richard Matheson)",[1]后者以惊悚小说和电影剧本而闻名,《我是传奇》(I Am Legend)就是麦瑟森在1954年出版的科幻惊悚小说。另一个影响金的作家是"反乌托邦小说"大师雷·布莱布雷(Ray Bradbury),曾被纽约时报誉为"将科幻小说带入文学主流的作家",[2]金曾经表示,没有雷的创作也就没有今天的斯蒂芬·金。金在自己的写作心得《死亡之舞》中还不止一次的提及了洛夫克拉夫特(H. P. Lovecraft)对自己创作的影响,尤其是洛夫克拉夫特在小说中塑造的怪物形象给了金在惊悚小说创作中以极大的启发。

学术界普遍认为金的小说既继承了哥特式小说的传统,又有其独特的风格,金在这一点上并不否认,他直言《吸血鬼》(Dracula)的作者斯托克(Abraham Bram Stoker)给予自己很大的启发,而爱伦·坡(Edgar Allan Poe)的作品则让金从故事背景和情节规划方面收益良多,尤其是金的早期作品《闪灵》,无论从故事模式还是人物和情节都有着《红死魔面具》(The Masque of the Red Death)的影子。美国著名女哥特小说作家雪莉·杰克逊(Shirley Jackson)也对金的创作有着很大影响,金曾在

---

① Rob Bricken. *R. I. P. Richard Matheson*, *Author of I Am Legend and Many Other Classics*, April 30, 2015. https://io9.gizmodo.com/r-i-p-richard-matheson-author-of-i-am-legend-and-many-564036878.

② Gerald Jonas. "Ray Bradbury, Master of Science Fiction, Dies at 91. "[M]. *The New York Times*, June 6, 2012, p. 6.

《撒冷镇》的开头引用过她在《山间鬼屋》(*The Haunting of Hill House*)中的语句,而《撒冷镇》的整个故事也是围绕着小镇上那个闹鬼的马斯顿老屋开始的,可谓是金向杰克逊作品致敬的一部作品。此外,约翰·麦克唐纳(John D. MacDonald)和唐·罗伯森(Don Robertson)也在创作上影响着金,金曾邀请罗伯森将新书《理想真男人》(*The Ideal, Genuine Man*)在自己的出版社出版,并且在序言中提及:"我年轻时想成为一个作家那会儿,罗伯森是对我影响最大的三位作家之一。"(另外两个是理查德·麦瑟森和约翰·麦克唐纳)①

二、斯蒂芬·金小说的文学和文化影响力

自 1974 年出版小说《凯丽》开始,金步入了职业小说家行列。经过四十余年的笔耕不辍,金的小说销售量高达 3.5 亿本,其中的很多小说被改编为电影、短剧、电视剧和漫画作品。即使是他曾经以笔名理查德·贝克曼出版的六部非幻想类小说也获得了很大殊荣。金的 12 部小说在北美名列 20 世纪畅销书榜,而金本人也成为一种文化符号。②

2003 年,美国国家图书协会(National Book Foundation)颁布给金美国文学杰出贡献奖(Medal for Distinguished Contribution to American Letters),创作了多年通俗小说的金由此获得了曾经只有"严肃"文学家才有的殊荣。2015 年,白宫颁发给金 2014 年度美国国家艺术荣誉奖章,使他从此比肩汤婷婷(Maxine Hong Kingston)和桂冠诗人丽塔·达夫(Rita Dove)等人。时任美国总统的奥巴马(Barack Obama)给金的颁奖词是:"他是我们这个时代最负盛名、最为多产的作家之一,金先生的创作结合了高超的故事讲述和深刻的人性分析,在过去的几十年里,他的恐怖、悬疑、科幻、奇幻作品吓坏了、也激励了世界各地的读者"。③此外,金还获得了世界幻想协会终身成就奖(World Fantasy Award for Life Achievement,2004)、美国奇幻写作奖(Mystery

---

① Don Robertson. *The Ideal, Genuine Man*[M]. Bangor: Philtrum Press, 1987, p. viii.

② Unnamed. *The Twentieth Century's American Bestsellers*, 11 Apr. 2018. https://people. lis. illinois. edu/~unsworth/courses/bestsellers/picked. books. cgi.

③ Barack Obama. *Remarks by the President at the National Medals of the Arts and Humanities AwardsCeremony*, 10 Sept. 2015. https://www. whitehouse. gov/the-press-office/2015/09/11/remarks-president-national-medals- arts-and-humanities-awards-ceremony.

Writers of America,2007)和英国幻想协会奖(British Fantasy Society Awards)等诸多奖项,并在 1987 年至 2013 年期间获得了十五届斯托克奖(Bram Stoker Awards)

迄今为止,金已经出版了近 200 部短篇小说和 50 多部长篇小说,在世界范围内产生了巨大的文学和文化影响,他也被称作"恐怖的斯蒂文·斯皮尔伯格"(Steven Spielberg,即好莱坞著名导演,暗指金的作品在电影届、文化界的影响)和"美国最受喜爱的恶巫"。①业界普遍认为金是美国当代著名的恐怖、超自然、悬疑、科幻与幻想类小说家,实际上他也写过许多其他风格的作品,如非幻想类小说集《四季奇谭》(*Different Seasons*,1982)、自传性写作心得《死亡之舞》(*Danse Macabre*,1981)和一些剧本。近些年,金还尝试创作了诸如《奔驰先生》(*Mr. Mercedes*,2014)等一些侦探小说,《奔驰先生》获得了 2014 年度爱伦·坡奖(Edgar Allan Poe Awards)。

从文学的商业化角度来看,金精确把握了给读者制造恐惧的叙事话语,这使他的小说在创造了巨大的商业价值的同时也得到了全球文学界的青睐。在一定程度上,金"影响了整整一代小说家、读者和电影",他"以深刻的敏感性刻画了深植于人内心的美国焦虑"。②金对白人、中产阶级、美国家庭、女性压抑、少数族裔、父权制度甚至美国政治的描绘不亚于霍桑。金的成功不仅因为他是一个出色的讲述美国故事的人,更源自他对未来的可能性和各种冲突的成功预见。

金的小说不仅描述了社会与时代的状态,还"叙述了正义与邪恶间的小规模冲突,而非最后的决战"。③ 正是由于扎根于美国社会的现实状况,金的文学创作才受到广泛的青睐,他本人也成为将通俗小说和商业化结合最好的范例。现如今,学术界对金的研究热情高涨,除了全面地探讨他将通俗小说引入文学殿堂的"斯蒂芬·金"现象之外,其他方面的学术研究也成果丰硕,这一方面反映了学界对于金这样一位成功的作家的研究兴趣,另一方面也说明"严肃文学"与通俗文学之间的界限已经变得模糊。对于金这样一位在文学界、电影界、商界和文化产业界都有

---

① 詹姆斯·帕里什. 斯蒂芬·金[M]. 叶婷婷译. 上海:上海交通大学出版社,2012:5.

② Tony Magistrale. *Stephen King*, *The Second Decade*:*Danse Macabre to The Dark Half*[M]. New York:Twayne Publishers,1992,p. 120.

③ Douglas E. Winter. *Stephen King*:*The Art of Darkness*[M]. New York:New American Library,1986,pp. 58-59.

着极高地位的作家而言,只有依靠学者们不遗余力的研究才能破解他靠"讲故事"获得巨大成就的秘密。

第二节　国外斯蒂芬·金研究述评

美英等国迄今出版了关于金及其作品的研究专著 20 余部,有相关学位论文 19 篇面世,其中最早的评论始于金的《凯丽》(1974)出版并获得了很大的商业成功之后。赫伯特·甘斯(Herbert J. Gans)在他的《流行文化与高雅文化:评价与品味的分析》(1974)中谈及了金的小说,他认为金的小说有着流行文化的"驱动者"作用,同时推动对"高雅文化的鉴赏",[①]这对当时的文学界无疑有着很大触动,许多学者都表达了对"通俗"不能"混入""高雅"的见解。因此,在批评与赞许声中,对金小说的研究在西方渐渐展开。而经过金多年来不遗余力的创作,当他的诸多作品持续十几年登上北美畅销书榜前 10 名的位置时,对于金和他作品的评价也变得越来越理性化,学者们逐渐开始以对待经典文学的态度来阐释金的创作。

20 世纪 90 年代可谓是有关金的研究最为火热的时期,这一期间学者们对金的创作褒贬不一,这种研究热情持续了十几年,甚至在 2003 年金获得了美国文学杰出贡献奖章时,著名文学评论家和批评理论家哈罗德·布卢姆(Harold Bloom)曾表示:"金写的东西我们在过去称之为廉价惊险小说,美国全国图书基金会的人竟然在这些东西里看到文学价值、美学成就或人的创造才智,这只能说明他们是白痴",颁奖给金属于"在我们日益低下的文化生活中的又一个惊人的新低",并称金是"一个一句句、一段段、一本本累积成的高产但不合格的作家"。[②]布卢姆对金的批评显然印证了通俗文学正在以巨大的市场实力向传统的"纯文学"施加压力,而对于纯文学的捍卫者来说,没有人愿意看到通俗文学在销量上碾压传统文学之后又拿下了之前只有纯文学作家才可以获得的文学奖项。虽然学术界一时对金的通俗文学褒贬不一,但是一些走在前沿

---

① Herbert J. Gans. *Popular Culture and High Culture: An Analysis and Evaluation of Taste*[M]. New York: Basic Books, 1974, p. 5.

② Harold Bloom. "Dumping Down American Readers"[J]. *The Boston Globe*, Sept. 24. 2003.

的批评家们已经用敏锐的嗅觉开始了新一轮研究。

　　一些学者在自己出版的学术书籍中对金赞誉有加,以托尼·麦基斯特利(Tony Magistrale)为首的一些研究者普遍认为:金的小说继承了长久以来美国文学的沉重感与深刻性,在反应社会与人性上做出了优秀的榜样,他对哥特式小说的继承与发展使传统的哥特文学在新的时代焕发了生机;同时,对于生活场景的描绘让我们置身于金设置的恐怖世界中,他的创作植根于当今社会的现实,揭示了人性和道德的悲惨真相,这些在以往的通俗作品中是并不多见的。①目前在西方国家,尤其是美国对金的作品的研究历时四十多年,经历了曲折的认识、再认识的过程。关于金的研究大体上经历了三个阶段:早期、中期和近期,每一个阶段都印证了金在文学之路上的成长和他在文学界被日益认可的事实。

一、早期研究

　　关于金的早期研究基本围绕着金对哥特式小说的继承与发展而展开。道格拉斯·温特(Douglas E. Winter)的著作《斯蒂芬·金:黑暗的艺术》(*Stephen King:The Art of Darkness*,1986)②是早期金作品研究的通用参考书,该书对金的早期作品进行了分析与评价,其中包括金的个人背景和作品年谱,还有对金早期的短篇小说和早期作品改编电影的评点。温特认为,金的创作不仅是对哥特风格的继承,而且使惊悚小说对这种风格予以发展,让哥特式小说适应了新的时代。③在盖瑞·哈本斯丹(Gary Hoppenstand)和雷·布朗(Ray B. Browne)合编的《斯蒂芬·金的哥特世界:噩梦景象》(*The Gothic World of Stephen King:Landscape of Nightmares*,1987)中收录了许多早期有关金的小说各类批评型文章,这些评论文章基本上从关于神怪的隐喻性寓言和阐释哥特式经典的视角上分析了金的作品。其中,赛缪尔·舒曼(Samuel Schumann)以《宠物公墓》作为批评的文本,对金的创作成败进行了解剖。他客观地评价金的作品,指出,除了金表现"不均衡"的写作水平和

---

　　①　Tony Magistrale. *Landscape of Fear:Stephen King's American Gothic*[M]. Bowling Green:Bowling Green State University Popular Press,1988,p. 9.

　　②　本文中提及但尚未翻译出版的国外文献、书籍名称及作者姓名等皆由本文笔者翻译。

　　③　Douglas E. Winter. *Stephen King:The Art of Darkness*.

偶尔的"品味缺失"之外,金的作品可以被视作情节上富有创意、人物塑造传神、能够通过"令人震惊的散文效果"来表达主旨。①舒曼这种客观的评价视角对早期金的研究者有一定影响,多数批评家能够从正统、理性文学批评的视角出发,这本身就是对金的作品文学价值的一种认可,同时也在一定程度上激励了金的创作。

约瑟夫·理诺(Joseph Reino)的著作引领了早期(1974—1983)的金作品研究,他以独到的批评视角解读了《凯丽》《撒冷镇》《神秘火焰》(Fire Starter)、《龙之眼》(The Dragon's Eye)等小说。理诺从金的创作心得《死亡之舞》入手,以传记批评的方法研究了金的个人经历及其小说中的人物和创作灵感。理诺指出,金早期创作中的人物、故事、情节、冲突等元素分别取材于童话、神话,还有爱伦·坡、莎士比亚、布莱克等作家的经典作品,文学经典给了金的小说以充足的营养;金不仅继承了哥特式小说的传统,而且在形式与结构上又有显著的突破。②理诺的研究从内容到形式,结合了文学的内部研究和外部研究,在研究方法上具有一定新意。在里诺的研究中,针对金的小说在内容和风格上对哥特式小说传统的继承研究在很大程度上肯定了金的小说具有的文学价值。

托尼·麦基斯特利是在早期研究中成名的金的研究专家,在他早期的著作《恐惧景象:斯蒂芬·金的美国式哥特小说》(Landscape of Fear:Stephen King's American Gothic,1988)中,麦基斯特利分析了金在早期创作中写下的十余部小说。他认为金以独特的哥特风格诠释了美利坚式的恐怖小说,这种恐惧源于金对现实生活的理解和对哥特传统的继承,同时,金的小说中对现代生活和家庭关系的描写深刻地映照出美国当时的社会状况,阅读金的小说就像浏览美国社会一样,因为金的小说是美国社会的一种"极端"表达方式。③玛丽·迪克森(Mary Jane Dickerson)扩展了托尼·麦基斯特利对金的小说主题研究,她将福克纳(William Faulkner)的小说主题和金的小说主题进行对比分析,认为金

---

① Samuel Schumann. "Taking Stephen King Seriously:Reflections on a Decade of Best-Sellers." In Hoppenstand Gary, Ray B. Browne, eds. *The Gothic World of Stephen King*: *Landscape of Nightmares*[M]. Bowling Green:Bowling Green State University Popular Press, 1987,pp. 108-109.

② Joseph Reino. *Stephen King*:*The First Decade*,*Carrie to Pet Sematary*[M]. Boston: Twayne Publishers,1988,pp. 6-9.

③ Tony Magistrale. *Landscape of Fear*:*Stephen King's American Gothic*,pp. 9-12.

的小说中死亡的主题是对无奈的现实世界的映照。①麦基斯特利从一开始就对金的作品的文学价值深信不疑,他的研究虽然从多个方面"验证"了金小说的"文学性",但很多时候缺乏客观、公允的评价,不过这种态度在他的后期研究中有所改善。

在金的小说主题研究方面,托尼·麦基斯特利主编的《黑暗来袭:定义斯蒂芬·金恐怖世界的论文集》(*The Dark Descent: Essays Defining Stephen King's Horrorscape*)中有诸多富有洞察力的文章,集中在对金的作品中不同主题的研究上。其中亚瑟·彼得利(Authur W. Biddle)分析了《伴我同行》(*The Body*)中神秘旅程的特质。让·多蒂(Gene Doty)深入探讨了《猴子》(*The Monkey*)中的愧疚、巧合与主题。比照前期有关金的研究文献,此书中的文章更倾向于从文学本质与主题要素上对金的作品进行批评与解读。②乔治·比姆(George Beahm)的《斯蒂芬·金导读》(*The Stephen King's Companion*,1995)中收录了金的作品和与金相关的文章、采访等,其中有些文章涉及关于金的小说评论,并对于金的小说电影改编做出了积极的评价。③在传记作家迈克尔·柯林斯(Michael R. Collings)的文章中,作者提及了大量有关金的小说简要批评,这些评论主要涉及了金将恐怖置于现实主义之中的能力。这些评论认为,金成功地掌握了多种创作风格,他善于将传统叙述题材与实验小说融合起来,在新的出版条件下"重塑了恐怖小说的商业成功模式"。④

可以说,对于金的小说主题研究基本上都以最为简洁明了的方式把金作品的文学价值展现给了读者,但早期的主题研究由于倾向于将金的创作划入哥特小说的行列,从而没有摆脱哥特文学传统对金的影响,以致在一定程度上忽略了对金在哥特小说上的诸多创新。虽然这种基调一直延续到中、后期研究中,但随着批评家视角的不断开阔和

① Mary Jane Dickerson. "The Masked Author Strikes Again: Writing and Dying in Stephen King's *The Shining*." In Tony Magistrale, ed., *The Shining Reader*. Mercer Island: Starmount House, 1991, pp. 41-46.

② Tony Magistrale. ed., *The Dark Descent: Essays Defining Stephen King's Horrorscape* [M]. Westport: Greenwood, 1992. pp. 5. 76. 144.

③ George Beam. *The Stephen King Companion* [M]. Kansas City: Andrews and McMeel, 1995, p. 7.

④ Michael R. Collings. *Stephen King*, *The St. James Encyclopedia of Pop Culture*. 29 Jan. 2002. http://www.findarticles.com/p/articles/mi_glepc/is_bio/ai_2419200652.

批评手段的发展,中、后期研究中还是在很大程度上关注了金的个人风格和创新性。

二、中期研究

关于金的中期研究注重从人性、道德层面解读金的小说中的主题元素。托尼·麦基斯特利在其专著《斯蒂芬·金:第二个十年》(*Stephen King：The Second Decade*,1992)中以金中期创作的若干小说(包括金以笔名 Richard Bachman 创作的作品)为例,探讨了金对哥特风格的沿承、金的小说中的科幻元素与寓言、金的小说中的人性与癫狂、金对在恐怖风格与形式上的实验等问题。麦基斯特利认为,金对美国当代小说与流行文化的贡献卓著,其小说世界意境深远,尤其作品中深植的情感、人性、焦虑和恐慌均映照出当代美国社会。同样,霍桑(Nathniel Hawthrone)、马克·吐温(Mark Twain)和福克纳等作家也曾以哥特风格的创作对社会进行批判,相比之下,金在创作中的核心关注点也正是对 19 世纪以来美国文学价值的怀念。①麦基斯特利的这部著作沿承了约瑟夫·里诺的研究范式,虽然也结合了外部研究和内部研究,但他将研究重点聚焦于金的小说的深层意义上,正是对金的小说深层意义的挖掘让读者和研究者有了正确审视他的那些披着恐怖小说外衣的作品。麦基斯特利的《斯蒂芬·金:第二个十年》为金的小说的中期研究奠定了基调,之后对金的研究开始更加注重金的小说中的文艺美学表现。

斯蒂文·达文波特(Steven Davenport)在他的论文《从大棒到话柄:斯蒂芬·金小说〈闪灵〉中的家庭、工作和男性气质》(*From Big Sticks to Talking Sticks：Family,Work and Masculinity in Stephen King's The Shining*,2000)中探讨了金在他多部小说中所创造的众多孩子与父亲的形象。达文波特认为,《闪灵》中的父亲杰克(Jack Torrance)是典型的坏父亲,他所代表的是最低等的男性气质,而这种劣质的男性在金小说中比比皆是,杰克也就是所有金的小说中坏男人角色的原型。②从性

---

① Tony Magistrale. *Stephen King，The Second Decade：Danse Macabre to The Dark Half*,p. 4.

② Steven Davenport. "From Big Sticks to Talking Sticks：Family,Work and Masculinity in Stephen King's *The Shining*."[J]. *Men and Masculinities*,2000(6),Vol. 2. No. 3,pp. 308-309.

别研究的视角分析金的小说中的人物形象在当时是一种新颖的思路,达文波特的这类研究从人物和故事层面给金的小说赋予了社会批判的深意。克莱格·史密斯(Creg Smith)也同样从社会批判的角度对金的创作进行评价。他认为,金的惊悚小说属于一种先锋式哥特小说,并同时注重对社会以及道德的批判,可以说是一种社会哥特小说,金"因为关注美国自然主义和文学中的哥特传统而倍受青睐"。[①]史密斯的研究开拓了金小说中深刻的道德寓意。

莎朗·罗塞(Sharon Russell)的研究包括金 20 世纪 90 年代以来的八篇小说的深入评论,这八篇小说包括《绝望郡》《调节器》《绿里》(The Green Mile)、《巫师与玻璃球》(Wizard and Glass:The Dark Tower IV)、《尸骨袋》(Bag of Bones)、《亚特兰蒂斯之心》(Hearts in Atlantis)、《爱汤姆·戈登的女孩》(The Girl Who Loved Tom Gordon)和《劫梦惊魂》(Dreamcatcher)。罗塞系统地分析了每部小说的情节与人物,尤其在对《绿里奇迹》的分析中,她阐述了金小说的实验模式,并指出金的创作对文学传统形成了强有力的冲击;她还认为金的小说具有极高的文学批评价值与社会意义。[②]罗塞的研究视角、批评手段、究范式和研究方法与学术界研究"严肃文学"经典作品的形式高度契合,这说明学术界已经注意到金的通俗文学开始逐步走向经典的动向。

从中期研究的多面性和严肃性上来看,金的作品已越来越多地被"象牙塔"中的学者们关注,批评家们也乐于以专业的方法客观地评价金的创作,这一方面是由于文学批评形态不断发展而出现的多样化文学研究形态,另一方面也说明了学术界对金这样一位被贴上"通俗"标签的作家正被逐步接受。在这一时期,曾经因金获得美国国家图书奖而大骂评委会的文学批评界权威哈罗德·布卢姆也似乎改变了自己以往的态度,在他主编的《布卢姆评论集》(Bloom's Biocritiques)中收录了一些专家们(Tony Magistrale,Michale R. Collings,Jonathan P. Davis)对金的小说主题探讨和体裁的研究论文,其中包括一些对金的小说从学术角度作出的评论。该书指出,金较好地继承了浪漫主义文学的传统,其作品反

---

① Creg Smith. *Dark Side of the Dream:The Social Gothic in Vietnam Era America*[M]. Kalamazoo:West Michigan University Doctoral Thesis,2000,p.110.

② Sharon Russell. *Revisiting Stephen King:A Critical Companion*[M]. Westport:Greenwood,2002,pp. 66-67.

映并影响了美国社会的道德现状。①

　　布卢姆评论文集出版之后，其他批评家也纷纷开始用审视文学经典的眼光来看待金的通俗小说创作。海蒂·斯特兰吉尔（Heidi Strengell）的《剖析斯蒂芬·金：从哥特到文学自然主义》（Dissecting Stephen King：From the Gothic to Literary Naturalism）深入地分析和比较了金与其他作家的创作。她认为，金的恐怖小说对"其他文学类型有着非同寻常的普遍关注"，并且影响了整个恐怖小说界。她的研究关注金的作品中原型、神话和童话主题，认为金对后现代主义和现实主义均给予了很大关注。斯特兰吉尔在这部著作中援引了大量例证来证实自己的观点。全书中并未对金的单部小说进行解读，而是在整体上精炼了金的作品的几大主题与创作类型。②

　　随着批评界对金作品的逐步认可，文学史编撰学者也开始着手记录金的创作历程，在各大媒体纷纷挖掘金的生平和创作的同时，斯蒂芬·思宾内斯（Stephen J. Spignesi）的《斯蒂芬·金札记》（The Essential Stephen King）③回顾了金的101部作品，其中包括小说、短篇小说、小故事、札记、剧本、诗歌等。这部著作中详尽记录了金的小说出版信息、重要故事的梗概，还罗列了一些精彩的小说原文，几乎涵盖了金从创作到成名的整个历程，是研究金的文学创作的入门读本。

　　同早期研究相比，中期的关于金的研究成果更加具有学院派的气质。正是因为此中的成果多数是出自批评界和文学研究界的专业人士之手，因而关于金的中期研究才更加倾向于"严肃文学"的研究方式。值得注意的是，很多批评家在这个时期都明确指出了金对文学经典的传承，也进一步指出了金在许多方面对经典的重构，这种现象说明批评界在接受了金的同时也注意到了金独有的创作特点，而随着社会学、后现代理论等文学批评手段的运用，金的小说研究也正逐步走向多元化。

---

① Harold Bloom. ed. , *Bloom's BioCritiques*：*Stephen King*［M］．Philadelphia：Chelsea House，2002，pp. 341-342.

② Heidi Strengell. *Dissecting Stephen King*：*From the Gothic to Literary Naturalism*［M］．Madison：University of Wisconsin Press，2005，p.6.

③ Stephen J. Spignesi. *The Essential Stephen King*：*A Ranking of the Greatest Novels*，*Short Stories*，*Movies*，*and Other Creations of the World's Most Popular Writer*［M］．Franklin Lakes：Career Press，2001.

三、近期研究

进入 21 世纪之后,关于金的研究呈现出多样化的发展趋势,但更加侧重于对金的作品在文化影响方面的研究。有一批学者开始总结金三十余年的创作,尤其对金的作品改编成为电影有着浓厚的兴趣。随着金的数十部作品被搬上银幕,批评家开始考察金在文化层面对美国和世界范围内的影响。斯坦利·威特(Stanley Wiater)等人合著的《斯蒂芬·金大全:斯蒂芬·金笔下的世界指南》(*The Complete Stephen King Universe:A Guide to the Worlds of Stephen King*,2006)以大众化的视角从文化、影视作品、金的创作灵感等方面对金近四十年中的作品进行了回顾,其中有着很多独特、新颖的见解给读者重新审视金的小说提供了可能性。① 丽萨·罗佳(Lisa Rogak)的著作《执迷的心:斯蒂芬·金的生平与时代》(*Haunted Heart:The Life and Times of Stephen King*,2010)可以说是 21 世纪里出版的最全面的金的创作年谱。罗佳按照时间顺序梳理了金的创作和作品改编,并且通过采访金的朋友和亲人,以许多间接资料还原了金的个人生活经历和创作经历,并指出金的创作与他不幸的童年遭遇、早年的生活境遇、中年的生活迷茫都有着千丝万缕的关系。其中对金酗酒、吸毒等事实直言不讳,应该说这部著作从十分客观的角度记叙了金的生平与创作。②

虽然结构主义思潮在 21 世纪已经活力欠佳,但学者们还是乐于从创作机制和叙事框架的角度来评价金的作品。詹妮弗·帕奎特(Jenifer Paquette)的批评著作《向〈末日逼近〉致敬:关于斯蒂芬·金启示录小说的批评》(*Respecting The Stand:A Critical Analysis of Stephen King's Apocalyptic Novel*,2012)中认为,金的《末日逼近》(*The Stand*)是一部启示录小说。帕奎特从小说中的抽象主题出发,分析了其中的人物与故事结构,以对待严肃文学的批评方法解析了该小说的创作机制和多重主题,并提出该书是金善于写作"逃亡者(escapist)"小

---

① Stanley Wiater, Christopher Golden, Hank Wagner. eds. *The Complete Stephen King Universe:A Guide to the Worlds of Stephen King* [M]. New York: St. Martin's Griffin, 2006, pp. 5-16.

② Lisa Rogak. *Haunted Heart:The Life and Times of Stephen King* [M]. New York: St. Martin's Griffin,2010,pp. 15-21.

说的例证。①杰西卡·富里奥(Jessica Folio)认为,金在他多年的创作生涯中,一直秉承着对哥特风格的沿承,同时注重对哥特式小说的不断创新;他的创作根植于大众文化,在后现代语境中充分地利用了互文、重构、反讽、戏仿、解构的叙事策略,让读者透过文学这面镜子看到了无尽广阔的世界景象。②

　　国外关于金的研究开展了近四十年后,时至今日还在不断拓展与延伸,经历了早期研究的激进与论战后,关于金的研究在 20 世纪 90 年代后期进入了高潮,各家的研究也更趋向于理性地认识金的作品,对于金的作品的批评方式呈多元化发展。金在自己的创作生涯中获得了多种奖项,这也激发了金的研究者对其作品的研究热情。经历了中期研究的辉煌后,金的小说研究已呈逐渐趋于平缓的态势,但在内容和方式上却呈现出多样化的态势,如"神怪隐喻"③"圣经哥特"④"基因批评"⑤"禁忌文本"⑥研究等。当然,无论采取何种批评方式,都不能足够全面、足够客观地评价金的众多作品。虽然金的故事经常出现"新瓶装旧酒"的创作方式,但作为研究者,我们却应该与时俱进,以求采取更加完善、更为准确的研究手段去接近金所创造的小说世界。

第三节　国内斯蒂芬·金研究述评

　　我国关于金的研究是随着其小说的引入和学界对通俗小说的研究而不断发展的。1977 年,台湾四季出版社翻译出版了金的成名作《凯

---

　　①　Jenifer Paquette. *Respecting The Stand: A Critical Analysis of Stephen King's Apocalyptic Novel*[M]. New York: McFarland Press, 2012, pp. 94-96.

　　②　Jessica Folio. "Stephen King or the Literature of Non-exhaustion"[J]. *Journal of Literature and Art Studies*, 2013(3), pp. 427-435.

　　③　George Beahm. *Knowing Darkness: Artists Inspired by Stephen King*[M]. Lakewood: Centipede Press, 2009, pp. 21-22.

　　④　Jenifer Paquette. *Respecting The Stand: A Critical Analysis of Stephen King's Apocalyptic Novel*, p. 3.

　　⑤　Erin Michelle Toth. *Poe V. King: Three Critical Approaches Toward a Reevaluation of King's Short Fictions*[M]. Long Beach: California State University Doctoral Thesis, 2002, p. 7.

　　⑥　Steven R Glickman. *Forbidden Texts: The Ambivalence of Knowledge and Writing in Horror Fiction From Mary Shelley to Stephen King*[M]. Denver: University of Colorado Doctoral Thesis, 1997, p. 4.

丽》(*Carrie*),自那时起,这位小说家开始进入中国读者和批评界的视野。较早的评论可见道格拉斯·弗里克(Douglas C. Fricke)①发表在《当代外国文学》上的《美国文学中的高雅艺术和通俗艺术》一文,该文介绍了金的两部畅销小说《撒冷镇》与《闪灵》。弗里克指出,斯蒂芬·金是通俗作家中的佼佼者,他的惊悚小说从科幻小说中获取素材,是科幻小说的近亲。② 弗里克对金的关注在当时几乎与国外学界同步,但或许由于通俗文学在国内尚未被广泛接受,同时恐怖类小说也没有大规模翻译出版,弗里克的介绍在很长一段时间内未在国内产生影响。

随着通俗文学在美国的异军突起,我国学术界也逐渐注意到严肃文学与通俗文学间的"雅俗之争"。施咸荣认为,大众化文学比少数文化贵族享受的高雅文学更应受到重视,③而通俗文学的日益受重视,也是今天美国社会文化中的一个重要现象。④在这种背景下,国内的学者们开始将目光转向一些小有成就的通俗小说作家,少数学者对斯蒂芬·金产生了研究兴趣。刘明德认为,斯蒂芬·金的创作注重的是心理而不是科学,其小说以疯狂的心理变态嗜杀狂、魔鬼式的人物异常行为给读者带来恐怖。⑤ 肖明翰认为,斯蒂芬·金的小说大量使用了哥特手法,而哥特小说在美国业已繁荣。⑥ 可以说,在最初阶段,国内学术界对金的认识还未超出哥特小说的范畴。

国外关于金的研究在 20 世纪七八十年代正迎来第一个高潮,而国内学术界对他的关注却寥寥无己。直到 1997 年,黄禄善和刘培骧的《英美通俗小说概述》一书首次以较大的篇幅介绍了金的写作和他独成一派的风格,并对他的创作模式和文学传承赞赏有加。黄、刘认为《死亡区域》和《燃火者》既是政治阴谋小说,又是科学惊悚小说,斯蒂芬·金的小说中人物可信,充满现代气息,并从根本上改变了当代惊悚小说的形式。⑦ 黄、刘对金的评价起到了引路的作用,使更多学者开始从学术的

---

① 道格拉斯·弗里克时任美国博林格林州立大学(Bowling Green State University)英文系副教授,于 1980—1981 年在北京大学任教。

② (美)道格拉斯·弗里克. 美国文学中的高雅艺术和通俗艺术[J]. 当代外国文学,1981(10):79.

③ 施咸荣. 当代美国文学发展的几个新趋势[J]. 美国研究,1987(1):126.

④ 施咸荣. 美国的电视文化和通俗文学[J]. 世界文学,1989(6):245.

⑤ 刘明德. 谈谈美国通俗小说[J]. 中国图书评论,1988(6):174.

⑥ 肖明翰. 英美文学中的哥特传统[J]. 外国文学评论,2001(2):99.

⑦ 黄禄善,刘培骧. 英美通俗小说概述[M]. 上海:上海交通大学出版社,1997:313-320.

视角来关注这位作家的创作。随之而来的是金的小说大规模引入,珠海出版社和人民文学出版社出版了金的多部小说,这在一定程度上扩大了读者群,也令研究者侧目。

21世纪初,黄禄善在《美国通俗小说史》中从故事、人物、深度、题材、可读性等方面概括了金的创作。黄禄善认为,斯蒂芬·金的故事情节生动、人物形象逼真、语言表达流畅,并且向社会各个层面纵深发展,作者创造性地运用了科学小说、西部小说以及其他深刻反映社会现实的通俗小说的若干要素,将传统惊悚小说的题材融入其中;斯蒂芬·金善于观察当代人的实际生活感受,表现他们所承受的现实社会的压力和恐惧心态,其小说具有极强的可读性,读者常常觉得事件就发生在自己身边;斯蒂芬·金创作模式的形成,标志着美国已经诞生了一类新型的惊悚小说——社会惊悚小说。① 黄禄善对金的评价具有积极意义,他不仅介绍了金独特的小说风格,也高度概括了其小说中蕴含的现实意义,其研究开拓了国内学术界的视野,从多个角度给批评家提供了关于金的研究的可操作性,也激励了关于金的研究的发展。

在金获得美国文坛杰出贡献奖之后,国内外学术界对他的创作采取了更加认同的态度,对通俗小说也有了更多积极的评价。学者们发现通俗小说既有文学作品的基本形式,又有实现认识、教育、娱乐、审美等多种功能,② 斯蒂芬·金获奖就是通俗小说登堂入室的极好例证,③ 也标志着文坛的审美眼光与读者阅读趣味间的距离在拉近,观念在改变。④ 学术界对通俗小说的进一步认识不仅受益于日益开放的学术氛围,更与先前研究者的不懈努力分不开。到了2005年,国内已经陆续有20余部金的小说被翻译出版;同时,《肖申克的救赎》(*Rita Hayworth and Shawshank Redemption*)和《绿里奇迹》等由金小说改编的影视作品也开始播映,这不仅带来了更为广泛的读者群,也促使斯蒂芬·金研究渐渐升温。时至今日,国内已出版金的小说近40部,有更多的研究者将目光投向这位多产的作家。截至2018年5月,在中国知网数据库中,与金及其作品相关的学术论文不足百篇,刊登于外国文学类期刊中的学术

① 黄禄善.美国通俗小说史[M].南京:译林出版社,2003:603-608.
② 石平萍.通俗文学登上大雅之堂[N].文艺报,2003-10-4.
③ 江宁康.通俗小说与当代美国文化[J].译林,2004(4):202.
④ 陈小慰.当代英美通俗小说的译介与影响[J].福州大学学报(哲学社会科学版),2005(3):70.

论文数量也不多。学位论文中有 20 余篇以金的小说为主要研究对象。经过归类和对比,国内的金的研究大体上可分为三类:关于小说中人物形象的研究;关于其小说对哥特风格的继承与创新的研究;对其小说主题思想的解读。

一、人物形象研究的嬗变

金的小说不仅以跌宕起伏的故事情节见长,而且成功地刻画了诸多经典的人物形象。现实题材小说《丽塔·海华丝与肖申克的救赎》取得过不俗的销量,其改编电影也备受好评,小说中的主人公安迪(Andy)更是集勇气、智慧、善良和才干于一身的经典形象,他忍受了 19 年的冤狱,最终凭借智慧与坚持逃出魔窟。我国学者从故事、主题、互文等方面解读过这部小说,其中关于人物形象的解读则独具新意。于志新从人物塑造上分析了《肖申克的救赎》,他认为该小说的成功来自作者独到的选材和体现出的人性思考,安迪一直坚守善良的人性,作者塑造这样的人物唤醒了人性深处的"善",安迪与人性之"恶"进行的斗争为信仰缺失、精神生活匮乏、人文生态失衡语境下的读者提供了精神盛宴。① 仇云龙采用福柯(Michel Foucault)的权利话语理论解析了《肖申克的救赎》。他认为,安迪以知识精英身份为基础,在监狱的技术—经济系统里"规训"了狱吏,在监狱的文化系统里改造了犯人的精神世界,而社会信念伦理的缺位和政治场域的失语揭示了安迪越狱成功背后的悲剧性缺陷。② 于、仇二人的研究从人物入手,通过解读人性与人际关系透视美国人的精神现状,同时也揭示了美国社会中伦理和信仰的缺失。

《纳粹高徒》(Apt Pupil)讲述了痴迷纳粹大屠杀知识的少年托德(Todd)和靠改变身份隐匿多年的老纳粹杜山德(Dussander)彼此间相互利用导致的人伦悲剧。仇云龙、关馨认为,托德和杜山德以对方的秘密做把柄,为对方建构了隐形监狱,同时也在彼此的规训中被重新形塑,最终为发泄由恐惧带来的苦闷而去暴力犯罪,成为现实监狱中的囚徒。③《迷雾》(The Mist)讲述的是军事试验失败给小镇带来灭顶之灾的

① 于志新.《肖申克的救赎》:对人性的深层思考[J]. 当代外国文学,2008(1):60-63.
② 仇云龙. 论《肖申克的救赎》中的权力运作[J]. 东疆学刊,2011(2):34-37.
③ 仇云龙,关馨. 论《纳粹高徒》中的隐形监狱[J]. 世界文学评论,2013(1):75-77.

故事。其中,卡莫迪太太(Mrs. Carmody)以宗教为名煽动被大雾困在超市中的人们杀掉异己,自己也沦为了人性癫狂的牺牲品。倪楠认为,卡莫迪太太分裂、扭曲和疯癫的异化表现源自她"与社会环境之间的障碍",也导致她最终"成为人类在迷雾中失去目标后恐惧和盲目的牺牲品",金通过后现代恐怖艺术的表现形式,充分展现了人类在面对危险和恐惧时心灵深处和潜意识里的可怕欲念,从而关注了当代人被异化的生存境遇和心理状况。①

在人物研究层面,国内学者较少关注金的奇幻、魔幻题材作品中的人物,而是青睐现实题材小说中的人物,这一点能够反映出金对于现实世界的描绘与将人物置于现实中的创作能力,也说明其小说中的人物可以较为真实、深刻地反映出美国现代社会中存在的种种问题。基于以上研究,我们可以领悟金塑造人物的高超技艺,也能更清晰地看到作者通过小说表达出的对社会、人性和自由的思考。

二、对哥特风格的继承与创新研究

金创作的恐怖小说无疑促进了当代哥特风格小说的发展,他把20 世纪 60 年代现实惊悚小说的传统同一些与现实社会紧密相连的惊险通俗小说的若干要素结合起来,可谓创立了"一个全新的当代恐怖小说模式"。② 在讨论的自传性写作心得《死亡之舞》(Danse Marcabre)时,王晓姝认为《死亡之舞》阐释了金的恐怖美学理论,也表达了作者对哥特式创作的美学思考及对恐怖小说的美学审视,为当代美国哥特小说的研究提供新的维度。③

国内学者在研究金对哥特文学传统的继承方面较为深入,他们多从小说文本入手发掘金小说中恐怖元素的构成、运用与效果,进而从多角度阐发其对哥特文学独有的创新。一方面,金的文学创作深受英美小说中哥特传统的影响,他对各种哥特元素的运用可谓驾轻就熟。王晓姝认

① 倪楠. 疏离·分裂·扭曲·疯癫——以弗洛姆异化理论看《迷雾惊魂》中卡莫迪太太社会性格的异化[J]. 哈尔滨师范大学社会科学学报,2015(4):130-133.
② 黄禄善. 美国通俗小说史[M]. 南京:译林出版社,2003:604.
③ 王晓姝. "骷髅之舞"——当代美国哥特小说狂飙的社会美学审视[J]. 解放军外国语学院学报,2014(6):151.

为,金的创作中对于死亡、怪物等哥特元素的使用源自作者对生命的热爱,《宠物公墓》(*Pet Sematary*)是一部后现代哥特作品,是作者对传统哥特的继承和历史性改造。①另一方面,金的创作灵感来自新的历史、人文环境,他的诸多惊悚小说都将矛盾的主体设置为普通的美国家庭成员,其创作"解构了当代美国家庭,说明了美国中产阶级家庭结构存在着严重的缺陷",其中体现了金的"非理性主义"②。把金的作品置于后现代语境下考查无疑不同于传统哥特小说研究的思路,而上述研究不仅为新时期的哥特小说研究提供了一种方向,也可以深化研究者对金的小说在创作方式与思想内涵上的思考。

总体而言,学术界对哥特式风格的继承与创新方面的研究是围绕着故事和人物来进行的,金秉承了哥特小说的传统,又从人文与社会的维度为哥特小说注入了新的血液,其作品中表达的审美价值和社会批判是其文学价值之所在。

三、作品主题研究的现状

金的小说融合了恐怖、科幻、奇幻等元素,故事情节怪诞、人物极端,叙事往往是非线性的或蒙太奇式的,这些特点让他的小说有着极强的"后现代性",虽然给读者形成恐惧感是小说的主要目的,但金的作品在主题上从未脱离对现实世界的刻画和对人类命运的关注。

国内学者多从个案研究出发,在解析文本的同时对小说主题进行深入探讨。郭佳雯认为,《凯丽》中的女主人公凯丽在故事中的存在就是为了破坏既有的社会秩序,凯丽的困境与酷儿的处境相似,她象征着社会的自我憎恨,《凯丽》的主旨则在于它揭开了文明社会的阴暗面。③林小平通过金的小说的叙事框架反观其对主旨表达起到的作用,她认为在《丽赛的故事》(*Lisay's Story*)中具有多元化叙事线索和时空错乱的"反叙述"结构,斯蒂芬·金将后现代主义小说创作手法与恐怖小说相结合,

① 王晓姝. 哥特之魂——哥特传统在美国小说中的嬗变[D]. 吉林大学博士学位论文,2009:133-142.

② 王晓姝,傅景川. 从《宠物墓园》看史蒂芬·金的后现代哥特世界[J]. 解放军外国语学院学报,2016(2):132-139.

③ 郭佳雯. 史蒂芬·金之《魔女嘉莉》作为反生殖未来主义的酷儿剧烈美学[J].(台湾)文化研究双月报,2014(3):52-58.

其作用在于揭示和反思社会问题,其作品中表达的主题有对理性的质疑、对社会和人生的焦虑等,这些主题都蕴含在后现代主义哲学与伦理观念之中,从而推动了后现代主义文学的发展。① 在主题研究方面,研究者贴合后现代社会实际,从金的创作文本出发,对金在后现代时期写作中对社会现实的反映有着比较深刻的认识。

主题研究具有高度的概括性,王晓姝在综合分析了金的多部恐怖小说之后认为,从创作主题上看,斯蒂芬·金的恐怖小说填补了人们在宗教信仰缺失的现代社会中的精神真空,是一剂疗治美国之殇的良药。② 不难看出,从个案入手,由点及面地讨论金的小说的主题是行之有效的研究策略,此类研究能够帮助我们窥见金对个人、群体的人文关怀,也能透过纷繁的后现代语境洞悉他对人生、社会的深刻思考。对于一个被牢牢打上“通俗”标记的作家来说,上述两点实为难能可贵。对金的小说在主题上的探讨深化了金的作品研究的内涵,也凸显了其作品的文学价值,这一点与美国通俗小说越来越被研究者所接受有关,也反映出我国的美国文学研究呈现出的多元化发展态势。

从20世纪开始,美国从生产型社会转变为消费型社会,通俗小说发展不仅呈现出繁荣景象,而且“在文学观念上影响着美国文学的总体走向,这些作家以斯蒂芬·金为首”。③ 国外关于金的研究经历了四十余年,早在20世纪80年代就出现了比姆、温特、麦基斯特利等专家,他们的研究历程中也出现过对金的批判和认同。我国学者虽然很早就以极强的学术敏感性关注到这位在当时崭露头角的作家,但后续研究并未能跟进国外同行的脚步,这或许与金的作品在国内的出版进程相关,也与通俗小说被学界接受的过程有一定联系。

20世纪最后二十年的美国小说“在形式和内容上既有对传统的继承,也表现出大胆的实验特征;而最令人瞩目的是其所呈现出的多元特征……通俗文学体裁登堂入室”。④ 在《新民周刊》对金的访谈中,他曾表示:“将通俗文学和纯文学绝对区分开来是一件很愚蠢的事,查尔斯·狄

① 林小平.后现代的“恐怖”演绎——恐怖小说《丽赛的故事》的后现代主义解析[J].长江大学学报(社会科学版),2011(6):29-32.
② 王晓姝.“骷髅之舞”——当代美国哥特小说狂飙的社会美学审视[J].解放军外国语学院学报,2014(6):149-155.
③ 刘晓天.美国通俗小说的娱乐消费性[J].文艺研究,2012(6):86-88.
④ 金莉.20世纪末期(1980—2000)的美国小说:回顾与展望[J].外国文学研究,2012(4):87.

更斯(Charles Dickens)在他的时代是最重要的通俗小说家,萨默塞特·毛姆(William Somerset Maugham)也是,然而,现在的文学史同样将他们大书特书。"①

目前来看,关于金的研究在国内具备一定的学术积淀,同时也有着一定活力,但在学术著作与高质量的研究论文上还存在一定欠缺。研究者们在对金的小说中的人物、主题、叙事技艺等方面的研究都取得了一定成果,但对于金这样一位多产的作家来说,现有的研究只关注到他的部分作品,尚有许多待开发的领域。2015年,世界图书出版公司翻译出版了马克·布朗宁(Mark Browning)的《大银幕上的斯蒂芬·金》(*Stephen King on the Big Screen*),此书梳理了金的各类小说的电影改编,从电影批评的角度讨论了导演们是如何对金的"文学文本进行有效的视觉化"②的过程,这部著作的出版为我国金的读者和研究者提供了很好的参考资料。

我国各大出版社已翻译出版了金的小说30余部,其中大范围的翻译出版也促进了国内金读者群的形成,甚至影响到周德东和蔡骏等国内作家的创作。国内对于金的小说的出版热情至今不减,而相比之下,对于金的作品的学术研究则冷冷清清,迄今为止,国内还没有以金为主要研究对象的学术著作面世,这与金在小说界的地位及其小说产生的文化影响形成了鲜明对比。国内的现有研究以学位论文为主,多数是针对金的小说个案研究,在系统性的研究上略显不足。在已有的研究中,对于金的小说主题研究和对金创作的"后现代哥特"特征研究实际上都是在重复国外研究的路径;对于金的小说中人物形象的研究则普遍缺少概括性和系统性。我国学术界需要对金的小说做出深入、系统的研究,这样做可以更加客观、全面地让读者了解金的创作,也可以推进国内学术界对美国通俗小说的研究进程。

---

① 何映宇.和托尔金一比高低——美国作家斯蒂芬·金专访[J].新民周刊,2013(41):46.
② (英)马克·布朗宁.大银幕上的斯蒂芬·金[M].黄剑,姜丙鸽译.北京:世界图书出版公司,2015:52.

第四节　相关批评理论研究概述

一、身体学的兴起

关于身体的故事由来已久,《斐多篇》中就讲述了苏格拉底(Socrates)慷慨赴死的故事。在公元前399年,苏格拉底在即将被处死之际讲述了自己对身体与灵魂间关系的哲思:"死亡无非是肉体与灵魂脱离后的分离状态,是灵魂从身体解脱出来后的分离状态,此外,死亡还会是别的什么?"①苏格拉底道出了古希腊先贤对"肉身"的疑虑和思考,古希腊的哲学家们"漠视身体,在探讨实在的时候,避免一切与身体的接触和联系",以使"灵魂能最好地进行思考",也认定"所有战争都是为了掠夺财富,而我们想要获取财富的原因在于身体,因为我们是侍奉身体的奴隶。"②

身体这个与人类共存的概念似乎就这样遭到嫌弃,甚至被抛弃。作为苏格拉底的学生,柏拉图(Plato)也不重视身体,甚至厌恶身体的感觉和感官的体验。在他的思想体系中,身体也是束缚灵魂的牢笼,因为身体"充斥着爱、欲望、恐惧",这些因素会影响人们的思考和判断,通过身体"感知"世界并不可靠,眼睛、耳朵以及其他器官做出的判断完全是一种欺骗。"③可见,身体从西方哲学的最初形态上就是被动的,是不可靠的,也是低贱的。柏拉图强调"保证身体需要的那一类事物不如保证灵魂需要的那一类事物真实和实在。"④在柏拉图的二元论传统中,身体基本上处在被灵魂所控制的卑贱——真理的卑贱和道德的卑贱——位置。可以说,自此以后,身体"陷入了哲学的漫漫黑夜。"⑤

亚里士多德(Aristotle)继承了老师柏拉图的衣钵,他也同样对身体不屑一顾,并将灵魂作为人的生命的核心。对于亚里士多德来说,灵魂

---

① 柏拉图.柏拉图全集:斐多篇(第1卷)[M].王晓朝译,北京:人民出版社,2002:61.
② 同上,第61-64页.
③ 同上,第88页.
④ 柏拉图.理想国[M].郭斌,张明竹译.北京:商务印书馆,1996:375.
⑤ 汪民安.尼采与身体[M].北京:北京大学出版社,2008:256.

是区别"人"是否有生命的唯一依据,灵魂是人营养、感觉、运动和思维的本源,"人的欲望、肉体的活动、肉体的感觉都是灵魂的附属品,是灵魂活动的体现"。①

先哲们对于人类身体的认识到了普罗提诺(Plotinus)那里有了一丝转机。由于普罗提诺批判地继承了柏拉图的思想,后人习惯将他归类于"新柏拉图主义"思想家。普罗提诺认为灵魂是独立于身体存在的本体,它处于对身体的支配地位,因为灵魂能够思考,而身体不能;他甚至觉得生活在自己的身体中是一种耻辱。虽然在普罗提诺的思想中同样贬低了身体在哲学认识论中的地位,但他并没有完全把身体当作一无是处的东西,而是把身体当作灵魂和思想的对立面,当作灵魂的某种产物,身体在没有精神和思想作为支撑的情况下只能是毫无生气的存在。随后,普罗提诺这种身体依附于灵魂的思想被古罗马先贤奥古斯丁(Saint Aurelius Augustinus)接受并在自己的著作中以审美的角度重新阐释出来。奥古斯丁的思想也算得上是苏格拉底和柏拉图等人哲学思想的一种延续,他认为永恒而形上的事物是高贵可靠的,而感官可及的事物是不可靠、低级的。奥古斯丁还给美分了层级,上帝拥有绝对的美,道德上的美紧随其后,最低档的是形体上的美,是相对的美。那些低级的、有限度的形体上的美其实并没有自己的价值,形体美只不过是过渡到绝对美的一种途径、一个阶梯。

从古希腊和古罗马思想家的表述中可知,身体有着悲惨的身世,而灵魂则高高在上。"对身体的压制和遗忘是一场漫长的哲学戏剧,哲学家贬低身体,但是这种贬低还以一种悖论的方式让身体隐隐约约地出现,让身体持续地出现在各种话题中,出现在人们的讨论之中,在人们讨论灵魂的时候,身体总是不能忘记的重要一课。"②

二、身体学的发展

文艺复兴与各国的宗教改革刺激了人们重新认识了身体。西方的雕塑和绘画艺术在一定程度上扩展了人们对身体美学的认可,也促进了

---

① 汪子嵩,范明生,陈村富,姚介厚.希腊哲学史(第三卷)[M].北京:人民出版社,2003:613.

② 汪民安,陈永国.身体转向[J].外国文学,2004(1):38.

西方社会对身体的再认识。

笛卡尔(Rene Descartes)等哲学家的思想推动了西方现代哲学的发展,在他的思想体系中,身体与意识也是处于对立的位置上,但他没有更多的提及身体,而是忽略了身体的表达,思维和身体在笛卡尔的哲学中算是两个实体,这就是所谓的"身心二元论"。笛卡尔将思维看作本体,"我"就是作为一个思维和心灵的存在,作为思维而存在的"我"和作为肉体的"我"是依靠感觉和欲望而产生联系的,而身体的状态会作用于心灵,这在某种程度上是对身体存在的一种认可。

康德(Kant)的哲学体系中也没有留给身体一个明确的位置。康德表示:"物质空间成为可能的是存在于我们思想中的空间,它不是万物自身的一个属性,只是我的感性再现的一种形式。"①如果说身体可以算得上康德所谓的主体的话,那么身体也只不过是一种媒介、一种帮助思维加工经验的工具而已。虽然叔本华(Arthur Schopenhauer)也曾表示:"我的身体与我的意志就是同一个事物",②但实际上这是为了强调意志的本体性,而身体则是一种"直接的客体"而已,这种叙述见于他博士论文《论充足理由律的四重根》之中。

虽然在黑格尔(Georg Wilhelm Friedrich Hegel)的美学思想体系中,身体是充满美感、充满生气的,"人体到处显示人是一种受到生气灌注的能感觉的整体。他的皮肤不像植物那样被一层无生命的外壳遮盖住,血脉流行在全部皮肤表面都可以看出,跳动的有生命的心好像无处不在,显现为人所特有的生气活跃,生命的扩张",③但黑格尔在认同身体美的同时也表明了身体的从属地位,无论是身体在对称、平衡等方面的美,它始终是"理念的感性显现",身体表征着理念、精神、思想的自由程度,从而超越了肉体性,而显现了精神性。从这个角度来看,黑格尔的身体思想实际上也在强调精神的本体性,而作为本体表现的"肉身"则在最大程度上依赖于思想,思想的健康与否完全决定了身体,而身体作为一种客体,本身也处于被支配的低级地位。

西方传统哲学的发展史中充满了对身体的打压、轻视和摒弃,在奥

---

① 康德. 判断力批判[M]. 北京:人民出版社,2004:13.
② Arthur Schopenhauer. *Saemt Liche Werke(I)*[M]. Kritisch Bearbeitet und Hrsg,Von Wolfg ang Frhr,Von Loeneysen,Baend. ,Frankfurt:Alf. M. ,1986,p. 161.
③ 黑格尔. 美学(第一卷)[M]. 朱光潜译. 北京:商务印书馆,1979:188.

古斯丁之后,虽然身体没有像先前那样被置于精神的对立面,但身体一直在"精神"这个主体面前抬不起头。无论思想家、艺术家怎样看重身体、歌颂身体,身体最终还是难以逃脱它的"附属品"的命运。从费尔巴哈(Ludwig Andreas Feuerbach)高唱唯物主义哲学的赞歌开始,身体这个概念在寂静了千年之后终于作为精神的基础和前提出现在西方哲学的视野中。费尔巴哈甚至将身体放在他感性哲学中的主体位置,因为"人"在费尔巴哈的哲学中居于中心地位,他认为:"我是一个实在的感觉的本质,身体总体就是我的自我,我的本质是自身。"①费尔巴哈将身体作为一切"感性"的出发点,人类的一切肉体—精神、感性—理性、感觉—思想关系的根源都是身体,这样就把身体当作了他哲学的基础和出发点,而人的所有精神、感觉、思维都统一于这个"身体"之中。

在费尔巴哈哲学思想的影响下,马克思将黑格尔的辩证法和费尔巴哈的唯物主义相结合,提出了辩证唯物主义的哲学思想。感性活动是马克思身体哲学的出发点,自然、社会、个体都以人的身体为统一,马克思也认为自然分为人化自然与自身自然,于是人的身体成为人类实践活动的实施者,身体既是生产资料和工具,又是自然界的一部分,"当他通过这种运动作用于他身外的自然并改变自然时,也就同时改变了他自身的自然。"②身体在马克思的哲学体系中是能动的、主体的,又是客体的、直观的,这一点与传统哲学话语大不相同,可以说马克思的身体哲学摒弃了意识——物质的二元对立,树立了以人为对象性活动的哲学思维,因为"意识在任何时候都只能是被意识到了的存在,而人们的存在就是他们的现实生活过程。"③所以,马克思的身体意识不仅要推翻意识的压迫,更要防止社会化的改造,尤其要警惕强权和政治暴力的蹂躏。"意识和意识形态成为各种势力的争斗场所,意识形态改造成为历史变革的重要环节。"④在这一点上,马克思的身体哲学为后来的身体转向和身体解放打下了坚实的、辩证的基础。

---

① 费尔巴哈. 费尔巴哈哲学著作选集(上)[M]. 荣震华,李金山等译. 北京:商务印书馆,1984:169.

② 马克思,恩格斯. 马克思恩格斯选集(第二卷)[M]. 中共中央编译局编译. 北京:人民出版社,1995:177.

③ 马克思,恩格斯. 马克思恩格斯选集(第一卷)[M]. 中共中央编译局编译. 北京:人民出版社,1995:72.

④ 汪民安,陈永国. 身体转向[J]. 外国文学,2004(1):38.

　　尼采（Friedrich Wilhelm Nietzsche）始终认为"动物性"是人的基本特征（这是亚里士多德在《政治学》中提出的基本观点，也是政治学学术界的基本观点，即"人是政治的动物"），人的存在首先是由其动物性而存在的。人的行为有规章可循是因为人可以压制本身的本性，而动物则任凭本性去行动，所以人与动物的根本区别就在于此。另外，人的一切行为和思维都依赖身体并由身体作为行动的发出者，这也就是尼采所一贯提倡的"一切从身体出发"，任何由思维引导的行为必然回馈于身体。这样一来，在尼采的思想体系中，身体和意识之间一度抗衡的壁垒消除了，身体与意识之间的对立也不复存在。而灵魂在尼采的哲学体系里则被迫地降低了自己的地位，因为尼采觉得灵魂不过是身上的某种东西，而人"完完全全都是身体，此外无有"。当尼采把动物性作为身体的本性来看待时，西方哲学对于身体由来已久的偏见开始逐渐释冰，这也为后来的德勒兹、福柯等人的身体理论的发展奠定了哲学基石。

三、身体叙事学的滥觞

　　作为胡塞尔现象学的继承者，梅洛-庞蒂（Maurice Merleau-Ponty）从写作《知觉现象学》开始，就把目光投向了身体。身体的知觉在梅洛-庞蒂的眼中是一种感知媒介，知觉可以将自我身体中有感觉的部分作为客体，而身体本身也是感觉的发出者，是一种主体。于是"身体—主体"这个概念就倾向于认定身体的主体性，因为它是存在的被客体感知的现象；同时，身体也是有意识、有经验的主体，身体的物质特性表明了它和客体是同一关系。梅洛-庞蒂认为："我们不能停留在这种两者之中，要么对主体一无所知，要么对客体一无所知。我们应当在我们体验的深处重新找到客体的起源，我们应当描述存在的显现，我们应该考察体验在作为物体的我们的身体结构中的作用，因为这就是客观世界起源中的一个决定性因素。"[①]梅洛-庞蒂关于身体"主体性"的论述十分契合现代社会人们对自我身体的认识，人们参与的社会实践和当今社会的任何变革都是围绕着"人"这个主体而完成的。无数文学作品一直在探索和思考"人"的本质，而梅洛-庞蒂的身体学说恰好为文学提供了一种感知途径。

---

　　①　莫里斯·梅洛-庞蒂.知觉现象学[M].姜志辉译.北京:商务印书馆,2003:105.

梅洛-庞蒂的身体观念从根基上撼动了传统的二分法,使笛卡尔等人坚信的二元对立得以消解。由于身体的知觉在最初是无条件地去感知,所以知觉应该先于意识,这一点也就成了梅洛-庞蒂"知觉世界"的基本理念。梅洛-庞蒂对身体作为知觉的接收者作了进一步解释,他认为:"截肢者中,某种刺激代替了从残肢到大脑神经通路上的大腿刺激,那么他将感觉到幻腿,因为灵魂直接连接大脑,也只与大脑连接。"①他还用战争中受伤而被截肢的人在幻肢中感觉到弹片的情况来证实身体和大脑的统一性,而大脑也是"生理事实"和"心理事实"的共有场所。②后现代思潮对于"二元"的消解已经是个老旧的话题,当人们在后现代语境下以文学的"镜子"反观自身的问题时,人和世界的关系也不再是对立的,从这一角度看,人或许可以成为世界的"肢体",而人从能够感知自身到能够感知自我与世界关系的过程也形成了一种由主体迁移至客体的隐喻。

梅洛-庞蒂提出的另一概念是"肉身化",即由于世界是身体感知到的,所以是身体的外延,又由于每个人的外延都处于交互状态之中,所以身体也具有重要的社会意义。同样是这个概念,梅洛-庞蒂在他的后期著作《眼与心》中再次从身体—主体的角度予以解释:"世界环绕着我,而不是面对着我。"③"眼"在梅洛-庞蒂的哲学系统里代表着可见的身体,"心"则代表着精神,属于"不可见"的范畴。身体是自己的可见者,身体也是自己的可感知者,而"身体又浸没在可见者之中"。④于是,作为主体的身体发出行动,而行动最后还是作用在主体身上,这便产生了一种可以感知的主体和客体的交互运动,在这个运动中,身体不仅是对象,而且也是工具,这是因为"与其说我看见了它,不如说我依据它"⑤。梅洛-庞蒂的身体哲学是具有革命性的,他首先颠覆了笛卡尔以来的身体——精神的二元对立思维,又适时地将身体哲学进行了革命,成为人们了解自己的身体与自己的思维共在的思维,这也为后来的哲学家以现代的视角看待身体、看待身体和精神之间的诸多问题留下了宝贵的哲学财富。

---

① 莫里斯·梅洛-庞蒂. 知觉现象学[M]. 姜志辉译. 北京:商务印书馆,2003:109.
② 同上,第110页.
③ 莫里斯·梅洛-庞蒂. 眼与心[M]. 杨大春译,北京:商务印书馆,2007:67.
④ 同上,第36页.
⑤ 同上,第40页.

　　在西方哲学进入到了现代时期,曾经的思想牢笼被打破,曾经的主体也不复存在。从结构主义的盛行时期开始,西方的哲学家就更愿意去思考世界的构成和人处于这种宏大叙事背景之下可以扮演的角色,哲学家开始关注一个事物或者一个系统的表意能力,而身体则作为一种广受关注的表意系统存在于许多哲学家的论述中。后结构主义者乔治·巴塔耶(Georges Bataille)对人类的欲望进行了详尽的论述,他试图用“欲望”对人身体的每个器官进行解读,器官的功能源于欲望,而发自于人的思想深处的欲望也同时被器官所限制。在巴塔耶的思想中,身体虽然是欲望生产、盛行、爆发的场所,是一种整体性的欲望“发生场”,但由于每个器官的欲望各不相同,身体又被割裂为若干个部分,在自身独特的功能指引下去产生不同的欲望。①巴塔耶思想的产生与西方的工业革命和理性主义盛行不无关系,资本主义的强大生产能力让巴塔耶十分不安,人身体的各部分不仅成为生产工具,而且在工业化的背景下已经被分割为各种消费场所。在这种情况下,巴塔耶将处于人类意识深处的“色情”当作一种能够挑战这种现有秩序和框架的力量。虽然巴塔耶将人自身的禁忌感、动物性等问题都用“色情”来解释,但这实际上都是用以挑战文明系统的一种说辞,身体在巴塔耶的哲学体系中被分裂、被邪恶化了。经由巴塔耶的解读,文学作品中的“欲望”被升华,人类由于自身的“欲望”而发生的故事成为一种“生产”;同时,工业时代又催生了各种欲望的产生,于是文学成为工业时代里“被生产”出的时代印证,所有关于人和他们各种各样欲望的问题成为批评家看待人的未来,或者看待作为一种工业时代主体的未来的着眼点。

　　米歇尔·福柯从考古学和谱系学上对已有的理性哲学进行了详尽考察,在其一系列颠覆传统的论著中,《临床医学的诞生》和《规训与惩罚》都从来自尼采的权力理论开始,并最终将考察的视角落在了身体——这个曾备受冷落又饱受争议的主、客体混合物上。所有与身体相关的权力关系,像现代医学、监狱、精神病学等作用于身体的权力机制都被福柯拿来并以全新的视角构成了自己的理论体系,而身体这个处于福柯思想核心部分的概念在福柯之后的哲学中一直处于学者争相注目的“聚光灯”之中。

---

　　① 乔治·巴塔耶. 色情、耗费与普遍经济:乔治·巴塔耶文选[M]. 汪民安编. 长春:吉林人民出版社,2003:22.

福柯认为,身体在本能和欲望层面上就成为权力的某种牺牲品,身体的养成过程与个体的形成过程无时无刻不在受到权力的制约,同时也在政治上臣服于权力,并最终成为权力机制的践行者。实际上,福柯一直在试图证明权力是以何种方式影响人、改造人,并且对整个社会进行控制和治理的,而所有一切权力应用的受体都是人的身体。

在《规训与惩罚》中,酷刑、监狱、惩罚、规训是福柯考察的重点,从奴隶社会开始,军队、警察、监狱、法律等国家机器的综合运用给人类的身体带来了空前的禁锢。一切适用于"规训"权力的作用点无疑落在了"身体"之上。当规训作用于宗教和文化时,礼仪、道德、信仰便成了规训人们身体的手段,也形成了一种无形的监狱。①有形的和无形的惩罚手段在不同的历史时期有时被文明化,有时被野蛮化,身体一直处于各种日渐文明的手段的规训之中,但凡身体出现有悖人伦、法律等行为,受苦的总是它自己。

福柯在《疯癫与文明》中就曾考察了文明社会对于麻风病、精神病的治疗和管理手段。福柯认为与中世纪人们对精神病患者的态度不同,古典时期之后的医疗与社会都在不同程度上把这类疾病看成是一种需要被禁闭的疾病,因为它能够进行破坏和伤害。而象征着理性的文明社会使用的种种手段则是对非理性的制约和禁闭,精神病人成为非理性、兽性的代名词。在这种规训机制下,身体的非理性部分被压制甚至被完全排除,取而代之的是对身体进行强行灌输理性观念并让其顺服,于是身体中承载的感性受到了压制,身体也沦为这种权力的牺牲品。

《临床医学的诞生》阐述了人们的感性经验是如何被科学的话语表述和制约生成出来的。医生和临床医学最爱使用的是一系列术语,这些术语为患者生成了一个想象中的"身体世界"。医生从对病人"凝视"(gaze)到"洞视"(glance)转变成为把患者的想象和感性认识从外表深入患者身体内部的转折。有关医院的一切机制,例如病例、图表、病房、医生和医学检查都作用于病人的身体,并最终形成了医学知识体系这种权力机制。②

福柯的哲学专注于阐释权力机制的产生和发展,落脚点在于在权力

---

① 米歇尔·福柯. 规训与惩罚[M]. 刘北成,杨远缨译. 北京:生活·读书·新知三联书店,1999:220-237.

② 米歇尔·福柯. 临床医学的诞生[M]. 刘北成译. 南京:译林出版社,2001:117.

机制的运作之下,国家、社会和人处于权力环节的何种位置并如何维护这种机制的运行。作为各种权力机制运作的对象,身体无疑在福柯的哲学体系中处于重要的位置。可以说,从福柯开始,身体开始成为各学科竞相研究、讨论的对象。在整个后现代的语境之中,无论在文学、文化还是各类科学之中,身体都扮演着让人既爱又恨的角色,身体开启了它在哲学中无限风光的大好时期。福柯无疑把人和围绕着它的社会关系解读成各种权力机制的集合,而身体又恰恰是人不能摆脱的"肉身"束缚,这样一来,当权力作用于身体,一切文学故事便有了被重新审视的机会。

德勒兹(Gilles Louis Rene Deleuze)和瓜塔里(Félix Guattari)的思想被学者们划分在后结构主义思想体系中。二人对身体问题的探讨来自欲望机器(desiring-machines)的概念,他们将弗洛伊德的驱动力理论与马克思的劳动生产概念相结合,探讨了身体通过欲望的驱使不断地去生产、制造的问题。器官机器(organ-machines)指的是身体的各种器官在欲望的驱使下不断地活动并生产出"给身体带来诸多折磨"①的东西,体液、指甲、排泄物等,这些产物对于欲望当然是一种理想的产品,而对于身体来说则是纯粹的负累。他们借用了戏剧理论家安东尼·阿尔托(Antonin Artaud)为了表达精神和身体相脱离的概念而提出的无器官的身体(the body without organ)这个概念,用于表达一种不受生物性的欲望控制的抽象的身体。无器官的身体具有抽象的共性概念,它并不是某个实实在在的身体,"它是一个分解和重组身体的过程,是一种形成和变形的身体过程,它是"根茎式"的,四处渗透和延伸"。②

无器官的身体这个概念在德勒兹和瓜塔里的论述中用以表达一种自由、灵活、不被任何事物所主宰的理想中的身体模型,而实际上,身体是一个有机体,它无时无刻不被器官的生产欲望所控制,它毫无办法地听任欲望机器对自己进行指挥,并不断重复地运动、生产。欲望机器的实质则指向了资本主义制度"对欲望的再编码,对欲望的领域化"。③资本主义通过对欲望的引导和重构而间接地控制了人们的身体,人们从而不得不为自己身体的欲望而不断地进行生产活动。

① Gilles Deleuze,Felix Guattari. *Anti-Oedipus*[M]. Robert Hurley,Mark Seem,Helen R. Lane. Trans. ,Minneapolis:University of Minnesota Press,2000,p. 9.
② 汪民安. 身体的文化政治学[M]. 开封:河南大学出版社,2003:6.
③ 汪民安. 身体的文化政治学[M]. 开封:河南大学出版社,2003:9.

　　在现代哲学家们的眼中,人类的身体既广受好评又备受诟病,人是主体,但人的身体却可以作为客体被对待;欲望是人的本质但却让人类疲惫不堪;人与人,人与社会间存在无数的权力纽带,但只有身体承受着一切的规训;人是理想的器官集合但被资本主义生产关系不停地亵渎。

　　伴随着人类的现代文明和现代哲学日新月异的发展,身体理论的产生与兴起给各个学科带来了诸多讨论身体的话题,例如身体社会学、性别研究等都针对身体的特性和文化属性进行讨论。大卫·阿姆斯特朗(David Armstrong)的《身体的政治解剖学》(*The Political Anatomy of the Body*,1983)、特纳(Bryan S. Turner)的《身体与社会》(*The Body and Society*,1984)、约翰·奥尼尔(John O'Neill)的《现代社会中的五种身体》(*Five Bodies:The Human Shape of Modern Society*,1985)和《交流的身体》(*The Communicative Body*,1989)等社会学著作的出现,"既是身体研究蓬勃兴起的标志,也直接推动了身体研究成为席卷欧美的持续理论热潮。"①于是,批评家们也开始以身体为窥视点去探视复杂的文学世界。

　　从结构主义各分支理论的发展来看,理论家开始不满足于对文学、文化现象的实地考察,他们开始试图把研究范式向自然科学靠拢,于是叙事学(Narratology)应运而生。1969 年,托多罗夫(T. Todorov)在《〈十日谈〉语法》中提出叙事学的概念,这个概念经过后来的学者们相继讨论与发展,最终成为针对所有形式的叙述中的叙事特征与差异,描述对于叙事的控制和规则系统的一门学问。虽然这个概念源自柏拉图对模仿(mimesis)和叙事(diegesis)两个理念的讨论,但经过历史的沉淀和后来结构主义、俄国形式主义兴起的影响,叙事学在现今已经成为渗透至多个学科中的一门学问。

　　身体研究和叙事学的结合产生了身体叙事学,曾为普渡大学教授的丹尼尔·潘代(Daniel Punday)的《叙事身体:建构身体叙事学》(*Narrative Bodies:Toward a Corporeal Narratology*,2003)可谓身体叙事学的先驱之作。潘代在这本著作中试图证明身体在叙事中扮演的角色、身体独有的叙事功能、叙事对身体的建构和解构作用。潘代认为,"叙事使身体

---

① 欧阳灿灿.欧美身体研究述评[J].外国文学评论,2008(2):24.

具有意义"，①身体对叙事的背景、过程、结果等方面的影响是巨大的，同时叙事也在不同程度上对受述者的身体起到了积极的作用，尤其是当叙事用以强调身体的特殊性质、用以构建身体的某些能力、用以强化身体给受述者带来的象征意义上时，叙事总是能够把身体刻画得淋漓尽致。虽然潘代很努力的将叙事学与身体理论结合起来并使之能够应用于文学批评，但实际上他忽视了身体在叙事中起到的一个重要作用，那就是受述者的"身份"问题。我国学者许德金、王莲香认为，潘代的身体叙事学还忽略了对"身体"的定义、缺少解释作者自身的身体对人物身体的作用、忽视了身份和身体对叙事创作产生的作用。②

　　作为潘代同时期的身体叙事学守卫者，彼得·布鲁克斯（Peter Brooks）也在他的著作中阐释了自己的身体叙事理论，他的《身体活：现代叙述中的欲望对象》（*Body Work：Objects of Desire in Modern Narrative*）从弗洛伊德的精神分析学出发，最终将关于身体的叙事阐释为身体欲望的终结。③随着西方身体叙事理论的逐渐发展，我国的理论家并没有重复国外学者的研究路数，汪民安、陈永国、谢有顺、陶东风、葛红兵、宋耕、南帆等学者在身体与身体叙事研究上都有着很多深刻的认识与论述。国内学者对于身体叙事内涵的认识比较严谨，多集中于以身体的动作、行为和功能模式而衍生的一系列叙述方式上；国外学者则多将身体叙事放置于一个更广阔的领域中去探求身体对于故事、人物、结构、情节以及主题上的作用。

　　对于一门研究身体如何参与叙事，并对叙事从结构到内涵起到何种实际作用的学问来说，身体叙事学还很年轻。正是因为如此，一个开放的理论体系必然等待着研究者们对它进行开拓和补充。当身体叙事学与其他文学理论开始结合时，相关的性别、消费、图像、修辞、政治、文化、生态研究等多种后现代时期的理论都与身体叙事学形成了一定的交叉。

　　从创作实践的角度看，现代小说离不开人物、叙述以及与之相关的社会背景，而当小说所叙述的故事涉及人和人所在的这个世界时，身体

① Daniel Punday. *Narrative Bodies：Toward a Corporeal Narratology*[M]. New York：Palgrave Macmillan，2003，p. 58.
② 许德金，王莲香. 身体、身份与叙事——身体叙事学刍议[J]. 江西社会科学，2008（4）：29-30.
③ Peter Brooks. *Body Work：Objects of Desire in Modern Narrative*[M]. Massachusetts：Harvard University Press，1993，p. 5.

在一定程度上会在故事中扮演重要的角色。在斯蒂芬·金的很多故事里，身体都扮演着重要的角色，既能推动故事发展，又能塑造人物形象，还能够深化主题内涵，从这一层意义上来看，身体学和身体叙事学可以对研究金的创作提供很好的帮助。

人物的喜怒哀乐，人与人之间的悲欢离合都离不开作为精神依托的身体，一切人物形象的崇高、伟大或卑微、平凡都不能摆脱作为物质基础的这个"肉身"。有关身体的问题关乎人类的生存和发展，更关乎人类社会的未来。无论是科幻、恐怖、奇幻、言情、都市风格的通俗作品，还是描绘人类历史、社会、文化、心理的"高雅艺术"，现代小说所关注的都是"人"的问题，正是在这个意义上，身体叙事理论才与现代艺术形成了广泛的契合，而研究者也才能够通过身体这个"表象"来透视艺术的"内心"。因此，中外学者有关身体理论研究的成果对当代文学创作与文学批评皆有着重要的影响，也对研究斯蒂芬·金的小说提供了一条新途径。

第五节　选题研究的学术价值、核心问题、创新点与研究方法

一、选题的学术价值

首先，在后现代的大众文化语境中，研究斯蒂芬·金的作品具有积极的现实意义。通过对金作品的研究既可以使人们明晰地看到美国现代社会中存在的种种问题，又可以透视后现代社会与人之间的复杂关系。文学在促进人的自我创造及再创造、达成对人自身的本质认识以及维持人自身发展等层面构成了文学的终极价值。①金的小说聚焦于后现代社会中的独立个体——人，并且立足于美国人的家庭与日常生活，他习惯将社会问题投射到家庭故事中，使家庭成为社会的微缩景观。金在故事中塑造了许多形象各异的男人和女人，这其中有慈祥温和的丈夫、

---

① 胡铁生. 后现代主义文学的终极价值追求[J]. 学习与探索,2018(2):172.

暴虐狂躁的父亲、冷酷无情的妻子、舐犊情深的母亲、追逐梦想的儿子、残忍弑母的女儿。可以说,金是一位具有人本主义情结的作家,日常生活中的"人"就是金的小说所关注的核心,与美国人相关的就是为数众多的美国中产家庭,这类美国普通家庭的内部矛盾则是其小说中各种暴力场景的导火索。金通过其充满哥特元素的故事成功地将美国社会与美国人之间的矛盾异化,在后现代文学语境中完成了对传统意义上美国民众生存状态的解构和再建构。

其次,在后工业时代的社会形态中,对金的作品进行研究可以为读者提供一条清楚认清社会现状的渠道,并以此反观现有社会问题在文化、政治、经济等方面的深层次原因。在当代的大众文化语境当中,文学的表现形式已呈多元化,传统文学中的叙事策略被颠覆,当代主流文学意识倾向于后现代的不确定性。[①]金以恐怖小说见长,其小说中的恐怖元素深植于美国人的文化认知与文化基因中。除此之外,金的很多现实类型的作品也对后现代社会有着精准、深刻的描绘。可以说,无论采取了何种文学表现形式,金的小说在内容上始终折射了美国当下社会的人文现状,对于这样一个有着"现实主义哥特"特质的作家进行系统研究,可以使读者和批评界在厘清纷繁的评价之后透视美国当今社会与文化中存在的问题,进而使人们有机会、有视角准确地去反观自身社会存在的症候。

再次,研究金的文学创作有助于读者更好地透视后工业时代美国社会的发展脉络,从人类命运的高度看待人类社会作为"命运共同体"意义上的未来。在金的笔下,新兴科技与人类之间的博弈、工业生产对人类生活环境的影响都成为人类所必须面对的挑战,尤其在《末日逼近》《迷雾》《手机》《克里斯汀》《卡车》等小说中,全人类都面临着后工业时代科技进步带来的生存方式的变化。可以说,金的某些小说具有强烈的"反乌托邦"色彩,这一点给金的创作赋予了极强的政治意义。在文艺美学的基础上,文学的政治美学价值已提升到前所未有的高度,并形成了文学价值的增值,在文学关注人类自身的幸福和快乐层面为文学研究拓宽了视野。[②]关注并探讨金的文学创作可以有效地体会金所创造的"故事

---

① 綦天柱,胡铁生.当代大众文化语境下的文学经典化[J].求是学刊,2017(1):134.
② 胡铁生.理想社会建构的文学思维模式——以西方乌托邦与反乌托邦小说的正向与逆向思维模式为例[J].甘肃社会科学,2018(2):84.

世界”对现实世界的“价值增值”,更能够从“人类命运共同体”的视角前瞻后工业时代之后人类的发展与未来形态。

最后,金的通俗小说研究有助于学术界进一步认识当代大众文化语境下通俗文学作品如何在形式与内容之间达成一致,使其“不入流的”惊悚小说顺应后现代主义文学的发展潮流,为当今“不景气”的文学再度走向繁荣找到一条行之有效的途径。

二、选题研究的核心问题

在创作形式上,金的叙事策略是研究的核心问题之一。金的小说叙事结构紧凑、情节连贯,作家善于将线性叙事与非线性叙事有机结合,利用“视觉化叙事”去刻画细节、制造恐怖气氛。金还善于在叙事中不断变化视角,或者通过频繁更换叙事者来达到全方位刻画人物的目的。金在其作品中采用身体叙事、空间叙事等策略去完善小说中人物的性别身份建构。此外,由于金的小说继承与发展了英国维多利亚时期惊悚小说的叙事理念与结构,在形式与内容之间达成一致而受到其他文艺领域的重视,因此他的多部小说被改编为影视作品,《闪灵》和《一号书迷》(*Misery*)等作品获得了奥斯卡等电影奖项的青睐。

在创作内容上,金的小说具有的政治美学价值也是研究的要点之一。金的创作植根于美国当代的社会现实,深刻、清晰地反映了后现代时期美国社会的现状。同时,金的一些小说情节离奇、人物怪异,在故事内容的荒诞、诡异上又具有浓烈的后现代色彩。金讲述的故事神秘离奇、情节怪诞、人物古怪,这些因素一方面让读者喜爱有加,另一方面使他的小说饱受争议,也成为令批评者难以从总体创作规律和主题上研究金小说的一个原因。金的研究专家托尼·麦基斯特利认为,金应该被看作一种严肃的社会批判者,他的作品反映了整个美国文学传统中最受关注的一些核心问题。[①]

在新形式主义的影响下,文学的“审美回归”趋向讲求审美与政治、形式与现实、美学原则与社会关注之间的平衡。[②]如果只关注金的文学

---

① Tony Magistrale. *Stephen King*, *The Second Decade*: *Danse Macabre to The Dark Half*, p. 157.

② 胡铁生,宁乐. 文学审美批评传统及其当代走向[J]. 甘肃社会科学,2019(1):70.

创作的形式,则会失去这种"平衡",陷入无尽的结构分析和叙事话语解读之中;如果学术界仅关注金作品所表达的社会意义则又会忽略其创作策略上的文艺审美意蕴。所以,针对金的小说中所内含的文艺美学价值和政治美学价值,本研究旨在将作品的内部研究与外部研究相结合,进而对金在当代大众文艺语境下文学创作的形式与内容的辩证统一关系进行探究,对当代大众文化消费时代的通俗文学研究具有重要的学术启示性意义。

身体叙事学为形式和内容相融合的研究提供了强有力的理论支撑。身体叙事学关注的是身体在文学作品的结构上可以起到何种作用,同时也关注身体作为一种叙事元素在文学作品的内涵和主旨上扮演着何种角色。本选题研究的重点在于发现金的小说创作中"身体"在其作品的叙事结构和故事意蕴两个方面所具有的价值和意义,并以此为基础,对金通过其作品表达的思想内涵进行深度挖掘。在金的小说中,身体叙事可以作为故事情节发展的助推器,也可以作为人物进行各种社会活动的主体或依托。身体叙事既形成了其小说故事的矛盾,同时也塑造出栩栩如生的当代社会中的人物形象,从这个层面上看,发现金的小说中"身体元素"的价值就等同于发现其小说在结构和内涵上的文艺美学和政治美学的价值,同时也对肯定金的创作在形式与内容上的有机统一具有重要的意义。

三、创新点

本选题研究是在前人研究基础上的深化研究,其创新点主要体现在以下三个方面。

第一,本研究不同于以往国内外对于金的小说研究中的个案研究和类型研究。本研究以身体元素为着眼点去探究金的小说中的叙事机制,意在更加系统、更加全面地揭示金在后现代叙事艺术中对维多利亚时期惊悚小说的继承与发展。本选题采取文学的内部研究的方式对金的小说创作主旨及其内涵进行探讨,尤其从创作形式与内容相统一的美学层面来肯定金的通俗小说中所具有的"严肃文学"的价值,以期回答学术界对金的小说是"高雅"还是"低俗"的争论。

第二,本选题摒弃了对小说人物形象类型的概括性研究,而是关注金的小说中的人物构建策略与情节规划技巧,以身体叙事学为批评手段来探讨金在构建人物形象与故事情节中所使用的叙事策略,并以此为基础来挖掘金的创作形式背后的社会文化因素,将社会意识、社会规约、社会主流审美一并纳入本选题研究的范畴之中,以此来探讨金的后现代主义叙事策略与大众文化形态之间的关系,发现大众文化语境中金的小说创作形式上的文艺美学价值。

第三,本选题研究突破了以往针对金的"后现代哥特式小说"研究的藩篱,而是把金的小说看作后工业时代的美国社会的现实写照,以身体研究为视角,关注其小说中反映的文化、政治意识形态,以内、外部研究相结合的方式深入探讨金在创作中所表达的现实讽刺、社会批判、政治愿景和对人类社会的未来构想,因为"艺术的形式之所以是社会的形式就在于,审美幻象表现的是艺术作品对现实的态度,它通过自身变成一种更高的实在性来否定现实世界以此彰显社会的真实",①这一点也为从文学内涵上肯定金的小说的政治美学价值做出了理论支撑。

四、研究方法

首先,本研究采用比较分析的基本路径,对身体元素在金的小说中所呈现出来的不同形态进行分类,以发现作为意象符号的身体在金的不同作品中蕴含的文学所指。在适用理论上,本研究使用身体叙事学和身体学的相关理论作为批评实践的理论基础,以使该选题研究在相关理论框架内保证文本分析和阐释的科学性和可实践性。

其次,本研究采用篇章分析作基本论述策略,对金的小说中的身体元素在故事的形式和内涵上所起到的作用进行逐层讨论,旨在发现身体叙事对金的文学创作所起到的重要作用,并对身体元素在金小说中的实际功能做出总结。在批评实践层面上,本选题研究采取文学的外部研究和内部研究相结合的方式,以叙事学基本理论为指导,力图从多个维度阐释、解析其文本构建的策略,用以反观身体元素在叙事形式上起到的作用;本选题研究还将综合运用历史批评、文化批评、女性主义批评、政治批评和身体叙事学的理论作为批评手段,挖掘身体元素在揭示故事内

---

① 张盾. 超越审美现代性:从文艺美学到政治美学[M]. 南京:南京大学出版社,2017:68.

涵、烘托故事主旨、表达故事的社会意义上所扮演的角色。

最后,本研究依靠结构分析与文本细读法,旨在发现金的小说在形式上的内部肌理与内容上的文学批判作用,重点深入挖掘金的小说叙事话语存在的社会和文化渊源,并对金的小说在形式与内容的统一性进行论证,以期发现金的小说在后现代语境中具有的独特文学价值。

此外,金的创作历时长、著述多,需要研究者依靠大量的文本阅读来支撑相关研究的开展。若要比较系统、全面地批评金的作品,研究者就需要搜集、研读和评价大量相关的国外文献。在广泛阅读社会学、历史学等多学科的相关书籍和文献的同时,还需要把美国当代社会文化认知与经济发展等诸多因素考虑在内,唯如此,本选题研究方可对金的文学创作进行较为客观的评价。

第一章 身体压抑的现实书写

或许由于被母亲独自抚养长大,斯蒂芬·金在创作中对女性人物经常有着某种莫名的同情和怜悯,而女性又往往是文学作品中饱受压抑的"客体",所以发生在她们身上的故事总是不那么令人愉快。梅洛-庞蒂的学说打通了人作为主体和客体的界限,也让金笔下的"她们"有了反抗压抑的"主体身份"。

第一节 《凯丽》对身体压抑与 反抗的文学反思

《凯丽》是斯蒂芬·金的成名作,是他"在拖车里用妻子的便携打印机在两周内"写成的。[①]《凯丽》第一次印刷后就在很短的时间内卖出了三万本,同时跻身 1974 年畅销小说之列。[②]故事讲述的是高中女生凯丽·怀特(Carrie White)父亲早亡,母亲玛格丽特(Margaret)是个极端的原教旨主义者,动辄把凯丽关进小黑屋以"赎罪"的名义让她屈服于自己的极端思想。家庭的不幸使凯丽备受煎熬,也使她在生活中受尽来自家庭和社会的歧视。

凯丽拥有与生俱来的意念移物能力(Telekinesis),孤独的她经常锻炼自己的特异功能,直到可以随心所欲地移动物品,这反倒为她的人生悲剧埋下了祸根。凯丽的同学苏·斯奈尔(Sue Snell)不希望凯丽再受欺负,便说服自己的男友汤米(Tommy Ross)邀请凯丽参加学校舞会,并借机让凯丽与同学正常交往。凯丽在舞会上意外获选舞会皇后,随即遭到旧敌克里斯(Chris)算计,被淋了满身猪血。失去理智的凯丽燃起

---

① George Beam. *The Stephen King Companion*, p. 165.
② Joseph Reino. *Stephen King: The First Decade, Carrie to Pet Sematary*, p. 11.

大火,烧死了几乎所有参加舞会的师生,回到家后,母亲刺伤了凯丽并要杀死她来"赎罪",愤恨的凯丽用意念停止了母亲心脏的跳动,最后凯丽也因流血过多而死去。因此,该惊悚小说也成为金在后现代社会境况下从事文学创作的代表作。

《凯丽》"沿承了19世纪惊悚小说对女性压抑的描写,"①同时又突破了惊悚小说的叙事结构,用非线性、文本拼贴等叙事策略建构了故事情节。凯丽承受的社会和家庭两个层面上的压抑作用于她的身体,改变了她的身体状态;她试图摆脱压抑的所有活动是这个故事的主线。在后现代社会语境下,凯丽摆脱身体原有符号属性的抗争是推动着故事从发生到结束的叙事动力,这个关乎身体的动力持续作用于故事的发生、发展,直至最后悲剧发生的故事高潮。《凯丽》的美学价值体现在金将后现代的叙事结构和批判社会现实的故事内涵有机结合之上。

一、现代社会中压抑的身体

"身体"是《凯丽》的叙事框架,由身体推动的故事则反映出现代社会中家庭背景和学校环境对少年成长的影响。《凯丽》的文学价值也主要体现在身体的故事叙事形式与故事深刻内涵的有机统一之中。

不良的身体形态是凯丽压抑的源头。这个与大众审美反差极大的人物形象就是金给凯丽的最初设定:"凯丽木然地站在其(浴室)中,像天鹅群中的一只蛤蟆。她身材矮胖,脖子、后背和臀部长着许多疙瘩,湿头发没有光泽;毫无生气地贴在脸上。"②在身体被符号化的社会中,身体条件不佳的凯丽显然不会被这个社会的主流审美所接受。所以,从故事一开始,金就通过身体叙事为凯丽的命运披上了一层悲情色彩。凯丽又是学校同学中公认的丑小鸭,男同学对她不屑一顾,女同学更是闲来无事便羞辱她一番,就连教室的课桌上都刻着"玫瑰花儿红,紫罗兰花儿紫,凯丽·怀特吃屎。"③在现代社会中,身体被赋予了多重意义,相貌、身材、力量都成为个人被社会评价的标准。后现代的身体又具有符号属

---

① 李增. 在通往经典的路上——英国十九世纪惊悚小说研究的历史与现状[J]. 外国文学动态,2014(3):53.

② Stephen King. *Carrie*. New York:Penguin Books,2011,p. 3.

③ ibid. p. 5.

性,同时拥有能指功能,而对应这个能指的若干所指内容也成为现代社会对人的价值的认可标准。有学者指出,《凯丽》的恐怖在于它揭开了社会的阴暗面。①身体的多重能指功能成为现代人评判人的价值的重要标志,同时也是体貌不佳者痛苦的来源。在性别社会中,女性的身体恰恰又被赋予了更多的符号意义,尤其在男性主导的价值体系中,"女性身体在展示的时候最好是完美的,皮肤是柔软、有弹性、无体毛、光滑的,身体是恰到好处的,既苗条又有曲线。"②故事的女主角凯丽的身体则全然不具备这种理想中的外在身体条件,金通过凯丽的身体由内及外的变化将美国社会中存在的问题揭露出来,突出表达了女性面对身体问题时遭遇的压抑,点明了社会价值标准对女性身体的戕害。

凯丽的"身体问题"成为美国社会问题的缩影,单亲家庭与母亲的宗教信仰危机加重了萦绕在凯丽心头的压抑。凯丽生在单亲家庭,母亲玛格丽特笃信"极端的原教旨主义",从未传授给凯丽有关女性的生理知识,这导致青春期的凯丽处于恐惧、无知、混乱之中,她在绝望中向同学求救却没有得到帮助,反而招来了女同学的嘲笑和围观。恐惧至极的凯丽悲愤交加,直到被闻讯而来的体育老师德斯佳汀(Rita Desjardin)解救出浴室。德斯佳汀老师随后处罚了带头闹事的克里斯,这也导致克里斯对凯丽恨之入骨,计划了对凯丽的报复行动。

在性别社会中,女性身体的压抑往往不止来自男性,更多的是来自由男性主导的身体文化体系,在这个体系里"一个女人的美或不美将决定女人一生的命运。"③身处这种文化体系中的女性往往不能自拔,于是,对"不美者"的歧视和嘲笑便随之而来,凯丽遭受的压抑便是"社会自我憎恨"的体现。

凯丽对身体的自卑是她内心中压抑和苦闷的源头,有关身体的社会规约造成了她的悲剧。凯丽由于相貌不佳、行为笨拙而长期以来一直是大家的笑料",④她极度自卑、缺乏自我认同感,所以她梦想学校"有单独

① 郭佳雯. 史蒂芬·金之《魔女嘉莉》作为反生殖未来主义的酷儿剧烈美学[J].(台湾)文化研究双月报,2014(3):58.
② 马蓼. 视觉文化下的女性身体叙事[M]. 成都:四川大学出版社,2009:54.
③ 赵行专. 大众文化语境下的女性身体美学[J]. 中国矿业大学学报(社会科学版),2007(2):137.
④ Stephen King. Carrie,p.125.

的淋浴间",不愿同学们"总盯着我看。"①在对于女性的审美苛刻到可以量化的现代社会中,"女人身体的每一个部位都需要改良或者重造,以接近标准化的美女形象"。②处于青春期的凯丽恰好需要一个漂亮、健康的外表为她带来足够的自信,所以改变身体的状态成为凯丽的最大愿望。这个美好愿景与现实之间的差距给凯丽带来了极大的压抑,这种压抑一方面成为她积极改变自己并最终化茧成蝶的动力,另一方面也成为她最终疯狂报复、毁灭一切的祸端。

小说中身体叙事的作用不仅在于塑造了凯丽在故事最初的形象,同时也在于将凯丽拥有的"内在力量"的变化作为推动故事发展的叙事动力。凯丽虽貌不惊人,却拥有与生俱来的意念移物能力(Telekinesis),她儿时就在不经意间让自己居住的小镇下了场"石雨"(rain of stones),砸坏了多处房屋。由于母亲玛格丽特笃信"极端的原教旨主义",她认定凯丽是个有"魔鬼力量的孩子",③她认定凯丽拥有特异功能,身上的罪孽深重,所以她动辄使用暴力把凯丽关在自家壁橱里,好让她"请求上帝宽恕罪孽"。④凯丽体内的强大力量在玛格丽特的压制下一直处于潜伏状态,虽然凯丽对自己拥有特异功能的这一点非常清楚,但无奈于玛格丽特的暴力约束而不敢使用。在学校里,凯丽更多地是希望自己能够融入群体而不被当成异类,所以她更不敢显露自己的特异功能。当身体拥有某种超乎常人的能力却不得不勉强控制时,心理压抑也随即产生。这种身体上的"内"与"外"的反差形成了推动故事发展的基本动力。凯丽所承受的压抑不仅来自身体的外在形态,也来自身体内部的隐匿力量,这两种身体的压抑在她身体上不断地积累,不断地作用于凯丽的"问题身体",从而形成了叙事张力,推动了故事情节的发展。

家里的祭坛和壁橱是经常囚禁凯丽的地方,虽然"屋内空间一直被当成可以保护传统思维中理想的天使之地,但终归是隐藏'女魔鬼'身份的地方。"⑤凯丽这个"魔鬼的孩子,撒旦的种子"⑥就在这种看似无休止的幽禁中积蓄着力量,等待她的则是酣畅淋漓的爆发。金的叙事以身体

① Stephen King. *Carrie*, p. 2.
② 马藜. 视觉文化下的女性身体叙事[M]. 成都:四川大学出版社,2009:55.
③ Stephen King. *Carrie*, p. 72.
④ ibid. p. 40.
⑤ Daniel Punday. *Narrative Bodies*: *Toward a Corporeal Narratology*, p. 119.
⑥ Stephen King. *Carrie*, p. 125.

为出发点,从自身因素和社会因素内、外两个维度上刻画了凯丽的形象,表达了她内心的压抑,也制造了凯丽身体的"外"与"内"的反差。这种关于身体的反差实际上已成为凯丽自身的矛盾所在,并且让她处于不稳定的状态之中,是她后来寻求改变的原因之一,也成为推动故事发展叙事动力,成就了《凯丽》在叙事形式上的美学价值。

二、畸形家庭中压抑的身体

后现代的社会现实和大众文化语境是金的创作背景。《凯丽》植根于美国社会的一些现实问题,单亲家庭、宗教狂热、校园霸凌、未婚先孕等社会问题都凝聚在这个故事之中。金的创作灵感"来自他的一位高中同学和他做教师期间的一个学生。"①金自己也坦言:"对我而言,凯丽·怀特是一个被错误引导的少女,她是那种郊区高中里常见的受男女生欺负并常常精神崩溃的学生的典型。"②《凯丽》中凝结了美国家庭与社会中存在的诸多问题,作为叙事形式的身体叙事对揭露美国社会的阴暗面起到了至关重要的作用。

单亲家庭和极端宗教问题是凯丽自卑心理的罪魁祸首。缺少父爱的凯丽"生活在极端宗教的尘埃中,"③玛格丽特则一直向她灌输自己畸形的身体观,幼年的凯丽从未正确认识过自己的身体,也未曾意识到自己与生俱来的意念移物能力,只会"对着浮在空中的奶瓶咯咯笑"。④凯丽长期处于身体和精神的双重压抑之中,她日渐成熟的身体意识一直与这个不幸家庭对她身体的戕害进行着对抗。壁橱、祷告、体罚禁锢了凯丽的身体和灵魂,在家中的"无形监狱"里,凯丽利用长时间的独处与自己的身体进行着交流,她最初练习用意念移动梳子、烟灰缸,后来可以挪动自己的沙发床,或让咒骂她的小男孩摔倒,直至最后,她可以靠意念移动一切物品,"像神殿中的力士参孙一样,随心所欲地让灾难降临到她们头上"。⑤凯丽身体内神秘力量的逐渐强大给了她些许自信,身体内在的

① 詹姆斯·帕里什.斯蒂芬·金[M].叶婷婷译.上海:上海交通大学出版社,2012:64.
② Stephen King. *Danse Macabre*[M]. New York:Berkley Press,1981,p. 20.
③ Joseph Reino. *Stephen King:The First Decade,Carrie to Pet Sematary*,p. 15.
④ Stephen King. *Carrie*,p. 110.
⑤ ibid. p. 70.

力量是一直支持她的精神动力。

　　家庭教育的缺失间接制造了凯丽的生活悲剧。凯丽渐渐变化的身体外观也影响了她身体意识的转变。直到凯丽 17 岁时,在老师德斯佳汀的帮助下她才明白了自己身体发生了什么样的变化,也对自己的身体有了新的认识。

　　梅洛-庞蒂认为:"身体是其自身的可见者和可感者,是一种自我,一个过去和一个将来的自我。"① 在镜子前,凯丽能够将身体的镜像与自己对身体的感知对应起来。在梅洛-庞蒂的身体理论中,这个认知过程便构成了一种人们了解自己身体的"身体图式",它可以让凯丽更加清晰地认识到现在的"自我",同时也通过对比去反思过去的那个"自我"。凯丽是"因为身体图式而拥有了身体意识",② 而且这种身体意识是逐步走向成熟的、健康向上的。玛格丽特因为凯丽"是女人了"而"扬起手臂打在她的下巴上",③ 随即将她关进壁橱"赎罪",让她承受自己的罪行。凯丽虽再次妥协,但体内的力量经过长久的压抑,已经喷薄欲出。温特指出,《凯丽》中的"血"具有象征意义,是一种女性力量。④ 凯丽的健康、充满活力而且逐渐成熟的身体意识是摆脱一切压抑的力量,它对抗着她身体承受的压抑并开始占据上风。

　　身体上由内及外的成熟虽是凯丽改变自我的动力,但畸形的家庭却将凯丽推向另外一个极端。身体的发育不仅意味着凯丽在生理上的成熟,更意味着凯丽对自己身体掌控权的争夺,同时,对身体内在力量的控制也让凯丽充满自信,这些都令凯丽在摆脱身体压抑的道路上迈出了更大的一步。在学校即将举办毕业舞会之际,她执意参加学校舞会,而玛格丽特却不愿女儿前往。或许玛格丽特对凯丽身体的控制在过去还有一定作用,但对于凯丽这样一个身心都成熟起来的年轻人来说,她已经逐步掌握了自己身体的控制权,无论从内在力量还是外在表象而言,凯丽都已经足够强大,能够对抗长久以来的身体压抑。在内在力量上,凯丽的特异功能已经能够"让床像电梯一样上升、下降";⑤ 在外表上,凯丽虽然曾经"不喜欢自己无神的双眼、红亮的粉刺",但现在她已学会欣赏

---

① 莫里斯·梅洛-庞蒂. 眼与心[M]. 杨大春译. 北京:商务印书馆,2007:37.

② 莫里斯·梅洛-庞蒂. 知觉现象学[M]. 姜志辉译. 北京:商务印书馆,2003:183.

③ Stephen King. *Carrie*, p. 42.

④ Douglas E. Winter. *Stephen King*[M]. Mercer Island:Starmont House,1982,p. 33.

⑤ Stephen King. *Carrie*, p. 72.

自己身体,开始体会身体与内心感受之间的互动,她"觉得自己的腿可以和苏(Sue Snell)的腿相媲美,不吃巧克力的话粉刺也会消失"。①实际上,凯丽已经早就为参加舞会做好了一件连衣裙,"她产生了一种奇妙的梦一般的感觉,半是羞涩,半是反抗的兴奋"。②这种兴奋源自凯丽对自己身体的掌控,情窦初开的羞涩和对自己的特异功能的掌控使凯丽更加深刻地体会到掌握身体主动权的快感。

健康的身体观念在凯丽心中一旦埋下种子便开始不停地生长,凯丽也开始反抗多年来玛格丽特对她身心的压抑。格里格·维勒(Greg Weller)曾指出:"凯丽的生母玛格丽特的形象是一个恶母(Mother from Hell)。"③可以说,玛格丽特的母亲角色是非常不称职的,她一直用极端、畸形的身体观束缚着凯丽,使凯丽成为自己极端信仰的牺牲品,这种约束形成了凯丽一生的压抑,也最终成为她弑母的原因。

当凯丽承受着来自家庭、社会的双重压抑时,她身体上的每一点变化都表征着她摆脱压抑的强烈渴望。身体和意识具有统一性,梅洛-庞蒂曾用一位女病人的例子证实了这一原则。这位女病人因为母亲的阻挠不能与爱人相见,结果开始厌食、失语。母亲同意二人相见之后,她的病情完全好转。④可见,当身体遭受压抑的时候,意识会作用于身体,于是身体的变化也就成为意识的一种表达途径。金在这里着重描绘了凯丽身体内、外状态的改变,凯丽身体状态的变化对应的其实是她身体意识的萌发与成长,同时,身体意识的变化也一步步地对应着她内心逐渐强大的过程。这个过程持续地作用于凯丽,并最终引发了凯丽身体上的质变,也导致了故事的悲剧性结局。从这个角度看,在身体叙事的框架之下,金实现了叙事形式与内容的统一。

三、多重压抑下反抗的身体

凯丽对于压抑的反抗经历了三个阶段:身体意识的萌生、对身体的

---

① Stephen King. *Carrie*, p. 31.

② ibid. p. 89.

③ Greg Weller. "The Mask of the Goddess: The Unfolding of the Female Archetype in Stephen King's *Carrie*." In Tony Magistrale, ed. , *The Dark Descent: Essays Defining Stephen King's Horrorscape*, pp. 7-8.

④ 莫里斯·梅洛-庞蒂. 知觉现象学[M]. 姜志辉译. 北京:商务印书馆,2003:211-213.

掌控、对身体的失控。这三个阶段都是以身体的变化为出发点而最后又回归到凯丽的身体本身。凯丽意识到自己身体的外在变化和内力的增长,于是试图通过改变自己的外在形象来获得认同;随后凯丽对自己的身体形成了自我认同感,也更加熟练地掌握了自己的内在潜能;凯丽最终对自己身体的认同感崩塌,爆发出体内的潜能之后身体也随之消亡。金通过叙述凯丽的身体状态推动了情节的发展。

凯丽的反抗出于学校、家庭、同学等多方面的压抑,也出于身体的日趋成熟带给她的力量。德斯佳汀老师不仅解救了被众多同学围攻的凯丽,还传授给她相关的生理知识,在后来的舞会中,德斯佳汀老师也扮演了对凯莉嘘寒问暖的替身母亲的角色。苏一直在扮演一个拯救者的角色,她说服了男友罗斯去邀请凯丽参加舞会,让凯丽真正开始去接触"外面的世界"。[①]如果说德斯佳汀老师和苏·斯奈尔的角色可以看作凯丽的"良母"(Good Mother)[②]的话,她们的帮助给处于家庭和社会双重压抑中的凯丽带来了一丝暖意。

现实世界的残酷激发了凯丽最终的反抗。玛格丽特"是凯丽'最恐怖的梦魇',或者说是个十足的'女巫'",她不会放弃对凯丽的控制,"不仅是在精神上对凯丽进行压制,而且在身体上也对她进行摧残。"[③]凯丽的同学克里斯(Chris Hargensen)因为带头围攻凯丽而被取消参加舞会的资格,她怀恨在心,并一心想要报复凯丽,算得上是凯丽母亲形象的"讽刺性体现"。[④]一方面,未经世事的凯丽在家里和学校里受尽屈辱,并不清楚自己有什么样的内在力量;另一方面,身体状态的改变让凯丽对世界充满好奇,她渴望参加学校的活动、渴望得到被认可。由于玛格丽特不许她去参加舞会,凯丽就用"我要让石雨再次降临"[⑤]来威胁母亲玛格丽特,虽然"凯丽那种深深的不安一直萦绕在她心头",[⑥]但是她身体内日渐强大的力量给了她反抗压抑的自信和勇气。

---

① Stephen King. *Carrie*, p. 45.

② Greg Weller. "The Mask of the Goddess: The Unfolding of the Female Archetype in Stephen King's *Carrie*." In Tony Magistrale, ed. , *The Dark Descent: Essays Defining Stephen King's Horrorscape*, p. 8.

③ Stephen King. *Carrie*, p. 9.

④ ibid. p. 11.

⑤ ibid. p. 45.

⑥ Douglas E. Winter. *Stephen King*, p. 32.

　　凯丽身体的内部、外部矛盾促动了故事的发生和发展,并将故事推至一个惨烈的结局。在经历了一系列的"量变"后,凯丽的身体终于在内、外两种力量的推动下发生了"聚变"。在罗斯(Tommy Ross)的邀请下,凯丽参加了毕业舞会,从在家中焦虑、忐忑的等待到在罗斯的陪伴下步入会场,凯丽虽然紧张但心中格外兴奋,精心打扮的她显得光彩照人,同学和老师们纷纷夸奖她"真漂亮""今晚你是最棒的"。①在舞会将要结束时,凯丽意外当选"舞会皇后",这让凯丽的身体产生了强烈的反应,她"惊讶地倒吸一口气,险些窒息",甚至感到自己在舞台上"双腿打颤"。② 与其说凯丽的身体反应是由于极度紧张造成的,不如说这是她多年来的压抑在身体上的释放。经历了痛苦的隐忍、挣扎与抗争,凯丽的外表在这一刻达到了峰值,她的心灵也因此得到了极大的慰藉。此时的凯丽俨然完成了身心的蜕变,在凯丽的眼里,她已然成功逃离了玛格丽特的身体监狱,摆脱了同学们的身体歧视。凯丽站在舞台中央,享受着全场人投来的艳羡目光,身体和灵魂都"沉浸在这美好的宁静之中"。③

　　但是,凯丽的身体和精神真正属于自己的时间是短暂的,她本以为这是一场完美的人生体验,但遭到了死敌克里斯的算计,她被早已安放在舞台上空的一桶猪血淋遍了全身。全场观众先是突然无声惊讶,然后是哄堂大笑。这突如其来的变故让她"心脏狂乱地跳着,身体凉得像冰,脸色惨白,两颊像发烧一样红但身体却凉得像冰块;她脸色惨白,两颊上却露出发烧时才有的暗红色腮红,她的头剧烈疼痛,已完全失去了理智"。④经历了多年的抗争,凯丽对身体的美好期待彻底被击碎,残酷的现实和同学们丑陋的笑容更刺激了凯丽体内那积存多年的神秘力量。当凯丽的外表不足以抗拒这长久以来的压抑时,只剩下她巨大的内在潜能才能反抗她受到的不公对待。

　　凯丽的身体最终成为暴力的发生场。当同学们再次嘲笑凯丽时,她"双腿弯曲,跳到台下,像只红色的蛤蟆从花瓣上跳下,摔了个嘴啃泥"。⑤这种极端的落差让凯丽颜面尽失。与此同时,凯丽回忆起多年来

① Stephen King. *Carrie*, p. 112.
② ibid, pp. 119-121.
③ ibid. p. 122.
④ ibid. p. 140.
⑤ ibid. p. 126.

的屈辱,她体内酝酿已久的力量终于爆发。可以说,这是身体和精神的双重压抑再次刺激了凯丽,使她"从一个相貌平平、天真、内向的女生变成了一个充满仇恨的美丽的毁灭天使"。①她先是用意念的力量扯断了舞厅的电路,随后引起了大火。当众人惊慌失措,向外逃跑时,她又用意念封住了舞厅出口,导致大火几乎烧死了整个舞场中的人。失去理智的凯丽并没有停止,她走上街头继续疯狂地复仇,她把大火引向小镇里的其他建筑,几乎毁了整个小镇。感到疲惫的凯丽回到家里,她失去控制的身体"似乎扭曲、萎缩了,像个干瘪的老太婆"。②玛格丽特并没有安慰凯丽,而是在磨一把刀,她正准备杀死凯丽以"洗脱罪孽"。在暴怒和争执中,玛格丽特把刀插在了凯丽肩上。再度陷入疯狂的凯丽进行了她生命中最后一次反抗压抑的斗争,她用意念控制住玛格丽特的身体,随后"停止了她心脏的跳动"。受伤的凯丽失魂落魄地走出家门,她无力地倒下,"身体似乎扭曲、干瘪了",③最后因为"失血过多"死在了屋外的停车场。至此,纵贯整个故事的内、外两种身体变量汇聚成为一条清晰的线索,引领这条线索的便是反抗,是对凯丽不断地挣扎、抗争直至疯狂反抗来自家庭与社会压抑的精心描绘。

在后现代时期,身体成为意识的载体和表现形式,这就为身体提供了主体性。《凯丽》的故事就是围绕身体的这个主体而展开的。故事中的家庭、学校、社会都在对凯丽的身体施加压力,这样一来,凯丽的身体就"使叙事具有了实际的意义"。④社会的既定秩序是人人向善、皆大欢喜,《凯丽》用一场身体引发的社会悲剧使读者认识到现存的社会问题,实现了文学的教诲作用,因而有学者认为,凯丽在故事中的存在"是为了破坏既有的社会秩序"。⑤作为一名关注美国社会和家庭的作家,金将可以引发人伦危机的社会问题揭露出来,其后现代叙述也有着"以丑见美"的另类美学路径,⑥他从来不会给美国社会描绘出一个欢声笑语的游乐

---

① Douglas E. Winter. *Stephen King*, p. 31.

② Stephen King. *Carrie*, p. 154.

③ ibid. p. 158.

④ Daniel Punday. *Narrative Bodies: Toward a Corporeal Narratology*, p. 119.

⑤ 郭佳雯. 史蒂芬·金之《魔女嘉莉》作为反生殖未来主义的酷儿剧烈美学[J].(台湾)文化研究双月报,2014(3):52.

⑥ 胡铁生. 审美与审丑的表象与内涵——莫言小说自然景观书写的美学特征研究[J].社会科学,2018(4):173.

园场景,在他的笔下,普通人的生活时时刻刻都存在着各种危险,而平常人的身上也往往拥有非凡的能力;当来自社会、家庭的压力让人难以承受的时候,终究会有普通人令人惊讶地"摧毁每个人的神庙"。①

第二节 《惊鸟》对女性身体压抑
缘由的思考

《惊鸟》(*Dolores Claiborne*)是 1992 年的美国最畅销小说,②金把这部小说献给他曾在洗衣店劳碌多年养家糊口的母亲。③小说以主人公多萝丝·克莱本(Dolores Claiborne)的名字命名,多萝丝是唯一的叙事者。整个故事使用后现代的非线性叙事结构,在倒叙中不断穿插了主人公对已往的回忆,给予读者强烈的真实感和带入感,也是金为数不多的没有超自然色彩的小说之一。六十五岁的老寡妇多萝丝·克莱本在故事里以第一人称讲述了她在缅因州小高岛(Little Tall Island,Maine)上的辛酸故事。故事由多萝丝被怀疑谋杀了独居富婆维拉·多诺万(Vera Donovan)的调查证词开始,故事有两条主线,第一条围绕着富婆维拉的生活展开,另一条则是关于多萝丝的生活,两条叙事主线时而交叉、时而并行,同步诉说着两人悲剧的婚姻和家庭。

维拉是位冷酷的上流社会贵妇,多萝丝受雇于维拉几十年,虽然二人在生活中矛盾重重,但常年的相处使维拉和多萝丝相互了解。多萝丝明白维拉表面上冷酷无情但内心却"十分火热",④她也从维拉身上学到了女人为了保护自己而应该做个"恶魔"。⑤维拉晚年瘫痪,不愿没有尊严地活下去,并故意从楼梯上摔下,多萝丝决定帮她结束痛苦。当多萝丝手拿擀面杖赶到时,却发现维拉已经断气,于是多萝丝卷入了谋杀案的调查中。调查期间,多萝丝得知维拉在遗嘱中把价值三千万美元的财

① Stephen King. *Danse Marcabre*, p. 20.
② Albert Rolls. *Stephen King: A Biography* [M]. Westport: Greenwood Publishing Group, 2009, p. 109.
③ George W. Beahm. *Stephen King: From A to Z. An Encyclopedia of his Life and Work* [M]. New York: Andrews McMeel Publishing, 1998, p. 62.
④ 斯蒂芬·金. 惊鸟[M]. 袁绍渊译. 珠海:珠海出版社,2005:120.
⑤ 同上,第 221 页.

产留给了她,多萝丝想找到维拉的孩子把遗产送给他们,结果发现维拉的孩子们也早就死于车祸。多萝丝与乔(Joe St. George)的婚姻是个悲剧。乔经常打骂多萝丝,这令她痛苦不堪。多萝丝后来发现女儿赛琳娜(Selena)曾被父亲乔猥亵,她决定伺机杀死乔,好让家人远离苦海。多萝丝趁一次全日食的机会故意激怒了乔,乔追她的过程中掉进了一口深井。赛琳娜开始怀疑是母亲杀了父亲,于是她离家出走。在故事的最后,对于多萝丝的调查终止,多萝丝也匿名捐出了维拉送给她的财产,离家二十年的赛琳娜也终于决定回家探望母亲。

《惊鸟》中的女性身体是叙事的核心要素,它既是女性承受压抑的客体,也是反抗男权制度的主体。不幸的婚姻给维拉留下终生的伤痛与遗憾,维拉最终自杀也象征着女性身体的逃离和解脱;多萝丝的身体承受家庭暴力和苦役的痛苦,她弑夫的行为也代表男权制度下女性的反抗。《惊鸟》继承了 19 世纪英国惊鸟小说的叙事传统,"颠覆了男女性别形象的传统书写策略,一改'天使女性'的形象而代之以'恶魔化'的女性形象。"[①]金在创作形式上使用了后现代身体叙事,在故事内涵上对男权制度下不幸婚姻进行了批判,二者的融合使《惊鸟》具有独到的文学价值。

一、不幸婚姻中压抑的身体

斯蒂芬·金在《惊鸟》中塑造了两个身处不幸婚姻漩涡中的女性形象。虽然社会地位差距悬殊,但维拉和多萝丝在男权社会中的遭遇与在婚姻中受到的压抑几乎一致。金的叙述分别从二人生活中的细节展开,通过二人的不幸遭遇反观了父权制社会对二人身体和心理造成的伤害。《惊鸟》中身体元素的运用不仅深化了二人坚韧不屈的女性形象,同时凸显了她们身心上受到的双重压抑。

首先,维拉和多萝丝在生活中饱受身心压抑,是男权社会形态与失败的婚姻构成了二人悲惨命运的外部和内部因素。《惊鸟》的故事背景是 20 世纪五六十年代,期间的美国迎来了二战后的生育高峰期(baby-boom),无数女性为了照顾孩子只能做全职主妇。此外,美国社

---

① 胡铁生. 维多利亚惊悚小说研究的里程碑——评《英国 19 世纪惊悚小说研究》[J]. 关东学刊,2016(9):158.

会并没有给予女性足够的公平待遇,女性无论是在社会上还是在家庭中都处于弱势地位。①《惊鸟》中两位女性角色的婚姻就是那个期间美国家庭的写照,有些婚姻表面上很正常,而实际上则潜伏着危机。维拉的富商丈夫给予了她优越的生活条件,几个孩子也基本长大成人,但她面对丈夫出轨的事实却又无能为力,她只能设法在这个破碎的婚姻关系中保护自己。多萝丝的丈夫是个酒鬼,他稍有不满就对妻子进行殴打,不仅好吃懒做而且还偷走了孩子们的教育基金,这让多萝丝备受煎熬。在女性的社会地位没有获得根本改变的时期,"对于不能自谋生路的女人来说,离婚只是一种理论上的可能性"。②可以说,维拉和多萝丝在各自的婚姻中饱受身体与心理的双重压抑。梅洛-庞蒂的理论打破的是身心的二元对立,他在《知觉现象学》中表示:"正是从身体的'角度'出发,外向观察才得以开始……我们对日常生活的感知取决于我们的身体。"③在梅洛-庞蒂看来,身体就是对世界的感觉器官,身体也成为整个世界。对于维拉和多萝丝而言,身体和心理构成了她们的世界,她们试图改变世界的过程也就是反抗自己的身体所遭受压抑的过程。

其次,对于维拉来说,长期受到压抑的婚姻促成了她冷酷、强势的性格,也埋下了她生活悲剧的种子。维拉一向言语冷酷、对人苛刻,即使多萝丝在维拉家当女佣几十年也还是心有余悸:"如果你忘记一次,她会臭骂你一顿;如果你忘记两次,她就会扣你的工钱;如果你忘记三次,好了,你就走吧,她不会听你解释的。"④但是,回顾维拉的一生,她这种性格的形成与她不幸的婚姻有着很大的关系。维拉的丈夫迈克尔(Michael Donovan)是个富有的飞机制造商,他表面上每天忙于生意,实则经常去情妇家里,"十天内只有一天是待在家里的,就连一起说好过的假期也不例外。"⑤

婚姻为女性提供的不仅仅是合法的社会地位,更是女性生活的物质

① Sandra L. Colby, Jennifer M. Ortman. "Projections of the Size and Composition of the U. S. Population:2014 to 2060:Population Estimates and Projections." *United States Census Bureau Report*, March 2015, p. 25-43. http://www. mixedracestudies. org/? tag=sandra-l-colby.

② 波伏娃. 第二性[M]. 陶铁柱译. 北京:中国书籍出版社,2004:40.

③ 莫里斯·梅洛-庞蒂. 知觉现象学[M]. 姜志辉译. 北京:商务印书馆,2003:23-25.

④ 斯蒂芬·金. 惊鸟[M]. 袁绍渊译. 珠海:珠海出版社,2005:9.

⑤ 同上,第12页.

保障，"离婚女人这一生存形式本身就不被社会所认可。"①即使离婚后的女性依靠自己的能力在社会上立足，面对整个以男性为中心的社会，她仍然会遇到许多困难。作为上流社会的女性，维拉没有向别人倾诉自己的痛苦，也没有选择结束婚姻。对于一向强势的维拉来说，向朋友诉苦只能说明她处于无能为力的劣势地位，而结束婚姻也会令她失去已有的一切。在那时，维拉的两个孩子都是十几岁的年龄，即使为了保护孩子，维拉也不能草率地离婚。在出轨的丈夫和未成年的孩子之间，有一种无形的压力压在维拉肩上。虽然平日里她一贯傲慢、强势，但她必须将压抑在自己心头的情绪转化成坚强生活下去的动力。

身体与世界的关系极为重要，因为它直接影响了人物身体的建构方式。②维拉人物形象的形成是社会因素与家庭因素共同作用的结果。处于一个失败的婚姻和并不友善的社会环境中，女性往往需要保护自己才能得以生存。维拉在谈话间曾向多萝丝表明了自己的生活态度："有时候为了活下去你不得不做一个傲慢的恶魔，有时候做恶魔是一个女人仅有的依托。"③"恶魔"心态源自女性身心受到的双重压抑，是维拉对男权社会环境的反馈，也是自己在婚姻和家庭中安身立命的准则。维拉后来和管家制造了刹车失灵的意外事故，丈夫因车祸死在了从情妇家回来的路上。这起人为的事故验证了维拉心中"恶魔"的存在，也表征了女性在不幸婚姻中迫于无奈的选择。

不幸婚姻引发的连锁反应是维拉终生压抑的主要原因。维拉的孩子们发现了父亲车祸的一些端倪，"母子三人在饭店吃饭时发生了一场争吵，好像是为了汽车的事情。"④这件事引发了维拉生命中更大的悲剧。维拉的两个孩子"与母亲争吵后酒后驾车……车掉进采石坑里了，可能沉到水底之前他们就死了"。⑤经历了丧子之痛，维拉的身体状态每况愈下，她"显得比一年前老了十岁，瘦了二十磅"。⑥在一次聚会之前，维拉终于"情绪崩溃"，就像"泄了气的气球，无论别人怎么劝说，都不能

① 陈凌娟．论《流浪女伶》中的女性叙事[J]．外国文学，2012(3)：84.
② Daniel Punday. *Narrative Bodies：Toward a Corporeal Narratology*，p. 63.
③ 斯蒂芬·金．惊鸟[M]．袁绍渊译．珠海：珠海出版社，2005：126.
④ 同上，第101页.
⑤ 同上，第213页.
⑥ 同上，第214页.

融化维拉心里的冰"。①作为表征个人健康与精神状态的符号,身体标志着维拉在生命不同阶段中承受的压抑和苦痛。维拉虽然一如表面的平静,但心底的压抑却暗流涌动,情绪上的失控是身体上遭受到压抑的外延。

此外,作为表征压抑的符号,身体的消亡代表着压抑的终结,对于身处不幸婚姻中的女性来说,唯有死去才能终结一切痛苦。维拉最终的自杀象征着女性逃离婚姻与社会双重压抑的唯一方式。晚年的维拉疾病缠身,"1985 年以后,她那种对人耀武扬威的日子已经一去不复返了……她的眼睛也半瞎了——那是中风的结果;她甚至打算在自己选择的时间死或者到医院去等死。"②维拉不止一次地表达出自己毕生的压抑所在:"我厌倦在衰弱和昏迷的时候看见墙角里我丈夫的脸,我厌倦了看见他们在月光下从采石坑里吊起那辆柯维特车和水从车窗里流出来的情景。"③弑夫和失去孩子看上去是两件不相干的事情,但只有维拉心里清楚这两件事的关联,也正是这两件事的因果关系,维拉的余生都在悔恨中度过。金的小说中,人物活动往往与角色的气质和行为相关,无论是人物的本能、情感、移情或幻想都促成了这件事。④处于来自社会环境的压力中,维拉不愿轻易表露自己的情绪,处于婚姻的伤痛中,维拉也不能言说自己的苦衷,所以,选择自杀是她最好的解脱方式。像许多 20 世纪 70 年代的美国女性一样,维拉在不幸婚姻中承受的压抑是隐性的,女性为了生存有时必须隐藏起自己的痛苦,这也是保护自己的无奈之举。社会对女性在多方面的要求迫使维拉不得不抑制自己的一切情绪,这能够让维拉更好地生存下去,但也给她带来更大的压抑,直至最后,让她抱憾终身的也是这种情绪抑制的后果。

在不幸的婚姻中,多萝丝的身体与精神也承受着极大的压抑。相对维拉而言,多萝丝在婚姻中所承受的压抑却是显性的,这不仅来自丈夫施加在她和女儿身上的种种暴力,也来自她在生活中遇到的诸多不公待遇。她的丈夫乔"是个酒鬼,喝醉了就打我,就连孩子们也这么觉得"。限于那个年代的社会环境,多萝丝所居住的小高岛上的居民甚至对打老

---

① 斯蒂芬·金. 惊鸟[M]. 袁绍渊译. 珠海:珠海出版社,2005:212-213.
② 同上,第 17 页.
③ 同上,第 193 页.
④ Mary Pharr. "Partners in the Danse: Women in Stephen King's Fiction." In Tony Magistrale,ed., *The Dark Descent: Essays Defining Stephen King's Horrorscape*,p. 23.

婆的事早已习以为常，他们只是认为："他后来打我（多萝丝）的次数太多了。"①男权社会的人文环境是女性悲剧的背景因素。正是因为没有人觉得家庭暴力现象是不正常的，反而使乔变本加厉地对多萝丝实施家暴，多萝丝甚至盼望丈夫每天都喝醉，因为"乔在打我的时候，他多半是清醒的，当他灌满了一肚子酒时，他根本就顾不上我了"。②

对于多萝丝来说，丈夫的家庭暴力并不是她身心上承受的唯一压抑，生活的劳苦也在同时折磨着她命运多舛的身体。多萝丝白天在维拉家做苦工、冬天洗床单时要承受各种身体上的疼痛：

> 你知道当你把空筐子拿回屋子，热空气包裹你的手时，会发生什么事。开始是手指刺痛，然后指节抽筋，那种痛苦是那么深……当你的手指暖和过来时，那感觉就像有无数的臭虫在叮咬……等待疼痛过去，而你知道不论用多少洗手液来搓手都没有用，到了二月底皮肤就皲裂了，你用力握拳就会裂开口，甚至流血。有时候，甚至在你的手暖和过来以后，甚至在睡着了以后，你的手会在半夜把你疼醒，疼得你忍不住抽泣。③

与此同时，在乔的眼里，多萝丝"不过是个小女子，她能管的只有刷地板、刷澡盆子和做晚饭。"④如果说身体上的疼痛是一时的，有时甚至是可以忍受的，而由身体的痛楚引发的精神压抑则是难以逃脱的，甚至是致命的。乔的家暴差点害死了多萝丝，而多萝丝在反抗丈夫施暴的过程中被女儿误以为是她打伤了乔，这也致使赛琳娜最终误解母亲而离家出走，从而给多萝丝带来更大的精神痛苦。相对于维拉承受的"隐性的"压抑而言，多萝丝所有的压抑都是"显性的"，也就是直接作用于她的身体，渗透于她生活的每一个层面之中。维拉隐匿了自己在畸形婚姻中的压抑，而杀死丈夫的"后遗症"却又让维拉陷入了承受丧子之痛的更大压抑之中，虽然她极力隐藏自己的压抑，但她健康的每况愈下却一步步印证了这种压抑，直至她生命的终结；多萝丝承受着显露在外的压抑，反抗这种压抑给她带来了更多的麻烦，造成了她与女儿多年的隔阂，在某种

① 斯蒂芬·金.惊鸟[M].袁绍渊译.珠海:珠海出版社,2005:46.
② 同上,第48页.
③ 同上,第16页.
④ 同上,第94页.

程度上,骨肉分离也是她在不幸婚姻中患上的"后遗症"。

在故事内容上,金的叙事始终关注社会的现实,维拉和多萝丝是20世纪60年代到70年代某些美国女性的真实写照,她们毕生都在不幸婚姻的泥沼中挣扎,压抑时刻都在作用于她们的身体。在叙事形式上,身体是《惊鸟》的核心要素,按照梅洛-庞蒂的观点,"我"因拥有身体而存在、而成为独立的客体,那么当压抑被身体感知时,它能回应这个世界的唯一方式只能是反抗。在《惊鸟》中,多萝丝和维拉都在后来设法杀死了自己的丈夫,这也可以看作压抑的女性身体对男权制度最为强烈的抗争。故事内涵与叙事形式的结合凸显了《惊鸟》男权社会中女性遭受的压抑,批判了男权社会,从而彰显了这部小说的美学价值。

二、逃离婚姻解脱的身体

后现代意义上的女性身体具有符号性质,维拉和多萝丝的身体不仅是性别社会中饱受压抑的对象,也是自我救赎、逃离苦海的主体。当婚姻成为一个人的王国、另一个人的囚笼时,作为对夫权家庭的质疑与反抗,逃离便成为女性摆脱从属地位、获取主体性的唯一途径。[①]婚姻已经成为维拉和多萝丝身体和精神的牢笼,与其在行将就木的婚姻中活着,不如摆脱这种长久以来给身心以压抑的婚姻牢笼。于是,反抗并最终逃离婚姻成为她们重获自我的"唯一途径"。按照梅洛-庞蒂的观点,"身体是一个离不开'我'的物体",[②]身体与精神的统一性注定了逃离婚姻是身体的逃离。

首先,在一个"女性承担着一种隐性仆人(cryptoservant)角色"[③]的婚姻里,逃离婚姻者会付出极大的代价,身体则会成为这场逃离的牺牲品。由于不幸婚姻的"后遗症",维拉失去了两个孩子,倔强的维拉不愿别人看到自己的脆弱,"她谈到他们的时候,好像他们还活着。"[④]维拉强大的外表和内心极度痛苦之间形成了巨大的反差,她为了维护自己高高

① 陈凌娟. 论《流浪女伶》中的女性叙事[J]. 外国文学,2012(3):84.
② 莫里斯·梅洛-庞蒂. 知觉现象学[M]. 姜志辉译. 北京:商务印书馆,2003:126.
③ 约翰·奥尼尔. 身体形态:现代社会的五种身体[M]. 张旭春译. 沈阳:春风文艺出版社,1999:104.
④ 斯蒂芬·金. 惊鸟[M]. 袁绍渊译. 珠海:珠海出版社,2005:221.

在上的形象只能把所有苦痛都隐藏在内心之中。每到夜晚,维拉就担心在梦中看到"他们的脸",多萝丝只好"爬上床去陪她……她用两臂围住我,头枕在我胸前,我也抱住她,直到她睡熟后才敢松开。"①从梅洛-庞蒂的角度看,由于身体和心理具有统一性,所以身体上的行为是心理压力的外在表达,维拉的身体面对恐惧时的表现是精神压抑的客观反应。

身体叙事不仅引领了故事的发展,也描绘了男权社会中女性身体的痛苦遭遇。随着年纪的增长,维拉遭受的压抑和病痛持续地作用于她悲惨的身体。虽然最初时丧子之痛在维拉身体上的反映并不强烈,但这种痛楚随着时间的推移愈发明显。晚年的维拉"肾坏了,视力时好时坏……像隔了一层厚厚的灰色帘子看东西……她长胖了许多……长的都是那种老年人身上常见的淡黄色的脂肪,肥肉从她的胳膊上、腿上和屁股上垂下来"。②再到后来,"有很长一段时间她只排泄在便盆里或者尿点在尿布上"。③有一次她从床上跌下来,"躺在地下,一条腿扭曲着压在身子下面……看着那条腿在她身子下面弯曲的形状,真像是断了"。④除了内心无尽的恐惧和悔恨之外,身体每况愈下也令维拉失去了活下去的信心,维拉在心灵和肉体上遭受的双重折磨是美国 20 世纪中期女性在男权社会中生存状态的一个缩影。

其次,在故事内涵上,身体叙事烘托了女性身体所遭受的痛苦。一旦身体的自由选择没有了,那么身体为自己喜怒哀乐的自由也就不存在了,人的所有自由就都不复存在。⑤自由意味着选择,而对于性别社会中饱受压抑的女性而言,只有摆脱这个令人痛苦的"肉身"才是她们唯一的选择。维拉趁多萝丝不注意,滚动轮椅摔下自家楼梯,她"那张可怜的老脸一侧仍在不停地流血,她的眼睛翻起来看着我,就像困在陷阱里动物的眼睛"。⑥多萝丝明白维拉从病倒之后一心求死的愿望,她并不愿看到维拉一方面继续承受着不幸婚姻带来的压抑而活下去,另一方面也不希望维拉在遭受极度痛苦的时候继续自己苟延残喘的生命。

维拉和多萝丝之间最后的对话印证了女性在痛苦的"肉身"与自由

---

① 斯蒂芬·金. 惊鸟[M]. 袁绍渊译. 珠海:珠海出版社,2005:39.

② 同上,第 17 页.

③ 同上,第 30 页.

④ 同上,第 37 页.

⑤ 谢有顺. 文学身体学[J]. 花城,2001(12):194.

⑥ 斯蒂芬·金. 惊鸟[M]. 袁绍渊译. 珠海:珠海出版社,2005:192.

之间的选择：

> "我想死,你肯选择帮助我吗?"
>
> 我握着她的手,想这个世界是怎么了——有时候坏男人出了意外事故,而好女人变成了恶魔。我看着她为了看我的脸而向上翻起的眼中充满着恐惧无助的眼神,也看见了她头上伤口的血顺着脸上深深的皱纹流了下来,就像春雨顺着犁沟流下了山坡。
>
> 维拉哭了起来,这是我(多萝丝)看见她在不糊涂时唯一一哭的一次。
>
> 我说:"维拉,如果你想要,我就帮助你。"
>
> "是的,"她说,"是的,我想要。上帝保佑你,多萝丝。"
>
> "别急。"我说,同时抬起她那满是皱纹的手吻着。
>
> "快点儿,多萝丝,"她说,"如果你真想帮我,请快点儿。"
>
> "别等到我们两个都丧失了勇气。"是她的眼睛要说的。①

身体的主体性注定身体消亡是一切烦恼和压抑的终结,当身体不能支撑起自己的信念和情感时,也只有让身体消失才能真正逃离压抑。虽然维拉的丈夫已经死去,但维拉付出了失去两个孩子的代价,身体依然承受着不幸婚姻的"后遗症"。杀死丈夫表面上让维拉结束了婚姻,实际上这只是一种形式上的"逃离",事实上,维拉终生未能逃脱这场婚姻带来的阴霾。持续多年的隐忍让维拉"逃离"不幸婚姻的路程步履维艰,她的身体也承受着逃离婚姻的路上每一步所付出的艰辛。维拉虽然一直表现得十分坚强,但身体每况愈下使她最终不能维持自己高傲的姿态,于是维拉强大的内心在身体的无能面前败下阵来,在意识不清、行动不便、万念俱灰的情况下,维拉只能选择用结束生命的方式完全逃离苦海。

最后,《惊鸟》中的身体叙事具有隐喻性,维拉在生命结束时身体奇怪的状态意味着自由的"重生"。多萝丝在多年以后的回忆中仍然记得维拉死后身体的状态:"我记得我把她的手贴在我脸上,然后翻过来吻她的手掌;我记得我看着那只手时想着,它是粉红色的,它是多么干净,手掌上那些深色的纹路都不见了,看起来像婴儿的手。"②这段身体叙事或

---

① 斯蒂芬·金. 惊鸟[M]. 袁绍渊译. 珠海:珠海出版社,2005:194.
② 同上,第195页.

许道出了维拉最后彻底的逃离,这是一种返老还童的状态,也是一种"婴儿般"的重生。维拉身体是处于不幸婚姻中女性身心状态的"集合体",对于一位整个后半生都在"逃离"路上的女性来说,只有身体的消亡才能真正的逃离苦难,也只有消灭自己的身体,处于婚姻与社会压抑中的女性才能获得真正意义上的"新生"。胡全生认为,隐喻修辞和话语游戏构成了后现代小说的基本特点,①而《惊鸟》中身体叙事既有批判男权社会的文艺功能,又具有后现代小说的隐喻属性,这正是文艺美学价值和政治美学价值在大众文学中的体现。

三、反制男权的女性叙事者

在许多文学作品中,男权化眼光观照下的女性形象,仅仅是一具没有灵魂的躯壳,但在《惊鸟》的叙事形式上,金把讲述故事的权利交给了多萝丝。作为第一人称叙述者,多萝丝的叙述声音压制了男性的声音以及男性的话语权威,成为响彻整部作品的叙述声音。在故事内容上,虽然维拉和多萝丝的社会地位和经济状况不同,但她们有着近乎相同的不幸婚姻和反抗这种婚姻的经历,同时又有着对身心自由的追求,因为她们"不同于大多数女人"。②所以,《惊鸟》的形式和内容两者统一在反制男性权威的意蕴之中。

从叙事形式上看,身体叙事作用于第一人称叙述,在凸显人物悲惨命运的同时强化了读者对人物遭遇的同情。维拉为了逃离不幸的婚姻而设计杀死了自己的丈夫,由于多萝丝是唯一的叙事者,受叙事视角限制,我们只能看见维拉对抗压抑的斗争,或在多萝丝的转述中发现维拉在婚姻中所受到的伤害。第一人称叙述可以给读者提供关于叙述者较为全面的信息。多萝丝一切心灵深处的秘密都被她如实地讲述了出来,所以,相对于维拉而言,多萝丝的婚姻要更具悲凉的色彩。

从社会环境上看,男权主导的婚姻模式造成了女性的压抑,也是女性反抗的首要目标。或许多萝丝儿时的经历能够表明当时民众的某种心态:

① 胡全生.英美后现代主义小说叙述结构研究[M].上海:复旦大学出版社,2002:31.
② 斯蒂芬·金.惊鸟[M].袁绍渊译.珠海:珠海出版社,2005:96-97.

妈妈在给他(多萝丝的父亲)做饭。她的眼睛哭得红肿,但是她嘴里却哼着小曲儿。那天夜里他们床上的弹簧像平时一样响个不停。之后再也没有提起那件事。当时人们管这种事叫做家庭教育,认为这是男人工作中的一部分,后来想起这件事,我以为我妈妈一定是需要,不然爸爸不会那样做的。①

多萝丝最初希望通过结婚的方式逃离这个家庭,她厌倦了与母亲的斗争、厌倦了挨父亲的骂,但成家后却发现自己陷入了另一个魔窟之中。逃离令人厌倦的家庭并没有给多萝丝带来命运的转机。结婚之后,她仍然身处家庭暴力的漩涡之中。多萝丝第一次挨打"是在婚后第二夜,被丈夫抓住,按到他的膝上,用鞋敲"。正是因为有着类似的经历,多萝丝才觉得家暴是个正常的事情,她最初甚至觉得这是可以忍受的:"我继续忍受是因为我以为男人打老婆是婚姻的一部分,虽然是不好的一部分,就像刷厕所也是婚姻生活中不好的一部分一样。"而到了后来,随着丈夫在家中施暴的升级,连多萝丝自己都觉得自己因为"愚蠢的原因造成愚蠢的婚姻"。②在 20 世纪五六十年代的美国低收入家庭中,多萝丝成长的家庭具有某种代表性,她的爸爸动辄打骂妻子,从而让多萝丝养成了习惯性的错觉:"我爸常对我妈动手,我想这就是我认为那是正常现象的原因,只是见惯了。"③在家庭暴力屡见不鲜的时代,女性所受到的压抑可想而知,而更可怕的是这种社会环境在某种程度上误导了女性,让她们觉得这是种正常现象。

除了在平时忍受着身体的屈辱和伤痛之外,男权形成的暴力还延伸到生活的每个细节之中。就像任何场所一样,女性在家中也可被当成奴役的对象。多萝丝不仅要承受日常生活劳作的辛苦与压抑,还要忍受粗鄙的丈夫带给她的屈辱,而唯一剩下的就只有丈夫喷到她脸上那"又酸又臭的啤酒味儿"。不幸的婚姻生活压迫着多萝丝的身体,摧残着她的精神,丈夫对多萝丝常年的殴打和辱骂令她对生活感到毫无希望。

另外,长期以来的身心压抑必定会导致反抗,身体具有主体性,女性对男权的反制也必定由身体完成。由于环境的影响,多萝丝认为"婚姻

---

① 斯蒂芬·金. 惊鸟[M]. 袁绍渊译. 珠海:珠海出版社,2005:46.
② 同上,第 42-44 页.
③ 同上,第 44 页.

的表面和里面并不完全一样,而在此之前我总是抱着家丑不外扬的态度",①但在一次被重重毒打之后,多萝丝终于下定决心反抗丈夫的暴行。她"走到木柴箱前,从架子上拿了一把短柄斧子,然后回到起居室,把奶油罐握在右手,举起来砸在他的侧脸,那个罐子碎成了千百片"。②乔被这一击震惊了,许久没有回过神。由于激动和害怕,多萝丝的身体开始不听使唤,她"想松开手,放下那根棍子,但是握得太紧了,一时放不下,只好用另一只手掰开那只手的两根手指,才将棍子放回木柴箱,而另外三根手指仍然弯曲着,仿佛仍旧握着那根棍子"。③按照梅洛-庞蒂的观点:如果身体的感觉刺激没有被纳入一种整体的情境中,如果正常人的肌肉紧张度没有事先干预,那么感觉刺激就可能对肌肉紧张度产生作用。④当被激怒的多萝丝用暴力对丈夫的殴打做出反抗时,强烈的积怨作为"感觉刺激"从多萝丝的身体上表现出来,同时多萝丝的身体还并未进入由意识主导的"彻底反抗"的"整体情境"之中,她反应"迟钝"的身体才有了类似于"不听话"的反应。在这个场景中,多萝丝强烈身体的反应表征着她对乔长久以来的怨恨,也代表着她苏醒的女性意识对多年来所承受压抑的一种感知和反馈。

梅洛-庞蒂曾借用笛卡尔学派的观点表明了自己的立场:必须把眼睛看作心灵之窗,而心灵是唯一的一盏明灯。⑤经历了对丈夫在自己身上施加暴力的反叛,她的心中"张开了一只眼睛",她甚至想一斧子砍死丈夫,但"那只眼太强烈地需要爱了,想想我杀了他还要进南温德汉姆监狱,而三个孩子怎么办,就得让那只眼闭上了"。⑥与其说是长久以来积聚在多萝丝身心上的压抑让她打开了"心灵之眼",倒不如说是多萝丝终于爆发的自我意识让她在恰当的时候彻底觉醒,她虽然下定决心不再忍受这份痛苦,并将自己的情绪"酣畅地释放"了出来,但与此同时,母性意识又让多萝丝身体上的释放在意识深处回归冷静,无奈的她只能暂时放弃弑夫的疯狂想法。

在男权社会中,女性身体常常被物化,多萝丝对乔的反制动摇了男

---

① 斯蒂芬·金. 惊鸟[M]. 袁绍渊译. 珠海:珠海出版社,2005:57.
② 同上,第50页.
③ 同上,第82页.
④ 莫里斯·梅洛-庞蒂. 知觉现象学[M]. 姜志辉译. 北京:商务印书馆,2003:268.
⑤ 莫里斯·梅洛-庞蒂. 眼与心[M]. 杨大春译. 北京:商务印书馆,2007:9.
⑥ 斯蒂芬·金. 惊鸟[M]. 袁绍渊译. 珠海:珠海出版社,2005:81.

权身体政治的根基,所以,《惊鸟》中女性身体反制男权的行为有着隐喻性质。主观上,多萝丝在承受了丈夫多年的虐待之后终于奋起反击,手拿"棍子"的多萝丝在此刻就有了强势的地位,而棍子本身也是男性的隐喻,一个更为巨大、暴力的"棍子"的反击轻而易举地击溃了乔身上那微不足道的男性权威。客观上,由于多萝丝觉得"你打我的时候已经结束了,如果你再打我,你我之中有一个人将会进医院,或者进停尸房",①乔在这强大的心理威慑下败下阵来,从此不敢再动多萝丝一下,乔虚伪的男性权威在此时已完全被消解了。而后来在多萝丝对自己生活的回忆中也证实了这一点:"在我们婚姻生活的最后三年中他没有打过我一下,我在1960年末或者是1961年初就已经治好了他这种愚蠢的毛病。"②

男权家庭中,丈夫通常享有家庭财产的分配权力。多萝丝通过解除丈夫的财产(身体)统治权来进一步解构了男性的权威,从而达到反制男权的效果。多萝丝在家里不再受到男权的暴力侵害,而实际上,乔已经将罪恶的黑手伸向了自己的亲生女儿赛琳娜。社会学家安妮·菲利普斯(Anne Phillips)认为,"身体并没有可暗示的财产属性,但许多例子表明,当我们看待罪行时,身体便可被认为是某种财产。"③在多萝丝的家中,男权身体政治的权力对象首先是多萝丝,即丈夫对妻子身体拥有所有权,甚至可以任意处置;另一种可怕的情况就是在这种权力无法得到实施的时候,另一种财产可能会充当替代品,在这个时候,男权政治就会演变成一种关于身体的政治,于是,女儿赛琳娜成为乔的牺牲品。

从人们对男权社会的认知程度上看,整个社会也在默许男性成为家庭财政的主导者。在乔将孩子们的教育存款偷偷转移到自己账户上之后,多萝丝去银行询问情况,却得知了这种转移不需要通知妻子,而银行经理的理由是"因为乔是家里的男人,没人想过要通知我就是因为我是他老婆……她能管的只有刷地板、刷澡盆子和做晚饭"。④按照米利特的观点来看,虽然妇女在工业革命中首次取得了经济自主权,而且又构成了工厂中数量可观、报酬低微的劳动力,但她们并未直接介入技术和生产,她们的产品诸如家庭服务等,并没有市场价值。所以,如果以男权的

---

① 斯蒂芬·金. 惊鸟[M]. 袁绍渊译. 珠海:珠海出版社,2005:52.

② 同上,第43页.

③ Anne Phillips. *Our Bodies，Whose Property?* [M]. Princeton：Princeton University Press，2013,p. 7.

④ 斯蒂芬·金. 惊鸟[M]. 袁绍渊译. 珠海:珠海出版社,2005:94.

视角来评价多萝丝的价值的话,显然她的价值是缺失的,于是她不仅在家里受尽丈夫的凌辱,在社会生活中也不会受到应有的尊重,甚至在银行经理走过来和她握手的时候她都觉得"受宠若惊,感觉自己是个男人"。①而实际上,在男权社会中,虚伪的骑士精神认定所有的女人都是"太太",都是上流社会和资产阶级的成员,这些阶级对妇女表示出了殷勤和体贴,但同时不给她们任何合法的自由和人身自由。多萝丝的遭遇在当时的美国社会并不是个案,而且也印证了那个时代对女性身份的认知。

当处于父权社会中的女性处处受到压抑和不公对待的时候,也是她们"逃离父权社会为女性设置的性别角色"的时刻。②女性主义常常是以一种生理的更是政治意识形态的颠覆方式对传统男性统治的"身体优势"和思想结构所做出的挑战,所以维拉与多萝丝对命运的反抗则印证了女性身体叙事学那种"直接走向身体存在的深处,从消解男性权力话语直到颠覆既定的男性的身体统治"的巨大力量。③在得知乔已经另开账户而且自己无法取出这笔教育存款后,她下定了反抗到底的决心。同样经历过不幸婚姻的维拉曾在不得已的情况下变成了她自己所谓的"恶魔",得知了多萝丝的不幸遭遇后,维拉对多萝丝所说的话与她讲话的态度惊醒了多萝丝,给了多萝丝成为另一个"恶魔"的巨大勇气。维拉告诉多萝丝:

> 你该明白怎样用自己的头脑去保护你自己,不过我要告诉你一件事,多萝丝,用围裙蒙住头并不能拯救你女儿,如果那头恶臭的老公羊真要干的话;如果他真要挥霍掉你孩子们的钱,你也拿不回来。可是男人们,特别是爱喝酒的男人有时候会发生意外。他们可能会从楼梯上摔下去,可能会在澡盆里滑倒,有时候从情人家往家里赶时会刹车失灵,宝马车撞在老橡树上……恶人遇上恶性事故有时候会是一件伟大的事……每天都有人的丈夫死掉,多萝丝!我们坐在这里谈话的时候,也许就有一个人的丈夫死了。他们死了,就把钱留给妻子了。
>
> 然后维拉开始笑——并不是微笑,而是冷笑。④

---

① 斯蒂芬·金.惊鸟[M].袁绍渊译.珠海:珠海出版社,2005:95.
② 陈凌娟.论《流浪女伶》中的女性叙事[J].外国文学,2012(3):85.
③ 马藜.视觉文化下的女性身体叙事[J].成都:四川大学出版社,2009:62.
④ 斯蒂芬·金.惊鸟[M].袁绍渊译.珠海:珠海出版社,2005:109-111.

如果说语言只给了多萝丝行动的支持的话，那么维拉和多萝丝眼神的交流则激起了她反抗的力量。维拉的眼睛"紧盯着我的眼睛，有一秒钟的时间，阴影消失了，我看清了她的眼睛，但所见使我马上把目光移开了；从外表来看，维拉像一个坐在冰块上的孩子那样冷，可是内心里的热度却高得多，在我看起来那就像森林大火的中心。"①

梅洛-庞蒂曾通过假想的"内视觉"解释了身体与眼睛之间的互动：第三只眼睛，它看见了画面，甚至看见了心里表象，就像第三只耳朵，透过我们身体激发的噪音，抓住外来的讯息。②恰恰由于经历过与维拉相似的痛苦挣扎，多萝丝从维拉的话里抓住了"重要的讯息"，与其说是这外来的讯息激励了多萝丝下定决心除掉丈夫，不如说是她自己身体渐强的感受让她最终下了这个决心。根据多萝丝的回忆：

> 我心中好像还有一只眼睛，在此之前我从来不知道，我的那只眼睛看见的只是乔那张长长的马脸、干裂的嘴唇、一口黄牙、皴裂的两颊和赤红的颧骨。从那以后我总是看见他的脸离我很近，即使我另外两只眼睛闭上了，我睡着了，这只眼睛也不肯闭上，我知道，在他死以前这只眼睛是不会闭上了。那就像在恋爱，是发自内心的。③

多萝丝心中的这只眼睛让她看清了自己周遭世界的"表象"，那就是父权制以及由父权制引发的不幸婚姻，而且这"第三只眼"也激发了多萝丝"身体的噪音"，那种"发自内心"的原动力驱使着她的身体做出最后的抗争。暴力的叙事时常隐含了另一个潜在的情节：人们无意识中的攻击能量逐渐得到了凝聚，形成巨大的压力，然后因为一个酣畅的释放而复归于平静。④多萝丝最终彻底反制男权的行动，使乔在追打她的路上掉进一口枯井里而死。义无反顾地杀死了丈夫后，多萝丝甚至感到十分轻松：

> 另一个声音回答了所有这些问题。我想那是我心里的眼

① 斯蒂芬·金.惊鸟[M].袁绍渊译.珠海：珠海出版社,2005:120.
② 梅洛-庞蒂.眼与心:梅洛-庞蒂现象学美学文集[M].刘韵涵译.北京:中国社会科学出版社,1992:133.
③ 斯蒂芬·金.惊鸟[M].袁绍渊译.珠海:珠海出版社,2005:73.
④ 汪民安.身体的文化政治学[M].开封:河南大学出版社,2003:224.

睛发出的声音,但是我感到那不像多萝丝·克莱本的声音,而更像维拉·多诺万的声音,干巴巴的,但非常响亮,像那个高傲的女人的声音。"当然他死了,"那个声音说,"即使还没死,也快了,他跌得很重,肺扎坏了,在那样的地方,他一定会死。"①

梅洛-庞蒂在解读身体对世界的反馈时是这样论述的:"我们神经里面另外的眼睛才能感受到这种相似性,表象不是事物在人们视觉中的变形,是对个人小世界的双重相似性,这一思想严密地解释了身体里的已知符号,相似性是感知的结果,我们有理由这样认为,心理表象虽然是不在现场的东西,但成为我们在现场的超人视觉,是一种依赖身体信息的思想。"②可以说,多萝丝遭受的一切都曾经作用于她的身体,而身体对她不幸遭遇的第一种反馈就是反抗,这种反抗就是"依赖身体信息"而产生的思想,它和客观世界的结合也就形成了梅洛-庞蒂哲学里所谓的"超人视觉",这种视觉只在多萝丝的心理上产生,但作用在她的身体上,可以让她"看见"或者"听见"自己内心的声音。多萝丝在弑夫后幻听到的声音可以证明这个过程的存在:"那个声音对我说,去睡觉吧,当你醒来时候,日食已经过去了,你将会惊喜地发现,在太阳出来以后一切事物是多么美好。"③

金在《惊鸟》中通过身体叙事一步步地阐明了男权社会中处于不同阶级的女性所遭受的压抑。面临人生的压抑时,许多女性也曾经像维拉和多萝丝一样忍辱负重,但最终会有自我觉醒的女性开始她们艰苦卓绝的反抗。对男权社会的控诉、对男性暴力的抨击都是这部小说试图表达的主旨。《惊鸟》的第一人称叙事形式也"留下了叙述人自我言说的痕迹,显示她对故事的深刻介入,反映了叙述人主体性的自觉、主体的自由与张扬,并且促成了作者个人化的独特风格以及新的美学话语的形成。"④

我们身处的社会文化深植于男权制度之中,这也是很多女性不能走

① 斯蒂芬·金. 惊鸟[M]. 袁绍渊译. 珠海:珠海出版社,2005:155.
② 梅洛-庞蒂. 眼与心:梅洛-庞蒂现象学美学文集[M]. 刘韵涵译. 北京:中国社会科学出版社,1992:141.
③ 斯蒂芬·金. 惊鸟[M]. 袁绍渊译. 珠海:珠海出版社,2005:160.
④ 陈淑梅. 叙述主体的张扬——90年代女性小说叙事话语特征[J]. 文学评论,2007(3):135.

出自己不幸的婚姻和生活的原因。金利用身体叙事为主要手段,讲述了发生在维拉和多萝丝身体上的故事,让我们看到了女性的身体在男权制家庭中的压抑与挣扎,也为女性反抗男权制度从身体上提供了一种可能。金的身体叙事所蕴含的文艺美学价值和政治美学价值在《惊鸟》中相互交汇、融合,从而为小说的文学价值实现了"增值"。①同时,《惊鸟》也存在警醒读者的教诲意义,当"两性之间的这种支配和被支配成为人们文化中最普遍的意识形态"的时候,②是否还有人听得见处于"被支配"地位女性的声音?维拉和多萝丝这类为数极少的女性在身体和意识上的觉醒可以促使人们重新审视现有的男权意识形态。

---

① 胡铁生.后现代主义文学的终极价值追求[J].学习与探索,2018(2),141.

② 斯蒂芬·金.惊鸟[M].袁绍渊译.珠海:珠海出版社,2005:33.

第二章　关于身体反叛的社会批判

如果说《凯丽》和《惊鸟》塑造了被家庭关系与男权所压抑的女性身体,那么进入 20 世纪 80 年代以来,斯蒂芬·金开始更多地将目光投向社会权力机制对男性身体的占用、改造和毁灭以及身体如何去反叛意识形态和暴力机关对自身的规训与惩罚:无论是《神秘火焰》中军队和政府对平民百姓身体的征用,还是《一号书迷》中涉及的对知识和文化生产的操纵与男性气质的"去势"书写,对社会运行机制的抨击、对美国民主制度的质疑、对自由观念的解构等,都成为金这一时期小说的重要思想脉络。

第一节　《神秘火焰》中对身体
政治规训的反叛

《神秘火焰》(*Firestarter*)于 1980 年首次出版,曾获得英国最佳幻想小说奖(Best Novel for the British Fantasy Award)与卢克斯奖(Locus Poll Award,由读者投票选出的颁给科幻小说奖项)。①《神秘火焰》讲述了安迪(Andy McGee)和女儿恰莉(Charlie)因为拥有特异功能而被一个政府机构——"商店"(The Shop)追杀的故事。

安迪拥有控制他人意念的能力,他把这叫做"推动"(the push)。②他参加了一项由"商店"组织的致幻药品命运六号(lot 6)的试验,通过这个活动他认识了后来的妻子维琪(Vicky),殊不知维琪拥有尚未被发现的意念移物能力(telekinetic abilities)。两人的超人能力是有身体极限的,过度使用就会导致头痛甚至脑出血。他们后来的女儿恰莉身上也拥有

---

① George Beahm. *The Stephen King Story*, p. 94.
② 斯蒂芬·金. 神秘火焰[M]. 王帆,梁冰译. 珠海:珠海出版社,1998:5.

特异功能,她能靠意念让物体起火,甚至可以达到改变太阳光亮的程度。

由于政府想要对具有特异功能者进行控制,安迪的妻子在逃难中不幸遇难。"商店"的主管詹姆斯上尉(Captain James Hollister)命令越战老兵、印第安人杀手约翰·瑞博(John Rainbird)控制二人。瑞博先与二人和解并成为朋友,暗中抓捕了二人。恰莉拒绝和"商店"合作,也拒绝展示自己的力量。安迪在控制了心理医生并令他自杀后又开始控制詹姆斯上尉,巧妙地让他为自己和恰莉逃脱制造了机会。安迪和恰莉重逢时被瑞博开枪击中了颈部,恰莉愤怒中燃火烧死了瑞博和詹姆斯上尉。安迪临死前告诉恰莉要劝诫政府不要继续做这种危害公众的事情,"商店"随即更换了新的领导人,继续追杀恰莉。恰莉开始选择逃避,后来索性准备向媒体揭露这件事情,故事的结尾就是恰莉来到了《滚石》杂志,准备讲述自己的遭遇。

在《神秘火焰》中,金依托内、外两个角度的身体叙事构建了故事中主要人物的形象。金叙述了人物由身体而引发的各种遭遇,着重刻画了以安迪为主的普通美国人在接受人体试验后身体上产生的不良反应以及在身体和心灵上留下的创伤,以此反映了美国强权政治施加于民众身体之上的规训。金的身体叙事聚焦于人物的内心挣扎,通过叙述安迪父女二人所经历的身体与精神双重折磨解构了美国权力机构的身体政治策略,进一步批判了美国民主政治的虚伪。小说的身体叙事的形式与批判社会政治权力形态的思想内涵有机地统一在金对美国政治生态的解构之中。

一、强权政治对身体的规训

虽然二战后美国文学没有像一战后那样迅速走向繁荣,但是也表现出了一些鲜明的特点。一些有社会责任感的美国作家们仍然通过各种手法来创作反映冷战思维下美国社会的现实以及美国民众的精神面貌的文学作品。一些作家通过文学作品来反映美国社会的信仰危机,一些作家通过文学作品来反映社会上存在的世界末世论。[1]尽管受到大众文化语境对通俗文学创作观念的影响,但金的小说仍强调惊悚效果与恐怖

---

① 李雁.冷战对战后初期美国文学创作之影响[J].外语教学,2017(5):111.

气氛的营造，"在一定程度上也体现出现实主义文学的创作原则，采取典型事例和典型人物形象塑造以及故事情节详细描写的策略来反映人和社会的现实。"①《神秘火焰》叙述的故事发生在美苏两大阵营的冷战日益紧张的 20 世纪 70 年代，在这个阶段，"军事和经济竞争催发了人类对自然资源的疯狂占有和掠夺性的开采；生化武器、工业污染使生态环境遭受了极大的破坏；人们弃绝了追求神圣、博爱、和谐共存的宗教意识，为商业利益所驱使，不断地破坏人与自然万物的共生关系，以自杀性的行为使人类走上断子绝孙的灭绝之路。"②然而，美国政府在对内采取强的麦卡锡主义的政治迫害手段来统治国民，对外与苏联采取冷战的态度，美国民众中弥漫着对核战争的恐惧，这种心态直接导致了民众对美国政府机构的不信任感。

《神秘火焰》在故事情节上体现出了政府机构对民众身体的强权规训，这种情节设置对 19 世纪维多利亚惊悚小说传统虽有一定突破，但作品中的恐怖氛围却是对惊悚小说传统的继承。不同于传统的惊悚小说，《神秘火焰》结合了悬疑、超自然和科幻的元素，沿承了天真的人物与间谍人物相对立的故事模式。③在这种故事模式中，主要人物由于拥有特殊的能力（身体）而陷入与间谍争斗的泥潭。《神秘火焰》中的安迪、维琪和恰莉，还有另外一些身怀绝技的特异功能者，都被卷入了那场你死我活的斗争之中，而这一切的始作俑者就是高高在上的权力机构。在故事中，受联邦调查局指使的老兵瑞博扮演了间谍的角色，他竭尽全力去抓捕那些在联邦调查局进行人体试验后出逃的受试者，而这个行为实际上是在为政府弥补试验失败造成的过失。由此看来，"《神秘火焰》的整个故事都有着政府的触手渗透到人们生活的潜在意味"。④在此意义上，金的小说具备了相当程度的现实批判意义，而不再拘泥于《惊鸟》等小说那种局限于呈现家庭与两性之间危机，开始通过探索身体如何为权力所奴役的机制，透视社会现象揭示其背后更为复杂的文化政治因素。

在福柯的论述中，国家的权力机构对于民众身体的规训从未停止，虽然惨绝人寰的酷刑已经归于历史，但新兴的各种规训手段层出不穷，

---

① 胡贝克，李增. 惊悚小说《白衣女人》的时代道德潜质[J]. 外国文学研究，2017(5)：87.

② 田俊武. "冷战"影响下的西方文学及其宗教意识[J]. 西安外国语大学学报，2010(9)：52.

③ Douglas E. Winter. *Stephen King：The Art of Darkness*，p. 77.

④ George Beahm. *The Stephen King Story*，p. 94.

"每一个权力机构都竭尽全力打造一套合理、合法的规训机制,并把惩罚视为一种政治策略",①以便对其民众进行治理和约束。美国在冷战后期的政策导向是通过宣传美国所谓的人权思想并旨在影响其他国家更加重视人权,并保持能兼从战略及常规两种水平上抑制苏联采取敌对行动和施加政治压力的防御态势。②而这两者之间实际上存在着实施上的矛盾,即提倡人权便需要尊重人民的自由选择权利,而对外施压则需要组织国民进行协调一致的各种行动,从而牺牲一部分人应有的人权,这当然也包括利用不知情的受试者进行各种生化武器的实验。于是,对于普通民众的规训就成为美国政府在对内政策方面的重要手段,而与苏联在多方面的角力也最终被落实给各种形式的研究机构中,以期某项研究可以形成巨大的压倒性战略优势。现代社会政治规训的实施对象就是被治理者的身体,这一点在福柯著作中早有论述,因此,冷战后期美国政府奉行的一切竞争与规训的承担者必定是美国人民的身体。

《神秘火焰》在故事主旨上蕴含着揭发美国政治黑幕的意味。故事在开篇就叙述了由政府通过科研机构组织的人体试验。这个实验是为了测试"命运六号"这种生化试剂在受试者身上产生的控制他人思想的作用。而出现问题的地方恰巧在于"当时还没有迹象表明俄国人或其他实力强大的国家对药物引起的超心理感应发生兴趣,一部分受试者会进入一种近乎癫狂的状态"。③在冷战的背景之下,美苏双方都在为各种实力的竞争而绞尽脑汁,美国政府一向以标榜人权至高无上而著称,并且将这种标榜纳入与苏联国力对比的考核当中,同时也是美国自身在对外宣传上的一项重要手段。而实际上,对于美国的普通民众来说,他们自身陷入了一种身体政治的泥潭,要么干脆接受各种不合理的身体规训,不去过多考虑政府所推崇的"人权"问题;要么抵制任何形式的身体政治,进行全方位的抗争。不过,在当时社会的政治氛围之中,后一种选择似乎离普通民众十分遥远。普通美国人还是要为了生计而把自己的身体当成一种生产资料进行交换,以期实现价值。于是,"肉体直接卷入政治领域,权力关系直接控制它,干预它,给它打上标记,训练它,折磨它,

---

① 米歇尔·福柯. 规训与惩罚[M]. 刘北成,杨远婴译. 北京:生活·读书·新知三联书店,1999:25.

② 张建. 冷战时期的美国战略思想家与美国国家安全战略研究[D]. 上海:华东师范大学博士学位论文,2017:164.

③ 斯蒂芬·金. 神秘火焰[M]. 王帆,梁冰译. 珠海:珠海出版社,1998:73.

强迫它完成某些任务、表现某些仪式和发出某些信号"。①安迪与大学好友昆西由于"经济状况不佳，还要在加油站做工"，②所以为了拿到二百块的酬劳而参加了表面上由科研机构发起，而实际上是联邦调查局投资的生化试验。蒙在鼓里的安迪和昆西还对政府充满信任，昆西甚至认为："如果不安全，他们就不会在学生身上做试验了，你放心，他们在给你注射之前肯定已经给三百人注射过了，这些人的反应都被严密监视。"③和昆西一样，安迪在实验中认识的女友维琪也出于对实验室的信任而不顾家人反对报名参加了测试。温特曾指出，《神秘火焰》这部小说制造了"科技恐怖"(techno horror)的悲观情绪，④显然指涉的是"试验"给民众带来的"恐惧"与"悲观"。

　　20世纪70年代的美国通俗文学热衷于暴露政治问题，八九十年代的美国通俗文学关注的热点不再限于各种丑闻，而是把批判矛头直指社会制度本身，政治腐败、恐怖活动、经济犯罪、司法交易等民众痛恨的社会现象都得到比较深刻的揭露。⑤这一点在金的同时期小说《末日逼近》(The Stand)、《死亡区域》《奔跑的人》(Running Man)和《漫漫长路》(The Long Walk)中皆有体现。《神秘火焰》中的安迪等受试者之所以参加试验，一方面是出于经济目的，另一方面也由于轻信了试验者摆出的科学研究的架势。试验被安排在大学校园内，受试者还要煞有其事的签署一系列调查问卷和文件，以保证试验的公正和准确。这样一来，表面上以科学研究为名的试验顺理成章地招募到了很多学生志愿者。这些来自各个大学的志愿者对于权力机构而言就像"一个庞大的梅西百货(Macy's)，他们在这买点东西，到那逛逛橱窗。"⑥权力机构通过这样一种光明正大的形式"对肉体的政治干预，按照一种复杂的交互关系，与对肉体的经济使用紧密相联；肉体基本上是作为一种生产力而受到权力和支配关系的干预"。⑦可见，对于美国政府而言，民众的身体成为达到其

　　① 米歇尔·福柯. 规训与惩罚[M]. 刘北成，杨远缨译. 北京：生活·读书·新知三联书店，1999：27.
　　② 斯蒂芬·金. 神秘火焰[M]. 王帆，梁冰译. 珠海：珠海出版社，1998：11.
　　③ 同上，第13页.
　　④ Douglas E. Winter. *Stephen King：The Art of Darkness*，1984，p. 84.
　　⑤ 黄禄善. 美国通俗小说史[M]. 南京：译林出版社，2003：537.
　　⑥ 斯蒂芬·金. 神秘火焰[M]. 王帆，梁冰译. 珠海：珠海出版社，1998：13-14.
　　⑦ 米歇尔·福柯. 规训与惩罚[M]. 刘北成，杨远缨译. 北京：生活·读书·新知三联书店，1999：27.

政治目的的试验品,只花很少的钱就可以得到巨大的回报。当民众成为经济关系中的一环,身体经过买卖转化为权力机构的生产力时,不明就里的民众便等同于待宰羔羊,可以随时随地被权力机构规训,或者通过多种形式转化为生产力。所以,有学者认为:"在《神秘火焰》这个故事里,斯蒂芬·金关注了一个日益令人困扰的问题,那就是政府以公共安全为名将民众视为实验小白鼠。"①

在冷战的氛围中,美国政府一方面标榜人权,另一方面却让中情局以科研经费为手段,吸引研究机构来参与规训民众的身体,这种做法"强化了身体政治(Body Politic),把它看作一组物质因素和技术,把它们作为武器、中继器、传达路径和支持手段为权力和知识关系服务"。②金曾借昆西的讲述描绘了政府进行人体试验的内幕:"试验的负责人是瓦里斯博士,一个有名的药物专家,算得上是心理学学派的人,而且实验室和中央情报局有合作,心理学、化学、物理、生物,这些部门的工作方式大同小异,就连社会学也从这种合作中捞了不少美钞,他们必须花掉所有年度经费,以保证下一年可以得到大致相等的数目"。③由此可见,权力机构整合了多种社会组织,间接地参与了这场关于身体的"斗争",无论是出于政治或经济目的,中情局投资的这些机构都直接扮演了规训者的角色,它们通过规训民众的身体以达到谋利或者邀功的目的,并且高度契合了"中情局"这一类权力机构想要完成的任务。

金的通俗小说顺应后现代时期大众文化的发展趋势,将冷战时期美国民众对政府的质疑融入自己的创作,从而实现了"严肃文学"的政治批判功能。身体政治的作用对象是民众的身体,《神秘火焰》中的无辜民众成为强权规训的对象,他们身体上的遭遇体现出这种"身体规训"的残忍。在隐秘的试验后,"十二个人被注射了药剂,其中两人死亡,一个在试验过程中,另一个在试验之后不久,另两个人毫无希望地疯了,而且都成了残废,一个瞎了,一个患了心理性瘫痪,现在这两个人都被囚禁在默依集中营,直到他们悲惨的生命结束的那一天都别想出来,于是还剩下八个人……克利夫兰警方把它归结为有自杀倾向的忧郁症和服用毒品

---

① George Beahm. *The Stephen King Story*, p. 94.
② 米歇尔·福柯. 规训与惩罚[M]. 刘北成,杨远婴译. 北京:生活·读书·新知三联书店,1999:30.
③ 斯蒂芬·金. 神秘火焰[M]. 王帆,梁冰译. 珠海:珠海出版社,1998:12.

后产生的幻觉,卡普和伊塔把它归结为致命的命运六号后遗症"。①如果试验本身可以看作一种身体政治的隐喻,那么在试验失败之后对于真实消息的封锁和官方消息对民众的误导则算得上是一种更为极端的规训,那就是美国政府对于民众在思想上的凌驾态势。只有在控制和引导了民众的思考行为之后才能让身体控制事半功倍。

对受试者身体反应与个人遭遇的描绘则重在表达政府"规训"的残酷性。作为试验的幸存者,安迪和维琪并没有过多的身体反应,他们在昏睡许久之后恢复了清醒,安迪觉得自己可以"推动"别人,让别人相信他说的话,但这种功能不能经常使用,因为随后会感觉剧烈的头痛;而维琪则可以靠意念移动物体,但经常头痛和胃痛。②后来,他们在女儿恰莉身上也发现了特异功能,她可以靠意念燃起火焰。但是恰莉年龄还小,所有的功能"她都完全无力控制,就像一个孩子不能控制好自己的大小便一样"。③安迪一家人在身体上的变化引起了实验室的注意,隶属中情局的间谍机构"伊塔"奉命将"试验品"回收,他们打算把安迪一家关起来开始一项一项地测试药物在他们身体上引发的基因变化。由于恰莉去朋友家小住两天,伊塔的特工来到安迪家时没有发现恰莉,于是他们控制了维琪,一个个地拔掉她的指甲逼她说出恰莉的下落。④结果他们折磨死了维琪,又在后来囚禁了安迪和恰莉,意图在恰莉身上发现让她产生燃火能力的原因,以便制造更多的变异人。

在旧体制下,犯人的肉体变成国王的财产,君主在上面留下自己的印记和自己权力的效果。现在,身体将是社会的财产,集体占用的有益对象。⑤中情局和它的爪牙伊塔的做法实际上是以公共利益为名而对公民的个体进行侵害,而这种做法的本质则是旧体制下的独裁思维,即臣民的肉体都归独裁者所有,独裁者享有凌驾于一切臣民之上的使用权。美国政府在对外界的宣传上一直标榜自己是民主社会,崇尚人权,而实际上公民的身体也已成为管理机构争先规训的利益对象,一旦某人的身体有着某种特殊潜质,那它将会被拿来为"集体"的利益服务,这一点无

---

① 斯蒂芬·金. 神秘火焰[M]. 王帆,梁冰译. 珠海:珠海出版社,1998:71.

② 同上,第64页.

③ 同上,第85页.

④ 同上,第161页.

⑤ 米歇尔·福柯. 规训与惩罚[M]. 刘北成,杨远缨译. 北京:生活·读书·新知三联书店,1999:123.

疑推翻了美国政府对自身崇尚民主、人权性质的界定。

从金的人物形象建构策略上看,《神秘火焰》倾向于展现"规训者"的丑恶嘴脸。特工瑞博是个参加过越战的老兵,他"有近七英尺高,油腻的黑头发盘在脑后,十年前,他第二次去越南的时候脸上留下了长长的刀疤,伤疤和肉在脸上翻在一起,左眼也瞎了"。①瑞博首先给安迪注射致幻剂,让他染上毒瘾,以至于丧失了"推动"的能力,不能再轻易控制别人的思想。随后,瑞博扮演了一个服务员的角色一步步接近尚未懂事的小女孩恰莉,开始鼓励她使用自己燃火的特异功能,好让研究人员监测恰莉身体各方面的数据。"瑞博将一切都安排得非常巧妙,所以你不在时,他是唯一真正能控制她的人,一个替身父亲。"卡普告诉安迪,"当她父亲不在时瑞博就是她的父亲。""而当她不再合作时,她就会被杀死?"卡普说,"不会马上。瑞博能让她做得再久些。"②有研究指出,瑞博的原型来自"独眼巨人、炎魔(balrog)、巨人、巨妖",③而恰莉是个五岁的小女孩,她天性善良,在不小心烧掉了自己的玩具熊之后"嚎啕大哭,皮肤红一阵、白一阵,两眼充盈着泪水"。④所以,无论是在内在品质还是外貌形态上看,瑞博都和天真烂漫的恰莉形成了一种鲜明的对比。无论文化如何影响着身体,也无论身体如何作为一种文化的原型,身体在属于文化的一部分之前就已经拥有了连续的意指。⑤斯蒂芬·金通过身体叙事给故事中的人物设置了一个基本的活动框架,那就是邪恶和善良的对立。这一点从始至终贯穿了整个小说,即使在恰莉被瑞博哄骗,甚至一度相信、依赖瑞博的情节里也不能改变人物本身的属性以及其代表的利益集团属性。

"人的身体是一个工具或媒介,如果人们干预它、监禁它或强使它劳动,那是剥夺这个人的自由,人将这种自由视为他的权利和财产。"⑥瑞博在安迪和恰莉身上所做的试验可谓极尽了权力机构的规训本领,他只是将恰莉当做一个能够为伊塔赢得继续存在意义的工具。安迪实际上

---

① 斯蒂芬·金. 神秘火焰[M]. 王帆,梁冰译. 珠海:珠海出版社,1998:6.

② 同上,第40页.

③ Douglas E. Winter. *Stephen King: The Art of Darkness*, p. 80.

④ 斯蒂芬·金. 神秘火焰[M]. 王帆,梁冰译. 珠海:珠海出版社,1998:62.

⑤ Daniel Punday. *Narrative Bodies: Toward a Corporeal Narratology*, p. 57.

⑥ 米歇尔·福柯. 规训与惩罚[M]. 刘北成,杨远婴译. 北京:生活·读书·新知三联书店,1999:11.

对于瑞博没有任何价值,但瑞博却不会杀死安迪,他用致幻剂控制安迪的目的在于安抚恰莉,以便她能随时得知父亲在世的消息,不会对他们榨取恰莉身上的"价值"造成阻碍,于是"那种权力和知识关系则通过把人的肉体变成认识对象来干预和征服人的肉体"。① 因此,安迪被囚禁的身体只是伊塔"干预和征服"恰莉的一个手段,而恰莉的身体既是被"认识的对象",即需要受到规训的客体,同时也是"征服的对象"。此外,由于恰莉和安迪不能见面,瑞博的身份扮演和恰莉的父爱认同最终会导致恰莉在精神上远离安迪,这就为瑞博实现对恰莉价值的利用创造了最为有利的条件。

　　有学者指出,斯蒂芬·金小说中的美国成人社会在以偷走纯真的方式埋葬他们的孩子。②《神秘火焰》中权力机构的爪牙对待孩子的行径也处处都流露出残酷无情的本质。瑞博认为:"只要有工具和时间,任何箱子都会打开,有的会很容易,有的会很麻烦,恰莉是个很难打开的箱子。"③当瑞博和恰莉有了进一步接触之后,他开始鼓励恰莉施展自己的燃火能力。由于恰莉在小时候很难控制自己的情绪、也不能控制自己燃火的特异功能,所以常常制造出麻烦,父亲安迪便经常告诫她不要随意燃火。年幼的恰莉认定自己燃火是个错误行为,于是从不轻易尝试这个技能。瑞博在和恰莉熟悉了之后表示:"如果你点燃它,我立刻带你去见你的父亲"。④瑞博利用了恰莉的天真,一步步地骗取了她的信任并最终成为她的"精神父亲"。瑞博这种微观上的规训方式与和美国政府在宏观上对民众的控制极为类似,二者都利用了被规训者对他人或权威机构的信任而进行巧取利诱,并达到最终控制对方的目的。

　　美国学者曾指出:"要通过通俗文本洞察从文学上塑造或反映权力关系,还有通俗文本怎样作为社会政治的标尺而使用,或者像杰姆逊(Frederick Jameson)所说的那样,文本如何成为'社会象征行为'"。⑤以

　　①　米歇尔·福柯. 规训与惩罚[M]. 刘北成,杨远缨译. 北京:生活·读书·新知三联书店,1999:30.

　　②　Sharon A. Russell. *Revisiting Stephen King：A Critical Companion*, p. 50.

　　③　斯蒂芬·金. 神秘火焰[M]. 王帆,梁冰译. 珠海:珠海出版社,1998:229.

　　④　同上,第251页.

　　⑤　Kathleen Erin Sullivan. *Suffering Men/Male Suffering：Construction of Masculinity in the Works of Stephen King and Peter Straub*[M]. Eugene：University of Oregon Ph. D. Thesis, 2000, p. 5.

冷战为政治背景,金在《神秘火焰》中正是通过后现代意义上的身体叙事与人物形象建构描绘了在美国权力机构的淫威之下被当成试验品的民众的惨状。他们或是自由受限,或是精神失常,或是妻离子散,或被折磨致死。虽然《神秘火焰》算得上是一部科技恐怖小说,但仍然可以清晰地反映出美国社会中权力机构高高在上,为了达到自己的目的不惜动用卑劣手段来对民众实施强权规训的社会现实。拥有"特殊身体"的民众在这种高压统治之下无法摆脱强权的规训,只能像安迪和恰莉一样选择不停地逃亡和躲避。"安迪和家人都是美国公民,生活在一个据称是开明的社会里,而他的妻子被谋杀,女儿被绑架,他们两人就像在篱笆里被追捕的兔子。"①安迪背负着丧妻之痛不停地逃避强权政治的规训,但最后仍然难逃被政府爪牙杀害的宿命。可以说,《神秘火焰》的故事文本可以成为冷战时期美国政府适用于民众的身体政治状况的象征,通过这个"标尺",我们能够看到在表面上高举民主和人权大旗而打压苏联的美国政府实际上却暗地里做着令人不齿的勾当。

施咸荣曾提出,20世纪80年代的美国文学出现了实验现实主义(experimental realism)与"新现实主义"(neo-realism),即现实主义与现代主义相结合的新形式。②《神秘火焰》在创作上有着惊悚小说、科幻小说、政治暴露小说相结合的特征,而故事内容上又具有对当时美国社会状态的极端书写。从这一点上来看,斯蒂芬·金运用了现代主义的写作手法而又表达了现实主义的故事内涵,这就使《神秘火焰》具有更为强烈的现实反讽意义。

二、身体对极端规训的反叛

福柯曾借用拉·美特利(La Mettrie)的著作《人是机器》来证明人的驯顺性:《人是机器》将可解剖的肉体与可操纵的肉体结合起来,于是肉体可以被驾驭、使用、改造、改善。③在《神秘火焰》中,中央情报局指使"伊塔"这个间谍机构来行使自己对民众肉体的"驾驭、使用、改造"的权

---

① 斯蒂芬·金. 神秘火焰[M]. 王帆,梁冰译. 珠海:珠海出版社,1998:193.
② 施咸荣. 当代美国文学发展的几个新趋势[J]. 美国研究,1987(1):115.
③ 米歇尔·福柯. 规训与惩罚[M]. 刘北成,杨远缨译. 北京:生活·读书·新知三联书店,1999:154.

力,其目的在于"制造顺训的肉体",从而为美国在冷战的秘密武器竞争中夺得先机。"商店"先是进行了秘密的人体试验,测试了"命运六号"在受试者身体上产生的各种反应,随后又在很多人出现不良反应后封锁了实验失败的消息,并利用官方披露的信息误导民众的舆论。随后,恰莉作为试验的成果被软禁起来,瑞博等人想尽办法让恰莉重拾燃火的特异功能,意在得到各种数据从而制造出"人体武器"。

金的小说创作契合了美国民众对政府失去信任的大众文化语境。《神秘火焰》中的民众对政府身体政治策略的反叛体现在"规训者"与"被规训者"的极端对立上。虽然在冷战中后期美国政府在宣传上打出了"民主"和"人权"这两张牌,但实际在国内对民众实行了更为严苛的治理手段。"表面上这种政策是对美苏争霸的一种缓和,而缓和的关系从本质上说是一种混合的关系,它既有竞争的因素,也有合作的因素;这过分宣传的结果使国内对缓和的失望感增强了,导致出现了反对缓和的结果,美国人开始极力反对这种缓和的做法。"①可以看出,美国民众对政府的双面性已经有了一定认识,而在这种舆论之下继续强化对民众的规训则必定会导致危险的后果。

金的研究专家道格拉斯·温特曾提到:"商店"犹如乔治·奥威尔(George Orwell)《一九八四》中的"老大哥"(Big Brother),它可以调查到任何秘密,但对自己掌握的信息却毫不理解。②"老大哥"在维护大洋尼亚的独裁统治时将民众置于被规训者的位置上,并通过全天候的监视来控制民众的行为,还把不符合行为规范的人抓到"仁爱部"来洗脑,而实际上,"老大哥"却并不掌握民众真正的思想和意图。《神秘火焰》中隶属于中情局的秘密机构"商店"在这场游戏中扮演了规训者的角色。"商店"通过指使科研机构在暗中进行有关超能力的人体试验,为的就是获得试验后没有产生后遗症的人体样本,从而研发新型的人体武器,准备在冷战中作为压制性的新武器来增加美国的威慑力。将《神秘火焰》中的"商店"比作《一九八四》中的独裁统治者"老大哥"可以说十分贴切地点明了美国"民主政治"的独裁本质。诉诸于美国民众身体之上日益极端的规训已经成为很多人心中的梦魇,美国民众对这种规训则深恶痛

---

① 张建. 冷战时期的美国战略思想家与美国国家安全战略研究[D]. 上海:华东师范大学博士学位论文,2017:168.

② Douglas E. Winter. *Stephen King:The Art of Darkness*,p. 79.

绝。金的小说对传统的惊悚小说和哥特式小说具有着一定传承的关系，但在恐怖情节的设置上又融入了新的元素。现代的科技实验已经成为某种恐怖因素，"《神秘火焰》中小女孩恰莉制造灾难的力量是由政府在她父母身体上进行的实验而引发"。① 因此，当民众对政府的信任度降低时，政府授意的任何行动都可能对普通民众造成恐怖的灾难，金在这部小说中通过身体叙事深刻地表达了极端规训给民众带来的痛苦和民众对极端规训的反叛。

金采用身体叙事的形式表达了美国民众反叛政府身体规训的内涵，这一点体现在对身体的控制权的争夺上。"商店"组织的所有试验都在受试者不知情的情况下进行，因此，美国政治宣传中一向标榜的"人权意识"在《神秘火焰》中早已不复存在。在实践上，盲目地进行摒弃人权原则的身体规训注定会适得其反。面对"伊塔"的身体规训，安迪和恰莉都出现了头晕、发胖等不同程度的身体问题，但是他们也在暗中积蓄着反抗的力量。安迪开始尝试恢复自己的意念控制能力，他意识到自己每天对药物的依赖是阻碍自己发挥意念控制力的原因，于是每天将药物藏起来一部分。恰莉渐渐地和瑞博成为朋友，这也使她慢慢地恢复了自己对情绪的控制，在瑞博的诱骗之下，恰莉同意在看见父亲后为他表演点燃火柴的本领，这虽然达成了瑞博控制恰莉的目的，但也不自觉地为日后逃脱做好了准备。

极端的规训必定引发极端的反抗，《神秘火焰》中的身体叙事还重在表达政府身体规训行为和民众反叛规训的极端性。在《构建身体叙事学》中，丹尼尔·潘代曾用克里斯蒂瓦(Kristeva)"排泄物"(abject excrement)的概念来说明了现代叙事中身体对来自外部规训的抗拒，因为"外部的规训像排泄物一样受到身体的抵触和排斥"。② 对于施加在自己身体上的规训，安迪父女就像对待"排泄物"那样决绝和彻底。安迪在挣扎着戒毒期间的梦境在一定程度上证明了他会以极端的方式反叛规训：

> 他的头痛突然剧烈了，就像一匹无人驾驭、眼睛血红的黑马，已经脱缰了，在这空荡的房间里正向他奔来……没有灯光，

① Sharon A. Russell. *Revisiting Stephen King : A Critical Companion*, p. 24.
② Daniel Punday. *Narrative Bodies : Toward a Corporeal Narratology*, p. 107.

没有梦,只有头痛和那匹脱缰的黑马。①

　　从弗洛伊德的视角看,梦境中"眼睛血红的脱缰野马"可以看作安迪身体上所承受痛苦的镜像,而安迪心中的那匹"黑马"的狂躁不安则象征着身体上受到的束缚,"脱缰而逃"则可以看作安迪潜意识中具有的反叛想法。安迪验证了自己的身体已经恢复了超人能力之后,他在焦急的心情中等待逃跑的时机,这让安迪陷入更为复杂的梦境。他"梦见自己在黑夜的林中漫步、寻找。"②温特曾指出,"夜行"(night journey)的情节本质上是人物经历了神秘与邪恶的洗礼,引发人物思想的深刻变化,这个情节有着深厚的文学渊源,《旧约・约拿纪》、康拉德的《黑暗的心》、乔伊斯的《尤利西斯》都可以作为这个情节的源头。③如果说梦境是人身体的现实境遇在思想深处的某种表达的话,那么安迪的痛苦正如约拿、马洛和斯蒂芬所经历过身体和精神的考验一样,最终将会引发出身体强烈的反叛。和传统故事中的"夜行"的结果趋于一致,人物经历了灵魂黑夜后也会迎来光明,那就是救赎与解脱。安迪先是在"伊塔"的特工头目卡普面前装作彻底丧失了意念控制力,随后趁卡普不注意"推动"了他,利用他把写有出逃计划的纸条送给了恰莉,二人终于得以脱逃。

　　后现代的叙事策略具有修辞能力,作为政府的爪牙,"商店"在故事中也存在着符号性的意指。福柯认为:"如果一种机构试图通过施加于人们肉体的精确压力来使他们变得驯顺和有用,那么这种机构的一般形式就体现了监狱制度,尽管法律还没有把它规定为典型的刑罚。"④"商店"因禁了恰莉和安迪,并且用药物和伪装的方式给他们的身体施加了"精确压力",从而逼迫他们变得"驯顺",而瑞博通过乔装成清洁工向恰莉表示同情,但经常"要求她点火,所有假装的同情都归为一点:恰莉,把它点着。"⑤瑞博送给恰莉的是"糖衣炮弹",意在让恰莉变得"有用"。所以,《神秘火焰》中的"商店"算得上是一个巨大的监狱组织,它给被关押的每一个"身体"都加以精确的规训,从而达到其隐秘的目的。

---

①　斯蒂芬・金．神秘火焰[M]．王帆,梁冰译．珠海:珠海出版社,1998:269.

②　同上,第270页.

③　Douglas E. Winter. *Stephen King : The Art of Darkness*, p. 81.

④　米歇尔・福柯．规训与惩罚[M]．刘北成,杨远缨译．北京:生活・读书・新知三联书店,1999:259.

⑤　斯蒂芬・金．神秘火焰[M]．王帆,梁冰译．珠海:珠海出版社,1998:251.

　　"商店"囚禁安迪父女身体的操控更像是一场人类测试动物的游戏："一个月前,他们开始拿安迪和动物做实验,每星期至少一次要和狗或猫和猴子关在同一个屋子里,就像荒诞小说里的角色。"①这个场景与卡夫卡的《饥饿艺术家》(*Ein Hungerkünstler*)中表演饥饿的艺术家在动物园中被人们参观的情节极为类似,二者都展现了人的身体在一个荒诞的世界中被规训、被物化,并被当成一种消费品的过程。对于"商店"来说,安迪和恰莉的身体正是他们的一种资源,可以用来被使用和消费。身体政治是个表达社会形态的概念,可以有助于我们认识市民的社会角色,换言之,身体政治有助于构建社会认知。②《神秘火焰》所影射的美国冷战时期对民众身体政治的政策和做法让读者得以窥见美国社会的整个形态。在那里,民众不仅扮演着受规训者的角色,同时也被蔑视,会成为权利集团的消费品,可以随时被牺牲掉以换取利益。

　　《神秘火焰》的决战场景延续了传统惊悚小说中骇人事件的表现手法,安迪父女与"商店"成员之间最终的决斗具有暴力反抗规训的意义,后现代的身体元素在这场正义与邪恶的对决之中发挥了象征性的作用。瑞博等人依靠强大的武装力量追杀安迪父女,这象征着政府机构实施身体规训的残忍与暴力;安迪的死象征着身体规训的后果和反叛规训的巨大代价;恰莉依靠"燃烧的身体"杀死了瑞博则象征着"正义怒火"最终的胜利。安迪和恰莉逃至一处农场仓库,结果被前来追杀他们的卡普和瑞博堵在里面。安迪靠意念让卡普自杀,让瑞博跳下谷仓摔断了脚,但是因头痛剧烈失去了反抗能力。此时的恰莉已经清楚地认识到她和父亲的危险,极端的身体反应使她难以自制,她"怒火中烧,恨他们的不公,恨他们的贪得无厌,她几乎立刻感觉到了自己体内能量的聚集,似乎一触即发。热量在她体内越聚越多,并开始向外辐射,就好像打开了蓄电池,她体内的能力正在失控的边缘,再过一会它就会冲破束缚"。③

　　正如温特所指出的那样,《神秘火焰》的决战原因类似于《美女与野兽》(*Beauty and Beast*)中美女的父亲被野兽威胁而抓住了美女,但她

① 斯蒂芬·金. 神秘火焰[M]. 王帆,梁冰译. 珠海:珠海出版社,1998:241.
② Daniel Punday. *Narrative Bodies:Toward a Corporeal Narratology*,p. 78.
③ 斯蒂芬·金. 神秘火焰[M]. 王帆,梁冰译. 珠海:珠海出版社,1998:390.

却和野兽相爱，于是引发了野兽显现出可怕的原形。①瑞博的形象在此刻幻化为那头"野兽"，他原形毕露："头发散落，露出了恶毒的独眼，手里握着枪，指向了安迪。"②安迪头痛难忍不能自保，被瑞博开枪打中。恰莉"体内蓄积已久的那股力量疯狂地喷涌而出……刹那间，似乎有一股狂风在撕扯着瑞博的衣服和他后面的卡普，但被撕扯的并不只是衣服，还有肉体本身，先是被撕碎，像羊脂一样融化，接着就被从已经燃烧、变黑，从炭化的骨头上卷走。"③对于这个发生在身体上的惨烈、恐怖、血腥的场景来说，与其说它是正义和邪恶力量的决战，倒不如说这是民众身体对于极端规训的终极反叛。

黄禄善认为，斯蒂芬·金"创造性地运用了科学小说、西部小说以及其他深刻反映社会现实的通俗小说要素，从而扩大了作品的政治背景和社会容量。④在冷战的国际背景之下，美国民众对美国政府对外宣传的国家形象与其实际做法之间的差距有着比较清晰的认识，在一定程度上，美国权力机构对民众的身体规训已经达到了一种令人恐怖的程度，所以，"深刻的社会现实"在金的小说中成为制造恐怖因素的绝佳素材。故事空间的设置主要依赖于广义社会中对身体的限定，⑤美国社会对民众身体以非法方式规训的现实就是这个故事产生的社会空间，安迪父女从家破人亡到被囚禁于"伊塔"再到誓死反叛的整个过程都挣扎在权力机构给民众设置的身体政治的"圈套"中。所以，在这样一个空间内，所有美国民众的身体都具有"待规训"的属性。

温特认为，斯蒂芬·金的作品常常戏剧化地描绘那些拥有特异功能人物的经历，并形成身体和情感上的双重激烈冲突，随后激发出角色的潜在力量。⑥虽然安迪父女在身体上属于"拥有怪异能力"的人，但这实际上却是由美国政府的秘密人体试验所引发的，权力机构施加在他们身体上的规训才是令他们的人物形象显得"怪异"的唯一原因，除此之外他们在情感上和普通人并无二致。虽然有评论指出：金的小说中存在着拙

①　Douglas E. Winter. *Stephen King：The Art of Darkness*，p. 80.
②　斯蒂芬·金. 神秘火焰[M]. 王帆，梁冰译. 珠海：珠海出版社，1998：399.
③　同上，第401页.
④　黄禄善. 美国通俗小说史[M]. 南京：译林出版社，2003：604.
⑤　Daniel Punday. *Narrative Bodies：Toward a Corporeal Narratology*，p. 119.
⑥　Douglas E. Winter. *Stephen King：The Art of Darkness*，p. 78.

劣的瑕疵,那就是作品中的女性角色基本都不是很接地气。①但是金的研究专家柯林斯认为:恰莉父女等人物属于具有"先天缺陷"的角色,都在自身经历和自我挣扎的历练中成为拥有高尚情操的人。②在小说中,除了拥有异常的超人能力之外,安迪父女的"先天缺陷"其实是那种普通民众身上都有的善良品格,他们不愿意凭借暴力来获得自由,也因为软弱的内心而被权力机构的爪牙玩弄于股掌之间,直到最后面临生死存亡之际才不得不决死反叛。而在故事的结尾,恰莉仍然遵守着安迪临终的嘱托,没有选择去进行更大规模的复仇,而是继续逃避"商店"的追杀,在不得已的情况下才准备向媒体揭露政府的暴行,这一点也"表明了作者对于知识的尊重和对道德的选择"。③

潘代在《构建身体叙事学》中借用了莱布尼茨(Leibniz)的"可然世界"(possible world)理论来说明小说与现实之间的关系:只有可然世界能够放飞人类的思想和行动。④虽然《神秘火焰》是一个虚构的恐怖故事,但金通过真实、有力的身体叙事"放飞了人类的思想",这是因为金笔下的"可然世界"深深地根植于美国社会在冷战后期的现实状态,在故事内涵上与"严肃文学"对现实世界问题的讨论趋于一致,所以有评论指出:"金的作品经常揭露美国人生活的阴暗面。"⑤在权力机构极端的身体政治手段之下,只有反叛才是某些民众逃出魔爪的唯一途径。此外,"关于身体政治的叙事是从一种具有想象力的视角描绘了一个国家的现实",⑥金以丰富的想象力还原了冷战后期美国权力机构实施的身体政治伎俩,以后现代意义上的"通俗小说"形式深刻地抨击了美国民主政治的虚伪性。

---

① Chelsea Quinn Yarbro. "Cinderella's Revenge-Twists on Fairy Tale and Mythic Themes in the Work of Stephen King." In Tim Underwood, Chuck Miller. , eds. , *Fear Itself* : *The Horror Fictions of Stephen King* [M]. San Francisco: Underwood-Miller Publisher, 1982, p. 49.

② Michael. R. Collings. "Quo Vadis, Bestsellasurus Rex?" In George Beahm. , ed. , *The Stephen King Story*, p. 125.

③ Douglas E. Winter. *Stephen King*: *The Art of Darkness*, p. 83.

④ Daniel Punday. *Narrative Bodies*: *Toward a Corporeal Narratology*, p. 24.

⑤ Sharon A. Russell. *Revisiting Stephen King*: *A Critical Companion*, p. 9.

⑥ Daniel Punday. *Narrative Bodies*: *Toward a Corporeal Narratology*, p. 160.

第二节　《一号书迷》中身体"去势"
与反叛的隐喻

金的《一号书迷》(*Misery*)写于1986年,讲述了独居已久的女护士安妮·威尔克斯(Annie Wilkes)在偶然的机会中救下了自己喜爱的作家保罗·谢尔顿(Paul Sheldon),并将其囚禁,但保罗最终成功逃脱的故事。这个故事在1990年被改编后搬上银幕,饰演安妮的女演员凯西·蓓茨(Kathy Bates)因为出色的表演获得了当年的奥斯卡最佳女演员奖,这也是金的作品的改编电影迄今唯一的一次问鼎奥斯卡奖。《一号书迷》本来预计用金的笔名理查德·贝克曼(Richard Bachman)出版,但是因为这个笔名被热心读者曝光,所以1987年出版之前改回了作者斯蒂芬·金的本名。[①]写作之初,金"本打算将这个三万字的短篇小说命名为《安妮·威尔克斯版》(*The Annie Wilkes Edition*),是一个跛脚作家和一个精神病书迷的故事,而故事尚未形成,我打算把它挖出来。"[②]但是金的读者对他后来完成的这个故事并不满意,有的读者认为金刻意地在丑化读者的形象,金的妻子塔比莎·金(Tabitha)就曾读过一些言辞激烈的读者来信,他们甚至认为金在《一号书迷》中的描写来自金对读者的真实感受。[③]

《一号书迷》的主人公保罗·谢尔顿是系列畅销书《米泽丽》(*Misery*)的作家。他在递交新书手稿的路上因醉驾遭遇了车祸。保罗受重伤几乎丧命,但他的一位痴迷读者安妮·威尔克斯将保罗从车中拖出并带回家里治疗。安妮此时的目的并不在于救自己崇拜的作家一命,而在于通过这个方式长期囚禁保罗,从而逼他改写连载小说的最后一部,以达到让自己心爱的主人公"米泽丽"在书中复活的目的。安妮发现了保罗试图逃跑,就残忍地砍掉了保罗的右脚,又因为他试图再次逃跑

[①] Sharon Delmendo, George Edgar Slusser, Eric S. Rabkin. eds. , *Styles of Creation: Aesthetic Technique and the Creation of Fictional Worlds*[M]. Athens: University of Georgia Press, 1992, p. 177.

[②] 斯蒂芬·金. 斯蒂芬·金传[M]. 曾灈瑶,高美龄译. 珠海:珠海出版社,2002:127.

[③] George Beahm. *The Stephen King Story*, p. 137.

而剁掉了保罗的拇指。保罗无奈一边养伤一边写作,把故事写下去成为他活着的唯一可能。最后借和安妮庆祝的机会,保罗用打字机自卫,与安妮搏斗后成功杀死安妮,终于逃出魔窟。

在这部小说中,金以身体叙事为主要策略建构了安妮和保罗的人物形象,用发生在他们各自身体上的事件设置了二人争夺身体控制权的矛盾,为故事制造了叙事动力。金用后现代的身体叙事解构了男性权威,而安妮施加在保罗身体上的各种惩罚有着女性反叛男权的象征性意义。在故事的内涵上,金给读者展示了男权社会中男女性别气质失衡的破坏力,后现代的叙事策略与思想内涵相互交融,生成了《一号书迷》反观男权社会形态的"严肃文学"价值。

一、去势的身体与男性恐惧之源

身体叙事的作用在于展现男女性别气质失衡的后果。金的很多小说里都包含男性处于从属地位的危机,[①]在《一号书迷》中,保罗"处于从属地位"的身体也是他生存危机的主要原因,保罗和安妮对于保罗身体的控制权之争也是故事的主要矛盾。保罗身体状态的每一次变化都对应了他心理状态的变化,他"身体渐变线"的起点正是他被迫处于"从属地位"的状态。保罗在遭遇车祸之后身体多处受伤,而且双腿骨折、几乎丧命,所幸的是他被安妮救出并被安置在家中养病。受伤的保罗身体状态并不稳定,长时间处于半睡半醒的梦境里,保罗对安妮的第一印象就来自安妮为他做人工呼吸:

> 一张嘴紧紧地盖住了他的嘴唇,尽管那嘴巴坚硬、干涩、没有唾液,他仍然能够确定那是一张女人的嘴……他第一次闻到陌生人迫使他吸入体内的气味……呼吸中混合着香草曲奇饼、巧克力冰淇淋、鸡汁、花生牛奶软糖等杂乱无章的气息……这嘴唇枯涩而又坚硬,酷似一张腌制的猪皮。[②]

---

① Marry Pharr. "Partners in Danse: Women in Stephen King's Fiction." In Tony Magistrale, ed. , *The Dark Descent: Essays Defining Stephen King's Horrorscape*, p. 28.

② 斯蒂芬·金. 一号书迷[M]. 胡寄扬,韩满玲译. 珠海:珠海出版社,2005:5.

在上述的身体叙事中,保罗的身体处于受控制的、不能表达的状态,相比之下,安妮则控制着保罗的身体,可以全方位地实施对保罗身体规训的权力。荣格(Carl Gustav Jung)曾用阿尼玛(Anima)这个概念来描述男性身体中蕴含的女性气质(feminity),用阿尼姆斯(Animus)来描述女性身体中拥有的潜在男性气质(masculinity)。①保罗虽然身为男性,但由于受伤,他的男性气质不能通过身体的行为而显露,所以他的"阿尼玛"处于一种相对较高的水平;而安妮体内的"阿尼姆斯"则因她强势的动作显露出来,"安妮的行为如角色扮演一样削弱了保罗的男性气质,增强了安妮的权力。"②在这里,身体叙事不仅借用保罗的味觉、嗅觉、听觉描绘了安妮的部分形象,而且设置了两个人的"权力属性",即保罗处于绝对的"从属地位",安妮则掌管着保罗的生杀大权。

身体叙事深化了金对人物形象的建构。多角度的身体叙事构建了安妮强壮、疯狂的人物形象,制造出保罗与安妮之间身体属性上的差距,戏剧化了这种差距带来的身体矛盾。保罗在昏睡间借助仅有几次睁眼的机会看清了安妮的全貌:

> 用'女所罗门王'来描述安妮·威尔克斯的形象显得既荒诞怪异,又格外贴切……总而言之,他对她的感觉是混乱和强悍,似乎她体内根本没有血管,甚至也没有内脏。③

相对保罗之前通过嗅觉、触觉和听觉对安妮的感觉来说,身体叙事在这里借用保罗的视觉作为观察视角,将保罗此刻的视觉感受与多种感官的感受产生了联系,从而为保罗和读者给安妮画出一幅"立体"的人物图像。玛丽·法尔(Mary Pharr)认为:"在金的《凯丽》《一号书迷》《闪灵》(Shining)等小说中,女主角常集善恶于一身,角色充满了自我矛盾。"④综合保罗的各种感觉来看,安妮绝不是一个柔弱的女性,她"混乱而强悍""浑浊的呼吸""没有血管、没有内脏"和"没有界限的三围"的身体特征在一定程度上解构了她本应具有的女性气质。而安妮在暴雪天

---

① (美)C. S. 霍尔、V. J. 诺德贝. 荣格心理学入门[M].冯川译.北京:三联书店,1987:52.

② Marry Pharr. "Partners in Danse:Women in Stephen King's Fiction." In Tony Magistrale,ed. ,*The Dark Descent:Essays Defining Stephen King's Horrorscape* ,p. 25.

③ 斯蒂芬·金. 一号书迷[M]. 胡寄扬,韩满玲译. 珠海:珠海出版社,2005:8.

④ Marry Pharr. "Partners in Danse:Women in Stephen King's Fiction." In Tony Magistrale,ed. ,*The Dark Descent:Essays Defining Stephen King's Horrorscape* ,p. 24.

气里独自将保罗"从颠覆的汽车里拖出来"①的行为证明了她的强壮,加之安妮外表的"混乱和强悍"则更加凸显了她的"阿尼姆斯"。

身体叙事同时也制造出安妮形象中存在的"自我矛盾",从身体和身份两个层面上打破了二人之间性别属性的平衡,形成了推动情节发展的叙事动力。安妮如同伍尔夫和克里斯蒂娃等人所提出的"双性同体"(Androgyn)者一样,同时具有男女两性的性别气质。而男性气质的内涵势必"同男性的生理特征相关,同男性身体的某些特性相联系,身体对于男性气质的构建不可或缺"。②对于保罗来说,当他处于被动的、受控制的、身体无能的弱势地位时,他的男性气质被削弱了。虽然安妮充满异味的口腔、暴躁的脾气、强势的嘴唇、粗糙的外貌都让保罗十分反感,但他却无能为力,他受伤的身体只能由安妮任意摆布。保罗最初卧床不起、不能言说、昏迷不醒的状态属于金对其身体的"去功能化叙述",而保罗被安妮囚禁造成的与世隔绝、被迫写作也属于在身份上的"去功能化"。有研究指出,金的许多小说中的男主人公有行为表现趋于女性的特质,尤其是他们的恐惧与苦难经历,都可从文化上编码为女性。③可见,斯蒂芬·金通过对男性身体的"去势"书写设置了人物的初始状态,这种叙述一方面消除了父权制社会形态下男性气质对于安妮囚禁保罗行为的干扰,另一方面也显现了安妮身上的"阿尼姆斯",形成了男女主人公之间的"气质差距",从而突出了二人的基本矛盾,为二人此消彼长的"性别斗争"构成了叙事动力。

随着故事的发展,金用"去势书写"逐步"减去"保罗身上的男性气质,以致将他不断推向身体承受的极限,不仅刻画了保罗身陷囹圄的困境,而且凸显了安妮与日俱增的控制力,从而进一步极化了保罗与安妮间的"性别矛盾"。经过康奈尔(Raewyn Conell)和巴特勒(Judith Butler)等学者的诠释,现代的男性气质有身体的外在与内在两个方面的要求,外形上有力、匀称、灵活是对男性气质的外在要求,而内在要求则包括理性、勤奋、奋斗、权力、行动、控制、独立等方面。④在《一号书迷》中,施加在保罗身体与精神上的痛楚让保罗失去了行动、力量、独立、尊

---

① 斯蒂芬·金. 一号书迷[M]. 胡寄扬,韩满玲译. 珠海:珠海出版社,2005:31.

② 刘岩. 男性气质[J]. 外国文学,2014(4):111.

③ Marry Pharr. "Partners in Danse: Women in Stephen King's Fiction." In Tony Magistrale,ed. , *The Dark Descent:Essays Defining Stephen King's Horrorscape* ,p. 26.

④ 刘岩. 男性气质[J]. 外国文学,2014(4):106-107.

严,他身上的男性气质几乎完全被安妮所压制。保罗在清醒之后感到"疼痛使双腿一阵一阵地抽搐,就像有一根钢圈禁锢在大腿根部……膝盖以下已经没有一处是完好的了",①"他曾经以为他的小腿骨折了,结果事实并非如此,它们是彻底粉碎了"。②保罗已经失去了最为基本的控制和行动的能力,这样一来,保罗的男性气质已经被打了折扣,同时他又身染药瘾,被安妮用止痛药控制,而且需要被迫写出安妮喜欢的《米泽丽》新版本的故事,后来安妮还曾"不给保罗吃止疼药让他疼到受不了,曾用手铐铐住他,并用满是家具油漆、散发着恶臭的抹布堵住过他的嘴"。③玛丽·法尔曾表示:"金的小说通过创造恐惧与怪异给故事主体创造了存在的空间,这样一来,男性人物客体的空间就极度狭小,因为其一面受到严酷的父权制排挤,另一面受到妖魔化的女人或者酷儿男性身体的排挤。"④从这个角度看,金通过"去势"书写挤压了保罗的"存在空间",保罗的男性气质在安妮面前丧失殆尽,安妮身上的"阿姆尼斯"却愈发强大,男女两性性别气质失衡的矛盾成为核心矛盾,由此造成的叙事张力继续推进着故事情节的发展。

身体叙事在后续故事里进一步地挤压了保罗作为男性的"存在空间,也进一步深化了安妮的人物形象,令她完成了从"男性化的女人"到"女恶魔"的变化。保罗违心地答应安妮让他重写《米泽丽》的请求,他要求安妮去买打字机和纸,自己则坐在轮椅上几次溜出房间意图逃跑。安妮发现保罗出门的痕迹后对保罗的反叛行为勃然大怒,她疯狂地对保罗实施了惩罚:

> 安妮右手向下抓住斧子的手柄,都快抓到斧子的钢头部分了,左手抓住斧子手柄的另一端,叉开两腿,就像一个伐木工一样,斧头呼啸而下,砍入了保罗左腿的脚踝上方。
>
> 保罗此刻感到剧痛像巨大的霹雳一样传遍全身,深红色的血液喷溅在她的脸上……伤口像嘴一样大张着,他有足够的时间认识到现在他的右脚只不过在由小腿上的肉连在腿上,接着

① 斯蒂芬·金. 一号书迷[M]. 胡寄扬,韩满玲译. 珠海:珠海出版社,2005:19.
② 同上,第41页.
③ 同上,第150页.
④ Marry Pharr. "Partners in Danse: Women in Stephen King's Fiction." In Tony Magistrale,ed., *The Dark Descent:Essays Defining Stephen King's Horrorscape*,p. 26.

刀锋又落下来了,直接砍到刚才的伤口上,割透了他的腿,一直深深地砍到了床垫里。①

彼得·布鲁克斯(Peter Brooks)曾经在他的身体研究著作《身体活》中用母豹的尾巴比喻女性潜在的危险,因为尾巴可以作为一种长直的武器使用。手举斧子的安妮在此刻俨然是那头也已发疯的母豹,她就像布鲁克斯所描述的那种女人,充满了潜在的危险意味,成为女性给男性"造成的阉割恐惧"②的象征。双腿粉碎性骨折的保罗本已不能行走,几乎失去了所有的男性气质,处于一种"半阉割"的状态。在弗洛伊德的象征中,脚、手指、鼻子或身体的其他部位并不是因为形状突出而成为阳物的隐喻;相反,其法勒斯价值仅仅是以幻想的切割为基础的。③ "砍腿"具有一种隐喻性质,安妮施加在保罗身上这种近乎"外科手术"的酷刑与阉割别无二致,与其说安妮手举斧子的形象和砍断保罗左脚的行为增加了保罗的、甚至是男性读者的"阉割恐惧",倒不如说她的行为几乎实质性地阉割了保罗。

梅洛-庞蒂曾用"身体图式"来表明人的自我认识建立于对自己身体状态的认识之上。身体图式能向我提供我身体的某一个部分在做运动时各个部分位置的变化,每一个局部刺激在整个身体中的位置,一个复杂动作在每一个时刻所完成的运动总和,以及当前运动感觉和关节感觉在视觉语言中的连续表达。④身体的损伤和运动机能的失去会导致人对自我认识的偏差,所以保罗的断腿和他缺失的男性气质让他陷入了一种"斯德哥尔摩症候群"的心理状况,即对迫害、胁迫他的绑架者产生依赖,并同绑架者合作并努力完成绑架者的某种愿望。保罗此刻已经不是原来那个可以依照自己意愿去创作的作家保罗了,而是变成了安妮豢养的一个"宠物作家",只能按安妮的要求去写作,否则就会丧命。"自由作家"身份的失去则几乎耗尽了保罗所剩无几的男性气质,他只有依赖安妮的施舍才能存活。在这样的生存状态下,保罗度过了一段平静的养伤

① 斯蒂芬·金. 一号书迷[M]. 胡寄扬,韩满玲译. 珠海:珠海出版社,2005:221-223.
② 彼得·布鲁克斯. 身体活——现代叙述中的欲望对象[M]. 朱生坚译. 北京:新星出版社,2005:96.
③ 汪民安,陈永国. 后身体:文化、权力和生命政治学[M]. 长春:吉林人民出版社,2003:37.
④ 莫里斯·梅洛-庞蒂. 知觉现象学[M]. 姜志辉译. 北京:商务印书馆,2003:136.

时间,但是由于没有完全按照安妮的要求去写《米泽丽》的故事,安妮对他又一次施加了残害:

> 百痛定布满他的左手大拇指,刀子也放了上来,她打开开关,刀刃开始飞快地来回锯,酱紫色的东西在充满百痛定的空气里飞溅,她视若不见,后来飞溅出来的东西颜色越来越红。①

相比之前安妮砍掉保罗左脚的情节,这次割断他的拇指的叙述已经算是轻描淡写。作为只能靠"手"的写作而维系自己生命的作家,切掉他赖以生存的功能器官无外乎等于再一次将他阉割,所以,无论是在生理上还是在心理上,保罗的男性气质都已消失殆尽。金在这里设计了保罗的"低谷"状态,他用身体叙事将保罗置于万劫不复的边缘,而保罗逃出魔窟的希望似乎已经变得遥遥无期。由于男性努力实现社会对于男性气质的规范化期待,在面对生活挫折时更容易酗酒、吸毒、赌博、焦虑、抑郁、自杀,也容易借助暴力实施犯罪,这是男性气质的复杂性和脆弱性所在。②保罗遭遇的挫折使他抑郁,但没有给他自杀的机会,所以他所剩的选择只有靠"暴力实施犯罪"来反叛安妮的囚禁才能拯救自己。金通过场面血腥、残忍的身体叙事将保罗的男性气质比喻性地"切除"了,其作用首先在于再一次描绘了安妮无比强大的"阿姆尼斯"和对保罗身体的绝对控制权。其次,身体叙事的作用还在于将二人间原本柔和的对抗转化为针锋相对的矛盾,从而为保罗反叛安妮的规训做好了各种准备。随着保罗作为男性的生存空间的进一步萎缩,身体叙事的重点倾向于描述保罗萎靡精神与赢弱的身体之间的关系,从而形成一种保罗男性气质缺失的状态,这个状态与他最后对安妮的反叛形成了极大的反差,也增强了故事的叙事张力。

在故事结尾,金通过身体叙事一步步地重建了保罗的男性气质,通过刻画保罗对安妮实施的"暴力反叛",金将保罗和安妮之间的"性别失衡"进行了调整,用极致的身体暴力为二人的"身体战争"画上了句号。保罗一边养伤一边写作,他尽力满足安妮的所有关于《米泽丽》故事的需求,在新写的故事里成功地复活了米泽丽这个安妮最喜爱的人物。身体

---

① 斯蒂芬·金．一号书迷[M]．胡寄扬,韩满玲译．珠海:珠海出版社,2005:250.
② 刘岩．男性气质[J]．外国文学,2014(4):111.

是可观察到的,我们手指和目光的每一个运动既能扰乱它,也能恢复它。①作为身上为数不多的几个"有用"的部分,保罗依靠"手指的运动"拯救了他的身体。他不仅靠仅存的手指在打字机上完成了小说,还用手练习了举放打字机,增强了肌肉的力量。身体状态的逐渐恢复让保罗充满了反叛的希望,他把偷偷藏起来的打火机燃料倒在了刚刚写好的《米泽丽》书稿上,并恳求安妮为他准备完成小说后庆祝的香烟和火柴。将自己的反叛计划准备妥当后,保罗点燃了书稿,安妮扑上去挽救火中的书稿,保罗"把胳膊猛挥向前,打字机飞出手,正好砸在她宽大结实的后背中间"。②

传统的男子气概就像理想中的男性气质,在金的小说中的男主角身上并不存在。③在这个场景中,保罗用自己的智慧和身体开始了反叛,但这并不代表他男性气质的全面恢复,保罗仍然是那个不能行走、坐在轮椅上的残疾作家。金并没有把男性气质完全还给保罗,而是将保罗缺失的男性气质作为他殚精竭虑反叛安妮的一种理由,而且,保罗也只有通过反叛才能逐渐找回自己的男性气质,并最终回到正常的生活中去。通过将保罗"暴力反叛"的行为逐渐升级,斯蒂芬·金制造了他男性气质回升的曲线,这条曲线的峰值也就是保罗通过身体的力量将安妮置于死地。

在这个决战的情节中,金为保罗添加了足够的男性气质,只不过这是男性气质的脆弱性而引发的极端暴力。此处的身体叙事还具有隐喻性质,保罗用安妮曾经施加在自己身上的暴行如数还给了安妮。保罗这种"暴力反叛"正是由于男性气质长期受挫而引起的,保罗的身体姿态和语言也正是找回他男性气质的一种方式。作为一名作家,写作是保罗在男权社会中赖以生存的方式,也是他具有的男性气质中极为重要的一项,保罗用打字机和书稿作为武器去袭击安妮,这个行为的实质是他用身上仅存的男性气质做出的最终反击。

总体上,在《一号书迷》这个故事里,金设计了一个由"男性气质缺失"而引发的矛盾,那就是关于保罗身体控制权的矛盾,这个矛盾贯穿故

---

① 莫里斯·梅洛-庞蒂. 知觉现象学[M]. 姜志辉译. 北京:商务印书馆,2003:126.

② 斯蒂芬·金. 一号书迷[M]. 胡寄扬,韩满玲译. 珠海:珠海出版社,2005:308.

③ Marry Pharr. "Partners in Danse:Women in Stephen King's Fiction." In Tony Magistrale,ed. ,*The Dark Descent:Essays Defining Stephen King's Horrorscape*,p. 25.

事的始终,成为安妮和保罗间此消彼长的斗争的根本原因。保罗被安妮日益剥夺的男性气质成为他人物形象最初的特征,金用身体叙事不断解构保罗男性权威的同时也进一步加深了二人之间的矛盾,为保罗最后的反叛打下了基础。借由身体叙事,金在安妮身上设置了日渐显露的"阿姆尼斯",也逐渐勾勒出安妮那中性、变态的人物心理,从而由内而外地刻画出了一个立体的"女恶魔"的形象。

在社会实践层面上,男性气质较为有效地解释了男性的生存境遇和两性关系的现实,其作用在于构筑性别平等和社会正义的理想。[①]两性之间的相处和共存在很大程度上依赖于两性气质的和谐共生,任何一种性别气质的削弱和缺失都会导致性别失衡,也会引发一系列的"性别矛盾"。斯蒂芬·金正是用身体叙事来激发了这种性别失衡而引发的矛盾,并通过保罗和安妮二人身体状态的逐渐变化来酝酿、激发这个矛盾,从而造成了这场"性别悲剧"。金在故事的末尾通过具有隐喻性质的身体叙事让保罗的男性气质进一步回归,同时实现了安妮和保罗对身体控制权的交接,但这并不代表保罗复苏的男性气质最终取得了胜利,相反,两人在性别的斗争之中都成了牺牲品。

此外,玛丽·法尔曾谈到,《一号书迷》的结局"表达了对理性的尊重和道德的认同。"[②]在小说尚未完成时,金曾考虑"让安妮杀死保罗,书桌上放着《米泽丽归来》(*Misery's Return*),装帧十分华丽,因为是用保罗的人皮做成的,但最后保罗的结局比我事先预想的要好,他和安妮玩《天方夜谭》的游戏,救了自己一命。"[③]从这个角度来看,无论性别气质的天平朝那一边倾斜,最终都会引发极端的事件和令人不寒而栗的结局,两性气质的失衡或者"阿尼玛"与"阿姆尼斯"的错位并不是理性社会的追求,同时也不能得到社会道德的认同,而金也正是看到了这一点,才为这个故事设计了一个相对平衡的结局。因此,在关照了理性传统和道德层面之后,金利用身体叙事给保罗和安妮设定为"两败俱伤"的结局,这也从一个侧面体现了金对性别社会中两性争斗的思考。

---

① 刘岩. 男性气质[J]. 外国文学,2014(4):106.

② Marry Pharr. "Partners in Danse:Women in Stephen King's Fiction". In Tony Magistrale,ed., *The Dark Descent:Essays Defining Stephen King's Horrorscape*,p.32.

③ 斯蒂芬·金. 斯蒂芬·金传[M]. 曾潇瑶,高美龄译. 珠海:珠海出版社,2002:128-129.

二、女性身体对权威的反叛

金早期小说中的女性形象经常被评论家所诟病,有评论认为金的小说存在明显的"厌女症";也有评论指出,斯蒂芬·金对于女性的形象塑造有时过于古板,而导致小说中一些女性形象如"空心纸壳"(papier-maché)一样单薄,在金的《凯丽》和《一号书迷》《闪灵》等小说中,担任主要角色的女性往往是"蛇蝎女神"(Bitch Goddess)的形象。① 从《一号书迷》的故事内容上看,保罗分别用"所罗门女王"(King Solomon's Mines)② 和"布尔卡女蜂神"(Bourka Bee-Goddess)③ 来称呼安妮,而安妮也是个强壮、疯癫的女人,她凶狠、孤独、杀人如麻,这样的人物设定确实算得上名副其实的"蛇蝎女神"。所以,在一定程度上,安妮的"蛇蝎女神"的形象已经成为许多男性读者的梦魇,也成为批评者眼中的一种刻板印象。但是,与以往文学作品中"毒妇"的形象相类似,安妮也用暴力行为去反叛这个世界对她的禁锢。结合故事文本,从人物建构的角度去考察金对安妮形象的塑造,可以发现她的形象并不是那么"单薄",其形成具有多方面的因素。

从建构人物的叙事手段上看,金以保罗作为故事中事件的"感知者",以身体叙事为依托,从安妮的外表、性格、社会关系方面描绘了安妮的人物形象;与此同时,金还通过安妮的自我叙述、安妮与保罗间的"性别战争"为"内视角"叙述了安妮的内心活动,从而建构起安妮复杂的内心世界,因此,金的人物建构方式是立体的、多角度的。另一方面,金的身体叙事聚焦于安妮内心的自我挣扎,安妮的疯狂、残暴都是她不断反叛男权社会价值观的结果。安妮的所作所为主观上满足了惊悚小说对于情节与气氛的要求,客观上则反映了作家对于女性生存状况的思考。

按照荣格的说法,要想使人格和谐平衡,就必须允许男性人格中的女性方面(阿尼玛)和女性人格中的男性方面(阿尼姆斯)在个人的意识

---

① Marry Pharr. "Partners in Danse: Women in Stephen King's Fiction". In Tony Magistrale,ed. *The Dark Descent: Essays Defining Stephen King's Horrorscape*,pp. 24-25.

② 斯蒂芬·金. 一号书迷[M]. 胡寄扬,韩满玲译. 珠海:珠海出版社,2005:8.

③ 同上,第 203 页.

和行为中得到展现。①保罗凭借自己仅存的"男性气质"最终战胜了安妮的"阿尼姆斯",安妮最后失去了生命,保罗最后失去了左脚和左手拇指。在这场"性别力量"此消彼长的斗争之中没有赢家,两位主人公都是性别力量"失衡"的牺牲品。斯蒂芬·金通过多角度的身体叙事描写了两位主人公的"失衡状态",这也就"过度"地展现了她身上的"阿尼姆斯",从而造成了安妮的"人格的失衡",并由此塑造了这个"女恶魔"的形象。

美丽的女人可以优先获得爱情的眷顾,灰姑娘赢得王子的爱情,最关键是因为她美丽善良,如果灰姑娘真的容颜灰暗,这个幸福的爱情故事将无法成立。②对于《一号书迷》中的安妮来说,"美丽"和"善良"与她毫无关系,她当然也不会得到"爱情的眷顾"。虽然安妮是保罗的"一号书迷",她对保罗的作品和生活中的嗜好如数家珍,也梦想着有一天能见到自己最爱的作家,但他们的初次相遇却不是一场愉快的经历。虽然安妮把遭遇车祸的保罗救了出来,"在保罗停止呼吸后不仅用'生命之吻'拯救了他失去意识的身体,而且成为他具有比喻性质的情人"。③但保罗对安妮的第一印象就是厌恶的,他讨厌安妮的呼吸气味,于是,他"趁着她把嘴移开时抢先吐了一口气",④甚至在安妮给保罗喂药的时候,保罗都觉得她"手放在了他嘴边,亲密得使人惊讶,热情得令人作呕"。⑤在这样的情形之下,安妮是注定留不住保罗的,她当然也不会得到保罗的欣赏,更谈不上收获"爱情"了。

从建构人物的叙述视角上看,限知视角下的人物感知促成了读者对安妮形象认知的偏差。主观上,安妮在最初并没有囚禁保罗的想法,她把遭遇车祸的人救回家养伤,直到打开他的钱包看见身份证件时才确信被救的人正是自己最喜爱的作家保罗。保罗清醒之后,安妮向保罗说明自己是他的"超级书迷",保罗则觉得自己被书迷救活是件幸运的事,但即使安妮向她悉心照料的保罗投以"母性般的微笑"⑥也无法挽回保罗

---

①　C. S. 霍尔、V. J. 诺德贝 . 荣格心理学入门[M]. 冯川译 . 北京:三联书店,1987:53.

②　赵行专 . 大众文化语境下的女性身体美学[J]. 中国矿业大学学报(社会科学版),2007(2):137.

③　Marry Pharr. "Partners in Danse: Women in Stephen King's Fiction. " In Tony Magistrale, ed. , *The Dark Descent:Essays Defining Stephen King's Horrorscape*, p. 24.

④　斯蒂芬·金 . 一号书迷[M]. 胡寄扬,韩满玲译 . 珠海:珠海出版社,2005:5-6.

⑤　同上,第21页 .

⑥　同上,第14页 .

对她既有的厌恶感。保罗唯一一次对安妮有正面的评价是在他们对《米泽丽》的故事情节上有了争执之后。安妮离开了屋子没有照顾保罗,这让他几乎渴死,而当安妮回来时,保罗突然觉得她"面色红润,眼睛里闪烁着生命的火花",但保罗的思绪旋即推翻了这瞬间的好感,他觉得这是"在安妮·威尔克斯的一生中最不令人感到丑陋的一次",①甚至在安妮告诉他自己把家养的小猪起名叫"米泽丽"时,保罗也是看着安妮"擤了擤鼻涕,刹那间变成了一只母猪,甚至下巴上还长着几根稀疏的短须,还发出了母猪般的呼噜声"。②可见,保罗只有在需要止痛药和食物的时候才真正需要安妮的存在,在保罗的内心中,安妮是个"体内根本没有血管,甚至也没有内脏"③的雌性动物。

申丹曾以亨利·詹姆斯(Henry James)的小说为例说明了故事的"叙述者"与"感知者"的区别在于前者使用的是"全知视角"而后者使用了"人物限知视角"。④在"人物限知视角"下,读者只能根据人物的主观感受而接受故事信息。在对安妮外在形象的塑造上,保罗是主要的叙述者,因而保罗的主观感受成为读者对安妮外形的"感知"。所以读者通过保罗的"感知"发现了安妮身上过剩的"阿姆尼斯",这就导致她的形象成为保罗眼中那个相貌不佳、身材极差、令男性生厌的古怪女人。此外,在前文已详述过保罗被安妮砍脚、割手指的场景中,斯蒂芬·金不仅利用保罗为观察者去"感知"安妮的行动,还使用了第三人称叙述的"复合视角",⑤即叙述者的视角中包含了"人物限知视角"和"全知视角"的叙述方式。经由这种复合视角的叙述,金建构了安妮残暴、凶狠、冷血的一面,所以,结合了"复合视角"和"人物限知视角"的叙事使安妮的形象被定格在"蛇蝎女神"的框架中。

从作者创作的主观意图上来看,金在谈及自己的创作意图时曾表示:"在小说中我尝试刻画了许多女性角色,写《一号书迷》时,我想要在了解女性的同时打破诸多男性小说中女性人物的刻板印象。"⑥可见,金

---

① 斯蒂芬·金. 一号书迷[M]. 胡寄扬,韩满玲译. 珠海:珠海出版社,2005:43.
② 同上,第13-14页.
③ 同上,第8页.
④ 申丹. 视角[J]. 外国文学,2004(3):53.
⑤ 斯蒂芬·金. 一号书迷[M]. 胡寄扬,韩满玲译. 珠海:珠海出版社,2005:57.
⑥ Tony Magistrale. *Stephen King, The Second Decade: Danse Macabre to The Dark Half*, p. 10.

在主观上并不想沿用以往文学作品里塑造女性人物的老旧套路,也不想让安妮这个人物成为一个典型的"刻板印象"。实际上,金在《一号书迷》里对安妮的形象构建并不是单向度的,虽然金灵活地运用了不同的叙事视角来建构安妮的外在形象,但无论是混合视角还是以保罗为感知者的人物视角,都属于"对人物内心活动的限知视角",①即保罗和混合视角叙事者的感知都不能触及安妮的内心活动。因此,在安妮的人物心理刻画上,斯蒂芬·金将"全知视角"的叙述和安妮的自述(限知视角叙述)相结合,以身体叙事为依托,给安妮描绘出一幅"心理画像"。

从人物生活的社会背景上看,金曾表示,"安妮除了令人害怕,也有些令人同情。"②如果抛开安妮令人恐惧的一面,安妮的生活状况并不乐观。结合全知的叙述者的叙述,我们了解到安妮是个离婚的独居女人,她独自生活在自家农庄,没有朋友也没有亲人。作为限知的叙述者,安妮自己提到:"离我最近的罗伊德曼一家距离这里也有好几公里,况且那家人不怎么喜欢我。"安妮在自家的农庄"养了六只下蛋鸡、两头牛,还有米泽丽"。③她觉得自己的牲口棚盖的漂亮是"因为我活儿干得漂亮,我妈妈经常这么说,我要让它漂亮,因为如果不这样,邻居就会看我的笑话,他们总是找一切机会找我的茬,或者散布我的谣言"。④ 另外,安妮"没有及时偿还房屋税,需要付 506 美元 17 美分,否则房子就要被监管",由于无力交税,安妮表示:"他们讨厌我! 他们都和我作对。"⑤在生活层面上,安妮就像福克纳小说《献给艾米丽的玫瑰》(A Rose For Emily)中的艾米丽小姐一样,她自始至终一直处于和整个世界对抗的状态之中。金通过全知视角与人物限知视角的叙述让读者"感知"了安妮生活的窘迫,用以衬托安妮复杂多变的内心世界。

从故事感知者的认知与人物之间的差异上看,金以保罗为"感知者",通过身体叙事构建了安妮的内心世界,描绘了安妮反叛男性权威和男权社会的愈陷愈深的疯狂状态。在精神层面上,安妮忍受着更大的孤寂,独居多年的她把读保罗的小说视为生活中的唯一乐趣,她"读了《米

① 申丹. 视角[J]. 外国文学,2004(3):58.
② 斯蒂芬·金. 斯蒂芬·金传[M]. 曾瀞瑶,高美龄译. 珠海:珠海出版社,2002:129.
③ 斯蒂芬·金. 一号书迷[M]. 胡寄扬,韩满玲译. 珠海:珠海出版社,2005:13.
④ 同上,第 73 页.
⑤ 同上,第 148-149 页.

泽丽》四遍……五遍……甚至可能是六遍",①并且"坚信《米泽丽》故事中的人物都是真实的",②她最爱米泽丽这个人物,甚至把自己养的小猪仔取名为"米泽丽"。而当安妮在看过保罗写的《米泽丽》书稿时发现主人公在故事的结尾竟然死掉了,这对于安妮来说是极大的打击。在外部世界,甚至整个社会都冷漠对待安妮的时候,《米泽丽》是她寻求内心庇护的港湾,甚至是她生命的寄托,米泽丽的"死去"让支撑安妮存活的信念崩塌了。"她呆立在那里,又变成了一片空白,伸展了一下身体,两只手软弱地耷拉下来,目光盯在墙上,一动不动地站在那里,像一根电线杆。"③身体上,安妮此时的反应并不强烈,而对于一个失去生活意义的人来说,这种暴风雨来临前的寂静算得上是激烈反叛之前的情绪沉淀。

有研究成果指出,《米泽丽》就是安妮这个"黑暗女神"(Dark Lady)的白日梦,④虽然安妮的"白日梦"缺乏现实的基础,但对于一个在现实社会中屡屡碰壁、几乎没有存在感的独居女人来说,没有什么比"白日梦"更能充实自己空虚的内心了,而一旦梦想破灭,安妮生活的意义也就随之破灭。当一切外在的理想、意义和价值都破灭之后,或许肉体成了唯一的真实。⑤所以金也为安妮日渐空虚的精神世界设置了一条身体线索。安妮在经过最初的沉默之后,心理的激烈挣扎初现端倪,她开始考虑囚禁保罗,好让他重写这个支撑她生活的故事:"安妮出了房间,抓住门把手,一言不发,使劲拉上门,保罗第一次听到用钥匙锁门的声音。"⑥安妮走了很久之后才回来,断水断药的保罗几乎丧命。几乎从故事一开始,金就把安妮置于崩溃的边缘,安妮几乎无法维系自己孤苦的生活,而自己的"精神世界"也旋即崩塌,所以她的内心冲突应该是极为剧烈的,设法留下保罗也就是挽救自己的生活,而将保罗囚禁也合乎一个想要挽救自己精神世界的女人的心态,其疯癫状态虽不及福克纳小说中的艾米丽,但也足以形成惊悚的艺术效果。

除了安妮和保罗在身体控制权上的矛盾之外,故事的隐性矛盾来自

① 斯蒂芬·金. 一号书迷[M]. 胡寄扬,韩满玲译. 珠海:珠海出版社,2005:10.
② 同上,第68页.
③ 同上,第38页.
④ Marry Pharr. "Partners in Danse:Women in Stephen King's Fiction. " In Tony Magistrale,ed. ,*The Dark Descent:Essays Defining Stephen King's Horrorscape*,p. 25.
⑤ 谢有顺. 文学身体学[J]. 花城,2001(12):198.
⑥ 斯蒂芬·金. 一号书迷[M]. 胡寄扬,韩满玲译. 珠海:珠海出版社,2005:39.

二人对"叙事权威"的争夺。保罗最初不同意为安妮改写《米泽丽》,他觉得"那个年代,妇女经常死于难产"[1]的情况很符合年代特征,而安妮只是一个"书迷",并不懂得创作机制,"因为她不是作家"。[2]保罗一直以来"将自己看成作家,他认为自己的权力只是在这一方面,他创建了一个让读者十分着迷的世界,也暗示着只有通过阅读他的文字才能了解现实"。[3]保罗掌控着创作的权力,也就控制了"读者了解世界"的途径,所以他认为安妮改写故事的要求是可以被他的权力所压制的。男性话语以女性为压制的客体,所以女性永远徘徊在秩序的边缘,徘徊在宏大叙事的外沿。[4]从这个层面上来说,保罗有着"作家"和"男性"的双重身份,他的创作与他的男性权威紧密相连,任何挑战他的权力和权威的行为都该被禁止。安妮没别的选择,只能对保罗施展身体上的惩罚,从而挑战保罗作为男性和作家的权威,逼他就范。

从人物性格的塑造上看,安妮是社会的"弃儿"。玛丽·法尔曾指出,安妮·威尔克斯从来就没有能力反抗外界社会那种压制性的力量,于是她失去了人性,变成了"非人"的魔鬼护士。[5]安妮生活的环境对她并不友好,保罗的"作家权威"也在压制安妮,面临内忧外患,似乎只有反叛才是她的唯一出路,于是安妮"两只手又攥成了拳头,分别放在他的脑袋两侧,好像两只活塞杆,一拳猛击在枕头上,他像一只洋娃娃似的弹了起来,两条腿上的血液在燃烧。他叫出了声"。[6]施加在保罗身体上的暴力只是开始,安妮进而又胁迫保罗烧毁了他仅存的《米泽丽》书稿,用"不仅评价他的创作,还让他认清了自己的地位"[7]的方式威胁保罗,并让他重写一个全新的故事。金的身体叙事设置了安妮"失去人性"的路径,安妮一次比一次强烈的身体反应映衬的是她愈加强烈的内心挣扎,也暗示了安妮在通往"妖女"的道路上越走越远。

---

① 斯蒂芬·金. 一号书迷[M]. 胡寄扬,韩满玲译. 珠海:珠海出版社,2005:36.

② 同上,第58页.

③ Lauri Berkenkamp. "Reading, Writing and Interpreting: Stephen King's *Misery*." In Tony Magistrale, ed. , *The Dark Descent: Essays Defining Stephen King's Horrorscape*, p. 204.

④ 马藜. 视觉文化下的女性身体叙事[M]. 成都:四川大学出版社,2009:174.

⑤ Marry Pharr. "Partners in Danse: Women in Stephen King's Fiction." In Tony Magistrale, ed. , *The Dark Descent: Essays Defining Stephen King's Horrorscape*, p. 24.

⑥ 斯蒂芬·金. 一号书迷[M]. 胡寄扬,韩满玲译. 珠海:珠海出版社,2005:37.

⑦ Lauri Berkenkamp. "Reading, Writing and Interpreting: Stephen King's *Misery*." In Tony Magistrale, ed. , *The Dark Descent: Essays Defining Stephen King's Horrorscape*, p. 204.

从身体叙事的作用上看,安妮的身体旨在"解构权威"。保罗曾就小说内容和安妮有过争执,但安妮"跳了起来,在卧室里快速地走来走去,低着头,卷曲的短发从遮风帽中掉出来,挡住了脸,一只手攥成拳头响亮的砸在另一只手的手掌心,目光中燃烧着怒火"。① 精神上的痛、快乐、满足,或者温暖、寒冷以及人的内心中所有的喜怒哀乐,都是通过身体传达出来的。②安妮的身体传达出了愤怒和抗争,从她的角度来看,只有反叛保罗的写作权威才能让自己的精神走出囹圄;而从保罗的角度来看,他虽然无时无刻不想杀死安妮,但这个行为本身就要求保罗变成一个"读者","要把安妮当成文本来理解,去解读她的情绪,从而在最大程度上减少她对自己的惩罚"。③于是,保罗的"作者权威"在安妮的反叛下已不复存在,他的写作成为受到安妮摆布的游戏,而安妮经由身体表达出来的喜怒哀乐成为保罗"必读"的信息。所以,为了活下去,保罗必须要"成为一名资深读者"。④从这种意义上看,金的身体叙事解构了保罗作为作家的权威,同时考虑到安妮对保罗还施以断脚、切指的酷刑,由于这个行为有着阉割保罗的隐喻,因此被解构的还有保罗作为男性的权威。

从人物对命运的抗争行为上看,不仅针对保罗和他书写的故事,安妮还用自己的反叛行为对抗着周遭的世界。保罗写作期间曾有年轻的巡警来巡查,结果被安妮残忍地杀死后埋在了院里;电视台的记者们想要来做调查,结果也被安妮开枪赶走;后续的警察来到安妮家谈话,安妮用"杀死他们后再杀死你,然后自杀"来要挟保罗,让他保持安静,并冷静地打发走了警察。疯狂的安妮将读到《米泽丽》最终的结局视为自己唯一的生活目标,她不断加剧的身体反应契合了作者设置的那条"失去人性"的路径。安妮的心理产生的本质变化是在保罗即将完成小说《米泽丽归来》的时候,此时的安妮觉得自己的"人生目标"即将完成,她的狂躁似乎进一步升级了:

> "没事。"安妮漠然地说,然后转过身来。她一边用那种傻乎乎的表情看着他,一边用右手的拇指和食指拧着自己的下嘴

---

① 斯蒂芬·金. 一号书迷[M]. 胡寄扬,韩满玲译. 珠海:珠海出版社,2005:116.

② 谢有顺. 文学身体学[J]. 花城,2001(12):194.

③ Lauri Berkenkamp. "Reading,Writing and Interpreting:Stephen King's *Misery*". In Tony Magistrale,ed. ,*The Dark Descent:Essays Defining Stephen King's Horrorscape*,p. 205.

④ ibid. p. 205.

唇,她先是揪出下嘴唇,然后扭歪着,同时又用力地向里掐,鲜血先是在下唇和粘糊糊的东西中涌出来,然后又顺着她的下巴直流下来。①

安妮自残的行为可以看成是精神处于崩溃边缘的自我挣扎。保罗完成故事对她来说意味着"人生目标"的终结;同时,安妮罪行累累,她深知自己会受到应有的惩罚;她深深地眷恋着保罗,但故事完成也就意味着保罗即将离开。所以,安妮面临着痛苦的抉择:继续反叛权威对她的束缚还是放弃抵抗,把自己交由法律处置。安妮控制了保罗的存活和他的药物,保罗则控制了安妮的阅读,安妮不能抵抗《米泽丽》的吸引,这对于安妮来说也是一种"成瘾药"。②

有研究成果指出,金并没有把安妮身体的缺陷、精神压力、社会制约作为女恶魔形成的原因,同样,安妮早年的不良行为也没有受到审判,保罗甚至在安妮的客厅里发现了她曾是一名不错的护士,而且还结过婚,对于她成为"魔鬼"的道德解释似乎显得很牵强。③实际上,金并未有意强化安妮成为"魔鬼"的原因,而是将安妮愈陷愈深的、疯狂状态以身体的姿态展现出来,用以表现她日渐极端、日渐空虚的精神世界,而当安妮设法挽救自己的精神世界时,一切极端的反叛行为也就接踵而至。所以,制造"魔鬼"并不是金的本意所在,而表现处于"男性作家权威"之下女性思考、挣扎和反叛才是金意图表达的主旨。

金曾表示:《一号书迷》里把保罗软禁的护士安妮是个我们视为精神错乱的角色,而看上去却相当的理智,因为这个坐困愁城的女人想要把自己从这充满敌意的世界中拯救出来。④正是因为要"解救自己",安妮才在反叛的道路上越走越远,她日渐痛苦的身体状态也说明了她内心世界愈演愈烈的挣扎。身体持续作用于文本的意义生成,并且可以作为文本意义的一部分。⑤金把安妮的疯狂用身体的状态表达出来,正是由于金的身体叙事逐步地为安妮设计了一个"变成"恶魔的路径,才凸显了她

---

① 斯蒂芬·金．一号书迷[M]．胡寄扬,韩满玲译．珠海:珠海出版社,2005:162.

② Lauri Berkenkamp. "Reading, Writing and Interpreting: Stephen King's *Misery*". In Tony Magistrale,ed. , *The Dark Descent:Essays Defining Stephen King's Horrorscape*. p. 209.

③ Marry Pharr. "Partners in Danse: Women in Stephen King's Fiction. " In Tony Magistrale, ed. , *The Dark Descent:Essays Defining Stephen King's Horrorscape*. p. 25.

④ 斯蒂芬·金．斯蒂芬·金传[M]．曾潇瑶,高美龄译．珠海:珠海出版社,2002:148.

⑤ Daniel Punday. *Narrative Bodies:Toward a Corporeal Narratology*,p. VIII.

每个阶段的变化都是她与男权社会价值标准抗争的结果。

总体而言,在安妮形象的塑造上,以安妮为视角的第一人称叙述很少出现,故事的女主人公几乎没有自我言说的机会,正如安妮自述中所说:"你不知道什么是痛苦,保罗,你一点都不知道。"①通过多个视角下的身体叙事,安妮经历的痛苦才能够被保罗和读者"感知"。因此,金的身体叙事在安妮的人物塑造上起到了至关重要的作用。鉴于《一号书迷》在形式上延续了惊悚小说的叙事框架,所以许多故事情节都被尽可能血腥化、残忍化,但在人物行为方面上,安妮身体的渐变与精神的逐渐疯狂则是同步的,而每一次变化都印证了安妮反叛男性权威的脚步,安妮反叛保罗,乃至反叛整个世界的行为都是对男性权威、男性价值标准的挑战。与其说保罗最终写出的《米泽丽归来》是在安妮逼迫下的产物,不如说它"是一种共同写作的产物",②因为安妮在保罗写作的每一步都参与了故事的修改,保罗也在写作的时间里"阅读"了安妮的生活,在这个意义上,两位"作家"的地位是平等的,而安妮的形象也并非是一块"空心纸壳"。因此,《一号书迷》用身体叙事、转换叙事视角等策略表达了两性追求平等的故事内涵,将通俗文学的价值统一在"建构理想社会的政治美学意蕴"③之中。

第三节 《死亡区域》中身体状态
对身份的影响

《死亡区域》是政治阴谋小说,又是科学惊悚小说,④于1979年出版。主人公约翰尼·史密斯(Johnny Smith)本来是一位高中教师,由于一场突如其来的车祸昏迷了近五年,醒来后发现自己拥有了超凡能力,他能够通过触碰别人的身体或者物品而回忆、预知他们的生活。他预知了一位护士儿子的手术成功,他还帮前女友萨拉(Sarah)找到了结婚戒

---

① 斯蒂芬·金. 一号书迷[M]. 胡寄扬,韩满玲译. 珠海:珠海出版社,2005:167.

② Lauri Berkenkamp. "Reading, Writing and Interpreting: Stephen King's *Misery*". In Tony Magistrale,ed. *The Dark Descent:Essays Defining Stephen King's Horrorscape*,p. 210.

③ 胡铁生. 理想社会建构的文学思维模式——以西方乌托邦与反乌托邦小说的正向与逆向思维模式为例[J]. 甘肃社会科学,2018(2):92.

④ 黄禄善,刘培骧. 英美通俗小说概述[M]. 上海:上海交通大学出版社,1997:315.

指。当地媒体报道了他的特异功能,随后约翰尼忍着常常发生的头痛重返讲台,他打算过回正常人的生活,可是在他帮助警察破获了一起谋杀案之后,生活却再起波澜。

斯蒂尔森(Greg Stillson)是一位成功的商人并当选新罕布什尔某市市长,他曾经在竞选议员的时候恐吓当地的商人为他筹款。在一次州议员竞选集会上,约翰尼和斯蒂尔森握手时他预见了斯蒂尔森在不久之后当选总统并挑起核战争。约翰尼的身体和精神状态每况愈下,他相信自己的预感,于是他开始筹划通过暗杀阻止斯蒂尔森当选总统。当斯蒂尔森在集会场所演讲时,约翰尼开了枪,但不幸打中了他的保镖,情急之下斯蒂尔森抓来一个孩子当人盾,约翰尼见到这一幕后无法再次扣动扳机,于是被保镖开枪打中并从阳台摔下来。将死之际,约翰尼再次伸手触碰到了斯蒂尔森,他在那一瞬间预见到斯蒂尔森由于拿孩子当盾牌的行为而未能当选总统,并由此断送了自己的政治生涯。约翰尼死后,斯蒂尔森也在苦闷中自杀。

佩珀代因大学(Pepperdine University)英文系教授迈克尔·柯林斯(Michael. R. Collings)曾指出,《死亡区域》中的约翰尼·史密斯属于有着"先天"人物缺陷的角色,但在经历了自我挣扎的历练后,成为拥有高尚情操的人。①《死亡区域》的故事围绕着主人公约翰尼由于意外而获得特异功能的"缺陷身体"展开,讲述了他在拥有"超强的第六感"前后身体、身份的变化,表现了约翰尼在身体、身份、自我价值中不遗余力的挣扎。在叙事结构上,约翰尼的身体问题成为故事的首要矛盾,而他对自我身份的迷失、寻找、反叛和发现的过程成为持续推进叙事的动力;在故事内涵上,在约翰尼对自我身份的追寻、自我价值的实现过程中,社会因素起到了推波助澜的作用,这其中隐含了美国民众对选举体制的担忧,也反映了在冷战、越南战争、水门事件的时代背景下美国民众中普遍存在的悲观心态。金通过描绘身体如何为权力机构和权力机制所控制、奴役和改造,拓宽了身体意识形态的表现范围,使得身体不仅仅成为欲望的载体与对象,更成为权力得以具体实现的媒介与形式。在此意义上,金的通俗小说便不仅仅拥有了"严肃文学"作品的想象力、艺术性与阅读快感,同时成为一部文化政治文本,甚至可以称之为"可读的政治"。

---

① Michael. R. Collings. "Quo Vadis, Bestsellasurus Rex?" In Gegorge Beahm, ed. , *The Stephen King Story*, p. 125.

一、身体对身份的反叛

身体叙事学所关注的身体处于一个特别的位置上,它可以作为使文本产生意义的策略而存在。[①]在《死亡区域》中,主人公约翰尼的身体被放置在一个显著而特别的位置上,他拥有神奇的超人能力,并且具有这种能力所赋予的"双重性"身份。约翰尼特别的身体持续作用于故事文本,整个故事都随着他身体状态的变化而起落,同时约翰尼在不同的身体状态时期对自己身份的不懈追求也是故事持续发展的主要动力。因此,约翰尼身体的问题构成了《死亡区域》故事的整体框架,而约翰尼对身份的追求过程构成了故事的基本内容。无论在形式上还是内容上,身体对身份的影响和身体——身份之间的统一关系都作用于整个故事。

主人公约翰尼的身体问题是《死亡区域》的核心问题,约翰尼的命运与他身体状态密不可分,每次身体状态的改变都促使他寻求身份上的转变。少年约翰尼曾因打冰球摔伤头部而具备了一种预知未来的能力,长大后的约翰尼已经忘记自己曾经摔倒的经历,只是偶尔感觉自己能够预知电视里接下来会播放什么节目。约翰尼的身体里隐藏着一个可以预知未来的"另一个自我",他的命运与其身体状态紧紧的纠缠在一起。金通过颇具隐喻性质的情节定义了约翰尼身体的"双重性"。约翰尼与莎拉在集市上游玩,他头戴一个万圣节的面具:

> 这面具左右各有一半面孔,在夜晚的黑暗中漂浮着,仿佛梦魇中出现的令人惊恐的脸,它闪着诡异、腐败的绿光,一只眼大大的睁着,好似能看见她不安的惊恐,另一只眼则露出了无比邪恶的目光,睁着眼的左半边脸看起来还算正常,而右半边脸却凶神恶煞,如魔鬼一般……[②]

约翰尼善恶各半的面具恰好对应了他在故事中的身体性质,他一面是微不足道的"普通人",另一面却是拥有感知未来能力的"超人"。虽然故事尚未展开,但作者已经给约翰尼设置了特殊的身体属性和"双面人"

---

①　Daniel Punday. *Narrative Bodies*: *Toward a Corporeal Narratology*, p. IX.

②　Stephen King. *The Dead Zone*. New York: Viking Press, 1979, pp. 14-15.

的身份属性,这种人物设定的方式注定约翰尼的故事将会围绕着自己"特殊"的身体而展开,而与之相对应的"特殊"身份也会使故事充满波澜。在约翰尼身体状态的每一次变化之后,随之而来的都是他对原有身份的反叛,身体与身份的关系从分裂到统一,进而再度分裂,这个矛盾推动着约翰尼直至完成自己身体的使命。身体的状态直接影响到人对自我身份的认同与建构,①而身体又与身份有着不可分割的关系。约翰尼的身体经历了正常、恶化、恢复、拥有超人能力、再度恶化的过程,他的身份也随着这种变化产生了相应的改变,这其中,家庭和社会因素是他身份改变的催化剂。约翰尼的初始身份是高中教师,他受学生喜爱,并与女友萨拉相处融洽,但突如其来的车祸让他陷入了昏迷状态。莎拉虽然很爱他,但他昏迷的时间太长,莎拉"已经快记不起约翰尼的样子了",无奈的莎拉只能选择结婚生子。约翰尼的母亲维拉笃信末日宗教,险些把家里所剩无几的积蓄都捐给"末日社团",而当昏迷多年约翰尼已经"像孩子一样缩成一团"时,维拉"去了佛蒙特州,在一个农场等待世界末日降临。"②长达四年半的昏迷让约翰尼的身份发生了根本性转变,他从家人的骄傲变成了累赘,绝望的父亲赫伯甚至觉得"这世界严重地伤害了约翰尼,他希望约翰尼死掉,希望他的心脏停止跳动,希望脑电图上的波纹变平,希望他像蜡烛一样熄灭,好让他们得到解脱"。③约翰尼曾经的教师、儿子和男友的身份在这场车祸之后悉数消失,他已经成为躺在医院里的一具躯壳,几乎失去了一切亲友的关怀和思念。

现代叙述经常把身体作为意识的根基。④约翰尼刚刚苏醒后因不能自控的身体状态直接导致了自我认识的崩溃,他原本的形象在自己的意识中崩塌了。他"成了瑞普·凡·温克尔(Rip Van Winkle),不能行走,女友跟别人结了婚,母亲处于宗教狂热状态,看不出自己活下去还有什么意义"。⑤身体长时间的昏迷令约翰尼的青春一去不返,他所有的人生理想还未来得及实现,这一切对于他来说等同于一次"死亡"。

身体属性限定了人物的身份,约翰尼处于变化中的身体带来了他身

① 许德金,王莲香. 身体、身份与叙事——身体叙事学刍议[J]. 江西社会科学,2008(4):28.

② Stephen King. *The Dead Zone*, p. 83.

③ ibid. p. 88.

④ Daniel Punday. *Narrative Bodies: Toward a Corporeal Narratology*, p. 59.

⑤ Stephen King. *The Dead Zone*, p. 126.

份的变化,身体与身份的对应关系持续作用于故事的叙事进程。当故事里的不同人物有了接触时,就创造了一个文本的身体氛围,①《死亡区域》的"身体氛围"就是通过约翰尼与他人的"触碰"而实现的。约翰尼醒来后拥有了通过触碰感知和预测别人生活的特殊能力,一位女护士在照顾他的时候把手放在了他脖子后边,他立刻感知到"她有三个孩子,最小的名叫马克的去年六月份一只眼睛差点由于爆竹事故而失明",他告诉护士"他会好起来的"。在这个时刻,护士觉得约翰尼"不是在看她,而是在看她的内心"。②约翰尼帮助前女友莎拉找回了丢失很久的婚戒,还帮助理大夫挽救了火灾中孩子的生命。正如魏泽克大夫所说的那样,约翰尼拥有了"看见"和"找到"别人不知道的东西的能力,但这种能力对于约翰尼来说是一把双刃剑,它可以在许多方面帮助别人,也可以在不经意间伤害别人。虽然约翰尼的身体尚未恢复,但与刚刚苏醒时的状态比起来他已经充满力量,拥有这种特殊能力对他来说意味着自己的生命有了新的价值,也意味着自己在身份上的"重生"。

潘代曾通过托尼·莫里森(Tony Morrison)的《最蓝的眼睛》(The Bluest Eye)中皮克拉(Pecola)的重生来说明身份的变化:莫里森需要在叙述中对皮克拉身份上的转换进行思考,当皮克拉幻想自己拥有了蓝色的眼睛之后,她也就经历了重生和再洗礼,她拥有了一种"跨界"的身份(Trans-world Identity)。③潘代的例子让我们看到身体性质的转变对身份产生的影响。约翰尼的身体所拥有的特殊能力也预示着他的身份将要发生的变化,他身上承载了集市上带过那张面具上的"双面人"的身份,即同时拥有着能够帮助他人的"普通人"身份和洞悉他人秘密的"恶人"身份。这两种身份代表着约翰尼人生将会面临的两个方向,或者说是两个极端。如果约翰尼能很好地控制自己的超常能力,那么他可以回归生活,继续自己平淡的人生,反之,他则有可能遭到人们的唾弃。

在约翰尼苏醒后的叙述中,公众与约翰尼自己对其身份属性认识上的矛盾成为推动故事的新矛盾,这个矛盾在形式上推动了故事情节的发展,在内容上则促成了约翰尼对自我身份的反叛。身体与世界的关系极

① Daniel Punday. *Narrative Bodies*:*Toward a Corporeal Narratology*,p. 81.
② Stephen King. *The Dead Zone*,p. 103.
③ Daniel Punday. *Narrative Bodies*:*Toward a Corporeal Narratology*,p. 48.

为重要,因为它直接影响了人物的建构方式。①约翰尼的身体等同于将未知世界和现实世界联系起来的桥梁,身体的特殊性反叛了约翰尼原有的身份,重新赋予约翰尼双重的身份属性,他既是生活于现实世界的普通人,又是了解未知世界的"先知"。约翰尼身上的"双重性"注定了他要在两个世界里追寻自己应有的身份,他一方面渴望着回归正常的生活,另一方面也期待着去帮助别人。主观上,这并没有任何错误,而约翰尼忽略的是客观世界对他身体特殊性的反应,在外部世界和身体的共同作用下,约翰尼的身份再次发生了转变,约翰尼破碎的生活已经不允许他回到自己曾经拥有的"世界"里去了。约翰尼的特殊身体遭到了生活的排斥,他工作的学校董事会不打算让他回去继续教书,因为他"充满争议,很难做一个好教师。"②特殊的身体给了约翰尼特殊的身份,而他身份的两重性决定了他面对这个世界的纠结:他希望用自己的超人能力去帮助他人,但同时又遭人误解和排斥,他曾"想努力要过正常人的生活",可是自己特殊的身体让他"没有正常人的生活了"③为了抵制身体中这种不可控的变化力量,约翰尼只能选择离开家乡,找了一份家庭教师的工作,打算继续自己平静的生活。从约翰尼对自我身份的认定和人生选择上看,社会因素促成了他不得不完成自己身份的再度转变。

虽然约翰尼在新环境中一直有意和他人保持着距离,但在一次集会上,被挤到前排的约翰尼还是不得不和总统候选人斯蒂尔森握了一次手。这次触碰让"斯蒂尔森突然不说话了,他的眼睛瞪大后充满惊讶",而约翰尼"觉得好像又回到了阴沉的走廊,他想尖叫,但叫不出口。"④约翰尼预见到了斯蒂尔森当选总统之后会"国际局势恶化,他将发动一场大规模的核战争,在这场短暂、血腥的战争中,不是两三个国家投了核弹,而是二十多个国家,包括恐怖组织"。⑤身体的"接触"在叙事中经常提及……身体的"触碰"和互动使叙事中的人物具有意义。⑥通过"触碰",约翰尼感知到别人无法感知的秘密。"触碰"推翻了约翰尼普通人的身份,同时也改变了他的人生轨迹,使他从一个普通人成为了"先知"。

---

① Stephen King. *The Dead Zone*,p. 63.

② Stephen King. *The Dead Zone*,pp. 278-279.

③ ibid. p. 239.

④ ibid,pp. 325-326.

⑤ ibid. p. 418.

⑥ Daniel Punday. *Narrative Bodies:Toward a Corporeal Narratology*,p. 81.

处于责任感,约翰尼对斯蒂尔森的未来感到十分不安,同时也让他更加清晰地明白了自己的人生使命。在"触碰"了斯蒂尔森之后,约翰尼的身份转变为一个不惜一切去阻止斯蒂尔森当选总统的"恶人"。约翰尼觉得自己不能坐视这场人间悲剧的发生。约翰尼本来计划通过投毒的方式杀死斯蒂尔森,但身体状态的变化再一次反叛了他给自己设定的身份。

在故事的结尾部分,身体的状态继续作用于约翰尼对自我身份的认知,也加速了他反叛自我身份的进程。当约翰尼发现自己的脑子里长出了不能治愈的肿瘤之后,他加快了计划除掉斯蒂尔森的步伐,这一次他的身份成为"屠杀"斯蒂尔森的执行者。在一次选举集会中,约翰尼埋伏在教堂二楼,当斯蒂尔森来到一楼演讲时,约翰尼开枪射击,但由于斯蒂尔森抓起现场的孩子当"人肉盾牌",约翰尼没有机会杀死他,结果被他的保镖击中并摔下一楼。临死前,约翰尼碰到了斯蒂尔森的腿,"预见"了他由于拿儿童挡子弹的行为而遭到群众唾弃,直至竞选失败并悲愤自杀。由此,约翰尼完成了特殊的身体赋予他的使命,他几经变化的身份最终被定格为"成功阻止了核战争的杀手"。

总体上,《死亡区域》中所有的事件都由约翰尼特殊的身体而引发,而所有这一切也都会导致约翰尼身体的消亡。约翰尼的身体始终反叛着他既有的身份:当他是一名教师时,车祸改变了他的身体状态,使他失去了教师的身份;当他获得了"意念"成为"先知"时,外部世界的压力改变了他的心理状态,于是他游走他乡;当他想要逃避时却发现斯蒂尔森将要挑起核战争,脑里的肿瘤让他决心拼死一搏。因此,《死亡区域》是一部关于身体的变化和幻灭的小说,这部小说以主人公摔倒以至头部受伤为开始,以主人公因刺杀议员被保镖击中而结束。约翰尼从幼年的滑冰摔倒事件中获得了预知未来的能力,在被保镖击中后摔下看台后完成了特殊的身体赋予他的使命,这个两件事实际上形成了有关身体变化的一个闭合的循环。《死亡区域》的整个故事都围绕着主人公身体的变化而发生、发展、结束,而推动故事发展的主要矛盾也是源自于主人公身体对自我身份的反叛。在这种叙事形式之下,故事内涵对美国选举制度的质疑、对政治黑幕的描写、对恶劣政治生态的厌恶都被有条不紊地展示出来,从而形成了《死亡区域》强烈的政治批判意义。

二、身份向身体的妥协

一个人的身份并不是从本质上决定的,而毋宁说是某种制造出来的东西。①在《死亡区域》中,约翰尼身份的不断转变的外部因素是他身体状态的变化,而内部因素则与他持续关注政治事件有关。与其说约翰尼的身体多次反叛了他的身份,不如说他在身体—身份的相互作用下不停地追寻着自我的身份,并最终完成了特殊身体赋予他的任务,实现了对自我身份的救赎。约翰尼杀身成仁的"壮举"不仅完成了自我身份的终极追寻,更是完成了特殊的身体状态所赋予他的人生使命。借用约翰尼对自我身份不懈追寻的过程,金隐晦的表达了他对美国选举制度的抨击,也描绘了在冷战和水门事件等政治环境下美国民众对国家前途与未来的担忧。

约翰尼不断变化的身份背后隐藏着美国民众对自我和国家前途的焦虑。温特曾指出,《死亡区域》这部小说本质上表达了个人在面对国家政治运行机制的无助。②在《死亡区域》中,无论主人公约翰尼的身体状态发生何种变化,他都坚持对国家政治大事的关注,尤其对各级议员的选举如数家珍。在遭遇车祸之前,约翰尼就曾表示:"两年前我以为尤金·麦卡锡(Eugene McCarthy)③能够拯救世界,那么至少浸礼会教友不用选耶稣当总统了。"④当约翰尼因车祸昏睡了四年多醒来之后,他"突然意识到美国政治发生了巨大变化,而他却错过了……尼克松辞职了,汽油价格上涨了几乎百分之百。"⑤约翰尼观看竞选演说时也曾提到:"美国人不能容忍法西斯那一套,即使像里根那样的顽固的右翼分子也不搞那一套,这是一个不容忽视的事实,八年前,是芝加哥警察的法西

---

① 彼得·布鲁克斯. 身体活——现代叙述中的欲望对象[M]. 朱生坚译. 北京:新星出版社,2005:17.

② Douglas E. Winter. *Stephen King : The Art of Darkness* , p. 67.

③ 麦卡锡曾以反越战立场参加了美国 1968 年的总统大选,并直接导致积极主战的约翰逊总统退出总统选举。虽然麦卡锡并未当选,但此后反战运动成为美国政治中的主流,并导致越南战争结束。

④ Stephen King. *The Dead Zone* , p. 27.

⑤ Stephen King. *The Dead Zone* , p. 128-129.

斯行为让霍伯特·汉夫瑞落选。"①所以,除了约翰尼外在的教师、预言家、侦探等身份之外,他还拥有着"政治事件亲历者"的隐性身份。他关心国家的命运,但在战争和政治丑闻的影响之下他也无从判断,更不知将手里的选票投给谁。虽然约翰尼曾经和当时还是候选人的卡特握手,并对他说:"你会当选总统的,"但即便是十分关心政治事件和各个选举者的动向,如果没有"触碰"的话,约翰尼还是无法真正地了解每一位参选者,因为"他们真正的自我被埋在了表层之下。"②黄禄善认为,金的小说"审视了一些为人们所关心的现实社会重大事件,譬如越南战争、水门丑闻、军备竞赛、环境灾难等"。③约翰尼对自己"隐性身份"的迷茫实际上代表了美国民众的普遍心态,即代表了在一个政治趋势高度不确定的环境之下,普通人中存在的对于国家命运和个人命运的迷茫感。

在约翰尼对自我身份的认同、对自我身份特殊性的感知、对自我身份的反叛和追寻中饱含了美国民众对政治生态的担忧。丹尼尔·潘代曾借用哈莱姆文艺复兴(Harlem Renaissance)时期著名诗人詹姆斯·韦尔登·约翰逊(James Weldon Johnson)小说《一个曾被叫做有色人的自传》(*The Autobiography of an Ex-Coloured Man*,1912)中的人物来说明身体对于人物自我身份建构的影响:一个肤色非常浅的黑人孩子一直相信自己是个白人,在学校里大家后来发现他是一个黑孩子,整部小说的大部分时间里他都是以黑人身份出现,而后来他的生活却朝着白人的生活发展,最后他自己都觉得自己是"出卖了自己的出生权。"④约翰尼对自我身份的追寻则体现在对自己具有特异功能身体的认同上。约翰尼在故事中的大部分时间都是以"预言家"和"先知"的身份出现的,是具有特异功能的身体特质决定了他命运的特殊性。虽然他在发现了自己的特异功能之后坚持想回归正常人的生活,但他的身份特征决定了他重返普通人生活的选择注定是一场关于自我身份的挣扎。约翰尼在回归正常生活的道路上步履维艰,于是他不得不去适应自己的新身份,为了使自己变得有用,他还用自己的特异功能帮助别人。虽然约翰尼在协助警方破案之后再次选择隐姓埋名,但在与斯蒂尔森接触之后,他决定

① Stephen King. *The Dead Zone*,p. 323.
② ibid,pp. 302-303.
③ 黄禄善. 美国通俗小说史[M]. 南京:译林出版社,2003:604.
④ Daniel Punday. *Narrative Bodies:Toward a Corporeal Narratology*,p. 46.

再次追寻自己特别身份和这个身份赋予他的使命,那就是拯救国家的未来。这一点再次证实了翰尼作为"政治事件亲历者"的隐性身份,是约翰尼对自身特异功能的认同决定了他会在自身安危与国家命运间做出舍生取义的抉择。

布鲁克斯在《身体活》中借用奥德修斯脚上的伤疤谈论了身体被标记的问题:身份及其辨认似乎有赖于标上了特殊记号的身体,它俨然就是一个语言学上的能指。记号在身体上留下烙印,使它成为一个意指过程中的一部分,给身体标上记号,这意味着它进入了写作,成了文学性的身体,即叙述性的身体。①约翰尼身体上的记号就是少年时期打冰球意外摔伤的大脑,特殊的大脑结构引发了他特殊的身体功能,但这一部分功能直到车祸后才被激发出来。大夫发现"约翰·史密斯大脑的另一小部分似乎醒来了,这一小部分在大脑半球的顶叶处,是大脑'传递'或'思考'的部位之一,史密斯大脑这一部分的电波反应跟正常人的不符,是多出了什么东西。"②正是脑功能的异常史约翰尼才具有了"预见"的能力,而这也成为他辨认自己身份的方式,同时也成为他追寻自己身份的原因。随着约翰尼对自己大脑功能的不断探寻和发现,他的身体成为一种"叙述性的身体,"身份也随之成为"预言家"。

约翰尼杀身取义的行为蕴含了民众对美国选举制度的不满情绪。约翰尼原本并不打算对斯蒂尔森下手,他本意上向往着普通人的生活,但约翰尼针对斯蒂尔森的每一个预言都应验了之后,他感觉自己必须阻止斯蒂尔森引发核战争。约翰尼特殊的大脑不停地向他发出反抗本意的指令:"突如其来的恐惧立刻统治了约翰尼的身体,他感到了前所未有的难受,就像要把他的脑袋当球打进落袋,打进昏迷的黑暗中,而且那种毁灭的感觉控制着他让他不能逃脱。"③随着约翰尼大脑中肿瘤的迅速长大,这种意念已经难以让他承受,他不再安守自己"普通人"的身份,决意成为一个阻止核战爆发的人,"他的头在旋转,头疼又开始了,一想起格莱克·斯蒂尔森,他就会头疼,但是,问题仍未解决。"④这个"问题"就是约翰尼对斯蒂尔森会成为未来独裁者的担忧,当斯蒂尔森成为约翰尼

---

① 彼得·布鲁克斯. 身体活——现代叙述中的欲望对象[M]. 朱生坚译. 北京:新星出版社,2005:3-4.

② Stephen King. *The Dead Zone*,p. 178.

③ ibid. p. 224.

④ ibid. p. 349.

的最终梦魇时，约翰尼几乎不能自控地投入到那些阻止斯蒂尔森成为总统的幻想中。正如约翰尼和朋友的谈话中谈论的那样，约翰尼此时已经下定决心去追寻自己的新身份：

> “嗯……假设……假设你跳进时间机器中，回到1932年的德国。假设你遇见希特勒。你会杀了他还是让他活着？”
>
> “噢，没关系。不管怎么样，我还是会杀掉他的。”①

美国的哥特小说在20世纪七八十年代走向了巅峰，从某种程度上来看，邪恶的力量从建国伊始到冷战时期一直伴随着美国，美国的文学遗产中也掺杂着对权力的恐惧。②金曾表示，《死亡区域》源于两个问题：政治暗杀者的行为可能是对的吗？如果答案是肯定的，他可以成为小说的主角吗？而且是一个好人吗？这些概念的起源来自一个危险善变的政客，借由阿谀奉承选民，以欺骗的手段周旋在政治界。③《死亡区域》中的斯蒂尔森算得上是美国政治制度下参选者的一个缩影，他为了攀上权力的巅峰不惜用暗杀、爆炸、恐吓、暴力、收买等手段肃清自己选举道路上的一切障碍，却最终因为拿儿童当人肉盾牌而被公众唾弃。在一个看不清参选人本色的制度之下，民众必定会缺乏对权力巅峰人物的信任，而一连串的政治丑闻也加剧了民众的担忧心理。

在这一点上，通俗小说家金与英国“正统的”当代小说家石黑一雄(Kazuo Ishiguro)极为相似。在貌似复古的虚构小说《被掩埋的巨人》中，石黑一雄采取人的“记忆”为书写策略，既对战争与和平进行文学反思，又为人类的永久和平开列良方，其故事貌似“虚幻”，但“揭示出当代人与现实世界虚幻联系之下的深渊”而获得诺贝尔文学奖。④由此可见，金虽然是一位通俗小说家，但其作品的深刻内涵却是大众文化背景下作家的社会责任感的体现，其作品不仅具有文艺美学的价值，而且具有深刻的政治美学价值，同时也是通俗小说对“文学已死”的回应。

约翰尼对自我身份的追寻也体现在他对国家命运的担忧和对核战

① Stephen King. *The Dead Zone*, p. 355.

② Michael R. Collings. “Quo Vadis, Bestsellasurus Rex?” In George Beahm, ed. *The Stephen King Story*. p. 2.

③ 斯蒂芬·金．斯蒂芬·金传[M]．曾瀞瑶，高美龄译．珠海：珠海出版社，2002：149.

④ 胡铁生．虚幻下的深渊：石黑一雄小说的当代书写[J]．学术研究，2018(2)：143.

争的恐惧上。黄禄善曾指出,金的小说常描绘特定个人所承受的不寻常的压力和恐惧。①约翰尼受到的不寻常的压力一方面来自特殊的身体功能,另一方面来自他作为一个"拯救者"的责任。特殊的身体让他找到了自己命运的"特殊记号",也使他开始了对自我身份的不懈追寻,并最终发现了隐匿在自己表层身份之下的隐性的"政治事件亲历者"身份。这一点也印证了温特的观点:《死亡区域》探索了现代社会中个人在政治上进行选择的本质。②

　　约翰尼是正义、善良,具有牺牲精神的人物形象,他游走于自己的多重身份之间,他对自我身份的不懈追求也有着社会层面的原因,那就是民众普遍存在的对美国政治制度的不信任。美国人面对政治制度的无助来源于最高权力机关所做出的决定并不是经过深思熟虑的,而是受许多因素的操纵,比如录像资料、暴躁的警察、媒体机构、政治阴谋和暗杀行动。在这种体制下,个人的力量显得极其微弱,大家都成为看客,而选择则成为毫无意义的事情。③作为具有社会责任感的作家,金看到了选举制度的本质,也发现了其中暗藏的危机,那就是一旦某个战争狂人当选总统,那么人类的灾难就在所难免。从这个角度上看,《死亡区域》解构了美国选举制的所谓公平性,同时表达了作家对 20 世纪 70 年代政治状态极不稳定的美国社会的担忧。国内学者曾指出"文学价值在政治层面的增值,除文学在伦理政治方面对人类理想社会的追寻以外,还包括权力政治范畴的政论性文学通过学科跨界所作出的贡献……"④如果说通俗文学和大众文化在一般意义上表现为对主流意识形态的顺从,那么从这个角度来说,金的小说既继承了通俗文学的形式与传统魅力,同时又完成了对大众文化的反叛和超越。

　　① 黄禄善. 美国通俗小说史[M]. 南京:译林出版社,2003:604.
　　② Douglas E. Winter. *Stephen King:The Art of Darkness*, p. 68.
　　③ Douglas E. Winter. *Stephen King:The Art of Darkness*, p. 67.
　　④ 胡铁生,张晓敏. 文学政治价值的生成机制[J]. 山东大学学报(哲学社会科学版),2015(4):45.

第三章　可然世界中绝望的身体形态

从冷战一开始,西方文学中就不乏对美、苏两个阵营间对抗后果的思考,《华氏451度》《动物农场》等小说都切中了这两个"超级大国"的要害。斯蒂芬·金的青年时期恰逢愈演愈烈的冷战,美国国内的政治生态也因越南战争、军备竞赛、民权运动、肯尼迪遇刺、水门事件和古巴导弹危机而变得纷乱莫测,这些记忆成为金笔下故事的素材,也间接地促成了他对美国"国运"的担忧和思考。

第一节　《迷雾》:末日世界与被禁锢的身体

《迷雾》(*The Mist*)写于1980年,在书稿完成的第二年被维京出版社编入《黑暗力量》(*Dark Forces*)系列小说中。金曾在谈及《迷雾》的创作灵感时表示:"自己在超市买妻子列出的物品时觉得十分无聊,所以常常去想当一只翼龙飞过超市的货架子时,人们会有什么感觉?"[①]《迷雾》一度被批评家认为是"军事试验和科技恐怖(technological horror)相融合的典型范例。"[②]这个故事的主人公是画家大卫·德莱顿(David Drayton),他和妻子斯戴芬(Stephanie)及其儿子比利(Billy)居住在缅因州长湖边的小镇上。一场暴风雨让小镇居民的生活略显忙乱,湖对面的山渐渐被一团浓雾笼罩,人们一边抱怨气候越来越坏,一边采购物品和修缮房屋。当德莱顿先生带着比利和邻居诺顿(Norton)驱车赶到镇里的超市时,浓雾来袭,吞没了整个小镇。跑进超市的人说浓雾中有"怪物"在吃人,人们纷纷开始不安起来,躲在超市中的人不明真相,试探着逃出超市自救。几个尝试者逃出超市后惨死,人们开始相信迷雾中

---

① George Beahm. *The Stephen King Story*, p. 88.

② Douglas E. Winter. *Stephen King*, p. 82.

存在着"怪物",并且传言是军方的"箭头计划"(Arrow Head Project)导致的"黑春"(Black Spring)降临,即异度空间的门被打开导致外星生物的入侵。结果,在慌乱中"怪物"开始冲进超市并导致几人死伤,于是人们被迫死守超市不敢外出。

　　小镇上的卡莫迪太太也被困在超市里,原本就笃信极端宗教的她开始煽动人们"赎罪",因为整场灾难是人们对上帝不敬所导致。随后超市中两个年轻士兵的自杀进一步加深了人们的恐惧感,也让人们更加确定了"箭头计划"的真实性和严重后果,但仍没有人敢逃出超市寻找救援。随着时间的推移,超市中的人们开始相互猜忌,以卡莫迪太太为首的一群人开始打算用人做祭品献给上帝。这更加刺激了德莱顿先生,他带着儿子和几个不想坐以待毙的人逃出了超市,驱车驶入迷雾中。超市外的世界已经是一片死寂,迷雾所到之处没有一个人幸存,各种巨型"怪物"也把小镇弄得千疮百孔,连公路上都留着不少"怪物"的足迹。德莱顿先生驱车向南,穿越了缅因州,但是仍然没有逃出迷雾,无奈的他只能继续危险的旅途……

　　"可然世界"是对现实世界的模仿,它可以有效地解释"叙事世界"的问题。[①]在《迷雾》中,金设置了一个由军事试验而引发的"末日世界",并采用多角度的身体叙事方式给幽禁在超市中的人们绘制了群像。一方面,金描写了处于幽禁中人们的恐惧、无助、萎靡的心态,着重刻画了由"末日心态"导致的人性异化;另一方面,金描绘了仍对生活抱有希望的人们相互帮助、逃离幽禁去寻找希望的艰苦历程,并用开放式的结局表达了现代美国人对生活的无奈。《迷雾》是金最为典型的作品,它的篇幅不大,但"充斥着金的独特叙事技巧"。[②]　因而具有一定的文艺美学价值,而《迷雾》的政治美学价值在于金对美国人生存状态的思考:军事试验、环境污染让美国人告别了田园牧歌式的生活,而极端宗教、人性的败坏更让身处生存危机中的人们不敢相信彼此,从而失去了对自由和希望的向往。

---

　　①　唐伟胜."可然世界"理论及其对"叙事世界"的解释力[J].西安外国语大学学报,2008(4):7.

　　②　Michael R. Collings, David Engebretson. *The Shorter Works of Stephen King*, p.131.

一、身体被幽禁的末日景观

可然世界理论给文学批评提出一个特殊问题,因为它不仅对应了普世原则,同时也可作为一种对历史事件的思考模式。[1]在金创造的"可然世界"中,从家庭关系到政治影射,从当代美国社会现象到位于未来时空的反乌托邦世界,金并不满足于反映和批判美国的现状,而是更加着力于如何找到人类整体性和普遍性的思考路径,而身体——无论是对自身的探索还是对身体之间的互动、支配与奴役关系——为抽象层面的哲思提供了具象化的叙述形态。

在《圣经》中,诺亚方舟和"审判日"的叙述都表明了世界末日的存在和人类面临末日所表现出来的困惑。冷战时期,在科技进步、军备竞赛、世界变暖的大环境中,笃信基督教的美国人不仅失去了传统的生活方式,而且需要面对一个信仰缺失、环境恶化的当代生存困境。于是,有关世界末日的恐慌在一种精神和环境的双重危机下得以漫延,最能体现这种精神危机的就是人性的异化。在《迷雾》中,超市中被困住的人们实际上就是人性的代表,当外在灾难降临的时候,他们也是人性内在的幽闭和疯狂的测试对象。[2] 金给超市中的人们绘制了群像,凸显了他们在末日危机中被扭曲、异化的人性,表达了身处现代科技和冷战阴云中美国人的挣扎。

金为《迷雾》的故事营造了内部和外部环境,从而为绘制末日危机中人们的群像打好了"底色"。气候上发生的异常现象以及人们的担忧构成了故事的心理环境:"去年冬天和今年春天都比往年冷,不少人又喃喃抱怨这种异常天气一定是 50 年代核弹试爆的长期后遗症;当然,也有人重谈世界末日就要来了的老一套话题,"他们说从 1988 年以来,从来没有过那样的春天——废水毒死了大半的鱼,剩下的活鱼也因含有毒素而不宜食用,因此环保局便禁止私人铺设沙滩了。"[3]气候反常、环境污染、核试验等事件是这个故事的基本背景,军备竞赛和科技进步带来的各种问题是美国人心理焦虑的重要原因,人们在这样的环境中疲于自保,一

① Daniel Punday. *Narrative Bodies: Toward a Corporeal Narratology*, p. 41.

② Douglas E. Winter. *Stephen King: The Art of Darkness*, p. 89.

③ Stephen King. *The Mist*. New York: Signet, 2007, pp. 7-23.

旦环境继续恶化,精神防线的崩溃也就成为情理之中的事情,随后的故事恰恰证明了这一点。

　　对末日景象的叙述构成了这个故事的外部环境:"雾从堪萨斯路那边过来,一点点地笼罩在停车场上空,这团雾纯白、明亮,但不反射光线,它快速移动着,挡住了大部分阳光,当空的太阳只残存一点光亮,像被云彩遮住太阳的冬天。……我还能看见四英尺外的垃圾桶,除此之外什么也看不见。我不喜欢眼前的景象,我强烈感觉到从来没见过像这样的一团浓雾;一方面是由于那雾锋陡直的边缘叫人不由得惴然不安。在自然界中,不可能有那么平直的东西;垂直面是人造的,缕缕的雾,白细如游丝,缓缓渗了进来,空气是冰冷的……像三月时料峭的寒意。"①金将寒冷、死亡、恐惧、阴暗的氛围融入了对迷雾的描写中,而这也正是想象中"世界末日"的景象,在这种外部环境中,人们寄托于生活的一切美好愿景都会即刻崩塌,失去了希望,人性的异化也就在所难免。随后,当故事的内、外环境都被"定型"之后,故事的主角——人开始粉墨登场。金通过细致入微的身体叙事绘制了一幅面临末日灾难人们的群像画。按照梅洛-庞蒂的说法:基本的意向性扎根于活生生的身体,这个身体则在作为一个化身存在于主体性之内。②所以,人的身体就是一种兼有主体性与客体性的事物,它把人的主观感受和客观实在合二为一,人的本性会通过身体的各种表现得以表达。在《迷雾》中,当令人疑惑的末日景象出现时,人物的身体出现了多种表现:

　　　　有人跑出去看雾,有人照相,卡莫迪太太高喊:"不要出去,那是死亡!"一个男人留着鼻血走进来,大喊:"雾里有怪物!雾里的怪物抓走了约翰·李!我听见了他的尖叫。"有人开始嘲笑他,笑声很刺耳,他们虽然面带笑容,但显得迷惘、困惑和不安……之前还算能稳定,但现在已经变得惊慌失控,人们纷纷从出口涌出。一个女人发出凄厉的惨叫,比利靠近了我,他的小身子不停发抖,犹如一团有高压电流通过的电线;有个男人大吼一声,一个箭步跳过出口闸门,这个动作刺激到了人们,有

---

① Stephen King. *The Mist*, pp. 20-46.
② 莫里斯·梅洛-庞蒂. 知觉现象学[M]. 姜志辉译. 北京:商务印书馆,2003:171.

人开始冲进雾里……有些人大笑起来。①

当迷雾来临时,平静的生活状态被打破,突如其来的刺激迫使人们的身体做出了各异的反应。梅洛-庞蒂曾对人的感觉和身体反应的效率做出推断:如果身体的感觉刺激没有受到环境的影响,如果正常人的肌肉紧张度没有经过事先准备,那么感觉刺激就可能影响肌肉的紧张程度。②由于梅洛-庞蒂坚信身体和心灵是统一的,所以接受外部刺激后身体出现的不同反应则证实了人们面对灾难时各异的心理状态,而这种并不稳定的心理状态更是在后续故事里被连续的外部刺激激发出来,从而导致了人们在心理和身体上出现了极端的反应。比利开始"歇斯底里,心智退回到了两岁,声音嘶哑地喊着要找妈妈,鼻涕流到嘴唇";大卫发现仓库有"物体划过外面的柏油路面,也许想要钻进来",吉姆"不相信大卫在仓库听见任何声音,只是有些神经过敏";超市员工诺姆(Norm)在人们的鼓动下开门查看,结果被"厚度一英尺,有蟒蛇粗壮的触手拖走",在场的几个人"被吓得只剩下尖叫";受到强烈刺激的大卫在极度恐惧的情况下"放声大笑,只不过笑声与诺姆的尖叫声听起来没两样";奥利"在机房把脸埋在掌心痛哭";大卫为了发泄自己的愤怒揍了被吓傻的麦隆,"我不知道自己到底揍了他多久,但有人抓住我的胳膊。我用力挣脱,回头怒视,我希望抓住我的人是吉姆,那样我也可以顺便赏他几拳";诺顿不愿相信外面有杀人的怪物,而是"冷笑着"觉得人们"得了某种集体妄想症"。③面对被幽禁的事实,各色人等的心理状态都经由身体的行为表现出来,在此时,身体对正常生活中既有规则的否定成为人们心理变化的一种证据。于是,在这个末日的世界里,任何人都无法自全,最终都难逃堕落的命运。④

金的通俗小说创作离不开大众文化语境,有研究认为,《迷雾》是受到了乔治·罗梅罗(George A. Romero)的经典电影《活死人之夜》(*Night of the Living Dead*,1968)和它的续集《活死人黎明》(*Down of the Dead*,1979)影响,这两部电影讲述了地狱没有足够的空间留给死人,他们只能回到人间以活人为食的故事。《迷雾》在主题上和这两部电影有着多条

---

① Stephen King. *The Mist*, pp. 34-35.

② 莫里斯·梅洛-庞蒂. 知觉现象学[M]. 姜志辉译. 北京:商务印书馆,2003:268.

③ Stephen King. *The Mist*, p. 75-90.

④ 方凡. 绝望与希望:麦卡锡小说《路》中的末日世界[J]. 外国文学,2012(2):72.

并行线:年轻的夫妇为了逃亡而被杀死;年老的商人原本冷静面对一切,但后来却又歇斯底里;僭越的领导者;用花园里的土铲砍死自己母亲的疯狂的小姑娘;成为"祭品"的黑人最终成为幸存者;很多人聚集在一家商场里想要躲过灾难。①如果说限制级的恐怖片对《迷雾》的情节有着重要影响的话,那么恐怖电影中人类的怪异行为也和《迷雾》中人性的异化同样值得人们深思。

潘代曾在研究中关注人物在背景中和背景间的活动,他提出了身体对故事背景的"动力"模式,即叙事空间内的身体只是社会空间的子集。②金在叙述了《迷雾》的社会背景之后转将叙事空间转向了超市,其中的被幽禁者代表了普遍意义的人性状态,算得上是广义社会空间的一个"子集"。在迷雾初到的时候,被幽禁者虽然感受到了危险,但只表现出了恐惧、畏缩,并未失去理性的思维,而当迷雾中的怪物撞碎玻璃冲入超市并开始杀人时,被幽禁者的身体开始呈现出癫狂的形态。

巨大的虫子一样的怪物飞进了超市,有人受伤,有人死去。在合力烧死了怪物之后,许多人开始一反常态。诺顿是大卫的邻居,曾和大卫因为院子边界的问题对簿公堂,他们间的矛盾在超市里再次爆发。诺顿的"声音几乎就是尖叫,而且完全失去自制力",大卫"揪住他的肩膀,将他推向啤酒柜",诺顿则"发狂似的狞笑,两眼布满血丝,眼球凸了出来";卡莫迪太太则试图用"嘶哑有力的声音高喊:死亡!"来平息混乱,她表示:"这是末日,一切的末日,世界的终点";卡莫迪太太随后提出要采取"血祭"来制止怪物对超市的攻击;"超市里的镇静剂被拿光了,可能有人已经喝了六、七瓶,冷藏柜里的啤酒以惊人的速度消失,喝酒的人都被麻醉得不省人事"。两名士兵在仓库上吊自杀,这个行为使"本地人猜出箭头计划是原因";有人开始相信卡莫迪太太的逻辑,"听她瞎扯地狱和七宗罪什么的,还要用活人祭祀,"这群"人数最多的一个集团"后来不惜用暴力阻止大卫等人去药房找药;卡莫迪太太的信徒们则"眼神空洞而发光,被她蛊惑了",随后竟然要把比利"作为祭品,从他身上得到赎罪的血";奥利则在紧急关头开枪打死了卡莫迪太太,结束了这场狂热的血祭风波,但奥利也惊魂未定,他开枪后"仍以射击的姿势不动,只是嘴角微

①　Douglas E. Winter. *Stephen King：The Art of Darkness*, p. 85.
②　Daniel Punday. *Narrative Bodies：Toward a Corporeal Narratology*, p. 119.

微倾斜。"①

　　乔治·巴塔耶把人性中的"兽性"看作一股强大的回潮和逆转力量:开始,它的确被人性所否定,但是,在否定它的同时,它像某种倔强的野草一样反复地生长出来,兽性从来不会在人身上完全根除,这样,人就被不同的剧烈冲突的力量所撕扯,人性的确定因而变得困难重重。②当人们被幽禁在超市不能逃出时,精神上遭受的压力会经由身体表现出来,而当外部的危险威胁到这些苟延残喘的人们的生命时,他们的精神状态则发生了本质上的变化。在人们原本不愿相信的恐怖传言成为真相时,为了维系自己最大的利益,人们开始显露出潜伏在人性中的"兽性"。利益相同者开始聚成小规模群体,为的是左右局势;紧张过度者则狂饮镇静剂,以保持清醒;失去希望者则开始酗酒,只为自我麻痹;精神崩溃者开始皈依宗教,为了寻求寄托……当理性世界崩塌,人类社会的道德和法律条款不再对处于绝望中的人们有约束力,所以,"未被根除的兽性"在生存和死亡间得到了考验,而"人"则在这种冲突中遭到了各种力量的"撕扯",人性中的贪婪、痴念、放纵、怯懦等都得以通过身体上的极端行为表达出来。

　　温特曾指出,《迷雾》向人们展示了恐怖和神秘事件能和科学、宗教或者物质主义同样解释现代人的生存状态。③就像卡夫卡的《变形记》(*Metamorphosis*)中所写的那些实际生活中不可能出现的问题一样,这些疑问是次要的,甚至是微不足道的,金揭示了许多现实问题的不可解决性,甚至不可理解性。斯蒂芬·金摧毁了我们看待现实世界的那些伎俩,这些伎俩无外乎就是科学、宗教、物质主义等构成了我们思维和生活的东西,同时,金也质疑了我们是否应该以这些方式来看待世界。以身体叙事为手段,斯蒂芬·金描绘出在末日危机之下被幽禁在超市的人们形态各异的群像,这些人在巨大的精神压力下所表现出来的行为异常、举止怪异、不能自控、自杀和相互残杀都将小说的意义指向了冷战压抑之下美国民众遭遇的精神困境。

---

　　①　Stephen King. *The Mist* , pp. 77-103.
　　②　乔治·巴塔耶. 色情、耗费与普遍经济:乔治·巴塔耶文选[M]. 汪民安编. 长春:吉林人民出版社,2003:12.
　　③　Douglas E. Winter. *Stephen King*; *The Art of Darkness* , p. 83.

《迷雾》的恐怖之处在于提供了一种对正与邪、善与恶、对与错之间对立的超越。①核技术在冷战期间突飞猛进,同时,各种新技术的运用也导致了事先无法预料的环境恶化。在环境持续恶化和政治高度紧张的背景之下,美国民众面临着战争和环境的双重威胁,无论这种末日是由核战争引发的还是由军事试验所引发,没有人能够完全逃脱对世界末日的恐慌。精神上的压力犹如一根绷紧的琴弦,一旦出现外部环境的波动就会断裂,《迷雾》的故事就拉断了美国民众那根时刻绷紧的弦,并为凸显现代人空虚的生活和严重的精神危机提供了一个绝好的展示平台。②在末日来临之时,没有人能逃脱死亡,而死亡前最后的挣扎也就成了人类"兽性"最后的表演。因此,《迷雾》不仅是对人类进行"浮士德式"(Faustian)科学实验的隐喻,③也是对极端状况下人性的追问,而被幽禁在超市中的人们以及他们疯狂的身体也就成为军事试验、环境污染等问题下人类普遍焦虑的一个缩影。

二、末日世界中身体的抗争

丹尼尔·潘代在《构建身体叙事学》中曾将作者在小说中创造出的世界和现实世界进行了比较,他认为虽然现实世界和小说创造的"可然世界"(Possible World)之间的关系相对复杂,我们一般情况下会想到现实世界在"可然世界"的影响下基本没有任何改变,而当小说直指现实世界的真相时,我们也许会改变想法。④在《迷雾》的"可然世界"中,金向世人展现了一种前所未见的异度恐怖,那就是覆盖整个美国东北部(也许是全世界)的一场浓雾。⑤这场由人类自身引发的灾难也导致了一场"人性的灾难",被幽禁在超市中的人们在绝望中相互猜忌、攻击、残杀,这种对极端条件下人性异化的叙述将矛头直指军事试验和环境恶化给美国人造成的"心理迷雾"。由于深陷末日世界之中,人性又变得十分险恶,这个故事在总体上有一种失去希望的悲凉效果,所以有研究者认为"人

① Douglas E. Winter. *Stephen King*:*The Art of Darkness*,p. 82.
② 方凡. 绝望与希望:麦卡锡小说《路》中的末日世界[J]. 外国文学,2012(2):70.
③ Douglas E. Winter. *Stephen King*:*The Art of Darkness*,p. 93.
④ Daniel Punday. *Narrative Bodies*:*Toward a Corporeal Narratology*,p. 21.
⑤ Douglas E. Winter. *Stephen King*:*The Art of Darkness*,p. 86.

们应该自带黑白老电影的效果来读《迷雾》这部小说"。①

金在故事里把世界和人性都置于暗无天日的迷雾之中,虽然他为那些勇于追寻希望的人们设置了一个富有希望的故事高潮和一个令人遐想的开放式结局,但直至故事结尾"漫天的迷雾并没有消退的迹象",②人们追寻的希望仍然十分渺茫。金的身体叙事作用于故事的高潮和结尾部分,虽然凸显了追寻希望的人们在末日世界中的挣扎,但开放式的结局并没有为这种追寻赋予价值,人们最终也未能走出那片萧瑟的、死气沉沉的区域,人性的阴霾仍继续笼罩在超市中。《迷雾》的高潮和结局仍然表达了金对处于环境恶化、战争恐惧中美国人生存状态的思考,而自由和希望则永远是美国民众难以企及的水月镜花。

超市中的一些人曾冒险寻求自救的方法,但他们的自救努力却以失败而告终。此部分的身体叙事重在描述人们的恐怖与绝望,刻画了被幽禁者消沉、不安、恐惧的心理。金用自救者的失败给超市中幸存者的命运涂上了悲剧色彩,进而表现出末日世界中人人自危的普遍心理,也凸显了人们自我救赎希望的渺茫。

在仓库里的神秘"触手"拖走了诺姆之后,人们去查看了被大卫砍断但仍留在仓库里的那节触手,"布朗的脸色很难看;诺顿的脸则像乳酪一样惨白;超市里很冷,但奥利喝着啤酒,脸上淌下汗滴;我打了个冷颤,看见在暮色中张望的一双双眼睛;比利抱紧我的脖子,我试着放下他,可他搂得更紧。"③在确定了浓雾里有怪物后,面色、汗滴、冷颤、拥抱的身体状态证明了人们的恐惧,也加快了超市中的人分帮别派的速度。有人开始吵着要离开,有人不愿走出半步,随着争执的升级,一部分人的恐惧转化为疑惑,以诺顿为首的几个人仍然不愿相信怪物的事实,更不愿相信他们就此会被幽禁在超市里,于是试图走出超市寻求帮助。一位带着花镜的老太太"用尖细的声音说:'你们想限制我的自由么'?"诺顿则"用手梳理了头发,摆出像百老汇明星表演的姿势,他的眼睛瞪大了些,随即避开我的目光"。④由于对他人的不信任,人群里出现了第一批"分裂者",身体叙事在这里聚焦于这些"分裂者"的身体变化,凸显了他们的局促不

① George Beahm. *The Stephen King Story*, p. 88.
② Stephen King. *The Mist*, p. 194.
③ Stephen King. *The Mist*, pp. 91-94.
④ ibid. p. 94.

安和一意孤行。作为"分裂行为"的鼓动者,诺顿其实十分胆怯,但面对意欲走出超市寻求帮助的支持者,他别无选择,只能假意为众人打气。

《迷雾》具有一种阴暗的天启意蕴,它把我们生活中那些"脆弱的光明"一点点变暗。① 如果勇敢地寻求希望是一种"光明"的话,那么在末日灾难面前,这个希望开始"一点点变暗",众人得到救助的可能性越来越小。面临迷雾中的未知世界,被幽禁在超市中的人们并没有团结协作,一部分人决定死守、一部分人跟着卡莫迪夫人祷告、一部分人不相信浓雾里真的有怪物,而坚信里面没有怪物的人们也有着不同的心态:诺顿惴惴不安,带高尔夫球帽的男人则充满自信;当大卫拿出三百英尺的绳子让诺顿系在腰上以便知道他们走了多远时,诺顿"目光闪烁了一下,但稍纵即逝",诺顿在出发前"像被刀子捅了似的跳起来喊:'准备好了么?'"带高尔夫球帽的男人决定一试,他"没有闪烁的目光,心中不存一丝的怀疑,用泰然自若的神情看着我"。② 几个人出走之后不久绳子断裂,无人生还。第一次寻求希望的尝试破灭了,虽然被幽禁者身上的勇气曾闪现出人性"脆弱的光明",但这光明在失败的尝试面前也黯然失色了。

在故事的高潮部分,大卫等人冲出超市去药店为伤者找药的行动虽然隐含着对寻求希望的意义,但他们无功而返,不仅有四人在药店丢了性命,想要拯救的伤者也痛苦地死去。身体叙事在此处重在描述自救者的悲观情绪,从而表达了人们的无奈与困惑。怪物飞进超市,用爪子抓死了汤姆,引起了骚乱,柯莱翰夫人则在慌乱的人群里被踩断了腿。事态平息之后,人们的怀疑被证实了,没有人再敢去想离开超市寻求帮助。在两个士兵自杀之后,大卫觉得他们"像纳粹战犯在战败之后自杀一样",而"箭头计划"给人们带来的恐惧开始蔓延,"恐惧让视野变宽,重启感官的大门,理性开始崩溃,人脑回路负担过重,神经细胞的轴突变得明亮炽热,幻觉转为真实,感官接收的平行线似乎交错了。"③ 在感官出现问题,恐惧和绝望占据了头脑的时候,人们的行为也变得十分怪异。人类在极端情况下也难以控制自己的欲望,而欲望的发泄则表达出处于困境中人类的"不安、恐惧和战栗",并不能代表任何希望,而是被幽禁在超

---

① Douglas E. Winter. *Stephen King：The Art of Darkness*, p. 94.
② Stephen King. *The Mist*, p. 99.
③ Stephen King. *The Mist*, p. 141.

市中人们心态的写照。

在这个场景中,金还"把宗教作为将恐怖场景戏剧化的工具,并把这种工具运用到了极限"。①靠宣扬"血祭拯救论"蛊惑众人的卡莫迪太太此时"招来了两个新信徒,她说话眉飞色舞,脸色则正经而严厉,嘴唇动个不停,舌头在参差不齐的牙里上下翻飞,像个巫婆";"把诺姆送出去找死的麦隆也加入了她们,他双眼充血、脸颊消瘦、双手颤抖。"②当悲观的情绪占据了众人的头脑,有人失去了理性,众人的迷信、滥交此时构成了巴塔耶所谓的"神圣世界",即"被世俗世界所'诅咒的部分',在这个世界中,宗教、艺术粉墨登场,异质性颠倒了同质性。"③此时的超市俨然是那个"被诅咒的世界",众人深深地陷入对迷雾的恐惧和对未来的绝望之中。这种恐惧与痛苦在去药房找药的人身上也得到了验证。大卫带领唐尼、奥利等人去药房找药,他"从没这么害怕过,握着扫把的手一直出汗"。巴迪则"声音沙哑",随后看见药房里的死者后"转身呕吐"。吉姆"双手捂住了嘴,充血的眼睛直愣愣的盯着"。结果他们在药房遭遇了巨型蜘蛛一样的怪物,巴迪的"大动脉被怪物吐出的毒丝割断"、唐尼被白丝缠住"挣扎得像在跳死亡之舞。"跑回超市的奥利"胸膛剧烈第起伏着,"超市经理的"衬衫被粘在身上,腋下有两团汗渍"。④实际上,在没有武器的情况下去找药是一种冒险,虽然极端情况下的冒险尝试是高尚的,但也说明了末日危机中人类面临的恐惧、无助和一切抗争的徒劳。

温特曾指出,《迷雾》向人们揭示科学、宗教或物质主义中存在的令人毛骨悚然的神秘和恐怖,而这也正是人类生存的现状。⑤离开超市去药房找药的行为本身包含了在困境中寻找希望的意思,而大卫等人行动的失败则揭示了"人类生存的现状",那就是在一个充斥着危险事物和危险思维的世界中,人们的自救行为往往是徒劳的,人们寻求帮助的希望也很渺茫,而对于希望的追寻行为本身就是对危险世界的挑战,这种挑战会付出生命的代价。通过对冒险者惧怕、受伤、劳累、搏斗、惨死等身体状态的描绘,金在一定程度上表达了现代人面临灾难的无助,也凸显

① Douglas E. Winter. *Stephen King: The Art of Darkness*, p. 93.

② Stephen King. *The Mist*, p. 169.

③ 乔治·巴塔耶. 色情、耗费与普遍经济:乔治·巴塔耶文选[M]. 汪民安编. 长春:吉林人民出版社,2003:13.

④ Stephen King. *The Mist*, p. 184.

⑤ Douglas E. Winter. *Stephen King: The Art of Darkness*, p. 94.

了自救希望的渺茫。

在故事的结局部分,奥利在撤离超市的过程中惨死,逃离者在各处所见的是一片萧瑟死亡的大地,即使在连续多日的路程中也没有见到一处有生命的景象,人们面对的是更大的绝望和失落,而逃离者的旅途也似乎永无终点。开放式的故事结局虽然暗含人们逃出迷雾的希望,但从全篇充满悲剧氛围的角度上看,它象征着美国民众在人性和社会灾难面前永无宁日的挣扎。

卡莫迪夫人的"布道"最终笼络了数人,他们高喊:"赎罪,只有用血赎罪才能让雾气消散!"大卫"立刻感到寒流窜过全身,一直上到颈窝,汗毛树立起来"。比利"紧紧抓着我的手,发白的小脸皱得紧紧的。"此时的超市内卡莫迪夫人的信徒已经完全丧失了自制力,他们"两眼放光,脸色苍白而没有任何表情,心智已经停止了运行",在卡莫迪夫人"口沫横飞"的怂恿下意图抓住比利和阿曼达"献祭"。当奥利、阿曼达和大卫等人试图带着食物走出超市时,卡莫迪夫人"开始跳上跳下,高喊着:'抓住那孩子,抓住那女人!'"情急之下,奥利开枪打死了卡莫迪夫人,随后几人"推门而去"。①关于卡莫迪夫人的"血祭"事件,金通过细致入微的身体叙事描述了末日危机中人类意志的脆弱,也表达了在信仰危机中人类行为的盲目和暴力,因此,"当今社会处处可见的弱肉强食、嗜血杀戮的现实,说是现代社会最令人痛心的精神危机的严重后果。"②

格雷格·史密斯(Greg Smith)曾提到:"金笔下的人物一旦发现'真实'的美国社会后,他们要么为堕落所吞噬,要么选择逃离,寻求精神和伦理上的自由,成为先行者。"③大卫等人出逃正是因为发现了"真实的人性",看到了超市中的人正在走向某种"堕落"。不幸的是,奥利"被怪物的钳子剪断,身体像喷泉般溅出鲜血……杜曼太太被怪物击倒,身体被白丝缠绕,腐蚀性的白丝渗入了身体,她流出的鲜血将白丝染红了,康奈尔则跑回超市……我跑上了车,一条蛛丝落在我的脚踝上,脚踝立刻灼热剧痛,像鱼线快速划过手掌心一样"。④逃脱者的惨死、受伤、退缩给故事的结尾部分蒙上了阴影,追寻希望的旅程尚未开始便有人因此丧

---

① Stephen King. *The Mist*, pp. 200-202.

② 方凡. 绝望与希望:麦卡锡小说《路》中的末日世界[J]. 外国文学,2012(2):71.

③ Greg Smith. "The Literary Equivalent of a Big Mac and Fries?: Academics, Moralists, and the Stephen King Phenomenon". *The Midwest Quarterly*, p. 342.

④ Stephen King. *The Mist*, pp. 211-212.

命。此外,《迷雾》本身有着"大洪水"母题的意象,①出逃的人们开动的斯柯达汽车则象征着诺亚方舟,人类仅存的良知和理性都承载在这部车上。但是,出逃者在逃亡途中所见的却只有沉寂、萧瑟和死亡,几天的路程里他们没有看到一丝生命的迹象。金让故事的叙述者大卫讲出了一个元小说式的结局构想:

> 事情的经过就是这样,差不多是这样——只有最后一件事。但你不能期望有什么断然的结尾。这故事没有"于是他们逃出了迷雾,迎接阳光璀璨的一天";或是"我们醒来时,国家警卫队终于来了";或者甚至是老套的一句:"原来一切不过是一场梦"。②

显然,金打破了皆大欢喜式的小说结尾,出逃者的逃离也似乎永无终点,他们继续遭受着身体和精神的双重折磨,他们虽然为了"寻求精神和伦理上的自由"而出逃,但实际上却陷入更深的泥潭之中。作为自由的追随者,出逃的人们所看到的这幅景象也让他们的幻想与希望几乎全都破灭,只剩下无尽的绝望在蔓延。斯蒂芬·金并没有给予这些寻找希望者足够乐观的开始,而寻找希望的行为本身从一开始就有着生命终结的可能性。与《末日逼近》和《神秘火焰》不同,二者"都将政府与科学之间那种无关道德的媾和相联系起来,而最后则以一种乐观的新开始作为故事结尾,而《迷雾》中所有的沮丧直到最后也没有起色。"③在结尾处,故事的叙述者与作者的叙事声音高调统一,无疑表露了作者对于人类自救可能性的失望。

大卫一行人逃到了缅因州与新罕布什尔州附近,往南穿过马萨诸塞州就是康涅狄格州,而故事最后,大卫让儿子比利"有能力抵御噩梦"的两句耳语就是"哈特福德(hartford,读音近似 heartford,即心灵的城堡,意在表达坚守心中的信念与希望。)和希望(hope)"。④针对这个问题,温特曾强调:"大卫在迷雾中的旅程并未结束,虽然小说中最后的那个词是

---

① Douglas E. Winter. *Stephen King : The Art of Darkness* , p. 92.
② Stephen King. *The Mist* , p. 221.
③ Douglas E. Winter. *Stephen King* , p. 83.
④ Stephen King. *The Mist* , p. 225.

'希望',但这种希望非常模糊,甚至有些令人失望。"①这种失望在小说中可以找到表述,作者曾用小镇一位作家的话委婉表达了一种声音:

> 四十年代,神怪故事的读者及其悠闲,到了五十年代时更无人问津……但当机器失败,科技失败,传统宗教系统也失败时,人们必须抓住某种东西,想到一百万罐体香剂的氟化物,竟能使臭氧层溶解,真不知是喜剧还是恐怖;相较之下,连在黑夜中跳出的僵尸也显得相当可爱了。②

纵观《迷雾》的整个故事,金利用细致入微的身体叙事把身处末日迷雾中人们的精神世界表达得淋漓尽致。在这个末日世界中,冷战给美国民众带来的压抑是精神层面的痛楚,而现代科技和军事试验让民众体会到的各种伤痛和无奈则是实实在在的身体之痛。金还曾提到:

> 我们是恐怖种子的沃土,我们是战争婴儿,我们成长于一个奇怪的马戏团的环境中——偏执、爱国、自大。我们被告知是地球上最伟大的民族,任何在国际政治沙龙上要将铁幕降在我们身上的人很快就会明白谁是西方世界最快的枪,但我们同样被告知在我们的放射性尘埃躲避所要储存些什么,以及我们打了胜仗以后还要在里边躲上多久。我们的食物比历史上任何国家都丰富,但在我们的牛奶中却查出了核试验原料银-90。③

对战争的恐惧、对核试验的担忧、对生存环境的质疑一直存在于金对人类命运的思考之中,而《迷雾》中所表达的对冷战威慑之下美国民众生存状态的思考也正是金最为疑惑的问题。在这样的世界里,人性败坏、信仰缺失、环境险恶,即使有人为了生存和自由拼死去寻找希望,他们所得到的也只是无尽的失落和绝望。身体上的快感与痛感,人物通过对身体机制的探索和非常规运用所能到达的生理、心理极限,是金在20世纪八九十年代创作的重要内容,但由此通向的并非社会观察或政治批判,而是一种终极追问:如果说"作为人学的文学,其审美的最大价值恰

---

① Douglas E. Winter. *Stephen King：The Art of Darkness*，p. 84.
② Stephen King. *The Mist*，pp. 158-160.
③ Stephen King. *Danse Macabre*，p. 23.

恰在于该学科对人的终极价值的关注"的话，①那么金通过叙述身体在一个非理性、不可知且对个体充满敌意的存在主义世界所遭遇的噩梦经历，探讨的正是具有自由意志的人应当如何面对注定失败的绝望境地，并体现人性尊严的严肃话题。这是金对通俗小说边界的拓展，也是其自身创作逻辑发展的必然方向。

第二节 《漫漫长路》：独裁统治与 被规训的身体

《漫漫长路》(*The Long Walk*)是金的早期作品，当他还在缅因大学英文系读书时就已经完成，后在 1979 年以笔名理查德·贝克曼首次出版，金曾表示："《漫漫长路》是当时自己觉得写得最好的一部小说了。"②评论界则认为这部小说"让金在自己不太擅长的非超自然恐怖类小说的写作上大放异彩。"③受这部小说的启发，瑞典曾自 2009 年开始举办名为"徒步赛"(Fotrally)的比赛，参赛者需要以每小时五公里的速度徒步行进，沿途设置了饮食点、医疗站、卫生间，比赛的冠军就是坚持到最后的徒步者。④

《漫漫长路》是一个十分典型的反乌托邦(dystopia)的故事，更是一部"心理惊悚小说"。⑤它讲述了在未来美国的"可然世界"中，军政府控制了整个社会，一个被人称呼为"少校"(The Major)的人是军政府的独裁者，他发起的 100 名十几岁的男孩子参加一个名叫"长途跋涉"的徒步比赛，这个比赛要求参赛者必须以每小时四英里以上的速度行走，整个过程有电子设备在监控速度，如果速度慢下来半分钟就会被警告，在被第三次警告后参赛者会因得到"罚单"(ticketed)⑥而被军人无情射杀；如果违反比赛的各种规定的话，例如逃跑或袭击军人的参赛者也会被立

① 胡铁生，宁乐. 文学审美批评传统及其当代走向[J]. 甘肃社会科学，2019(1)：74.

② 斯蒂芬·金. 斯蒂芬·金传[M]. 曾瀟瑶，高美龄译. 珠海：珠海出版社，2002：55.

③ George Beahm. *The Stephen King Story*，p. 86.

④ Unnamed. *Ultra Marathon Marschen*，Dec. 20. 2018. http://fotrally. se/regler.

⑤ George Beahm. *Stephen King：From A to Z，an Encyclopedia of his Life and Work*，p. 18.

⑥ Stephen King. *The Long Walk*[M]. New York：Signet Books，1999，p. 36.

刻杀掉,不过参赛者也有机会在每坚持不低于一小时四英里的速度行走后取消之前的一次警告。比赛最终的胜出者号称可以得到他余生想要的任何东西。

故事中的主角叫加拉蒂(Raymond Davis Garraty),是个十六岁的男孩,他和几个自称为"火枪手"(Musketeers)的男孩子们一起参加了比赛。巴克维奇(Gary Barkovitch)是故事中的反派,他有意激怒其中的几个孩子让他们去攻击他,结果那几个不理智的孩子被杀掉了。比赛进入到第五天,十七年来这个比赛首次在傍晚进入了马萨诸塞州,可惜只剩下了最后九个人。加拉蒂觉得斯戴宾(Stebbins)在整个徒步过程中没有表现出一丝弱点,于是他决定退出,当他追上斯戴宾想要告诉他自己的决定时,斯戴宾突然倒地不起。斯戴宾的死让加拉蒂成为最终的胜利者,虽然这时人们围住他,为他欢呼,但他还是觉得比赛没有结束,于是坚持着继续走下去。

在《漫漫长路》中,一方面,金刻画了众多参加比赛的男孩形象。由于出身和参赛原因各异,他们在比赛过程中的种种表现也象征着高度独裁的社会中民众人人自危、尔虞我诈,为了目的不择手段的残酷现实。另一方面,作为对美国梦的讽刺画,①《漫漫长路》还塑造了"少校"的独裁者形象和作为"观众"的众多看客的形象。独裁者的一意孤行、虚情假意和看客的冷漠无知成为这个故事所创造的末日世界中令人绝望的一环。"身体"在建构人物、烘托情节、推进叙事等方面起到了重要作用。在《漫漫长路》所描绘的良知沦丧、自由无望的末日世界中,民众永远是被高压政治规训的对象,独裁者的个人喜好竟成为人们相互排挤、诽谤,甚至杀戮的唯一理由。身体叙事与政治批判的结合形成了《漫漫长路》文艺美学和政治美学的统一。

一、独裁政府的身体政治

身体政治从一种想象的角度描绘了一个国家的现实。②金在《漫漫

---

① James F. Smith. "Everybody Pays… Even for Things They Didn't Do:Stephen King's Pay-out in the Bachman Novels." In Tony Magistrale,ed. ,*The Dark Descent:Essays Defining Stephen King's Horrorscape*[M]. New York:Greenwood Press,1992. p. 101.

② Daniel Punday. *Narrative Bodies:Toward a Corporeal Narratology*,p. 160.

长路》中创造出了一个高度独裁的、由军政府控制的美国。"少校"是这个美国政府的元首,他在全国实行高压统治,民众在生活中谈不上有任何自由。少校为了"庆祝四月三十一号的军政府胜利而在五月一号举行比赛。"①这个荒唐的比赛在缅因州和加拿大的边境地区开始,沿着美国东海岸向南行进。比赛途中没有休息也没有终点线,任何原因也不会中断比赛,走不动的参赛者就会被杀掉,直到只剩下最后一个活着的人为止。在故事里,金一方面刻画了多个参赛者的形象,通过身体叙事详述了他们身体中表现出的种种欲望,并通过叙述军政府压制、疏导、规训民众欲望的手段而讽刺了独裁政府的身体政治;另一方面,金详述了高压政治下民众身体上遭受的种种折磨,用参赛者的惨死和观众受到的惩罚影射了资本主义制度下美国民众身体和心灵上受到的戕害。

就"长途跋涉"这个比赛本身而言,本就不具有合理、合法的性质,而这一部分恰恰是故事主体部分没有提及的。正是由于高度独裁的统治,民众的生命和自由都被独裁者视为草芥,所以许多家庭为了"得到自己想要的任何东西"而把孩子送上赛场,而这种送死的行为也从另一个侧面反映了民众生活的疾苦。由于举办这个比赛每年都要花费数百万美元,"据说每年有二十亿美元都用来被押在这场比赛的赌局上",②所以并不是所有民众都买账。加拉蒂的父亲曾经带他观看过以前的比赛,但是由于表露了对比赛的不满,他的父亲被军警毒打,"嘴角流血,并随后被抓走(squaded),再无音信。"③当比赛者走过一片农庄,"士兵半举着枪警戒,如果有动物干扰了比赛也会立刻被打死"。④由此可见,在这个国家中,人们的一切行为都在独裁政府的监管之中,任何不轨行为都会受到极端的惩罚,所以这场奇怪的比赛也就不足为奇了。

在《漫漫长路》中,军政府管理下的世界是撕裂的,比赛本身则成为作为"幸运成员"的年轻男孩们为完成自己的欲望而举行的终极仪式。⑤加拉蒂参加比赛是想让自己患病的弟弟和生活困苦的母亲过上好日子;

① Stephen King. *The Long Walk*, p. 78.
② ibid. p. 133.
③ ibid. p. 172.
④ ibid. p. 132.
⑤ James F. Smith. "Everybody Pays… Even for Things They Didn't Do: Stephen King's Pay-out in the Bachman Novels." In Tony Magistrale, ed., *The Dark Descent: Essays Defining Stephen King's Horrorscape*, p. 101.

麦克弗里斯(Peter McVries)参加比赛则是因为遭到女友抛弃,想在临死之前赌一把;斯戴宾参加比赛则是想引起"少校"的注意并承认他是自己的私生子;一个叫哈克尼斯(Harkness)的男孩说自己在赢得比赛后"要写一本书,从比赛者的视角写,会赚很多钱。"而大家的普遍反应是"如果你赢得了比赛,那么什么都有了,也不需要赚钱了"。①因此,这个比赛不仅是高压政治对民众进行压迫的畸形产物,更是这种政治制度夹缝中生存的民众满足自己各种欲望、实现人生目标的唯一方式。

西方有学者提到:"比赛根本没有终点,每个人的目标其实就是走到死,因为只会有一个胜出者,所以这个比赛本身就是一场自私的游戏。"②之所以说这个比赛是"一场自私的游戏",是因为它寄托了每个参赛者和他们背后的家庭成员最为基本的欲望,这些源自身体的欲望成为他们参赛的原动力。对于加拉蒂而言,他的基本欲望就是赢得比赛,在改变家人窘迫生活的同时回到女友简(Jan)的怀抱。

加拉蒂体内的原始欲望转化为带动他身体前行的动力,即使到了比赛最为艰难的时刻,这种动力仍然可以高效地驱使着他。但是,加拉蒂和许多参赛者一样,他们不曾意识到的是自身的各种欲望实际上一直处于独裁政府的监督和掌控之中。

对德勒兹(Deleuze)和伽塔里(Guattari)而言,资本主义是对欲望的再编码,对欲望的领域化,它将欲望进行引导、控制、封锁。③参赛者的个人欲望被成功地融合进这场比赛中,集权政府对参赛的每个人进行着欲望的引导,用"得到余生想得到的任何东西"来诱惑承受着身体规训的民众,进而控制他们的身心自由。可悲的是,几乎没有人对这种制度提出疑问,每个人好像都十分主动地参与到独裁政府为民众规划的"欲望体制"之中。从这个层面来说,独裁政府对身体和欲望的管控机制运行良好,自由已经成为民众不得而知的概念。

按照德勒兹和伽塔里的说法,身体内的器官决定了身体的欲望,人体器官需要运行,便产生了无休止的欲望。④在本能的欲望之外是人的社会层面的欲望,如名誉、地位金钱等。《漫漫长路》中的独裁政府深

---

① Stephen King. *The Long Walk*, p. 27.
② ibid. p. 101.
③ 汪民安. 身体的文化政治学[M]. 开封:河南大学出版社,2003:10.
④ Gilles Deleuze, Felix Guattari. *Anti-Oedipus*[M]. Robert Hurley, Mark Seem, Helen R. Lane, Trans. , Minneapolis:University of Minnesota Press,2000, p. 11.

谙各种欲望的管理。根据比赛规则,参赛者在比赛开始时只可以获得士兵提供的水和食物等,"这一点有些和美国航空航天局(NASA)的太空计划相似,比赛中途的用水是可以随时得到的,食物只能每早9点分发,参与者可以携带他们能带得动的任何东西,却不可以接受旁观者的帮助"。①路上有农夫摆摊送给比赛者西瓜吃,结果被冷漠的士兵带走了。②有个大个子男孩在前面走着……走得很不稳,被自己的脚绊了一下,险些跌倒;结果后来那个男孩摔倒了,受到了警告,大家都以为他爬不起来了,但他还是爬了起来,一言不发地走着……第二次摔倒时他脸部着地,起来时脸上全是划伤,但这让他落后了,他因此受到了第三次警告,随后被杀死。③

从世界范围来说,身体政治的观念实际上只有两种:一种是宗教的,比如基督教、佛教,等等,他们大多认为灵魂处于轮回的过程之中,灵魂复活是生命的目的,在这种观念之下,身体的现世的忍耐被看成是身体政治的中心,禁欲是这种身体政治的核心思想;一种是世俗的,把身体看成是短暂者,死亡的威胁、病痛的折磨、现世享乐等等,成为身体政治的手段,身体本身就是目的,除此之外,没有别的目的。④金的研究专家迈克尔·柯林斯(Michael Collings)曾表示,如同《漫漫长路》中的死亡竞赛一样,这些生活中的普通人的存在和死亡有时变得毫无意义,其结果也毫无意义。⑤独裁政府就是利用对欲望的引导、控制、封锁作为其身体政治的伎俩,以实现对民众自由的控制。当美国的资本主义社会进入后工业社会时期,无论从政治上还是社会上,人们的生活目标都在为了自己的"美国梦"而努力,竞赛也已成为一种追名逐利的比喻,金钱和名誉才是对个人价值最好的证明。故事中的民众生活在以追逐名利为唯一信条的单向度社会中,表面上看是一种独裁的军政府统治,而实际上却是美国政治的缩影,每个人都在为了自己的欲望而坚持走在各种"漫漫长路"上,在这个过程中,他们的身体既是欲望的源头,又是失败的承担者,所以身体自始至终一直处于独裁政府"欲望管理"的核心位置上。

① Stephen King, *The Long Walk*, p. 34.

② ibid. p. 232.

③ ibid, pp. 122-123.

④ 葛红兵,宋耕. 身体政治[M]. 上海:三联书店,2005:63.

⑤ Michael Collings. *Stephen King as Richard Bachman*[M]. Mercer Island:Starmont House, 1985, p. 58.

　　金将参赛者的身体遭遇作为身体叙事的焦点,并围绕独裁政府施加在他们身体上的各种酷刑来增强对集权统治的讽刺效果,参赛者饱受劳累折磨、在极度疲劳下精神崩溃、因为没有达到要求而被残杀。这种场景给独裁政府的身体管控蒙上了一层极为恐怖的阴影。

　　"长途跋涉"的比赛只有一条"走到死"的原则,一旦进入了比赛就不能选择退出,没有人能逃脱独裁政府的身体政治手段,所以他们的身体必须承受极端的折磨:

> 　　加拉蒂觉得自己快崩溃了,一个脑袋,又胀又晕;一个脖子,僵硬无比;两只眼睛,红肿发疼;两只手臂,并无大碍;一个躯干,饿得咕咕叫;两条腿,肌肉酸痛。他不知道这两条腿还能载他走多远,不知道他的大脑什么时候会控制不了它们,或者惩罚它们继续超负荷运转。他的双脚也剧烈疼痛,本来它们就很纤细,却要扛着160磅重的身体前行,而且偶尔会刺痛。他的左脚大脚趾已经从袜子里顶了出来,开始和鞋头慢慢摩擦。[1]

　　除了让参赛者承受劳累和疼痛,独裁政府手下有国家机器维护着他们的统治秩序,违背任何规矩者都会受到"极刑"的处罚。佩西(Percy)在路上走不动了,他被士兵加以"罚单",他"双脚站在树林边,他和要开枪打他的士兵站在那里,两座雕像,两个人一起站着就像米开朗基罗的雕塑一样,佩西的一只手放在胸口,像个诗人在朗诵诗歌,他的眼睛睁得很大,鲜亮的血从他的手指留下来,在阳光中闪动着光亮……佩西变成了一个闪着光的阿多尼斯(Adonis),[2]遇到了一个野蛮、暗淡的猎人,鲜血一滴滴落在他脚上。"[3]金在这段叙述中描写了行刑者和受刑者的身体形态,把士兵的杀戮行为描述成了一幅唯美的剪影画。雕塑与诗歌元素灵活地被运用在对士兵和佩西的身体状态的描绘上,将这个血腥的场景进行"诗意化描述"。身体是杀戮画面的主要成分,血液是整体画面的色彩元素,杀戮是画面的主题。将身体和艺术元素植入独裁政府的极端手段之中实际上是对其残暴行为的反讽。

---

①　Stephen King. *The Long Walk*, pp. 98-99.

②　阿多尼斯是希腊神话中掌管春季植物之神,形象俊美,其形象的雕塑是西方艺术经典。

③　Stephen King. *The Long Walk*, p. 171.

另外，金的身体叙事还以写实的手法突出表现了独裁政府的残忍和冷酷。对于任何敢于反抗规训的成员，永远有更为极端的手段应对。奥森(Olson)在比赛中感到绝望，他打算奋力一搏，大叫着"我不想死"，抢了士兵的枪，但最终还是惨死在乱枪之下：

> 奥森抓住了最近的一把枪，把枪管摇晃在手里，像拿一只冰淇淋那样，另外的士兵开枪了，奥森的衬衫被子弹撕开，子弹打进了他的肚子，从后背穿了出去，但奥森没有停下，他抓着刚刚打他的那只枪，把枪管向天空举起，另外两只枪也响了起来，奥森被打飞起来摔在路旁，他倒下的姿势像被钉在十字架上一样。他身体一侧黑黑的，被打烂了，但是他坐了起来，他把手按在肚子上，平静地看着车上的士兵，想要站起来。一梭子子弹射过来把他又撂倒了，奥森再次坐了起来，但士兵只是举枪对准了他，没有开枪……奥森终于站了起来，双手在腹部压着，看上去好像在闻着空气中的味道。他慢慢地转向比赛的行进方向，开始蹒跚着走了起来，他蓝青色的肠子从指缝里淌了出来，像香肠一样掉到衣服里，他停下来弯腰想要把肠子收起来，结果吐出了一大口血，他又走了起来，脸上十分平静。①

在故事内涵上，《漫漫长路》写出了人们在极度心理压抑的情况下做出的选择。②奥森在"极度压抑"的状态下精神崩溃，终于选择了与集权进行对抗。在这个杀戮的场景中，奥森被枪击的惨状和死亡前的"平静"形成了巨大的反差，凸显了独裁者的残暴与被统治者的无奈，而奥森最后挣扎着站起来继续沿着比赛路线前行的行为也象征着任何形式的反抗终将无效，被统治者无论死活都必须遵守统治者制定的"游戏规则"。

德勒兹和伽塔里借用了来自安东尼·阿尔托(Antonin Artaud)的术语"无器官的身体(the body without organ)"来表达身体本身对自由的需求：身体就是身体，它完全就是它自身，它不需要器官，身体从来不是一个有机体，有机体就是身体的敌人。③而事实上，无器官的身体不是一个身体形象，它是一个分解和重组身体的过程，是一种形成和变形的

---

① Stephen King. *The Long Walk*, pp. 258-259.
② George Beahm. *The Stephen King Story*, p. 87.
③ Gilles Deleuze, Felix Guattari. *Anti-Oedipus*, p. 12.

身体过程,它是"根茎式"的,四处渗透和延伸。①这种假想中的"无器官的身体"可以对抗一切欲望,不会受到欲望的控制和引诱,成为绝对自由的身体。在《漫漫长路》中,独裁的政府对民众实施身体政治的手段就是管控一切身体所需的"欲望",而民众失去自由的原因就在于他们的身体"不能抵抗欲望"。所以,当独裁政府控制了一切有关饮食、财富、名誉的获得方式时,这种以民众身体为对象的统治形式便获得了成功。《漫漫长路》中的独裁政府对民众身体和欲望的控制以及美国政府对"美国梦"的宣扬有着异曲同工之处,两者都是在激励民众不遗余力地追求欲望满足的同时用各种手段对民众的欲望进行疏导、监控,在这个过程中,民众作为"肉体"的自由就被剥夺了。

帕特里克·麦克阿里尔(Patrick McAleer)认为,金的一些小说专注描绘个人的自我实现。而更多的时候,金所描写的是人们的一种幻象,这种幻象有时甚至让人忽略了那些自我实现的努力,剩下的就只有失败后的虚无感了。如果失败是他们不得不面对的,那么这些艰苦的努力又有何实际意义呢?②在《漫漫长路》所描述的世界中,比赛者所关注的只有"自我实现",但是为了实现幻想中的个人价值,他们付出了生命的代价。即使作为比赛的胜利者,加拉蒂原本的世界观已经在经历了一场场血腥的悲剧之后崩塌了,他"已经不再信任任何人,他骂少校是臭傻瓜(damn fool),并在比赛胜出之后毅然决然地继续走下去"。③虽然"虚无感"的源头可以追溯至独裁政府的政治手段,但实际上所谓的"美国梦"也给为之奋斗的失败者带来了同样的虚无感。在"美国梦"这个伪命题所营造出的竞争氛围之中,美国民众的身体失去了自由,所有的欲望都受到了监督、控制、引导,个人价值的实现成了追逐金钱的一种游戏。

西方文明经历了历史的大发展,然而文明的每一点进步都伴随着危害人类自由的事物。集中营、大屠杀、世界大战和核武器都是现代文明的产物,人对人最有效的统治和摧残恰恰发生在人类的物质和精神成就发达到仿佛能建立一个真正自由的世界的时刻。可见,高度文明的昂贵

---

① 葛红兵,宋耕. 身体政治[M]. 上海:三联书店,2005:6.

② Patrick McAleer. "I Have the Whole World in My Hands … Now What?: Power, Control, Responsibility and the Baby Boomers in Stephen King's Fiction. "[J]. *The Journal of Popular Culture*, Vol. 44, No. 6, 2011, p. 1222.

③ Stephen King. *The Long Walk*, p. 382.

代价是人的不自由和对生命本能的压抑。①通过金的身体叙事,人们可以看到一个假想中的独裁政府及其实施的各种残酷的政治手段,在这个高压的政治环境中,作为年轻人的代表,"加拉蒂等人都失去了他们的梦想和作为年轻人本应拥有的生活,他们的精神都被远超他们控制力的环境所压垮",②从而彻底失去了自由。身体的自由程度可以反向度地表征一个政府施加于民众的身体政治的严苛程度,在现实的美国社会中,正是由钱、权、利、色所主导的"美国梦"禁锢了民众的欲望,从而把民众的身体欲望引向了无边的苦海,而民众为实现自己"美国梦"的过程也就是他们身体失去自由的过程。在这个意义上讲,金的身体叙事通过反讽和对比的手段揭露了资本主义社会为民众"编造美国梦"的政治本质。

二、畸形社会中冷漠的身体

在《漫漫长路》中,金刻画了独裁者"少校"的形象,并利用充满象征意义的身体叙事对"少校"的独裁、专横、自大进行了讽刺。身体叙事还作用于形象塑造、制造冲突、强化反讽上。金塑造了一群冷漠、无知的观众形象,他们作为对独裁统治无动于衷的"看客"甚至成为独裁统治的帮凶。经由身体叙事,主要人物之间的矛盾得以凸显,参赛男孩之间的相互敌视、冷漠、排挤的行为成为对现代社会中人性扭曲、异化的现实喻指。

金先是把"少校"的身体予以"神化",塑造了一个民众"敬畏"的统治者形象,少校的身体成为集权和专治的象征。少校是个"身材挺拔、高大,皮肤黝黑,身穿卡其色军服,腰带上挂着手枪"③的壮汉,少校跳进吉普车后,"场面格外的安静",他在公众面前向来都戴着太阳镜,分发号码牌的时候,加拉蒂"凑近少校,觉得他十分强壮,气场也极其强大(somehow over powering),他甚至有冲动想摸摸少校的腿,以便确认他是否是一个真人"。少校在比赛开始时出现在起点,鼓励参赛的孩子们;

---

① 赫伯特·马尔库塞. 爱欲与文明[M]. 黄勇,薛民译. 上海:上海译文出版社,1987:4.

② James F. Smith. "Everybody Pays… Even for Things They Didn't Do: Stephen King's Pay-out in the Bachman Novels." In Tony Magistrale, ed. , *The Dark Descent: Essays Defining Stephen King's Horrorscape*, p. 102.

③ Stephen King. *The Long Walk*, p. 9.

随后偶尔在比赛中现身,观看比赛或是做一番演讲,每次当少校出现在比赛开幕式现场时,所有人都不自觉地开始欢呼。比赛在九点钟准时开始,少校"手指示意了一下,说了声'好运',他面无表情,太阳镜挡住了他的眼神"。①葛红兵、宋耕曾指出:"古希腊对以肌肉为美的身体崇拜实际上包含了对统治者的赞美——这种身体美学源于政治的直接需要,它为古希腊的统治提供身体上的说明;为什么他们希腊人是高贵的统治者?因为他们肌肉强健身体多节,为什么另外一些人是奴隶,因为他们软弱少节。"②少校的身体是强壮、高大的,其气质和外形无愧于一个领导者,此外,戴墨镜和很少出现在公众场合也给他的身体蒙上了一层神秘的色彩。因此,在最初阶段,少校的身体符合一个统治者最为基本的特征。但是,在后续故事中,金又对少校的形象进行了解构。参赛的男孩们在经历了死亡的威胁和考验后,一改对少校的崇敬态度,转而开始痛恨他,少校最终成为失去人性和自大的独裁者的化身。

　　加拉蒂在比赛中想起父亲曾提起少校是"最为稀有、最为危险的猛兽,一个公认的反社会者(a society-supported sociopath)"。③参赛者中有很多人都认为少校是"杀人犯"和"虐待狂(sadist)",格里布(Gribble)在没有力气走下去时高喊着:"杀人凶手!少校就是凶手!我要当着他的面告诉他!"④比赛到最后,加拉蒂成为胜出者,少校打算为他颁奖,但加拉蒂已经不再信任任何人,他骂少校是"臭傻瓜(damn fool)"。⑤作为少校的私生子,斯戴宾一向拥护少校的权威,几年前少校还曾带斯戴宾到过比赛终点参观,但这次他觉得少校在利用他当赛狗中的"兔子(rabbit)"⑥来激励其他参赛者,以达到延长比赛的目的。斯戴宾觉得在成功后他应该得到入主少校家的奖赏,结果他在比赛最后万念俱灰,虽然他倒地之后挣扎着向加拉蒂爬去,但最后终于动弹不得。无奈的是少校虽然知晓这一切,但最终也没有承认他这个私生子。

　　少校与乔治·奥威尔《一九八四》中的"老大哥"在身体描写上有诸多相似之处:少校在赛前来到参赛者中间,用他的标志性挥手和"祝你们

①　Stephen King. *The Long Walk*, pp. 11-14.
②　葛红兵,宋耕. 身体政治[M]. 上海:三联书店,2005:27.
③　Stephen King. *The Long Walk*, p. 10.
④　ibid. p. 58.
⑤　ibid. p. 382.
⑥　ibid. p. 193.

走运(Luck to all)"来开始比赛;有人说少校总带着墨镜是因为他的眼睛"对日光极其敏感(extremely light-sensitive)";少校在比赛刚开始时现身,他"不做演讲,用手遮住了眼睛,向比赛的胜利者表示祝贺,也赞赏失败者的勇气,但随即少校就转过身去(turned back to them)"。①标志性的身体动作说明了少校作为独裁者的狂傲与自大;"对日光敏感"则说明少校靠见不得光的卑劣手段获得的统治权;讲话未结束直接"转身"则暗指其傲慢的态度。此外,英语语境中的"转身"(turn back)还带有"背叛"的意味。这些与身体行为相关的双关表达方式实际上已经颠覆了少校作为最高统帅的身份,给众人呈现了一个傲慢、阴险、极具煽动能力的"少校"。

　　恩斯特·康特诺维茨(Ernst H. Kantorowicz)的《国王的两个身体》(*The King's Two Bodies*)中曾提及:王权最初是驻扎在国王的肉体里面,随着政治理论和权力体制的发展,国王的实际肉体和象征身体开始分离,象征国王的身体最终表现为抽象的统治权。②金带有隐喻性质的身体叙事为我们指明了"少校"身体的双重性,这其中就暗含"国王的身体"的意指:少校的肉体是一个独裁政权的象征,但其真正的肉体里也有着许多不可告人的秘密。从最初的高大、神圣、不可侵犯到后来的自大、卑鄙、道德败坏,少校的身体形象在民众心中的变化历程也代表着民众不断发觉、发现并最后洞悉少校独裁统治性质的过程,而促成这种转变的不仅是参赛者身体状态的变化,更伴随着民众对其独裁统治的质疑。

　　除了参赛者之外,金还将身体叙事的着眼点放在观众和士兵身上。作为比赛的"看客",他们对比赛和参赛者的态度通过身体和行为的描述表达出来。观众对屠杀行为的冷漠与士兵残忍的杀戮手段是这个集权社会中最令人失望的现实。《漫漫长路》给读者展示了一幅处于独裁统治之下的、毫无希望的末日世界的画卷。观众偶尔举起标语、喊着口号为参赛者加油,为了帮助参赛者,还试图给他们可乐、西瓜,甚至冲进比赛的人群,这些行为导致了不少参赛者被处以极刑。民众对独裁者发起的荒诞比赛竟然十分支持,在加拉蒂参赛之前,"老家的人都聚集在了市政厅,我的朋友们也都来为我践行,每个人都吵着让我发言,他们疯了一

①　Stephen King. *The Long Walk*, pp. 10-12.
②　Ernst H. Kantorowicz. *The King's Two Bodies: A Study in Mediaeval Political Theology*[M]. Princeton: Princeton University Press, 1997, p. 244.

样地鼓掌,我就像发表《葛底斯堡宣言》那样给他们讲话"。①观众对比赛十分麻木,甚至盲目的狂热。每当参赛者被"出示罚单"时,观众反倒会欢呼雀跃(cheers),同时非常喜欢从参赛者身上拿到东西作为纪念品,即便是他们的排泄物也好;格里博(Gribble)曾尝试和一个主动找到他的女孩拥抱,但被发现后惨遭枪杀;一位路边的老妇"拿着黑雨伞,木然地站在那里,既没有挥手致意也没有微笑,她眯着眼看着过往的比赛者,没有一丝生命的迹象"。后来,观众的人数多了起来,引起了参赛者的敌意和恼怒,当观众们拥在一起想要把路封住时,一个参赛者精神崩溃并且高喊着"他们要把我们吃掉!(they will eat us up)",②结果却因此被射杀。此外,士兵的麻木、残忍也令人印象深刻。"每个士兵的脸上表情都和木头一样";士兵们非常熟练地把伊文(Ewing)拖到路边,"伊文试图反抗,但被一个士兵揪住了胳膊,另一个举起卡宾枪,对着他的头就开火了,最后伊文的腿还抽搐了几下"。③

竞赛是极其残酷的,几乎所有人都会在途中死去,但民众或是对比赛充满热情或是出于好意帮助参赛者,但他们的行为却起到了反作用,无论鼓励还是帮助,他们所做的都是在加速参赛者的死亡,从而成为鲁迅小说《药》中的那些"看客"。更具讽刺意义的是,观众对参赛者生命极为冷漠,但从参赛者身上拿到纪念品的兴趣倒很大。如同《药》中等待"人血馒头"的老栓一样,《漫漫长路》里的观众也不失为一群对独裁统治一无所知的愚民,在一定程度上,他们对于毫无人性的独裁统治的漠然态度恰恰助长了独裁者的气焰,强化了统治者施加于民众的身体规训的效果。

身体社会学认为,人的身体观念是一个二重的观念:物质(自然)的身体和社会的身体。社会的身体限制了自然的身体的感知方式,身体的自然经验又受到社会范畴的修正,通过这些社会修正,自然的身体才能被人所认识。身体在两种体验之间存在着意义的不断交换,结果是各自都强化了对方。④在《漫漫长路》这个文本的"反乌托邦"世界里,美国社会处于军政府的独裁统治之下,这样的社会形式自然"限制了人们感知

---

① Stephen King. *The Long Walk*, pp. 300-301.

② Stephen King. *The Long Walk*, p. 278.

③ ibid, pp. 46-51.

④ Jpanne Etwistle. *The Fashioned Body*[M]. Cambridge:Polity Press,2000,p. 14.

身体的方式",人们的身体似乎已经失去了个人的价值,仅是统治者的口号和宣传的工具而已。无论是执行命令的士兵还是比赛的观众,表现出来的只有对于参赛者生命的冷漠,其深层次原因则是由于民众无视集权政治对身体权力的侵犯。

对于集权政府的身体政治手段,社会学家约翰·奥尼尔(John O'Neil)有着精辟的论述:我们通常认为,如果社会的确控制了我们,那么这种控制是存在于我们的心灵而非肉体之中的,我们宁愿认为我们控制着身体而非被身体所控制;在此种秩序构想中我们却没有充分考虑到隐含于其间的政体(国家)的因素。①在《漫漫长路》中,民众的愚昧、冷漠的行为是金对这一现象及其实质进行讽刺的重点,金的身体叙事正是利用了那些"没有考虑到隐含于其间的政体因素"的无知者给独裁政府的统治加上了一个麻木不仁的社会意识氛围。在这样的氛围中,民众、士兵、青年男女几乎都成为统治者愚弄、玩耍的对象,他们希望能控制自己的身体,但由于缺乏对独裁统治的认识反而被身体所控制。这些冷漠的民众很难意识到他们的身体已经成为独裁者的木偶,因而成为失去自由而绝望的身体。

金详述了参赛者之间的矛盾,他们之间的相互敌视和排挤,对他人生命和生活的冷漠象征着现代美国社会中的人际疏离。身体叙事的重点在于表达独裁统治下民众的人性冷漠与异化。"加拉蒂和一群志同道合的人组成了'三个火枪手'的联盟"②并相互鼓励和帮助,而以斯戴宾为首的几个参赛者在比赛里将其他人视为自己赢得比赛的绊脚石。克里被枪杀后,斯戴宾"踩过克里的血,脚下留下了血脚印,但他脸上没有任何表情";③斯戴宾一直不停地自顾自走着,加拉蒂从没见他和别人说过话,他目不斜视,面无表情。④在大家非常劳累时斯戴宾笑着说:"上校就要来了,大家都会欢庆!"但他的笑容异常邪恶。⑤斯戴宾在比赛中表

---

① 约翰·奥尼尔. 身体形态:现代社会的五种身体[M]. 张旭春译. 沈阳:春风文艺出版社,1999:39.

② James F. Smith. "Everybody Pays… Even for Things They Didn't Do: Stephen King's Pay-out in the Bachman Novels." In Tony Magistrale, ed., *The Dark Descent: Essays Defining Stephen King's Horrorscape*, p. 101.

③ Stephen King. *The Long Walk*, p. 35.

④ ibid. p. 29.

⑤ ibid. p. 141.

现得十分坚毅,他"像一颗钻石一样不可摧毁",甚至伸展了一下双脚,露出了困倦的微笑说:"我觉得我可以一直走到弗罗里达。"①此外,巴克维奇(Barkovitch)故意激怒兰克(Rank),致使兰克被士兵杀死,这个场景让所有人"腿都是僵硬的,腹部都是抽筋的,肌肉、生殖器、大脑都被流血给吓得萎缩了",②于是所有人都认为他是杀人凶手,麦克弗里斯说过几次他最想干掉的就是巴克维奇。③斯戴宾每次都对被杀的参赛者冷眼旁观,他认为所有人都是他的潜在对手。当士兵杀了芬特(Fenter)之后,加拉蒂已对死亡经没有什么感觉了;④克里(Curley)被警告了,他说自己抽筋了,加拉蒂能看见他喉结上下活动着,用力地揉着自己的腿,加拉蒂甚至能够在风里嗅到克里的紧张,克里就要被"给罚单"了,士兵手中枪的保险都打开了,男孩们却都向鹌鹑一样从克里身边闪开。⑤在这一点上,《漫漫长路》与威廉·戈尔丁(William Golding)的《蝇王》(Lord of the Flies,1954)有着惊人的相似之处,男孩之间的相互敌视、猜忌、排挤和彼此的漠不关心都是"人性恶"的极端表达。

　　有研究者指出,金小说中的那种社会规约下的自我认同和个人自省有时是在怂恿人们放弃那些超出自己能力且又不切实际的幻想,而具有讽刺意义的是许多人不顾客观事实,宁愿把这种徒劳的行为归结为一种对生存权的承诺。⑥在独裁统治的社会中,统治者为禁锢其民众总会搬出"超出他们能力不切实际的幻想",可悲的是,人们往往忘记了自己的自身条件而成为这种幻想的拥护者,从而不遗余力地为这个幻想而做出"徒劳的行为",《漫漫长路》中的男孩参赛者们就在这样徒劳无功的比赛中失去了自己的自由和生命。在比赛的过程中,参赛者表现出的明争暗斗、相互敌视、彼此冷漠在身体叙事的烘托下显得尤为刺眼。

　　虽然比赛中不乏有人为了反抗暴政挺身而出,但是"在某些时刻,意志企图率领躯体去反抗它的不幸遭遇,这样的反抗通常表现为无视社会

① Stephen King. *The Long Walk*,pp. 331-334.
② ibid. pp. 103-108.
③ ibid. p. 328.
④ ibid. p. 77.
⑤ ibid. p. 32.
⑥ Kenneth Wagner. "Introduction. " In Tony Magistrale,ed. ,*Landscape of Fear:Stephen King's American Gothic*[M]. Madison:The Popular Press,1988,p. 7.

秩序的横冲直撞。"①残酷的统治者会动用一切力量对反抗行为予以绞杀,而对于《漫漫长路》中所有人都趋之若鹜的最后的胜出者来说,"得到余生想要的任何东西"实际上已经成为一个伪命题。正如金在故事的结局部分提到的:"成功了又代表着什么呢? 你会一直穿着周末的休闲装,不用担心钱、成功、恐惧、疼痛、悲伤、爱,一切都是归零,没有父亲、母亲、女友,也没有情人,和死了一样,没有陪伴,周围的寂静就像蛾子扑扇翅膀的声音。"②因此,在金所描述的这个"反乌托邦"的社会中,并没有最后的胜利者,即便是走到最后的加拉蒂也"还是觉得比赛没有结束,也没有理会少校前来为他庆祝,他觉得少校的吉普车只是路过,当有人把手放在他的肩上时,他却不顾一切地向前跑去……"③加拉蒂最后对一切失去信任的原因是因为他在比赛的全程中看到的正是人与人之间的冷漠相视、互不关心、尔虞我诈,甚至还有麻木不仁和冷眼旁观。

这个虚拟的、由军政府独裁统治的社会可以说是对美国社会的一种镜面写照,资本主义社会中人与人之间的关系在故事中被表现出来,经过身体叙事的烘托,人们能够更加清晰地看见金对这个构成了资本主义社会形态最基本的元素的思考和无奈。同时,故事中残忍的杀戮场景和血腥的暴行也影射了现代社会中的人性扭曲和良知沦丧。所以,《漫漫长路》不仅喻指了唯利是图的这个集权社会中人和人体的异化,人性的悲哀也是这个故事所关注的重要一环。

第三节 《奔跑的人》:反乌托邦中
被消费的身体

《奔跑的人》(*The Running Man*)是金在 1982 年以笔名理查德·贝克曼出版的小说,于 1985 年被编入了小说集《贝克曼故事集》(*The Bachman Books*)中。这部小说在出版后被改编成了同名电影,由施瓦辛格(Arnold Schwarzenegger)主演,但小说的基本故事框架则被弃用

---

① 汪民安. 身体的文化政治学[M]. 开封:河南大学出版社,2003:151.

② Stephen King. *The Long Walk*, p. 359.

③ ibid. p. 378.

了。①《奔跑的人》是一个被操纵的世界的灰暗画像，②故事的背景被设定在2025年的美国，那个时候的美国经济崩溃，人们流离失所，各地暴力事件频发，美国成为集权主义统治的怪异社会。

本·理查（Ben Richards）生活在合作城（Co-Op City），他因生意失败而失业。理查的女儿凯西（Cathy）得病急需药物，无奈之下妻子只能卖身筹钱。在绝望中，理查加入了游戏网（Games Network），这是一个政府操控的电视台，专门播放暴力节目供富人享乐。经过一系列的体能测试，理查加入了这个名为"奔跑者"（The Running Man）的节目，这是一个游戏网最为暴力也最为危险的一档节目，但收视率奇高。节目的主创丹·基连（Dan Killian）表示，目前为止没有人能长久的活下去并成功获得大奖，而本则只是希望他可以活得时间久一点，好多挣点儿养家钱。

节目刚开始的时候，理查被假造了身份和各种犯罪记录，他逃往纽约和波士顿。城市里民不聊生，整个游戏网其实也是误导民众的宣传手段。理查尝试将所知事实录影然后公布，但遭到了欺骗，他的话被配音播出，然后他自己也遭到威胁。几经辗转，理查已经破纪录地生存了八天零五个小时。后来他在飞机上囚禁了杀手头领麦康（Evan McCone）和阿梅丽娅（Amelia Williams），把他们当作人质，而此时节目主创丹告诉理查说他可以破例让他代替伊万成为杀手头领，理查则担心自己的家人成为被报复的对象，丹却告诉理查他的妻女早在他加入节目前就被谋杀了。理查后来无奈接受了丹的条件，杀死了航班成员和伊万，但身受重伤。阿梅丽娅后来跳伞求生，理查用尽最后一点力气操纵飞机撞上了游戏网总部大楼，在火光闪耀中与丹同归于尽。

与《漫漫长路》相类似，金在《奔跑的人》中也创造了一个政治败坏、经济崩溃、环境污染、民不聊生、贫富差距极大的反乌托邦国度。在这个政治集权和工业盲目扩张的末日世界里，富人们最喜爱的娱乐方式是观看"杀人表演"，许多人因为生活所迫被迫"出售"了自己的身体，被用作富人娱乐的"消费品"。为了维持经济的虚假繁荣，工厂的生产已经不受控制，空气污染十分严重；民众按照收入等级被隔离，这使得穷人生活愈

---

① George Beahm. *The Stephen King Story*，p. 100.

② James F. Smith. "Everybody Pays… Even for Things They Didn't Do：Stephen King's Pay-out in the Bachman Novels." In Tony Magistrale，ed.，*The Dark Descent：Essays Defining Stephen King's Horrorscape*，p. 103.

发艰难,他们的身体成为统治阶级的商业和政治手段的牺牲品。

一方面,《奔跑的人》植根于后工业时代的美国社会,批判了这种社会模式下的生产方式和消费方式,影射了现代人日益空虚的精神世界;另一方面,理查是民众反抗社会不公行动的代表,他的形象寄托了金对理性、正义、良知的期待,理查最终以暴力形式炸毁了集权统治的象征——"游戏网"总部,这也在一定程度上表达了金对社会改良的文学思考。

一、作为消费品的身体

当代历史是身体处在消费主义中的历史,是身体被纳入消费计划和消费目的中的历史,是权力让身体成为消费对象的历史,是身体受到赞美、欣赏和把玩的历史。身体从它的生产主义的牢笼中解放出来,但是,当今它不可自制地陷入了消费主义的陷阱。①金在《奔跑的人》中叙述了两种"身体的消费模式"。一种是针对穷人的工业生产。由于经济被政府垄断,穷人只能买到质量低下、价格奇高的产品,很多穷人因为没钱购买抵御空气污染的口罩而不断死去,这反而加速了保命产品的消费。另一种是针对富人的娱乐产业,由"游戏网"所创办的电视节目"奔跑的人"是支撑着这个国家文化产业的唯一娱乐节目,这个节目依靠"猎人"追杀"猎物"的暴力场景来供富人娱乐,而"猎物"则是走投无路、为赚钱出售自己生命的穷人。本质上,这两种"消费模式"下的消费品都是穷人的生命(身体),结合末日世界给民众身体上的苦难,金表达了对后工业时代的经济、生产、消费模式的担忧。

杨念群曾以中国历史上的"反缠足运动"来说明国家秩序对个人身体的管控与疏导问题,指明了国家秩序通过对民众身体的管控以达到对其社会秩序的取代过程。②"反缠足运动"中的身体管控旨在让民众更加健康,如果这种管控模式的目的不在于此,那么民众的身体则必然会沦为身体政治的牺牲品。在《奔跑的人》所处的末日世界中,美国政府的身

① 汪民安,陈永国.后身体:文化、权力和生命政治学[M].长春:吉林人民出版社,2003:202.

② 汪民安,陈永国.后身体:文化、权力和生命政治学[M].长春:吉林人民出版社,2003:45.

体管控是毫无良知的。由于工业生产未得到有效控制导致了全球空气污染，穷人成为最为直接的牺牲品。穷人想要找到工作，就要"在《效忠联邦宣言》(Union Oath of Fealty)和《工资管控条例》(Wage Control Articles)上签字。"①而为了愚弄民众，封闭空气污染的消息，政府"已经好久不发布空气指数了，好久了……本来在1978年政府把污染指数标记了20个层级，那时候才是一级，而到了十二级时所有的工厂都得关闭，结果1987年的时候议会取消了这个法案，所以现在很多人都得了哮喘"。②由于原有的金融体系崩溃，政府建立起新的金融体系，全国要使用"新美元(New Dollar)"，这使原本就已贫困的人们的生活雪上加霜，商品也实行垄断销售，"那些价值200美元的呼吸过滤器根本就是两片棉布，只有那些管理人员才有真正的过滤器，他们给我们自由券的真实目的就是要让我们呼吸，然后安静地死去，而最便宜的过滤器其实已经卖到了六千多美元"。③

　　由于当代社会中身体越来越趋向于成为商品，成为消费对象，新的身体技术不断被发明，转而成为控制我们自己身体的外部力量。在身体消费日益普及的条件下，身体的技术愈发重要，所谓身体技术，主要有两个方面，一是塑造身体的技术，二是运用身体的技术。④《奔跑的人》中的美国集权政府十分善于使用后一种"运用身体的技术"。首先，政府将穷人和富人隔离开："富人的街道、房子、私立学校都被铁丝网围住了"。⑤ "进入波士顿需要通行卡？是的，你需要证明你的家庭年收入有五千美元以上。"⑥其次，政府关闭了低收入阶层民众获得信息的渠道，不仅不向他们发布环境污染的消息，而且不给他们提供任何获取信息的渠道：自由组织(Free Vee)停止了所有印刷业，所以文字信息不能再被有效传播。⑦理查在逃亡中遇到了凯西(Cassie)一家，"她才五岁，但得了肺癌，上面已经长到了喉咙，下面长到了肚子里"；⑧这家人表示，"我们

① Stephen King. The Running Man[M]. New York：Signet，1996. p. 49.
② Stephen King. The Running Man[M]. New York：Signet，1996，pp. 130-131.
③ ibid，pp. 132-133.
④ 汪民安，陈永国. 后身体：文化、权力和生命政治学[M]. 长春：吉林人民出版社，2003：141.
⑤ Stephen King. The Running Man，p. 166.
⑥ ibid. p. 130.
⑦ ibid. p. 156.
⑧ ibid. p. 123.

在凯西病了之后开始阅读关于空气污染的书,才知道原来早在2012年东京的人们就已经开始每天带防毒面具了……我们这里有人偷了图书馆的卡去查资料,发现2015年以来罹患肺癌人数上升了700％!"①"今年八月份时候很多人得了肺癌,肺部组织肿得老大,仅仅是呼吸就相当于每天抽了四包烟"。②得知真相的理查在寄回的录像带里说:"在不同地方、不同圈子生活的人们,你们实际已经陷入了一个大骗局,'网络'根本不想让你们之间有交流,所以搞出这个节目给你们看,他们已经剥夺了你们的呼吸权……"③但这些话被"网络"偷梁换柱地配音剪辑成了另外一段话。通过这种身体管理的方式,低收入者的身体成为"生产资料"被投放到"社会生产"之中,他们的身体彻底成为被制裁、被管控的消费品。"工作位置早就没有了,谁也找不到工作",④穷人因为买不起"过滤器"只能选择参加"奔跑者"的节目而卖身赚钱。从这个意义上来说,穷人的身体已经成为一种"纯消费品"。因此,《奔跑的人》表达了一种正义的愤慨,描述了一个未来的军政府管制的充满竞争的贪婪的世界。⑤

约翰·奥尼尔认为,我们必须把生产的身体(productive body)视为经济的延伸而非简单地将其理解为像劳动一样的一种生产因素。和劳动力相同,生产身体的恋物化(fetishization)仅仅存于一种能够物化(reify)其紧张、闲适、健康、疾病、美貌、本能的市场经济。将身体物化成由关心其自身的生产和消费的生产部门,就是通过劳动的社会分工将身体进行重新分配和整合。⑥《奔跑的人》里的经济模式变得十分简单,穷人的身体被"物化",而政府则不管他们的身体是否"紧张、闲适、健康疾病",只寄希望他们能够快速失去一切财富而加入"奔跑者"的游戏,而参赛即意味着在短时间内死亡,所以这种以穷人的生命(身体)作为消费品的经济模式已经陷入了毫无人性的疯狂程度。

《贝克曼故事集》中的故事实际上均建立于那种没有任何希望的社

---

① Stephen King. *The Running Man*, pp. 131-133.

② ibid. p. 132.

③ ibid. p. 135.

④ ibid. p. 157.

⑤ James F. Smith. "Everybody Pays… Even for Things They Didn't Do: Stephen King's Pay-out in the Bachman Novels." In Tony Magistrale, ed., *The Dark Descent: Essays Defining Stephen King's Horrorscape*, p. 103.

⑥ 约翰·奥尼尔. 身体形态:现代社会的五种身体[M]. 张旭春译. 沈阳:春风文艺出版社,1999:39.

会环境中，个人的最终成就与死亡都是他们自身的事情。①作为一个失业者，理查最初加入"游戏"的目的就是为患病的女儿筹钱治病，在"没有任何希望的社会环境中"，这种几乎等于自杀的行为令他的身体具有了"消费品"的性质。此外，作为杀人主角的"猎人"麦康（Evan McCone）虽然一直不懈地追杀每一个"奔跑者"，但他没有意识到其实自己也只是"游戏网络"中的一个棋子，他们的"最终成就与死亡都是自身的事情"，所以他与理查同样具有"消费品"的性质。在整个被观看的"游戏"中，唯一区分"猎人"和"猎物"身份的就是他们身上的标志。理查进入游戏之前得到"派发的套装上有个蓝色拉链，右胸有游戏标志，穿上它理查觉得自己很丢脸；他们觉得自己就是迷宫之中的老鼠，关在那么一个巨型的叫做美国的迷宫（American Maze）里"。②麦康"是个小个子男人，带着无框眼镜，考究的西装下面有着略微突出的小腹，他身上的标签中有个银色的旗帜，他看上去根本不像一些特工那样凶神恶煞"。③

布鲁克斯曾在《身体活》中借用奥德修斯脚上的伤疤谈论了身体被标记的问题：身份及其辨认似乎有赖于标上了特殊记号的身体，它俨然就是一个语言学上的能指。记号在身体上留下烙印，使它成为一个意指过程中的一部分。给身体标上记号，这就意味着身体已进入了写作领域而成了文学性的身体，一般说来，这也就是叙述性的身体。④理查和麦康都属于"被标记的身体"，虽然在"游戏"的全程中理查一直是最优秀的"逃跑者"，而麦康是最优秀的"猎人"，但他们身上的标志限定了他们不能摆脱的"消费品"的身份。"游戏网"的导演丹虽然一直在策划和监控着整个节目的直播，但后来他也成为理查试图杀死的一个目标。由于所有的杀戮过程都被电视直播，所以丹本身也成为观众的"消费品"。在节目的最后，理查驾驶飞机撞毁了"游戏网"总部大楼，他与麦康和丹一起在火光中同归于尽。《奔跑的人》里所有参与"游戏"的人、帮助过理查逃亡的人、权力机构的警察等都是被疯狂的观众观赏的"被消费的身体"。在以人的痛苦、受伤和相互残杀为娱乐的末日世界中，所有人都像"猎人

---

① Michael Collings. "Stephen King as Richard Bachman." In *Starmont Studies in Literary Criticism*（No. 10）[M]. Mercer Island：Starmont House，1985，p. 17.

② Stephen King. *The Running Man*，p. 27.

③ ibid. p. 248.

④ 彼得·布鲁克斯. 身体活——现代叙述中的欲望对象[M]. 朱生坚译. 北京：新星出版社，2005：3-4.

麦康和制作人丹以及理查一样,为了目的而不择手段,成为"网络"复仇的牺牲品",①按照这个末日世界中的单一经济模式来说,他们"被消费的身体"也就成为这个人性沦丧的经济体系的一部分。

葛红兵、宋耕认为,将前现代社会和现代社会作一比较,人们就会发现:前现代社会关注的是人的灵魂,是死后的救赎和来生的超越,而现代社会关注的是物质的身体的健康,是今生现在的享受,是如何利用健康的身体来赚取最大的财富。因为只有健康的身体才能创造最大的生产价值,所以如何通过医药和卫生来维持和改善健康,就成为以身体为中心的现代性最为关注的问题。②金笔下的这个世界则不存在丝毫"现代社会"的影子,甚至也没有"前现代社会"的痕迹,一切对生命的关注都已缺失,更谈不上对穷人"健康"的关注。在这个末日世界里,身体和生命成为可以作为"消耗品"的生产工具。在后工业时代,大规模的工业生产异化了人和人的身体,人不再是创造价值的主体,而沦为了工业材料,可以被用于娱乐、观赏、消费,对于独裁的统治者来说,生命和健康只是消费品的一种属性,此外不具有其他任何意义。在这个人性沦丧、良知败坏的末日世界里,法律和公理已然不复存在,所以金所批判的正是这种后工业社会的"反现代性"。

二、反抗暴政的身体叙事

《奔跑的人》是后工业时代的美国社会生活的镜面写照。贫富差距巨大引发的身体歧视在《奔跑的人》里被凸显出来,失业者的身体不仅被富人无视,而且反倒成为富人的娱乐资源,他们身体的伤残、苦难、死亡都成为"奔跑者"节目敛财的来源,进而推动着这个集权国家的娱乐经济的发展。身体有可利用性、可驯服性,它们如何被安排,如何被征服,如何被塑造,如何被训练,都是由某种政治、经济、权力来实施的,都是由历史事件来实施的,都是由一种惩罚制度来实施的。身体反射了这种惩

---

① James F. Smith. "Everybody Pays… Even for Things They Didn't Do: Stephen King's Pay-out in the Bachman Novels." In Tony Magistrale, ed., *The Dark Descent: Essays Defining Stephen King's Horrorscape*, pp. 103-104.

② 葛红兵,宋耕. 身体政治[M]. 上海:三联书店,2005:46.

罚。①《奔跑的人》中的美国政府正是利用了民众身体的"可驯服性",并通过集权政治来实施"训练"民众身体的策略。理查处于这个社会的最底层,失业、贫困、疾病、绝望一直困扰着他,他是这种身体政治最为直接的"被征服"者;同时,理查躲过了"猎人"的追杀,抵抗着一切加之于他身体上的"惩罚制度",并在最终象征性地颠覆了集权政府的统治。因此,理查也是这种制度的反抗者。所以,《奔跑的人》寄托了金对于后工业化时代国家经济模式不良发展的忧虑,理查对集权政府暴政的抵抗的也隐含着金对于经济、政治体制改良的企盼。

金给《奔跑的人》设置的社会环境就是一个只有富人才受到警察保护的世界,贫民区和富人区的隔离使美国分成了对比鲜明的两种世界。巨大的贫富差距导致了穷人受到"身体歧视"等多方面的不公待遇,这也是造成理查等人后来反抗这种政治制度的根本原因。当来自贫民区的理查决心参加"奔跑者"节目的选拔时,他看到的景象是这个社会状态的写照:

> 一只懒散的老鼠晃悠悠地从马路中那些破成一块块的水泥路面上跑过,马路对面是一辆只剩壳子的 2013 款 Humber 装甲车,四只烂透了的车轮子支撑着它。虽然轮毂和发动机还在,但警察并没把它拖走,实际上警察很少出现在运河南岸的这个鬼地方,合作城里遍布废弃的停车场和商店、大商场和运动场也破旧不堪。飞车党在这里说了算,南城那些勇猛的特警不过是一堆热乎屎罢了,他们什么也不管……运河对岸夜夜笙歌,那里的人都用新美元,他们有工作。运河南岸的合作城有四百万失业者……他能看到高耸、洁净的摩天大楼直入云霄,其中最高的就是网络游戏大厦(Network Games Building),它有一百层高,整个上面笼罩在云雾里……警察无处不在,喷泉公园的门票 75 美分,打扮精致的妈妈们看着孩子在铁链围成的栅栏后面的橡胶地面上嬉戏,出入口各有一个警察把守,他们眼神冷峻。②

---

① 汪民安. 身体的文化政治学[M]. 开封:河南大学出版社,2003:4.

② Stephen King. *The Running Man*, pp. 6-9.

　　在这样一个贫富差距巨大的国度里,穷人的生活区一片凋敝,富人区则歌舞升平,穷人与富人的居住地被"运河"分开,代表国家权力的警察则只守卫着富人的生活。在这里,金用环境描写方式为不同人群的身体设置了属性:富人身体的"价值"远高于穷人。这一点不仅体现在居住区的隔离上,更体现在两个区域中人们的不同生活状态上。身体"价值"的不同则造成了最为基本的社会矛盾,所有富人对穷人的歧视、迫害和穷人对富人的反抗、抵御都源于这个矛盾。负责监控报名者的警察认为:"住宅区这边只要有穿着肥大的灰裤子、留着自剪的发型、瞪着凹陷无神的双眼的人就肯定是去参加'游戏'的。"参加游戏的人们排着很长的队伍,看守他们的警察一个个发出莫名的笑声:"这些人智商看起来只有你的一半。"另一个警卫回答:"没什么,只是畸形秀而已。"①警察对参加节目选拔者的智力和外表方面的"身体歧视"源于社会不公这个最基本的矛盾。在生活无忧的统治阶级看来,穷人的外表和智力都处于劣势,而他们为了生活而出卖自己身体的行为反倒遭受嘲笑。特纳认为,贫富差距形成了一种难以逾越的阶级壁垒。身体原则被理解成一个象征系统,身体是一个整体社会的隐喻,身体中的疾病也仅仅是社会问题的一个象征,稳定的身体也就是社会组织和社会关系的隐喻。②贫富差距造成了穷人和富人"身体状态"的差距,而可见的差距则进一步成为身体歧视的基础。当身体成为社会的隐喻时,不稳定的身体状态就会引发社会关系的不稳定,而社会发展的进程又决定了理查或其类似者对这种"社会不稳定"状态的挑战是不可避免的。

　　富人阶层所享受的是穷人之间相互欺骗、残杀的过程,贫困者的身体成为富人的享乐品。除了以牺牲自然环境为代价的、毫无节制的工业生产之外,故事中的集权政府维持国家经济虚假繁荣的另一个手段就是大搞"身体经济"。"奔跑者"这个节目成为支撑国家文化产业的电视节目,其实质是一种集权政府维持经济的"身体游戏"。对于极度贫穷的理查来说,他自己的身体成了他最后的依靠。依靠身体,他在节目中顽强地活了下来;依靠身体,他最终用极端的暴力手段颠覆了这个末日世界的身体政治体系。

---

　　① Stephen King. *The Running Man*,pp. 9-10.

　　② 汪民安,陈永国. 后身体:文化、权力和生命政治学[M]. 长春:吉林人民出版社,2003:16.

"奔跑者"其实是"建立在对身体压制的技巧之上"。①和许多走投无路的人一样,理查为了给女儿筹钱治病而参加"奔跑者"节目。由于没有人能活着离开这个节目,所以他们一开始就注定是这种"身体压制"的牺牲品。极为荒诞的是,集权政府对参加"游戏"者的身体管控极为苛刻,这个杀人节目在招募参与者时还需要进行系统的检查身体,以便估算每个人的存活时间,同时作为富人们在他们身上所下筹码的一个衡量标准。这个措施给穷人的身体打上了价码,它作用于成为"标的物"的身体,无疑是一种针对民众身体的"暴政"。医生给参加游戏者检查身体的叙述算得上是这种暴政的开始:

> 张开嘴! 理查张大了嘴,舌头无力地呆在嘴里。医生用手电筒看了瞳孔和耳洞,喊道:下一个! 医生拿出听诊器,把冰凉的听诊头放到他胸口说:"咳嗽一下!",又放到他后背上说:"吸气,憋住了,呼气,走吧!"另一个医生把一只冰冷的手放到他喉咙上说:"咳一下!""弯下腰,把两腿分开!"理查弯下腰,一只套着塑胶手套的手指伸了进去,开始探查起来,随后拔了出去。
>
> 打过疫苗么? 别说谎,我们会查出来的!
>
> 2023 年 7 月打了,9 月份又打了加强针。
>
> 最后一站,一个严肃的女大夫问他有没有各种类似恐高症一类的恐惧症,有无毒瘾。②

除了强壮的身体和坚韧的意志,金还赋予了理查有异于常人的反抗意识。理查成功的关键就在于被压抑的身体会找到反叛和自我实现的希望。③他的这种反抗意识并不是与生俱来的,它随着集权政府长期以来施加于民众的暴政步步累积而起,最后经由理查的身体、行动和语言得以表达。在"游戏"的策划者丹·基连看来,理查"一共六次不服管教、袭击上级、批评政府,总之就是反政府、反社会的人"。④步入"游戏"直播

---

① Michael Collings. "Stephen King as Richard Bachman." In *Starmont Studies in Literary Criticism*(No. 10). p. 17.

② Stephen King. *The Running Man*, p. 19-22.

③ Michael Collings. "Stephen King as Richard Bachman." In *Starmont Studies in Literary Criticism*(No. 10). p. 17.

④ Stephen King. *The Running Man*, p. 49.

现场之前,"观众里有位女士向理查送上飞吻,理查向她回敬了中指"。①
"丹第四次向他伸出手想要握手,但理查还是拒绝了他。"②理查表示:
"有人要承担这一切,他们必须付出代价!"③

整个"游戏"的过程都是对参与者身体和智力的考验。对于理查来
说,逃亡不仅摧残着他的身体,在逃亡过程中的见闻也考验着他的意志、
折磨着他的精神、考问着他的良知。由于政府阻断了各地民众互相往来
的渠道,禁止了媒体对公共信息的发布,在"游戏"中辗转于各地的逃亡
使理查更加清楚地了解到集权政府的本质,并最终促成他下定决心反抗
暴政。"游戏"开始,理查走进了"游戏"中的街道,他感觉自己"从一个监
狱搬到了另一个监狱,游戏总部大楼在他身后渐渐远去,而他心中的阴
影却挥之不去"。④参与者在逃亡中不能携带任何武器,除了高度紧张的
精神之外,参与者的身体也要承受极限的挑战,正如丹·基连对参与者
所说:"把腿当成你们能得到的武器,跑吧!"⑤

理查为了不让"猎人"找到自己,他曾躲到废弃的输油管道里,他"在
油腻的管道中蜷缩着向前爬……放松自己的小腿和双脚,一点点地把膝
盖挪出去,把双手举到头顶,腾出更多的空间,把脸贴近管壁的油泥,双
手用力让自己漫漫滑下去……像龙虾一样弓起背,呼吸开始急促起来,
像狗在喘"。这样艰难的活动让理查十分难受,他感到"头疼就像一把尖
刀一样从头里插向自己的双眼"。⑥理查的身体在逃亡中承受巨大的痛
苦,由于没有武器,他只能依靠各地好心人的帮助四处躲藏。"猎人"
麦康则有恃无恐,他们持有枪支,只要发现猎物就可以随时猎杀,而这
一点也正是"游戏"这个节目的最大关注点,集权政府的"身体经济"就
依靠这个血腥的"焦点"而维系。理查曾受过枪击,但侥幸逃命,枪伤
带给他难以承受的切肤之痛。"理查喝了两杯咖啡,但无济于事,他觉
得越来越难以专注地观察地图……他的拳头向被子弹打中的方向一
偏,疼痛立即传来,感觉就像脸上被泼了冰水一样清醒,血透过衣服已经

---

① Stephen King. *The Running Man*, p. 63.

② ibid. p. 75.

③ ibid. p. 40.

④ Stephen King. *The Running Man*, pp. 76-77.

⑤ ibid. p. 74.

⑥ ibid, pp. 110-113.

流下他的手臂"。①

南帆认为,古老的英雄时代,躯体的强壮与否决定了一个人的身份和地位,躯体不仅意味着劳力资源,同时还是相互征服的依恃;小说中,枪的杀伤功能刷新了这一英雄的概念,持枪者扣动一根食指即可使一具强壮的躯体顷刻丧生,这是一种莫大的威慑力量;在这个意义上,枪重新构建起躯体与躯体的关系。②虽然理查拥有强大的身体,但在"猎人"的枪支面前,他处于极为劣势的地位。理查和"猎人"间的身体对峙关系阐明了集权政府和民众之间的威慑与被威慑关系。理查在逃亡过程中逐渐领悟了这其中的不平等,于是他逐渐从一个"逃亡者"转变为一个反抗暴政者。

逃亡的经历使理查看明白了残酷的现实,那就是在经济崩溃、民不聊生的末日世界之中,整个国家的经济还要依靠着这样无聊的娱乐产业来维持。参与者提前 12 小时被释放出来,然后"猎人"开始捕杀他们。如果参与者不被抓到或被杀死的话,他们每小时可赚 100 块;如果每杀死一个"猎人"或者监督员的话,参与者就会多拿 100 块。在出发之前,参与者每人会拿到 4800 块的生活费。走投无路者去参加"游戏",无外乎是想为自己的家人争取活下去的权利,而实际上他们已经被一种看不见的力量所控制,那就是"集团"的高层。汪民安认为,身体与社会相交织,既可能改写社会,也可能被社会改写;既可能利用社会,也能被社会所利用;既能控制社会,也可被社会所控制。③以丹·基连为首的"集团"高层象征着这个国家的权力机构,他们所做出的一切决定、制定的一切游戏规则都要以"控制"民众身体的形式来得以实现,从这个层面上讲,《奔跑的人》中民众的身体先是被社会所控制,随后被社会所利用。"游戏"的参与者自然是直接的被控制者,而实质上,保护富人的警察和"游戏"中的"猎人"同样也是这个身体控制体系的牺牲品。对于理查来说,他的身体曾被社会利用,而现在他所做的事情却是利用身体来"改造"这个社会。

理查逃走后发现了更为残酷的现实,那就是民众们已经陷入了"身体的深渊"之中。理查逃到波士顿时见到过一个七、八岁的黑人小男孩,

① Stephen King. *The Running Man*, p. 273.
② 汪民安. 身体的文化政治学[M]. 开封:河南大学出版社,2003:156.
③ 同上,第 16 页.

他"抽着烟,靠在街口的墙上望着大街,嘴里讲着脏话,衣着褴褛;他的妹妹得了癌症,他为了给妹妹找医生和买药物想尽了办法;由于经常遭到抢劫,他对威胁他的人恨之入骨,他的眼神中闪烁着对一切都不信任的神情"。①作为权力机构,"游戏网"极尽所能地榨取民众身体的"消费价值"。为了制造暴力效果,"游戏网"让观众对理查投下更大的筹码,并制造许多虚假信息来宣传理查的罪行。汤普森说:"理查,5个警察,5个妇女,19个孩子,你杀了他们,每个得17美元25美分,犹大才得了30个银币,你是个贪婪的人。"②理查在逃亡中的见闻深深地刺痛着他的神经,布莱德利(Bradley)曾帮助理查逃脱猎杀,但不幸被"猎人"捉住,他遭到了残酷的虐待:一根钢针直插他的眼球,流出了汩汩透明的液体,布莱德利的眼睛看起来就像被打了一样瘪下去了。③权力机构无视生命和肆意伤害民众的行为令理查如坐针毡,他"做了一个非同寻常的梦,而这是以前的本·理查从未做过的梦。他梦见自己不是梦中的人物,而只是一个看客,而且还是个隐形的看客"。④经历了逃亡,理查所见的一切都让他原本希望通过"游戏"赚到救命钱的想法破灭了,于是他决定借逃亡的机会反抗"游戏网"施加于自己的暴政。

对于那些被"游戏网"欺骗已久的看客来说,用极端的形式反抗暴政是一种极大的思想冲击,用牺牲自己的方式反抗集权统治施加给民众的身体规训则带有寻求身体解放的隐喻性质。由于死亡所带来的深入骨髓的悲哀,躯体对于社会秩序的反抗往往隐含着绝望之情,这使许多反抗保留了反抗者自我堕落的痕迹。⑤由于理查"是个孤独的行动者",⑥他很难以一己之力颠覆这个集权政府,他的反抗从一开始就注定要付诸生命的代价,所以他的反抗首先源自对生活的绝望,同时也带有"堕落的痕迹"。理查的身体在反抗中起着决定性的作用,他先是靠武力炸死了5个看守大楼的警察,后来又抓住阿梅丽娅当人质,为了躲避发疯的媒体

① Stephen King. *The Running Man*,pp. 116-119.

② ibid. p. 138.

③ ibid. p. 162.

④ ibid. p. 161.

⑤ 汪民安. 身体的文化政治学[M]. 开封:河南大学出版社,2003:152.

⑥ James F. Smith. "Everybody Pays…Even for Things They Didn't Do:Stephen King's Pay-out in the Bachman Novels." In Tony Magistrale,ed. ,*The Dark Descent:Essays Defining Stephen King's Horrorscape*,p. 103.

记者,他再次逃往缅因州并劫持了一架飞机。理查原本打算用人质作为交换,不使"游戏网络"加害于自己的家人,结果丹告诉理查,他的妻女都已被杀,这使理查最后的反抗更加"隐含着绝望之情"。经过搏斗,理查身负重伤,他"从肋下到腰间闪着鲜红的亮色,他的肚子上有个大洞,甚至能看见肠子了"。① 理查"残破的身体"让他反抗暴政的行为具有"以卵击石"的悲剧色彩,理查最终驾驶飞机撞向"游戏网"总部的情节则将这个悲剧推向高潮:

> 丹·基连从办公桌向窗口望去,整个窗户被一架巨大的飞机占据了,飞机的灯还在闪烁,这是个令人惊讶的疯狂时刻,他甚至能看见理查在盯着他,他的脸上还有血迹,眼中像魔鬼一样燃烧着愤怒。理查在微笑。巨大的洛克希德(Lockheed)飞机一头扎在游戏总部的大楼上面四分之一的地方,油箱几乎是满的,速度也有五百公里。巨大的爆炸像上帝之怒一样点燃了夜空,照亮了二十多个街区的黑夜。②

理查用极端的方式反抗了集权政府的暴政,他的行为极具象征意义。有研究者指出,本·理查在最后炸毁了"网络"总部,这是他自己对丹·基连、对"游戏网"、对整个社会的怒吼。③理查最终的自杀式反抗是对集权国家秩序的改写,他打破了这个国家以往自欺欺人的政治、经济运行方式,警醒了那些被政府愚弄的民众。丹是节目的导演,他的死预示着统治集团的末日;"游戏网"总部大楼是统治机构的象征,昔日"高耸入云"的大楼被破坏掉则暗示集权政府的赢弱和无能;"照亮二十多个街区黑夜"的火光也象征黑暗中的火把,它给故事的结局带来了新的希望。

潘代认为,身体政治是个表达社会形态的概念,可以有助于我们认识市民的社会角色,换言之,身体政治有助于构建社会认知。④纵观《奔跑的人》的整个故事,"身体"扮演了重要的角色。身体是集权政府暴政实施的直接对象,也是被少数人群娱乐的消费品;是被集权政府忽视但

---

① Stephen King. *The Running Man* , p. 307.

② Stephen King. *The Running Man* , pp. 316-317.

③ James F. Smith. "Everybody Pays… Even for Things They Didn't Do: Stephen King's Pay-out in the Bachman Novels. " In Tony Magistrale, ed. , *The Dark Descent: Essays Defining Stephen King's Horrorscape* , p. 104.

④ Daniel Punday. *Narrative Bodies: Toward a Corporeal Narratology* , p. 78.

被民众看重的生命,同时也是维系着末日国度经济模式的重要资源;既是民众不惜牺牲以换取尊严的资本,又是富人观赏取乐的"玩具"。理查在"奔跑"的过程中依靠自己的身体而存活,他了解了民众身体所遭遇的不幸,经历了自我身体的艰苦磨难,并最终牺牲了自己的身体,为所有人(身体)的自由赢得了希望。

资本主义经济的增长形成了规训权力的特殊方式。它的征服各种力量和肉体的一般公式和技巧,即"政治解剖学",能够运用于极其多样化的政治制度、机构和体制中。[①]斯蒂芬·金在《奔跑的人》中将后工业时代美国资本主义的"政治解剖学"演绎到了极致,在那个国度里,极端的统治方式形成了极端的身体政治手段,极端的经济发展方式导致了极端的贫富差距,极度单一的生产模式构建起一个民众愚昧、环境恶劣、政治集权的末日社会。在这个"征服各种力量和肉体"的国度里,"所有人都是这个奥威尔式反乌托邦(Orwellian distopia)的牺牲品"。[②]通过身体叙事,金刻画了这个反乌托邦社会里普通民众的疾苦,突出体现了理查反抗"身体暴政"的现实意义,用具有隐喻性质的结局表达了自己对后工业时代国家政治、经济发展策略、极权主义和极端主义存在的判断与隐忧。

从《迷雾》中暗地把控一切的政府,到《漫漫长路》中的独裁军方,再到《奔跑的人》当中的反乌托邦社会,居于上层的统治阶级大多以面目不清而又无所不在的集体形式来统御一切,而位于叙事前景的人物个体只能在十分有限的内聚焦视角下做出判断,并承担由此带来的巨大崩溃与绝望情绪。身体被视作一种可消费、可利用和可改造的资源,被搁置在一个目的不明、危机四伏的末日世界当中,而这一世界本身与其说是有别于现实世界的幻想空间,不如说是从现实中的矛盾与权力倾轧下抽象出的存在主义场域,一个充满阴暗人性的绝望"可然世界"。

但不能由此认为金陷入了悲观主义泥沼,并对于社会发展与人性产生绝望。"事实上,反乌托邦小说家的创作并非仅对某种具体的集权体制社会所做的批判,而是出于政治考量,对整个人类社会中存在的集权

---

① 米歇尔·福柯. 规训与惩罚[M]. 刘北成,杨远缨译. 北京:生活·读书·新知三联书店,1999:248.

② James F. Smith. "Everybody Pays… Even for Things They Didn't Do: Stephen King's Pay-out in the Bachman Novels." In Tony Magistrale, ed., *The Dark Descent: Essays Defining Stephen King's Horrorscape*, p. 103.

主义现象所做的文学反思,其目的仍在于建立起与人类理想中的社会相一致的社会体制"。①可以说,真正令金担忧的与其说是资本主义经济制度与西方民主制自身的潜在危机,不如说是后冷战时代弥漫在美国社会的过度自信与盲目乐观,而以身体叙事建构可然世界并为现实提供镜鉴的潜力,也正是其文艺美学价值与政治价值高度统一的表现。

① 胡铁生．理想社会建构的文学思维模式——以西方乌托邦与反乌托邦小说的正向与逆向思维模式为例[J]. 甘肃社会科学,2018(2):91.

第四章　社会危机中身体的尴尬境地

作为一门艺术,悲剧的作用就在于荡涤心灵、启迪人生。从古希腊的先哲到后现代作家,当他们的故事让人"痛定思痛"时,就具备了一定的社会意义和价值。斯蒂芬·金并不是个说教者,但他的故事总能抓住美国人最为软弱的神经,总能发掘出那些深植于美国家庭光鲜外表之下的"家丑",并用惊悚小说的形式把它们极端化。即便抛开那些背叛、杀戮、回魂的恐怖情节,读者仍然可以清晰地看到这些"家丑"的前因后果,进而思索美国社会存在的症结。

第一节　《噩兆》:家庭危机中的身体境遇

《噩兆》(*Cujo*)出版于1981年,于1982年获得英国最佳幻想小说奖(British Fantasy Award)[1],并在1983年被改编为同名电影。这部小说没有分成章节,而是在段落间留出空白来表示叙事视角的转换。金写《噩兆》的灵感来自当地报纸报道的一则小孩子被圣伯纳犬咬伤致死的新闻。金一次在修摩托车的店铺里见到了一只叫乔(Joe)的大狗,于是便想起了当人被狗攻击而无法自救的事情。[2]

《噩兆》的故事发生在两个家庭之间,故事发生的地点依旧在斯蒂芬·金作品中经常出现的小镇岩堡(Castle Rock)。维克·特伦顿(Vic Trenton)带着妻子多娜(Donna)和四岁的儿子泰德(Tad)从纽约刚搬来岩堡,丈夫维克发现多娜陷入了婚外情之中,而在家庭关系紧张期间维

---

① 　Unnamed.1982 Award Winners & Nominees,May 7.2018.http://www.worldswithhoutend.com/bools_year_ index.asp? year＝1982.

② 　George Beahm. *The Stephen King Story*,p. 81.

克的公司广告又遭遇生意不顺,他还需要出差一段时间。蓝领坎波一家(Cambers)是这里的老住户,乔(Joe)是个有家暴倾向的修车工,妻子恰瑞蒂(Charity)为此苦不堪言。他们的孩子布莱特(Brett)刚赢了五千美元的彩票而准备出门旅行。乔家里温顺的老狗库乔(Cujo)在追逐小动物时不幸被蝙蝠咬伤了鼻子,随后感染了致命的病毒,病毒发作后库乔咬死了醉酒的邻居加里(Gary Pervier),乔听见呼救赶来帮忙,结果也被发疯的库乔咬死。

多娜开着家里出了问题的福特品托汽车(Ford Pinto)载着泰德来到乔的修理厂修车,不料汽车坏在了修理厂院内。多娜想要找到乔,但发现厂内无人,库乔跑出来攻击多娜导致多娜和泰德被困车内。日照导致车内温度升高,多娜尝试逃脱但被狗咬伤了腿和腹部。维克回到家中发现妻儿失踪,找到与妻子有染的警察史蒂夫(Steve Kemp)询问,他怀疑是史蒂夫绑架了她们,但没有结果。维克报警后,警察乔治(George Bannerman)来到坎波家寻找,但也被库乔弄死,同时泰德在车内缺水昏迷,多娜设计逃脱并杀死了库乔。随后维克和警察赶到,但泰德却因脱水而死。几个月后多娜的感染被治愈,她和维克的婚姻得到了挽救。恰瑞迪和布莱特也开始了新的生活。

在叙述形式上,《噩兆》中的身体叙事围绕美国现代人的生存压力展开,重在表达处于家庭危机中当事人的痛苦遭遇和精神诉求,并用象征的方式表现了他们面临家庭危机的痛苦挣扎与问题婚姻给他们带来的创伤。《噩兆》是一部有着自然主义特色的小说,它是金在制造充满恐怖氛围故事上的又一成功。[①]金秉承了自然主义作家的叙述方式对发生在两个美国家庭中的悲惨故事进行了客观叙述,但同时也使用了非线性叙述和"蒙太奇"式的场景切换达到多条时间线并行的叙事效果,有着后现代文学的基本特征。在故事内涵上,金注重描绘家庭成员身体与精神上的伤痛,用以影射现代美国家庭中存在的诸多婚姻、情感、财务等问题。一方面,金通过维克与多娜之间支离破碎的婚姻关系反观现代美国中产家庭的生存困境和精神空虚的生活状态。对美国中产家庭的伦理危机的关注使这部小说具有伦理教诲作用;另一方面,金通过乔·坎波夫妇的婚姻问题反观现代美国低收入家庭的生活境遇和精神禁锢。对美国低收入家庭的财务危机与家暴问题的关注使这部小说具有意识形态的

① George Beahm. *The Stephen King Story*, p. 98.

作用。文学的教诲作用、意识形态作用于后现代的叙事方式相结合，构成了《噩兆》的文艺美学价值与政治美学价值。

一、伦理危机中的身体现状

文学是社会伦理秩序的反映。①文学通过反映社会伦理现状实现其教诲功能，文学的教诲功能也体现了文学的伦理价值。②《噩兆》详述了特伦顿一家在婚姻危机中遭遇的身体问题，由此反映了美国当代社会伦理秩序失衡对家庭生活的侵蚀。多娜由于常年做全职主妇而缺乏与丈夫维克的沟通，维克也一直忙于工作而忽视了对妻子的关爱。于是多娜找到了斯蒂夫当情人来慰藉自己，而维克此时则遭遇了职场危机，对家庭问题无暇顾及。最终，两人主观上寻求解决家庭矛盾的行动导致了儿子泰德的不幸身亡。特伦顿的家庭危机客观上反映了美国社会中存在的伦理危机问题，金通过家庭成员身体的惨痛遭遇反观了社会伦理危机对社会最小单位的冲击，表达了作家对社会伦理危机的关注。

后现代时期的社会语境和以男性主导的家庭分工导致了伦理危机的出现。特伦顿一家是典型的美国中产家庭，"维克拼命工作，累得屁股都快掉了；但这也意味着多娜要和孩子在一起，有太多的时间要自己支配。"多娜对职业主妇的生活并不顺意，"她用一只手的手指就可以数尽一生中的好友，考虑到去工作每天赚的钱比找人看孩子花费的还多，只能作罢。"多娜自嘲："我已经变成了小说中幸福的美国家庭主妇了。"③维克面临的不止是工作方面的问题，"在过去大约八个月里，他隐约觉得自己和妻子缓缓地漂走了，他似乎隐隐地看见一个陌生人闯进了他们的生活"。④对于特伦顿一家来说，让他们婚姻出现问题的不止是维克忙于工作而对家庭的冷落，"享乐主义"和"拜金主义"也从各个层面对资本主义传统的婚姻与家庭造成了不可低估的影响。⑤ 在美国当代社会的大

① 张琼.《垃圾道里的弃婴之死》的家庭伦理危机与重构[J]. 外国语文研究,2018(2):37.
② 聂珍钊. 文学伦理学批评:论文学的基本功能与核心价值[J]. 外国文学研究,2014(4):13.
③ Stephen King. *Cujo*. New York:Signet,1982,pp. 43-44.
④ ibid,pp. 31-32.
⑤ 张连桥."杀子虐母"与伦理禁忌——论《美国梦》中的伦理危机[J]. 当代外语研究,2014(11):26.

环境中,在家庭、社会的内、外部因素的共同作用之下,许多类似的中产家庭都极易出现婚姻危机。在《噩兆》中,多娜既是这场家庭危机的始作俑者,同时也是一个受害者。

　　美国家庭伦理的失序是传统婚姻道德观的下滑引起的,同时也揭示了很多男性的生活紊乱和道德缺失这一普遍事实。[①]一方面,多娜没有固守传统的伦理价值观,在美国现代文化的冲击下,她的"婚姻道德观"产生了扭曲,她在与维克出现婚姻问题时并没有寻求解决的途径,而是找到斯蒂夫作为解决自己孤独和苦闷的出口。此处的身体叙事关注了斯蒂夫的高大、结实、鲁莽、胡须茂密,同时也引出了一个双关的问题,那就是当多娜面对这个充满着男性魅力的情人时,她却"从没看清楚过他的脸"。或许多娜和斯蒂夫交往时并没有和斯蒂夫产生某种情感;抑或多娜与斯蒂夫偷情已久,但从未"看清"过他的真实面目。另一方面,斯蒂夫也可以说是美国当代男性"生活紊乱和道德缺失"的代表,"他知道多娜已经冷了下来,但直到她痛击他时,他还以为她只是一个通过综合心理和手段,或用粗野的恐吓就能轻易摆布的女人,他以为至少可以再摆布她一阵"。[②]他在明知多娜"怒气无法消去"、把他当成"粪块儿"的同时仍不愿放弃与她交往,此类叙述印证了美国男性肆意寻求肉体欢愉的"道德观念下滑"的事实,也客观反映了社会伦理环境对家庭伦理状况的影响。

　　马尔库塞(Herbert Marcuse)认为,由于人是一种存在,因而人的本质受限就是与存在原则相一致的生命本能。在现代文明中,人受到压抑,就因为作为他的本质欲望受到了压抑。多娜、斯蒂夫、维克的本质欲望在故事里全部都受到了严重的压抑。维克想要在事业上突破瓶颈而获得成功,于是他不顾妻子的感受而缺失了对家人的关注和陪伴;多娜是全职主妇,她并不能在职业上得到成就感,她需要在生活中得到更多的关爱,但这正是维克缺乏的,所以多娜为寻求自己欲望的满足而出轨,她和斯蒂夫之间的关系也只是排解家庭角色焦虑的"手段"而并非"目的";斯蒂夫本人是个中年警察,但是他既单身又不愿面对自己青春已逝的事实,于是他为了不让自己的欲望受到压抑而对多娜死缠烂打。

　　马尔库塞认为,人的本质要求解放,可在现代资本主义社会中,它却

① 张琼.《垃圾道里的弃婴之死》的家庭伦理危机与重构[J]. 外国语文研究,2018(2):42.
② Stephen King. *Cujo*, p. 50.

受到压抑,从这个意义上看,美国现代社会的资本主义体系和大众文化意识形态决定了其民众的生活状态,由于社会关系、性别关系的失衡,处于这种生活状态之中的人往往很难得到欲求上的满足,民众中普遍存在的压抑也就导致了人会抛开传统的价值观和道德观念而寻找自己所需的"本能解放"。于是,在道德体系遭遇危机之时,伦理秩序随即失衡,很多家庭就会面临以伦理危机为主的家庭危机。

《噩兆》将身体叙事的写作形式与其文学的伦理教诲功能相结合,点明了由社会伦理危机引发的家庭危机给当事人带来的身体和精神伤害。人类学家认为社会形式塑造了人类的身体,所以叙事行为会或隐含地或直接地表明身体个体对他所在空间的适应。①在金的叙述中,美国现代社会的文化空间形态塑造了家庭中的"身体个体"。金描述了特伦顿一家所承受的心灵和肉体的伤痛,并以此表达了美国社会伦理危机引发的家庭危机。斯蒂夫曾为了继续与多娜保持关系而故意给维克留下纸条,维克在看到了纸条后陷入了深深的自责与痛苦之中。他"感到前所未有的危机,这是一种对身体占有的宣誓,一种主权声张,他瘫倒在椅子上,一种声音从他身上发出来,那是一种咕噜声……那是他不理解,也无法理解的白噪音;他感到恐惧、刺痛和迷惑,但沉沉地压在他心头的,是恐惧……眼泪已经洗去了恐惧,所剩下的只是丑陋的恼火的残渣。恼火并不是确切的词,他愤怒地暴跳如雷,好像被什么蜇了一下。"②身体与心理具有统一性,面对妻子的出轨和斯蒂夫的挑衅,维克面临的身心压抑通过身体的渠道得以表达,金用心理和身体的共生关系证明了婚姻危机给家庭成员带来的伤害。同时,金也审视了伦理危机下斯蒂夫一类人道德的"丑恶"状态,以"审丑"的方式实现了文学作品的教诲功能。③

身体叙事通过对身体间的距离的限制设定了人物角色之间的关系,通过"距离感"深化了维克和多娜所受到的伤害程度。二人之间的矛盾可以从身体的距离上得到印证:"他们睡在一张床上,但维克第一次觉得这张大得像为国王设计的双人床小了,他们各躺一边,中间是一片皱巴巴的无人地带;星期五和星期六他都彻夜未眠,多娜的每一次移动,她的

---

① Daniel Punday. *Narrative Bodies*:*Toward a Corporeal Narratology*,p. 160.

② Daniel Punday. *Narrative Bodies*:*Toward a Corporeal Narratology*,p. 74-75.

③ 胡铁生. 审美与审丑的表象与内涵——莫言小说自然景观书写的美学特征研究[J]. 社会科学,2018(4):176.

身体擦着睡衣发出的声音都能清楚地传进他的耳朵,这几乎要让他发疯;他发现自己在想,在那块空白的另一边,多娜是不是也一直醒着?"①触碰是身体与身体之间的交流,"人物间的触碰创造了一个文本的身体氛围"。②但是,对于处于婚姻问题中的夫妇来说,情感上的隔阂使触碰成为一种奢侈。维克和多娜之间缺失的正是良好的沟通和交流,而工作的压力也令维克喘不过气,所以造成了夫妻尴尬相处的局面。金的叙事通过设置"文本的身体氛围"而突出了家庭伦理危机之下人物所受的身心伤害,引起了读者的怜悯与共鸣,强化了故事的道德教化作用。

《噩兆》中的故事情节设置影射着由社会道德危机引发的"连锁反应",所有家庭成员身体上受到的伤害也象征着社会道德危机给家庭所带来的巨大破坏力。由于婚姻关系恶化,维克没有心情去及时修理自家的汽车;由于恶意的商业竞争,维克需要紧急出差;由于汽车不能启动,多娜和儿子泰德被困在车内。一系列的事件都是与道德失序相关的间接后果。坎波被咬死、多娜受伤、泰德也脱水而死,这些恶性后果都是社会道德危机引发的悲剧。此外,故事中关于动物的隐喻也起到了象征作用,感染了恶性病毒的库乔实际上象征着美国人最害怕的社会问题:恶化的婚姻关系、同行间的竞争、失控的机器,③当社会道德秩序被"恶性病毒"感染时,社会"肌体"内的所有功能都会受到致命的威胁。可见,金在《噩兆》中使用的后现代叙事形式突破了以往哥特式小说中"为制造恐怖而恐怖"的情节建构方式,同时在后现代的叙事框架之下表达了"严肃文学"拥有的故事内涵,起到了文学的教化作用。金的创作关照了大众文化语境中读者喜闻乐见的叙事形式,并以此作为烘托故事主旨的重要手段,从而促成了文学的政治美学价值对其文艺美学价值的增值。

在文学叙事中,与身体相关的体系和环境常常是不可见的。④《噩兆》中的社会伦理环境隐匿于人物身体的惨痛遭遇之下。如果说多娜的流血、伤痛是由于她自身伦理失序而引发的话,那么儿子泰德的身体遭遇则与夫妻二人共同引发的家庭危机相关。多娜几次求救都没成功,随后泰德由于被长时间困于车中已经脱水昏迷:他已经过度脱水,他大汗

① Stephen King. *Cujo*, p. 100.
② Daniel Punday. *Narrative Bodies: Toward a Corporeal Narratology*, p. 82.
③ George Beahm. *The Stephen King Story*, p. 98.
④ Daniel Punday. *Narrative Bodies: Toward a Corporeal Narratology*, p. 63.

淋漓,大量的电解质、氯化物和钾透过他的汗水渗出体外,而一直没有任何新的东西补充进来;他身体内部的防御系统一步步后退……他的生命已不再紧紧地沉浸在他的血肉之躯里,生命已经开始颤抖,一阵轻风吹来,他就会脱离这副皮囊向天堂飞去。①在这场伦理危机引发的家庭危机中,维克饱受了精神的折磨和身体不适,多娜则在忍受精神痛苦的同时又被库乔咬得遍体鳞伤、接近崩溃,而最为惨痛的则是泰德的死。孩子的死去就是一场梦魇,如同在《宠物公墓》中发生的一样,这些都是"恐怖的现实主义"带来的悲凉。②泰德的惨死似乎是一个社会道德失衡的提示符,给这个镁光灯下的美国中产家庭以沉重的精神打击,因为它揭开了标榜美好生活的美式中产家庭的面纱。在这层面纱之下,婚姻中夫妻角色的失衡、道德的滑坡、伦理失序都成为促成这场悲剧的重要因素。"家庭是社会的缩影,家庭危机在某种程度上是社会危机所带来的结果。"③维克由于工作失意而置家庭伦理而不顾,所以忽略了妻子多娜,进而缺失了对她情感的投入;多娜与斯蒂夫则是"由于受到了非理性意志的支配,作为伦理存在的人失去了理性,做出有违伦理规范的行为来"。④所以说,《噩兆》中促成这种家庭危机的不仅是家庭成员,乃至整个社会都负有责任,而这一点也反证了美国现代社会所面临的伦理危机。

《噩兆》表达的是我们的生存困境,那就是从生到死一直萦绕在我们心头的关于信任和怀疑之间的冲突。⑤从特伦顿一家的悲惨遭遇中,人们可以洞察美国现代社会中民众面临的生活困境,也可以感受社会伦理危机之下夫妻之间那条交叉着信任和怀疑的伦理夹缝。在这个故事中,身体为衡量公共生活和私人生活、内在经验和外部事件间的联系提供了标准。⑥金的后现代叙事策略把特伦顿一家的身体置于最前沿的位置,让"人的身体"去体会伦理危机带来的困惑、去承受伦理危机引发的后果。无论是维克承受的婚姻危机之痛,还是多娜忍受的伦理危机的煎熬,他们的身体都是最后的承担者。金最后还把一切家庭危机用身体上

① Stephen King. *Cujo*, p. 255.
② George Beahm. *The Stephen King Story*, p. 103.
③ 张连桥. "杀子虐母"与伦理禁忌——论《美国梦》中的伦理危机[J]. 当代外语研究,2014(11):26.
④ 同上,第28页.
⑤ Douglas E. Winter. *Stephen King: The Art of Darkness*, pp. 8-9.
⑥ Daniel Punday. *Narrative Bodies: Toward a Corporeal Narratology*, p. 102.

的伤痛和死亡的极端形式表现出来,使读者能够反观社会伦理危机之下标榜着自由、富庶的美国中产阶级家庭所受的煎熬,从而实现了通俗小说的伦理教诲功能。

二、家庭财务危机中的身体遭遇

在《噩兆》中,金不仅关注了美国中产家庭的危机,同时也把目光投射到美国低收入家庭中存在的问题上。《噩兆》摒弃了哥特小说传统上对许多超自然元素的运用,而是把恐怖放置在日常生活之中。①除了令人恐惧的疯狗库乔之外,身体叙事也塑造了乔·坎波这个令家人不寒而栗的角色。恰瑞蒂与乔在对话中的思维和行动都印证了他们之间渐行渐远的夫妻关系,恰瑞蒂的畏缩、顾虑、伤痛、紧张都是乔长期对其打骂留下的后遗症。后现代主义文学中的荒诞情节和推理往往更能凸显现实世界的残酷,库乔咬死了乔,却使妻子恰瑞蒂和儿子在精神和身体上得到了解脱。可见,坎波一家的不幸寄托了金对美国社会中低收入家庭状况所存在问题的忧虑。作为有社会责任感的"通俗小说"作家,金用独特的后现代视角洞察了美国社会中诸如家庭财务问题和家庭暴力问题而引发的家庭危机。

金的身体叙事烘托了故事情节,强化了故事的内涵表达。聚焦于低收入家庭的财务窘境,身体叙事围绕着乔和恰瑞蒂夫妇关于消费的争论展开,在刻画乔冷酷、残暴的角色性格的同时表达了女性在婚姻中受到的思想禁锢和身体虐待。坎波一家是典型的低收入家庭,全家的生活只靠他修理汽车的收入来维持。"对于恰瑞蒂来说,乔就是一个粗俗的丈夫,长年工作不如意,家庭生活一团糟。"②由于恰瑞蒂和儿子在偶然间赢得了 5000 美元的彩票,所以给经常抱怨修车工具不好用的乔买了一根修车用的吊索,而这却让乔产生了怀疑,"他的胳膊像活塞一样冲了过来,坚硬的手指掐进她的手臂:'你在干什么? 告诉我!'他把她弄得很疼,但她不愿意让他从她的脸上和眼睛里看出来,他在很多方面都像只野兽……结婚这么多年,她已经认识到,有时表现得勇敢会占到上

---

① George Beahm. *The Stephen King Story*, p. 98.

② Stephen King. *Cujo*, p. 80.

风"。①一方面,乔的问题不仅表现在不问青红皂白直接"掐进她的手臂"的粗鲁行为上,而且表现在对妻子的极端不信任上,这种关系之下的婚姻显然摇摇欲坠,虽然恰瑞蒂想要"表现得勇敢",但多年被打的经历使她不敢有更大的反抗;另一方面,乔对恰瑞蒂的质疑源自家庭多年的经济拮据。由于赢得了彩票,恰瑞蒂晚餐做了一份牛柳,而这却加深了乔的怀疑:"我们现在可以吃得像洛克菲勒了? 你是不是就有了什么理由了,我说?"当恰瑞蒂表示自己已经拿到兑换券时,"坎伯伸出一只手,用他僵硬的手指把纸展开,开始瞪大眼睛上上下下地看,他的视线停在那个数字上,'511'他开始读,又突然停下了……他没有笑,他没有绕过桌子吻她,面对一个这样的男人,她只觉得痛苦"。②由于夫妻关系失衡,而乔一直是靠暴力占据上风的一方,恰瑞蒂做事都要看着他的眼色,而且乔对能让全家高兴的事无动于衷也刺痛了恰瑞蒂。此外,长年累月的拮据生活让乔不敢相信自己听到和看到的,即使赢得了彩票也难以让乔改变那副冷漠的神态。

　　身体叙事从微观角度切入坎波夫妻二人的细微动作、表情、心理变化,强化了二人由来已久的矛盾,并以此凸显恰瑞蒂长久以来受到的精神压抑和身体暴行。恰瑞蒂满心欢喜地把中奖的好消息和乔分享,得到的却是乔的怀疑、威胁和恐吓。恰瑞蒂一直想要带着儿子布莱特回康涅狄克州的妹妹家看看,但因为手头不宽裕一直没有成行,她希望给乔买了吊索之后能得到他的同意:

　　　　"我给了你一件礼物。"她说,"你也给我一件,好吗,乔?"他继续吃,然后抬头看着她,一言不发。他仍然戴着那帽子,它斜在脑后,他的眼睛里没有一丝表情。她的两只手已经在桌面下愤怒地攥成了一个结,但她脸上的表情依然平静……"我说过,不! 恰瑞蒂。"他回答道。她愤怒、痛苦地从他脸上看出他喜欢这样说。他看出她太需要他说这样的话,她做了多少计划? 看见她痛苦让他很开心。她站起身,向水槽走过去,不是因为她要做什么事,而是她要控制住自己。③

① Stephen King. *Cujo*, p. 81.
② ibid. p. 82.
③ ibid. pp. 82-83.

马尔库塞把弗洛伊德的观点与马克思的观点相结合,用以批判资本主义制度。他认为,人的本质要求解放,可是在现代资本主义社会中,它却受到压抑。人的欲望蕴含很多内容,其中包括食欲、休息、消遣等其他生物欲望。①坎波一家遭遇的家庭危机让读者看到这样的事实:在美国现代社会中,当融合了人的休息和消遣所需要的欲望受到压抑时,家庭中的不稳定因素也随之增加。坎波一家遇到的正是因为长久以来经济拮据而导致的家庭成员欲望压抑,这种压抑造成了乔和恰瑞蒂在生活习惯、处事态度、处理家庭问题的方式上存在很大的瑕疵,并由此引发了家庭危机。在叙事形式上,金利用身体叙事深化了美国低收入家庭"欲望压抑"的现状,在故事内容上则凸显了家庭成员受到的身体和心理伤害,叙事形式和内涵的统一构成了《噩兆》的文艺美学价值。

《噩兆》的文学价值还体现在对男权社会的批判层面上。在那些权力过于集中的专制家庭里,家人在事业发展上最受挫伤的时候,往往也是最容易发生家庭暴力的时候。②坎波一家问题的表层原因在于乔经营修车厂不利,家庭长期处于经济条件不佳的状态下,而深层原因则在于男权社会的固有观念让乔对家庭实施的"专制"。从这个角度上看,现代文明中的欲望受到的压抑不仅有当事人的个人因素,而且也有社会氛围的巨大影响。虽然恰瑞蒂已经给乔买来了吊索,但仍没有改变乔长期处于财务危机中的固有思维。而当问题不能得到妥善处理时,在乔看来,似乎只有依靠暴力才是解决家庭问题的唯一方式:

> "你现在去把这可恶的门关上,恰瑞蒂。"他说着,狠狠地看着她,他的面颊涨红了,"照我说的做,马上!"但这怒气只是在心中,像一瓶酸液那样沸腾、扑溅。她可以感受到那酸液在嘶咬和吞噬着她,但她不敢尖叫。那样她就完了。她想,他还没有向她扑来的唯一原因,大概是她敢这样向他说话,已经让他整个惊呆了。"我会挡住你。"她很想从他身边退回去,但她知道,如果这样做她就完了。每一个错误的举动,每一个放弃的

---

① 赫伯特·马尔库塞. 爱欲与文明[M]. 黄勇,薛民译. 上海:上海译文出版社,1987:5.
② 陈友华,佴莉. 家庭暴力:社会工作干预与社会学思考[J]. 扬州大学学报(人文社会科学版),2018(5):15.

信号，都会让他占上风。他在解皮带，"我要抽你了，恰瑞蒂。"他遗憾地说。一想到他一分钟前会多么快地穿过屋子，多么快地抽她，她就感到一阵寒意。那时谁会挡住他？①

金笔下的人物所具有的悲剧性缺陷是由堕落的美国社会所造成的。②金用细致入微的身体形态和动作烘托了恰瑞蒂心中所受的痛苦煎熬，反衬了乔凡事诉诸暴力的"悲剧性缺陷"，从而给读者提供了反观美国社会中存在的家庭暴力问题的视角，用男权社会下的家庭问题教化了读者，实现了文学的教诲功能。

与先前的文学思潮相比，后现代语义文学的叙事策略往往不合常理和违背逻辑，金利用"反常"的身体叙事方式描述了布莱特和恰瑞蒂的身体状态，映衬了他们的内心活动。身体叙事将母子二人听闻乔死后那种轻松、自在的心态表现出来，反衬了乔长期以来的家庭暴力给二人造成的心理创伤。当布莱特得知自己能和母亲一起去姨母家时，他"已经睡不着了，他要去旅行，这让他身上的每一个细胞都激动不已；只有他和母亲，他感觉这会是一次很好的旅行，在意识深处，他很高兴父亲没有一起去，他会自由自在……他感觉很好，难以置信地好，难以置信地充满生气"。③由于长期处于深陷危机的家庭之中，布莱特非常害怕父亲动辄打骂母亲，同时也惧怕他拒绝自己和母亲去旅行。他们出发那天一早，布莱特见乔一言不发，他开始"担心这种沉默预示着一种毁灭性的爆发，一种在他们旅行问题上想法的突然转变。"④与《闪灵》中疯狂的父亲杰克类似，乔·坎波已经失去了作为合格父亲的资格，在儿子眼中，他永远被定格在工作不顺、喜怒无常、家暴频发的刻板印象上。

乔在恰瑞蒂母子二人走后就被发疯的库乔咬死了，而当行政官员给恰瑞蒂打电话通知乔的死讯时，她"（眼睛）直勾勾地看着霍莉，霍莉震惊、恐惧地看出她姐姐看上去一点不像个刚接到噩耗的人；她像个刚收到好消息的人，她脸上的皱纹已经舒展开了，她的眼中一片茫然……但

① Stephen King. *Cujo*, p. 85.
② Greg Smith. "The Literary Equivalent of a Big Mac and Fries?; Academics, Moralists, and the Stephen King Phenomenon"[J]. *The Midwest Quarterly*, 2002, 43(4). p. 342.
③ Stephen King. *Cujo*, p. 97.
④ ibid. p. 105.

隐藏在这片茫然下的，是极度的震惊还是看到了某种希望的迷糊的苏醒呢？"①从恰瑞蒂的眼神、表情等身体反应来看，她对丈夫的死感到欣慰，甚至她唯一担心的只有"该如何告诉正在玩耍的布莱特这个消息"，她俨然变成了凯特·肖班（Kate Chopin）小说《一小时的故事》（*The Story of An Hour*）中的马拉德夫人（Mrs. Mallard），对自己丈夫的死感到宽慰，并开始畅想自己未来不受任何拘束的生活。因此，《噩兆》算得上是金最为悲观的一部小说。②乔·坎波对自家的家庭危机负有主要的责任，乔的死虽然没有改变家里的财务状况，但客观上解决了这场家庭危机。这个故事的可悲和荒谬之处就在于某些家庭问题竟然依靠家庭成员的意外身亡而得以解决。

低收入问题、财务危机、男权至上、家庭暴力的问题凝结于坎波一家的家庭氛围之中，没有人能逃脱精神的压抑和身体的束缚。恰瑞蒂母子对得到旅行许可的兴奋程度竟大大超出了获得 5000 美元彩票的快乐，这个令人费解的荒谬情节虽然是家庭常年的财务状况不佳和乔对家庭的经济控制造成的，但也从一个侧面说明了深植于美国社会中的男性至上主义问题。通过《噩兆》，金不仅将男性至上的问题放置于文学的聚光灯下，而且点明了与此相关的男性家暴问题。《噩兆》里的人物面对的困境和最后的成功自救都是我们不可逃避的现实。③现代美国人所面对的世界就是各种无法逃避的社会现实编织而成的一张大网，虽然"家庭暴力事件牵涉到个人生理及心理因素、家庭因素、社会因素，构成了一个复杂的系统"，④但各处频发的家庭暴力事件还是说明了社会存在的某些根深蒂固的问题，那就是美国的家庭暴力问题远比人们想象的要严重得多：每 10 名妇女中就有 4 人曾经或正在遭受精神和身体虐待而到急诊室寻求治疗；每周到诊所诊治虐待伤害的妇女大约在 70 万到 110 万之间，被调查的妇女中有 37% 承认自己一生中遭受过在身体和感情上的虐待。⑤金在《噩兆》中通过家庭——这个社会的基本单位窥视了长久以来萦绕在美国人心头的家庭暴力、男权至上等问题，

---

①　Stephen King. *Cujo*, p. 298.
②　George Beahm. *The Stephen King Story*, p. 102.
③　Douglas E. Winter. *Stephen King*, pp. 17-18.
④　陈友华，佴莉. 家庭暴力：社会工作干预与社会学思考[J]. 扬州大学学报（人文社会科学版），2018(5)：16.
⑤　郭义贵. 美国社会的家庭暴力及其法律对策[J]. 法学评论，2005(4)：119.

通过细致的身体叙事捕捉到问题家庭中受害者所承受的由内至外、由心理到身体的痛楚,进而给读者提供了反观美国式家庭危机的一面镜子,在这个意义上,金创作中的"形式美"与"内容美"通过对故事主旨的表达融合于一体,构成了文学的政治美学价值对文艺美学价值的增值。

纵览整个故事,处于家庭危机中的人们深受困扰,库乔事件成为家庭危机的爆发点和终结。金的作品讲述了很多有着明显缺点的人物角色在自我实现中的挣扎,比如《凯丽》中的凯丽、《宠物公墓》中的路易斯·克里德、《闪灵》中的杰克和《噩兆》中的几个主要人物。①维克和多娜由于缺乏沟通导致矛盾越积越深,两人的身体在婚姻危机下痛苦挣扎,库乔事件最终挽救了他们的婚姻;坎波一家则存在严重的财务问题和家庭暴力,库乔事件讽刺性地让母子二人脱离了身体和精神的苦海。金用一条感染了病毒的大狗将两个"问题家庭"的危机暴露出来,用恐怖小说的形式把美国的社会问题展现给读者。

在现代美国社会,无论是特伦顿一类的中产家庭还是坎波一类的低收入家庭,都难以承受家庭危机之痛,如果说乔的死或许能让布莱特暂得宽慰的话,那么泰德的死则是家庭危机最令人难以承受的后果。金的身体叙事不仅表达了普通人在家庭危机中所承受的痛苦,而且把这种痛苦传达给每个读者,"读者的情绪更容易被死去的孩子感染到,小说中的这种情节塑造让人们更能感受到命运的定数,从心理上引起读者的共鸣。"②

家庭伦理失序是美国社会面临的问题和危机,这是美国社会现实的反映。③金把伦理问题、男权问题、家暴问题引发的家庭危机浓缩到了《噩兆》里,使人们有机会审视美国社会的现实形态,美国人周遭的世界就像小说中维克听了一位农学教授讲话之后的遐想:在这样一个世界里,父母离婚,年龄大一点儿的孩子会毫无道理地把你打得屁滚尿流,有时你棒球联队的对手会投出一个你打不到的球,好人并不总像在电视里

① Michael R. Collings. "Quo Vadis, Bestsellasurus Rex?" In George Beahm. , ed. , *The Stephen King Story* , p. 126.

② Leonard G. Heldreth. "The Ultimate Horror: The Dead Child in Stephen King's Stories and Novels." In Darrell Shweitzer, ed. , *Discovering Stephen King* [M]. Mercer Island: Starmont House, 1985, p. 151.

③ 张琼.《垃圾道里的弃婴之死》的家庭伦理危机与重构[J]. 外国语文研究, 2018(2): 39.

那样获得胜利,你并不总能收到一个好的生日聚会的邀请,这样一个世界里这么多事都可能出错。①

第二节　《宠物公墓》:身体危机下的家庭困境

《宠物公墓》(*Pet Sematary*)虽然出版于 1983 年,但金的这个故事其实创作于 20 世纪 70 年代,然后搁置了许久,由于之前和双日书局(Doubleday)的合约,这个故事直到和维京(Viking)出版社签约后才出版。②《宠物公墓》在出版第一年就卖出去了 657000 本,③随后被改编成同名电影。和金的许多其他故事一样,《宠物公墓》的故事也发生在缅因州,在金的出版合同要求下,《宠物公墓》的电影拍摄地也被安排在他的故乡缅因州。④

《宠物公墓》的故事主线是一个美国中产家庭的遭遇。来自芝加哥的医生路易斯(Louis Creed)和妻子带着两个孩子搬到了缅因州的一所大学里做药剂师。邻居裘·格兰达(Jud Crandall)提醒他们要注意往来公路上的大卡车,因为这里经常有过路的小动物被卡车撞死。格兰达一天带着路易斯去了附近孩子们埋葬自己宠物的“宠物公墓”,公墓的名字被小孩子错误地拼写成了“Sematary”。路易斯随后上班的时候见到了一个因车祸不治的学生维克多·帕斯卡(Victor Pascow),当晚,路易斯在梦里见到了帕斯卡,帕斯卡带他来到了宠物公墓,提醒他“不要越线,无论你多么需要这里”。路易斯第二天醒来时发现自己“脚上沾满了泥土和松针”。⑤

妻子瑞秋(Rachel)带着孩子回芝加哥探望自己的双亲时,家里的灰猫丘奇(Church)从格兰达家跑出去意外死亡。为了不让女儿艾利(Ellie)失望,路易斯打算把丘奇埋进宠物公墓。但是格兰达告诉路易斯说实际上宠物公墓是印第安人为了召唤亡灵设置的墓场,任何埋进去的

---

① Stephen King. *Cujo*, p. 27.
② Stephen King. *Pet Sematary*[M]. New York: Pocket, 1983, p. XV.
③ George Beahm. *The Stephen King Story*, p. 109.
④ ibid. p. 145.
⑤ Stephen King. *Pet Sematary*, p. 92.

东西都会复活,但复活后都会像"梦游一样"行走。①丘奇复活后行为怪异,身上发出腐烂味道,而且只撕碎抓来的老鼠和鸟,并不吃掉它们。路易斯的小儿子盖奇(Gage)后来被卡车撞死,悲痛的路易斯将他埋入墓地。复活后的盖奇变成了杀人恶魔,他杀死了母亲瑞秋和邻居格兰达,最后路易斯不得不给他注射了毒针杀掉了他。失去理智的路易斯想要挽救自己的家庭,他又把妻子的尸体埋进了公墓,但是他见到的却是妻子拖着冰冷僵硬的身体走回来,叫他"亲爱的"。②

美国当代社会的大众文化语境是金创作的土壤,金的作品不仅来源于美国人的日常生活,而且金也一向关注普通人的生活。金在写《宠物公墓》之前,他女儿娜奥米(Naomi)的小猫斯玛琪(Smucky)在 15 号公路上被车压死,然后娜奥米把它埋在了附近的动物墓地里,③这给了他足够的创作灵感。在叙事形式上,《宠物公墓》由家庭生活中的各种身体危机构成了故事框架:瑞秋姐姐的小儿麻痹症、瑞秋与丈夫不和谐的婚姻生活、盖奇遭遇的车祸都是直接导致家庭关系紧张的"身体危机"。在故事内涵上,《宠物公墓》挖掘了处于各种身体危机之下家庭成员所面对的道德危机:瑞秋一家不愿提起患病的姐姐泽尔塔(Zelda),甚至希望她尽快死去;路易斯忽视瑞秋的需求,而瑞秋也认为自己对丈夫无关紧要,甚至无视丈夫在外面的出格行为;路易斯不愿面对盖奇已死的事实,而是执意用宠物公墓将他复活,从而引发了更大的悲剧。金通过美国普通家庭在婚姻、职业中存在的一系列问题透视了现代社会中美国家庭面临的身体危机和道德困境,批判了美国社会伦理现状,将身体叙事与悲剧故事相融合,继承并发展了英国维多利亚时期惊悚小说的伦理道德教化作用,形成了在当代大众文化境况下通俗小说的伦理道德书写。

一、身体危机下失控的家庭秩序

《宠物公墓》中的美国中产家庭都在疲于应付成员的"身体危机"。瑞秋的姐姐泽尔塔曾患有小儿麻痹症,这使一家人陷入了痛苦之中;瑞秋和路易斯不对等的"身体关系"表征着他们婚姻中存在的夫妻角色不

① Stephen King. *Pet Sematary*, p. 153.

② ibid. p. 465.

③ George Beahm. *The Stephen King Story*, p. 84.

平衡问题,也是危及家庭稳定的因素;盖奇的死是这个家庭最大的"身体危机",而路易斯复活盖奇的行为则使这个家庭彻底失控。通过对家庭成员不稳定的身体状态、身体关系的叙述,金掀开了美国中产家庭表面上温馨和睦的面纱,展现给读者的是父权制之下不堪重负的婚姻与家庭伦理失衡给普通美国人带来的种种痛楚。

古德曼全家因大女儿泽尔塔的身体危机而失控。金的早期创作实际上已经明显受到战后生育高峰所形成的文化环境中,他创作的故事远不止是若干部小说,还可以把这些作品看作思考、反思、批判的综合体,而这一切都源自作者所成长的那个特定的社会环境。[①]在 20 世纪六七十年代的美国,生育高峰带来的不仅是家庭人口规模的扩大,而且在养育子女方面给父母提出了更多的要求,《宠物公墓》中所关注的正是那些社会环境变化带来的家庭问题。泽尔塔病态的身体对当时的美国家庭来说是个非常沉重的负担,无论是在精力上还是在经济上,泽尔塔和瑞秋的父母都背负了沉重的压力,这也最终导致瑞秋一家陷入了伦理悲剧之中。由于泽尔塔突然发病,瑞秋甚至表达了对她的厌恶之情:

> 我姐姐变得尖酸刻薄,令人痛恨,有时她故意尿在床上,我妈妈就得不停地问她是否要扶她去厕所……后来她没法起床了后,就得问她要不要便盆……而泽尔塔总说不……接着就尿湿了床,于是我妈妈或者我和妈妈就得给她换床单……而她会说她不是故意的……我们能从她眼里看出她那可恶的笑意……她那弯曲变形的背部,好像她的屁股已经收缩到她的背部中间部位了,有时她会用她的……她的手……她那像鸟爪似的手摸我,我姐姐变成了一个令人痛恨讨厌的尖叫的怪物……成了我们家的一个不被人知晓的肮脏的秘密……因为她外表开始越来越像个怪物,她死了,我们也就不再感到痛苦。[②]

泽尔塔病态的身体让她们全家都陷入混乱之中,长期照料泽尔塔使母亲头疼不已,她那畸形的身体更让年少的瑞秋感到恐惧,并由此引发了一系列伦理问题。《宠物公墓》有着诸多现代情感元素,这些都与家庭

① David A. Oakes. *Science and Destabilization in the Modern American Gothic: Lovecraft, Matheson and King*[M]. Westport: Greenwood Press, 2000, p. 106.

② Stephen King. *Pet Sematary*, pp. 208-209.

悲剧相关,①家庭伦理秩序失衡是引发悲剧的重要原因。瑞秋的父母既要赚钱养家,又要腾出时间来照顾两个孩子,"泽尔塔治病的费用非常高,因此爸爸失去了向郊区扩展业务的机会,而且市中心商店里的销售额也直线下降,更重要的是妈妈那时候也快疯了。"②父母没有办法腾出更多的时间照顾泽尔塔,相反却不愿在亲朋面前提起这个病孩子,很多朋友甚至根本"不知道泽尔塔的存在"。泽尔塔病态的身体令古德曼一家逐渐失控,泽尔塔"散发着臭味的卧室"和"肮脏的睡衣"足以说明这一点。忙碌中的父母并没有维护好家庭的伦理秩序,也没有给瑞秋传授适当的伦理观念,却让她分担一些照顾姐姐的责任,这就使年幼的瑞秋对姐姐产生了嫉恨的心理。瑞秋的父母在逾越节(Passover)到来时外出访友,留下八岁的瑞秋来照顾泽尔塔,但泽尔塔却被食物噎住。瑞秋听见泽尔塔在尖叫但却无能为力,她的"第一个想法就是,好了,泽尔塔终于开始被噎住了,这一切很快就会结束的……我把她翻过来,躺下,她脸变黑了,眼球突出,脖子肿胀起来,没多久就断气了"。③姐姐的惨死虽吓坏了瑞秋,但瑞秋却似乎有种解脱的感觉,她跑出门呼救并放声大哭,闻讯赶来的邻居们"大概以为瑞秋在哭,但我想我是在笑"。在外人看起来,古德曼一家属于十分正常的美国中产家庭,但泽尔塔的死暴露出这个表面正常的家庭中隐藏着多年的矛盾,直到引发整个家庭的分崩离析。在后现代语境中,作家不再采用传统现实主义和现代主义文学追求文学终极价值的方式,④而是通过解构"罗格斯中心主义"完成对文学价值的追求。金在《宠物公墓》中通过由泽尔塔的身体危机引发的一系列事件解构了古德曼一家的中产家庭形象,将由身体问题而引发的家庭悲剧呈现在读者面前,完成了作品从形式到内涵上的"终极意义"表达。

金的身体叙事凸显了父权制家庭中夫妻关系的失衡问题。瑞秋在婚姻中处于从属地位,这种不平衡的婚姻关系在她们之间的身体关系上表现得尤为突出,也是导致她们家庭失控的重要因素。如果说故事中让动物复活的超自然力量是金对传统哥特式小说的继承的话,那么金对现代社会的"如实反映"则突破了传统哥特式小说的恐怖和怪诞描写方式,

---

① Leonard Mustazza. "Fear and Pity: Tragic Horror in King's Pet Sematary." In Tony Magistrale, ed. , *The Dark Descent: Essays Defining Stephen King's Horrorscape* , p. 79.

② Stephen King. *Pet Sematary* , p. 209.

③ ibid. p. 213.

④ 胡铁生. 后现代主义文学的终极价值追求[J]. 学习与探索,2018(2):150.

形成了当代文学对伦理和道德的思考方式。金在《宠物公墓》里展现了他写出像我们生活中的邻居一样真实人物的能力，[①]故事中的人物设置与现实生活高度一致。路易斯一家属于 20 世纪 70 年代里典型的美国中产家庭，路易斯在大学医院当药剂师，有着不错的收入，瑞秋是全职照顾两个孩子的家庭主妇。他们一家是传统的美国家庭的缩影。金创造出这个和谐家庭，目的却是为了残忍地打碎它，[②]金在《宠物公墓》中通过后现代叙事策略解构了这个"完美家庭"，用身体危机引发的家庭悲剧向读者展示了家庭伦理失序的恶果。

男权社会中夫妻角色的"不对等"是引发现代家庭悲剧的诱因。瑞秋和路易斯在婚姻中的角色不对等表现在瑞秋作为妻子较低的存在感上，也更表现在瑞秋对"身体需求"的忽视上。20 世纪 70 年代是美国历史上第一次大多数女性从家中走出去工作的年代，已婚女性、甚至是年轻妈妈占据了职场，她们不止在找工作，而且在追求事业的成功。[③]瑞秋并没追随这股时代大潮，而是安心做着自己的全职主妇。瑞秋沿承了传统的美国妻子形象，她默默地做着繁重的家务，做饭、熨烫、编织、给家人煎蛋、做苹果派、做鸡排、做蛋卷、做饼干。[④]瑞秋属于那种好母亲、好妻子的传统家庭中平淡无奇的女性形象，这种平淡恰恰可以印证那种传统的婚姻关系，由于这种形象的存在感不能和较为反叛的女性形象相比，因此，"她的存在对于故事情节的影响微乎其微，这样反而凸显了路易斯在故事中或者家庭中的地位"。[⑤]夫妻角色的不平衡在二人的身体关系上表现得尤为突出，由此产生的身体危机也对他们的婚姻产生了实质性的影响。

瑞秋在厨房里的劳作与生活的传统对她的生活也造成了影响，她对路易斯的需求十分敏感，而自身的需求却显得不太积极主动，说明了她在生活中的被动态度；她曾经向路易斯保证"你可以不吃你不喜欢的任

①　George Beahm. *The Stephen King Story*, p. 132.
②　Erica Joan Dymond. "From the Present to the Past: An Exploration of Family Dynamics in Stephen King's *Pet Sematary*"[J]. *The Journal of Popular Culture*, Vol. 46, No. 4, 2013, p. 789.
③　Bruce J. Schulman. *The Seventies: A Great Shift in American Culture, Society, and Politics*[M]. New York: Free Press, 2001, p. 161.
④　Stephen King. *Pet Sematary*, pp. 21,39,44,52,76,168,169,178,183,202.
⑤　Tony Magistrale. *Hollywood's Stephen King*[M]. New York: Palgrave, 2003, p. 105.

何东西",①而路易斯则默认这种不对等状态,这实际上是将瑞秋的身体置于一种商品的位置上,即随时可以"品尝",也可以"不用",这也是瑞秋在厨房中地位的一种延续。这种"不平等"的身体状态迎合了不平等的婚姻状态,②导致了她的身体危机,也是家庭崩塌的影响因素之一。

金对于瑞秋的传统女性形象的解构凸显了男权因素对家庭稳定的影响。瑞秋被塑造为一个对家庭没有太大"实际作用"的妻子,她在危机时刻身体的麻木反应是她无能的表现:她害怕回答孩子的问题而常常闭口不言,她在盖奇因重感冒而哮喘时只会尖叫着喊丈夫帮忙,她当时"双腿僵直、倒在床上、双手抱头、浑身颤抖"③在男权社会中,相对男性所代表的"理性"而言,女性往往被冠以"非理性"的特质,这种偏见成为《宠物公墓》故事的一种基调。瑞秋的形象实际上已经被弱化,她的存在只限于家务和所有一切和家庭相关的事情,她成为一种无声的存在。相反,路易斯则被置于一种可以起死回生的英雄人物的地位,而瑞秋则除了煎蛋时具有存在感之外在别的时候无从引起读者注意。女性主义者多年以来一直都认为,我们的文化总是倾向于将女性与母性联系到一起,把男性与智力、与理性相联系,可事实上却要求女性对自己的身体实行比男人对自己的身体实行的控制更强的精神控制。④《宠物公墓》解构了瑞秋的传统女性形象,致使路易斯的角色被放大到可以"为所欲为"的程度,进而打破了夫妻关系的平衡,并间接地导致了家庭秩序的失控。

在故事内涵方面,金强化了《宠物公墓》中情节的悲剧性,突出了故事的教诲作用。金在《宠物公墓》中描绘了每个父母的梦魇,那就是孩子去世,⑤盖奇被货车撞死是这个故事最具悲剧性的情节。路易斯因为盖奇的死而消沉不已,瑞秋不敢面对这样的现实而选择逃避,结果路易斯在盖奇的葬礼上与岳父起了争执,竟"挥手打了岳父一拳"。⑥盖奇的"身体危机"导致了两个家庭的全面失控,家庭内部曾经的矛盾悉数被释放

---

①　Stephen King. *Pet Sematary*, p. 67.

②　Erica Joan Dymond. "From the Present to the Past: An Exploration of Family Dynamics in Stephen King's *Pet Sematary*", p. 791.

③　Stephen King. *Pet Sematary*, p. 168.

④　汪民安,陈永国. 后身体:文化、权力和生命政治学[M]. 长春:吉林人民出版社,2003:140.

⑤　George Beahm. *The Stephen King Story*, p. 85.

⑥　Stephen King. *Pet Sematary*, p. 317.

出来,路易斯不堪其扰,他固执地认为只有盖奇活着才能让一切完好如初,于是他决定将盖奇的尸体放进宠物公墓。复活后的盖奇"嘴巴涂满了鲜血,下巴上还在滴着血,他的嘴唇向后咧开,露出可怕的狞笑,他一只手握着路易斯的手术刀",①杀死了邻居后盖奇已完全变成了一个十足的恶魔,路易斯在不得已的情况下用毒针杀死了盖奇,但发现瑞秋已"被盖奇捅了十几刀……路易斯的叫声贯穿了被死亡气息萦绕的房子,他双眼暴胀,脸色发青,头发竖了起来,反复的叫声从他喉咙发出,像地狱钟声一样,这狂叫声并不是爱的终结,而是精神崩溃的标志。"②相比盖奇被卡车撞死的第一次"身体危机"而言,这一次的"身体危机"则令场面完全失控。金在故事的悲剧基调上沿承了《弗兰肯斯坦》等哥特式小说的结构,用凶杀、死亡、流血等哥特元素制造了故事整体上的萧杀氛围。同时,在故事的最后,路易斯和复活后的瑞秋之间的本应有的搏斗场景并未出现,这个开放的结局也预示着失控的悲剧将继续在这个家庭上演。

潘代曾指出,人物的行动逻辑取决于其采取行动的场所,场所并不只是简单的地点,而是每个人物行动的空间网络。③在美国20世纪六七十年代的社会空间中,教育、医疗、社会保障、女性权益保护都亟待完善,因此,《宠物公墓》中出现的父母忽视对患病孩子的照顾、丈夫忽视妻子的家庭地位、妻子忽视自己的各种需求的事件都会发生在社会发展的进程中。《宠物公墓》对人物形象的塑造实际上是在塑造与读者相类似的人物,以便引起读者的怜悯之心。④金用紧紧贴近现实生活的人物塑造方式让读者看到了他们现实生活中存在的诸多问题,同时又以后现代的叙事策略解构了传统意义上的美国家庭和家庭成员之间的传统关系,使读者看到了生活中无处不在的危机。所以,无论是在金的解构型叙事策略还是在被叙事形式深化了的故事内涵上,《宠物公墓》都有着教诲大众的文学伦理功能。《宠物公墓》审视了家庭教育失败、男权制度下的婚姻等问题对于美国普通家庭秩序造成的冲击,并通过由这些社会问题引发的家庭成员的身体危机将家庭秩序的失控现象推向极端,从而反观这些

①　Stephen King. *Pet Sematary*,p. 391.

②　ibid. p. 403.

③　Daniel Punday. *Narrative Bodies:Toward a Corporeal Narratology*,p. 128.

④　Leonard Mustazza. "Fear and Pity:Tragic Horror in King's *Pet Sematary*." In Tony Magistrale,ed. ,*The Dark Descent:Essays Defining Stephen King's Horrorscape*,p. 76.

问题对普通美国家庭的戕害。所以说,金的创作中关注了诸如美国家庭的本质、虐待儿童、犯罪、性别歧视等问题,此类问题在创作中被放大,成为需要克服的社会问题。①由此可见,《宠物公墓》以文学的形式实现了政治学视野中对人与社会生活状态的关注,将文学作用于社会的"上层建筑",这一点同样体现了金的小说在政治美学层面上的价值。

二、社会道德困境中的身体危机

《宠物公墓》中的身体危机引发了许多家庭问题,造成了家庭失控的后果。究其原因,现代美国社会中的家庭道德失衡也是造成《宠物公墓》中悲剧的重要因素。家庭道德是社会道德的组成部分,家庭道德状态表征着社会道德状态,夫妻之间、长幼之间、同胞之间对家庭道德原则的恪守成就了现代家庭的形式。家庭道德失衡对现代家庭来说具有极大的破坏性,它不仅对家庭成员的身心造成极大的伤害,也威胁到家庭这一"社会细胞"的稳定。金的《宠物公墓》从身体层面出发,叙述了家庭道德失衡给普通美国人带来的痛苦,进而对现存的美国社会道德状况进行了抨击。

金在创作中体现出的后现代特征可以从他坚持不懈地对现代美国家庭生活的解构中挖掘出来。正如金在《它》(It)中所讲述的一群青少年所面对的各种类型的家庭问题,还有在《狂怒》(Rage)中叙述的那种让少年担当挑战莫名的未知力量责任的故事情节设计,《宠物公墓》不仅解构了瑞秋和路易斯典型的中产家庭中的夫妻形象,同时也解构了古德曼一家这种传统的美国家庭。这个家庭表面上和谐,实际上却隐藏着女儿泽尔塔患有小儿麻痹症的难言之痛。古德曼夫妇在照顾患病的孩子时显露出低于普通家庭的道德水准,他们给年少的瑞秋委以重任,让她去照看生活不能自理的姐姐,这本身就是一种极不负责的行为。青少年在现实中的对立面就是美国的现代社会的符号——美国的中产家庭,是家庭环境构成了青少年的这种尴尬境地。②古德曼夫妇在无意间将年少

---

① Jesse W. Nash. "Postmodern Gothic: Stephen King's *Pet Sematary*." *The Journal of Popular Culture*, p. 158.

② Jesse W. Nash. "Postmodern Gothic: Stephen King's *Pet Sematary*." *The Journal of Popular Culture*, p. 154.

的瑞秋推向了这个尴尬的境地中,泽尔塔之死是父母对女儿照料不周的道德悲剧,也是他们对瑞秋教导无方的道德悲剧,这个悲剧的背后隐匿着美国社会存在的道德困境,社会道德观念弱化、道德秩序失衡都是导致古德曼一家遭遇悲剧的原因。

以整个社会为观察对象的话,那么作品的总体性评价就要求将个体事件纳入整个社会的有机体内进行综合考察。在后现代社会语境中,"总体性压制了身体的感性面,身体只是将自己交付于一个理性他者……它需要被管制、被束缚、被理性引导,被灵魂鞭打,而身体内在的潜能、欲望、本能、肉体性,只好委屈地收藏起来,隐而不现"。①即使是泽尔塔的身体是病态的,抑或像瑞秋一样,是正常的身体,这些身体在整个社会道德困境的"总体性"之下都属于被管制、束缚的对象,或者说是这种道德失衡的牺牲品。在泽尔塔死后,古德曼一家的行为似乎更好地证明了社会道德、家庭道德的问题所在。泽尔塔的"卧室很快被消毒并被粉刷一新,家具都被搬了出去,后来很长时间里都当做古德曼太太的缝纫室……家人后来终于摆脱了,好像泽尔塔的死给我们带来了转机和以后的好时光似的,后来宽裕了些,爸爸得到了贷款,但从那儿以后他再没回忆过去……"②但是,泽尔塔的死成为瑞秋多年不能释怀的一个心结,后来也影响到瑞秋与其家人之间的关系。父母的举动给瑞秋留下了终生的心理障碍,瑞秋在婚后从不敢参加葬礼,并且对死亡感到极为恐惧,而这个障碍也导致了她在后来和路易斯之间的争执,并成为丈夫决意复活盖奇,并使其成为引发更大家庭悲剧的因素之一。

从金对瑞秋人物形象的解构策略上看,瑞秋的形象也表征着家庭存在的道德困境。路易斯与瑞秋过着典型美国中产家庭的生活,瑞秋的"好妻子"角色反而使路易斯成为这场婚姻的绝对主角。瑞秋觉得自己就是路易斯的个人物品,忽视了自己的需求,这种不平衡的夫妻关系背后隐藏着父权制社会中女性身体的危机。瑞秋的形象集合了西方社会20世纪70年代女性的心理问题,代表了"歇斯底里(hysterical)"的女人。瑞秋"歇斯底里"过两次,一次是和丈夫"几近疯狂(near hysteria)"的争执,一次是和姐姐争吵有关小儿麻痹症的问题,路易斯

---

① 汪民安. 后现代性的哲学话语[J]. 外国文学,2001(1):53-54.
② Stephen King. *Pet Sematary*, p. 215.

"感到了她的疯狂"(sensed the onset of hysteria),①这种"疯狂"的表达的是处于父权制家庭中的身体压抑。瑞秋的身体实际上也在父权制道德的控制之下,她在生活中并没有朋友,唯一有交流的是自己的邻居诺玛(Norma Crandall),她们间的友谊也建立在"像小孩子交换棒球卡一样"②交换自制食品。瑞秋的生活充斥着父权规训下的自我监控,她只在三种情况下离开过自己家:感恩节时拜访父母、参加儿子的葬礼、在父母家中哀悼。这期间无论是去机场还是回父母家的路上都有丈夫或父亲陪着,去葬礼的来回路上也是如此,这种生活方式显然是父权制道德的终极体现。

金对路易斯的人物形象建构策略则更为明显的体现了"父权道德"在家庭中的统治地位。有学者曾指出,金在故事中努力地把路易斯塑造为一个善良、正直、关心家人和朋友的好男人的形象。③但金的研究专家托尼·麦基斯特利却认为,"虽然他属于那种新时期的标准丈夫形象,但实际上路易斯·克利德在金的小说世界中其实处于一个父权控制狂的地位。"④他心里充满脱离家庭的幻想,在实际行动中一意孤行。在去往班戈的路上,路易斯曾幻想:如果车上的三个人质(three hostages,指妻子和两个孩子)下车的话,他没准会一个急加速,毫不犹豫地开走汽车,然后踩下油门,让汽油注进车的四个大喷油嘴;他可能会朝南开,直到弗罗里达的奥兰多,在迪斯尼乐园用新名字找个当大夫的活儿。⑤路易斯不同意瑞秋给小猫丘奇做绝育手术,但瑞秋则不希望丘奇四处游荡,去找各种母猫。这一点上或许是他们夫妻关系的一种延续,作为一个心里有着强烈的男性至上情绪的丈夫,为丘奇做绝育也几乎等同于破灭了他自己作为一个浪子的幻想,无论是在身体上还是在精神上,路易斯都表现为一个男性至上主义的捍卫者,这一点隐藏着"父权道德"对家庭道德潜在的破坏性。

性别差异可以在叙事行为中从诸多方面产生意义。⑥在"父权道德"

---

① Stephen King. *Pet Sematary*, p. 47.

② ibid. p. 20.

③ Leonard Mustazza. "Fear and Pity: Tragic Horror in King's *Pet Sematary*." In Tony Magistrale, ed., *The Dark Descent: Essays Defining Stephen King's Horrorscape*, p. 76.

④ Tony Magistrale. *Hollywood's Stephen King*, p. 105.

⑤ Stephen King. *Pet Sematary*, pp. 3-4.

⑥ Daniel Punday. *Narrative Bodies: Toward a Corporeal Narratology*, p. 63.

的影响下,路易斯一直十分理性,他不愿做"哄骗孩子的家长"(the lies parents),①相比之下,妻子瑞秋则是一个会偶尔"歇斯底里"的"非理性"女人。在道格拉斯·温特对金的访谈中,金曾提到:路易斯一直就是个理性的男人,任何事情都规划得很仔细,这也解释了一切该发生和不该发生的事情。②在父权制道德体制下,男性往往代表着理性,可以做出决定;而女性则代表了非理性,对家庭决定的影响微乎其微。正是这种"男人特有的理性"与"家庭的绝对控制权"在后来驱使着路易斯去探寻宠物公墓的秘密,去尝试复活死去的盖奇,直至家庭悲剧的上演。在盖奇死后,路易斯甚至"幻想着盖奇长大了,而且听到妻子瑞秋说:'如果那个小骚货不和盖奇发生关系的话我绝对把你的短裤吃掉。'"③这本不应该是从真实的瑞秋嘴里说出的话,但在路易斯的"理性"想象中,他可以这么说。强大的男性主义倾向驱使着路易斯一步步地设想自己的未来,他始终不能摆脱男权主义对自己和自己家庭成员的控制,理性的他也不想自己的家庭被打扰、被某种不平衡所破坏,这也从另一方面说明了路易斯为了维系自己的家庭和生活而不惜代价复活了丘奇和盖奇的原因。所以说,在"父权道德"的规约下,婚姻的天平向路易斯一方严重倾斜,这导致了路易斯和瑞秋之间身体关系、家庭控制权的不平衡,引发了家庭秩序失控,让路易斯"在努力重建家庭秩序的同时,亲手毁掉了他试图保护的一切。"④

里奥纳德·玛斯塔(Leonard Mustazza)曾用文艺复兴时期的悲剧来重提亚里士多德的"悲剧净化论",他认为,虽然金的许多作品都引起了人们的恐惧和同情,但很少有像《宠物公墓》这样令人记忆深刻的,这足以说明这部作品的悲剧性质。⑤只有悲剧才能有效地实现金对家庭道德困境的表述,才能达到对美国社会道德现状批判的效果。古德曼一家的悲剧源自家庭道德失衡和教育的失败,路易斯·克里德一家的悲剧源自在男权主义道德盛行的家庭中,妻子忽略了自身的存在,丈夫"没有质

① Stephen King. *Pet Sematary*, p. 43.
② Douglas E. Winter. *Stephen King: The Art of Darkness*, p. 135.
③ Stephen King. *Pet Sematary*, p. 263.
④ David A. Oakes. *Science and Destabilization in the Modern American Gothic: Lovecraft, Matheson and King* [M]. Westport: Greenwood Press, 2000, p. 106.
⑤ Leonard Mustazza. "Fear and Pity: Tragic Horror in King's *Pet Sematary*." In Tony Magistrale, ed., *The Dark Descent: Essays Defining Stephen King's Horrorscape*. p. 74.

疑自己的行为,而是只靠男性直觉做事,直至最终做出违背天意的事情"。①金的后现代叙事策略解构了美国家庭和家庭成员的形象,用《宠物公墓》中两个家庭的悲剧展现了身体危机之下美国家庭面临的道德困境,并由此表达了他对社会道德状况的忧虑,充分利用了"文学的意识形态作用使文学的价值在文艺美学的基础上进一步增值",②展现了其创作的政治美学意蕴。

第三节 《手机》:后工业危机中身体的未来

《手机》(Cell)出版于 2006 年,与《末日逼近》《迷雾》类似,这也是一部讲述人类被自己的科技进步拖进末日危机的故事。《手机》的主角是艺术家克雷顿·里德尔(Clayton Riddell),人们叫他克雷(Clay),他在街头发现所有接听手机的人都顷刻间开始疯狂地攻击别人。克雷逃跑途中遇到了中年男子汤姆(Tom McCourt)和少女爱丽丝(Alice Maxwell),他们发现"脉冲"正向全球的手机中发送信号,接听者都成为受信号控制的"疯子"。

克雷决定回缅因州去找儿子约翰尼(Johnny),但偶然间发现"手机人"(phoners)虽然失去了人类的意识,但已经具有了群体思维。几位幸存者使用油罐车烧死了夜里躺在体育场里"充电"的手机人,但更多的"手机疯子"开始围攻他们,不得已之下他们只能逃跑。在途中,他们得知这些手机人群体间已经进化出依靠心灵感应联络的方式。克雷和几个志同道合的幸存者设法炸死了一群集合在一起的"疯子"。虽然大多数幸存者逃入加拿大,准备让寒冬隔离那些已经成为僵尸的"疯子",但克雷则一路南下,他最终找到了儿子约翰尼,却发现约翰尼已经被脉冲控制,看上去似乎能认出克雷。克雷决定再给儿子一次脉冲的刺激,希望这种更强的信号可以重启他儿子的大脑。故事的结尾,克雷拨通了号

① Bernadette Lynn Bosky. "The Mind's a Monkey:Character and Psychology in Stephen King's Recent Fiction." [A]. In Tim Underwood, Chuck Miller, ed., *Kingdom of Fear:The World of Stephen King*[C]. New York:New American Library,1987,pp. 255,268.

② 胡铁生,张晓敏. 文学政治价值的生成机制[J]. 山东大学学报(哲学社会科学版),2015(4):52.

码,把手机放在了约翰尼的耳边……

后现代的大众文化语境时刻滋养着金的创作,他在《手机》中摒弃了哥特式小说制造恐怖场景的传统叙事策略,继承了布莱德博利的科幻小说《华氏451度》(Fahrenheit 451)在故事内容上对人类命运的关注,发挥了独特的想象力,构建起现代人最不愿见到的"科技恐怖"[1][2]场景,用日常生活中的常见事物来制造恐怖事件。金似乎已经看到现代人类对于通信技术越来越强的依赖,所以用一种另类的视角给现代人展现了现代人为自己打造的"科技牢笼"。虽然现代科技扩大了人类对空间的定义,但故事叙事仍然发生在以身体为框架的结构之内。[3]《手机》的故事仍然是围绕着被现代科技的产物"手机"所控制的身体来讲述的。在这个故事里,人的身体经过"脉冲"控制而变成了"手机疯子"。在人类越来越依赖于现代科技的当今时代,这一点象征着现代人的身体逐步被科技异化,从而变成了"非人"。克雷等人陷入的窘境象征着现代人面临后工业危机的困惑:他们一方面不愿陷入被工业产品控制的生活之中,另一方面又面对自己的亲人和朋友不断被"工业化"而手足无措,最后不得已去使用"工业"的手段来反抗人类"被工业化"的进程。

一、身体被科技异化的现实形态

手机是现代工业的产物,也是在科技革命下推动了人类文明进程的发明物。金在《手机》中将这个人类日常生活中最为常见的物品赋予了毁灭性的力量,它先是成为控制人类思想、行为的"发明物",进而又成为试图毁灭人类的"智能生命体"。在这个过程中,人的身体被科技异化了,被手机控制的变异人类被称作"手机疯子",他们听命于手机的操控,并试图将侥幸存活的正常人类杀戮殆尽。在后工业时代,现代人对工业产品的依赖日益加深,面对这种趋势,金用科幻恐怖小说的叙事形式关注了人类被科技异化的现实,《手机》在叙事形式和故事内涵上统一体现了作家对人类命运担忧的社会责任感。

---

① Douglas E. Winter. *Stephen King:The Art of Darkness*,p. 84.
② 黄禄善,刘培骧. 英美通俗小说概述[M]. 上海:上海交通大学出版社,1997:313.
③ Daniel Punday. *Narrative Bodies:Toward a Corporeal Narratology*,p. 135.

《手机》中人类身体被异化是科技进步的后果,金的后现代叙事策略将这个后果发展至一种"非理性"的癫狂状态。这个故事虽然以现代社会城市生活的平常景象开场,但人的行为和身体在受到了经由手机传出的"脉冲"之后发生了"突变",一场后工业时代的惨剧开始上演:

> 一个女子的表情被一阵痉挛所代替,她的眼睛眯成细长一条,两排牙齿暴露出来,上嘴唇完全翻转,露出粉红色的"天鹅绒衬里"……一个金发女孩突然像毒蛇一样飞快地将漂亮的小脸蛋俯冲下去,露出年轻而强健的牙齿,扑倒在穿套装女士的脖子上。霎时鲜血喷涌而出,金发女孩整张脸都埋在里面,似乎在洗脸,更像是在渴饮。①

> 酒店已经成了一堆碎玻璃、残缺的尸体、撞毁的汽车以及团团血泊所组成的垃圾堆。从公共绿地的北面开始,波伊斯顿大街开始变窄,被各种车辆阻断——其中有些已经撞毁,还有些人去车空。②

后现代主义文学"谋求与大众文化的合流,利用侦探小说、间谍小说、科幻小说、罗曼史等形式,然而并不像传统那样恢复秩序,而是讴歌混乱"。③《手机》打破了人类社会"温柔乡"的表象,通过"讴歌混乱"将人类未来将要面临的问题揭示出来。故事中的手机在瞬间改变了人类的生存状态,接受到"脉冲"的正常人变成了疯子,开始无休止地攻击一切活着的目标,这个场景的隐喻性质在于人类的生活被自己的发明物所颠覆。人类创造出许多他们自己认为能够完全控制的东西,就像美国人不停地保养他们的汽车以便让车永远为他们服务一样,人类应该为他们的机械孩子负责。④手机就是人类的"机械孩子",虽然发明者最初是以造福人类的目的发明了它,但如同电脑病毒一样,人类在发明某种事物之初绝不会想象到自己在未来的某一天将被"发明物"所累。虽然人类的身体需要各种发明的武装,人类也依靠这些发明成为强大的物种,但承

---

① 斯蒂芬·金. 手机[M]. 夏菁译. 上海:上海译文出版社,2007:8-9.

② 同上,第33页.

③ 胡全生. 英美后现代主义小说叙述结构研究[M]. 上海:复旦大学出版社,2002:63.

④ Jonathan P. Davis. *Stephen King's America*, p. 72.

受一切不良后果的只有人类的肉体凡胎。在金的叙述中,人类的身体随时面临着工业和科技进步而衍生出的威胁,正如《手机》中的一位幸存者曾提到的:

> 我们又造起了一座巴别塔……这座塔不是别的什么,正是由蛛网般的电子网络组成。在数秒钟的时间里,他们把那些网络打破,我们的"塔"一下子就崩塌了。他们造成了这一切,而我们三个就像有那么丁点儿幸运的虫豸,没有被巨人落下的双脚踏成齑粉。①

显然,当人类面临自己创造出的由光电、机械组合成的工业时代的世界时,很少质疑这个世界会在何种程度上将人类自身异化,而当人类被卷入这个滚滚向前的科技浪潮之中并被逐渐异化的时候,他们不但没有意识到潜在的危险,反而自负地舍弃了保护自己的能力。金意识到了当今社会人类对科技更加依赖,这也促使他把生活中由科技衍生出的恐惧罗列在小说中。②所以,《手机》所表达的担忧正是人类身处科技革命的浪潮而不自知的现实窘境。

在后现代叙事中,"艺术的与科学的、虚构的与真实的之间往往没有绝对的区别",③虚构往往是对现实的重建,"手机人"正是人类被科技产物异化的象征,是对人类生存状态的另类重建。科技革命不仅异化了人类的身体,更是迫使人的身体与"发明物"相融合,从而彻底改变了人类的社会结构和生存方式。在《手机》中,"手机人"到"手机疯子"的转变就是这种融合的例证,通过详述这种转变与其潜在的危险,金影射了现代社会中人类身体面临的异化与挑战。当克雷和几个幸存者逃亡至一所学校时,他们发现"手机人"已经开始了有组织的行动,并且出现了更加奇怪的现象,他们开始在夜晚聚集,并利用音乐进行某种类似"充电"的活动:

> 大型的音响每隔 10 或 15 英尺排列着,每个周围都被躯体所环绕……空间很小,一英寸都不浪费。他们的胳膊都是互相

---

① 斯蒂芬・金. 手机[M]. 夏菁译. 上海:上海译文出版社,2007:107.

② Jonathan P. Davis. *Stephen King's America*, p. 70.

③ 胡全生. 英美后现代主义小说叙述结构研究[M]. 上海:复旦大学出版社,2002:13.

重叠的，乍一看就像是纸娃娃铺满了整个球场，一列一列的。这时候音乐声在黑夜里大了起来——克雷觉得就像是超市里常常播放的那种音乐……所有这 800 人或者 1000 人都如同一个生物体一般在呼吸。①

在这个充满隐喻性质的场景里，现代人被手机这种人造的"机器"所异化的程度又加重了一层，他们已经由混乱无章的状态转变为一种"利益群体"，并开始了有组织、有目的的行动。人的"肉身"和手机的结合产生了不可估量的后果，"手机人"已经失去了人类作为万物主宰的主体地位，更像是某种被操控的机器，人与机器之间的边界在他们身上变得模糊不清。正如斯蒂芬·金所描述的那样，躺在体育场中的手机人"在重新启动，很可能在安装软件，他们的额头上似乎闪烁着'待命'二字……成百万甚至上亿人的大脑同时被清空，就像我们用一块强大的磁铁把过时的磁盘给清空一样。"②

唐娜·哈拉维（Donna Haraway）在《赛博格宣言：20 世纪晚期的科学、技术和社会主义的女性主义》（*A Cyborg Manifesto：Science，Technology，and Socialist-Feminism in the Late Twentieth Century*）中曾指出，赛博格（Cyborg）③是机器与生物体的结合体，当人类或者生物譬如人体安装了假牙、假肢、心脏起搏器等，这些身体模糊了人类与动物、有机体与机器、物质与非物质的界限，可被称为赛博格。虽然哈拉维提出赛博格概念的初衷是忠实于女性主义的，但在后来，她的"赛博格"思想得以发展，学术界目前普遍认为赛博格的本质就是人类与机器紧密联系、不可分割的关系。如果从"赛博格"的角度看待现代人的话，"人不再与他的产品不同，人类与动物、有机体与机器、物质与非物质的界限已经模糊"。④ "赛博格"是对现代工业社会中人类生存现状的描写，而金正是出于对人类生存现状的担忧而将人类被"机器"异化的程度放大。与"赛博格"相比，《手机》中那些受到手机传来的"脉冲"而变异的手机人被

① 斯蒂芬·金. 手机[M]. 夏菁译. 上海：上海译文出版社，2007：196-197.
② 斯蒂芬·金. 手机[M]. 夏菁译. 上海：上海译文出版社，2007：201-202.
③ "赛博格"一词原指医学实验中将机器应用于对生物的控制之中的"自动调整的人类机器系统"（self-regulating man machine system），是"控制论的"（cybernetic）与"有机生物体"（organism）两词的组合。
④ 欧阳灿灿. "无我的身体"：赛博格身体思想[J]. 广西师范大学学报（哲学社会科学版），2015（2）：64.

机器同化的程度有过之而无不及,他们不仅是被"机器"控制的"生物身体",更是想要灭绝正常人的"身体机器",这一点在后续的故事中得到了证实。克雷等人在逃亡的过程中发现"那场脉冲就是由调制解调器发送的一个电脑程序……只不过里面有病毒正在侵蚀整个程序,情况会越来越严重……那些手机变异人设置了一些洗脑站,在把正常的人转换成他们的同类"。①

金的《手机》把后工业时代中人类的身体置于一种危机之中:一方面,人类与机器(手机)融合为赛博格;另一方面,赛博格的机器化程度不断加深,甚至威胁到了人类作为"智慧生物"的本体。哈拉维曾指出,处在 20 世纪晚期这一神秘时代的我们都是怪物,都是由机器和有机体理论化后创造的杂交体,简言之,我们都是赛博格。②在后工业时代,人类生活的每个细节、人类获得的每个进步都与机器有着不可分割的关系,是机器造就了当代人类,而从这个意义上来看,人类也成为现代科技武装下的"赛博格"。于是,对科技的信仰已经开始让人类失去对自我身体的认识,人们开始享受科技给身体带来的愉悦,却在忘记科学文明本身也是人类意图的一种延伸。正如《手机》中提及的:手机疯子和政府自"9·11事件"之后与一直恐惧的人体恐怖主义没什么区别……如今手机成了我们的日常生活中占主流的通信工具,利用它,你就能把散乱的大众变成效忠于你的军队,而且利用手机还能破坏现有的社会组织结构。③

后现代主义文学擅长"否定人类固有的本体",④并用最为极端的方式表达故事主旨,金的叙述也将人类通过科技实现的意图推向一种极端,诸如核泄漏、大规模杀伤性武器等危害到人类自身的事物一样,现代人对电子产品的依赖也带来了人性、身体上的某些改变,从而"否定了人的本体"。处于后工业时代危机之中的人类并不知道这些"温和"的科技生活方式何时会以极端的形式表现出来,而《手机》则更为详尽地向人们展示了金对现代人过度依赖机器的生活方式之恐惧。金将后现代的"极端描写"与"主旨表达"紧密结合,革新了科幻小说的叙事策略,"再现"了

---

① 斯蒂芬·金. 手机[M]. 夏菁译. 上海:上海译文出版社,2007:361.

② 韦德,何成洲. 当代美国女性主义经典理论选读[M]. 南京:南京大学出版社,2014:195.

③ 斯蒂芬·金. 手机[M]. 夏菁译. 上海:上海译文出版社,2007:107.

④ 胡全生. 英美后现代主义小说叙述结构研究[M]. 上海:复旦大学出版社,2002:81.

人类社会现状,表达了对"人的生命价值、人之存在的目的以及人生的根本意义等"后现代文学终极价值的追求。①

二、身体与工业空间的斗争

现代工业造就了现代人的生活空间和生活方式。在一定程度上,人类生存在一个"工业空间"之中。历史的话语同小说的话语相互交织于一体,构成了后现代小说的互文性,即"将真实之景与虚构之景间的对立展现在读者面前,迫使读者意识到两种世界的存在。"②《手机》将现代人所在的空间同人类未来可能生存的空间相互交织,构成了"空间上的互文性",借以为读者展示未来人类的空间形态。金在访谈中曾表示:我常被各种机器吓到,因为我不知道它们如何工作,同时也很好奇它们怎样工作;试想一下你走在公路上,前后都是那种十排轮子的大卡车,它们开过你家花园会是什么感觉?它们看上去那么巨大,而且声音令人感到恐惧。③。金的恐惧来自人类的"肉身"属性,作为一种拥有血肉的生物体,与各种远胜于人类脑力、体力的工业产物相比,人类身体的渺小和羸弱深深地印刻在现代人的潜意识之中。在金的《迷雾》《末日逼近》《卡车》《克里斯汀》(Christine)等作品中都不乏对人类身体未来处境的焦虑与思考。与这些作品相类似,在《手机》构建出来的工业空间中,人类为了躲避被同化为机器而疲于奔命,但无论他们采用何种反抗方式,最终仍需要依靠车辆、枪械等工业产品。在故事的结尾,克雷为了拯救儿子,让他重新接听手机以达到"重启大脑"的目的,这一点似乎表明了人类处于工业空间中的无奈,同时也象征着人类终将无法逃脱"被工业化"而成为"赛博格"的宿命。

身体叙事的作用在于从身体感受上定义了现代人身体的处境,那就是一个广泛存在的工业空间。金以人类身体的变化勾勒出现代工业空间给人类生存带来的挑战。在这个空间中,人类的身体与工业文明共

---

① 胡铁生. 后现代主义文学的终极价值追求[J]. 学习与探索,2018(2):144.

② 胡全生. 英美后现代主义小说叙述结构研究[M]. 上海:复旦大学出版社,2002:113.

③ Stephen King. "A Conversation." In Tim Underwood,Chuck Miller,ed.,*Bare Bones: Conversations on Terror with Stephen King*[M]. New York:McGraw-Hill Book Company, 1988,p. 20-21.

存,但工业文明却引发了人类生存的危机。在《手机》的开篇,金描述了一个井井有条的生活场景,高楼大厦、售货车、观光车、出租车、IPod、耳机、手机、漫画书、冰淇淋①等工业产品与人类一起构成了现代城市生活中最为常见的景象。这个平和景象旋即被打破,手机传出的"脉冲"控制了正在打电话的人,接听手机者突然发疯,开始攻击一切有生命的物体,"疯子"撕咬活人和宠物狗、冰淇淋被扔在地上、汽车失控、手机跌落、人群惊叫、远处传来爆炸声,②人类生活的工业空间顷刻间变成了人间地狱,手机这种工业产品引发了波及全球的人类生存危机。虽然金通过诸多细节描写来营造这个工业空间的危机氛围,但发生在人类身体上的变化才是这场危机的核心元素,人类的疯癫、流血、奔逃、打斗、惨叫、死亡构成了这个空间中最为惨烈的末日景象。金在身体叙事的形式上继承了传统哥特小说和惊悚小说营造阴森、恐怖气氛的表达方式,在故事内涵上也体现出某些惊悚小说"反应人与现实的现实主义'纯文学'的创作原则。"③叙事形式与故事内涵融汇统一于《手机》对人类未来生存形态的焦虑主题上。

　　身体与工业空间相互交融而又彼此抗争的关系是人类生存危机的本源。潘代曾经用海明威的《白象似的群山》(Hills like White Elephants)来说明叙事对身体的依赖大于对空间的依赖:在《白象似的群山》里并没有随情节而变化的空间,有的只是穿梭于故事始末的"身体问题",这也说明了身体可以在故事中成为叙事的线索,从而界定了人物所处的空间。④《手机》中人类身体的状态及其变化不仅是贯穿故事始终的"身体问题",而且从多个角度界定了人类生存的工业空间形态,令人类身体和工业空间形成了一种绑架式的依附关系。接听电话者由于收到"脉冲"被洗脑而变成了"手机疯子"、正常人依靠武器、汽车躲避手机人的攻击而保命、手机人之间通过电磁波联系彼此并聚集为攻击人类的群落、正常人用炸弹和汽油反抗手机人的进攻、克雷试图用"重启大脑"的方式拯救儿子……在诸如此类的情节里,人类身体在与工业空间的对抗和合作的互动过程中发生了身体状态、性质的变化。身体的变化也带来了人类

---

①　斯蒂芬·金．手机[M]．夏菁译．上海:上海译文出版社,2007:4-5.
②　同上,第5-7页．
③　胡贝克,李增．惊悚小说《白衣女人》的时代道德潜质[J]．外国文学研究,2017(5):87.
④　Daniel Punday. *Narrative Bodies*: *Toward a Corporeal Narratology*, p. 129.

所处工业空间在性质上的改变,工业空间从人类的从属物跃居为人类的操控者,这使得人类与工业空间对身体控制权的争夺形成了二者之间最为基本的矛盾。

对人类而言,工业空间是个巨大的牢笼,身体无处逃脱。在谈及身体之于空间的意义时,潘代曾提到:科幻小说中那种超光速旅行虽然改变了传统意义上的时间和空间概念,但仍涉及最根本的问题,就是"身体"进入飞船的事实。①在《手机》这部"科幻恐怖"小说中,金创造了一个极有可能发生在未来某个时空里的"身体"与"空间"发生对抗的故事。或许由于金对人类命运存在某种悲观的心态,《手机》中的正常人与"手机人"之间的对抗显得十分无力。以克雷为首的正常人只能东躲西藏,以免遭到手机人的攻击,还需要避免听到各种被扔掉的手机发出的"脉冲"而变成"手机疯子";克雷更为担心儿子约翰尼会被"脉冲",他送给约翰尼作为礼物的那个红色手机"像定时炸弹一样在他脑海里,随时都可能爆炸"。②虽然克雷等人在盖登(Gaiten)学院发现了成群充电的手机人并将他们炸死,但爱丽丝等幸存者却接连被手机人杀死,建筑工人雷(Ray)甚至由于失去了所有亲人而自杀,这一连串事件无不暗示着人类面对不断扩张的工业空间所表现出的无奈。

在后工业时代,人类无时无刻不处于工业空间之中,人类对工业空间的依赖与人类自身危机意识的缺失都具有潜在的危险性。基于这一点,金在《手机》里通过危及人类生命和文明的手机事件而表示出对未来人类生存环境的关切。《手机》和金的小说集《守夜》中的短篇《绞肉机》(The Mangler)异曲同工,后者讲述了洗衣房里的洗衣机和烘干机最终也成为拥有"灵魂"的机器生命,而且绞死了人,致使"人类成为人造机械的牺牲品"。③两个故事的悲剧都在于当人类对于自己创造的工业文明感到骄傲并享乐其中的时候,也许并未意识到自己已经深陷工业产品的包围之中,更无法预知工业空间中潜在的风险。

与现实世界类似,《手机》中的工业空间处于发展的状态之中。"美国有太多的手机,中国大陆的手机数量和美国人口一样多",④"手机人"

---

① ibid. p. 136.

② 斯蒂芬·金. 手机[M]. 夏菁译. 上海:上海译文出版社,2007:68.

③ Jonathan P. Davis. *Stephen King's America*,p. 72.

④ 斯蒂芬·金. 手机[M]. 夏菁译. 上海:上海译文出版社,2007:106.

也经历了如同工业产品一般的"进化"，它们在最开始杂乱无序的攻击人类发展到"成群结队地出没，列队离开球场"，①后来发展到具备了群体意识和更高级的协作意识，开始四处捕捉正常人，并把他们"送到'洗脑站'，迫使他们接听手机传来的'脉冲'，"②从而不断扩大其群体规模。但是，与工业空间蓬勃的活力相比，人类的身体现状却令人担忧："人们在遇到危险时总会在第一时间拿起手机"，③失去了对工业产品的依赖，正常人就会沦为难民，只能"在车辆的残骸间默默穿行，让克雷想起一群从山上疏散的蚂蚁。"④金赋予了手机极强的象征意义。作为一种工业产品，它象征着工业空间与现代人的融合。手机的广泛使用令工业空间具有了普适性，那些被控制的"手机人"在这里甚至成为工业产品功能的一种延伸。失去了工业产品的帮助，人类变得一无是处。从这个角度看，《手机》具有极强的后天启示意味，与其说是工业空间会给人类带来了灭顶之灾，不如说是由于人类对工业空间的依赖和警惕意识的缺乏将会造成自身的生存危机。

此外，科技恐怖小说用一种感伤的视角来看待我们现如今的那些探索未知的科技。⑤在一定程度上，金也用一种极为悲观的心态看待人类的发展进程。《手机》立足于人类在工业空间中的生活现状，但展望了人类终将成为"赛博格"的未来，在那个世界中，人类和机器深度融合、难分彼此。在《手机》中，克雷与手机人的斗争一直持续到了最后，但并没有对整个世界都被手机人控制的事实形成一丝改变；汤姆（Tom）和乔丹（Jordan）虽然一直在与克雷并肩战斗，但最终还是面对为数众多的手机人而放弃了暴力反抗；新一批手机变异人之间能靠心电感应沟通，但同时还能说话；⑥人类内部开始出现夏伦（Sharon）一类的手机人间谍，人类试图报复手机人的计划也被泄露出来；克雷在最后找到了儿子约翰尼，但约翰尼已经被清除了记忆，克雷无奈之下只有采取给约翰尼"重启大脑"⑦的方式尝试恢复其正常人的身份。戴维斯（Jonathan P. Davis）

---

① 斯蒂芬·金. 手机[M]. 夏菁译. 上海：上海译文出版社，2007：202.
② 同上，第314页.
③ 同上，第277页.
④ 同上，第131页.
⑤ Douglas E. Winter. *Stephen King：The Art of Darkness*，p. 87.
⑥ 斯蒂芬·金. 手机[M]. 夏菁译. 上海：上海译文出版社，2007：362.
⑦ 同上，第445页.

曾指出,人类制造了卡车,但卡车却是没有情感的一堆金属,它们只需要维持它们活动的油料,这种简单且又单调的需求直指未来人类将面临的无聊的世界末日。①《手机》的故事虽然有着开放的结尾,但故事的情感走向并不乐观,工业空间中人类的生存可能越来越小,在延续自己作为智能生命的统治地位上,人类"面临着世界末日"。

潘代曾提出,虽然科技给了我们看得更远、听得更真、查阅更信息更加快捷的能力,但并没有给予我们新的知觉能力,我们仍然需要靠看、触、听来感知世界。②这一点在肯定身体之于现实的价值上具有积极的意义,但仍然说明了一个人类必须面对的现实,那就是离开了工业空间,人类将失去改造世界和拯救自己的能力。哈拉维所提出的赛博格思想"意为对身体观念的彻底重构"。③她认为,赛博格就是我们的本体论存在,它给予我们自身的政治……赛博格的半是机器、半是有机体的杂交性质,为人们研究人与技术之间存在的纷繁复杂的关系提供了一个行之有效的隐喻。④《手机》对工业空间现状和人类命运走向的判断与哈拉维的这种思想不谋而合,人类的身体终将与机器融合,在业已形成的工业空间中,人类的身体与各种机器将共存、共生。所以,在这个层面上,机器和身体对人类的未来拥有同样重要的意义。

《手机》虽然并未给出一个拯救人类身体或阻止机器侵蚀身体的解决方案,但故事中人类群体逐渐退缩,人类身体最后无计可施并求助于机器拯救自己的现实也恰恰证实了身体无法逃离其"赛博格"的属性而独立存在。约翰·奥尼尔曾对未来社会中人类的身体形态做出过设想,为了使我们适应高科技的未来,我们必须重新设计自己的生活、心智、情感、行为以及工作和栖居之地;如果不然,这样一种未来的社会会迅速将我们清除掉,或将我们抛入那些已经处于世界边缘的人群之中;在机器社会里,后一种人那备受疾病、饥饿折磨、无家可归的身体永远不可能享

① Jonathan P. Davis. *Stephen King's America*, p. 71.

② Daniel Punday. *Narrative Bodies：Toward a Corporeal Narratology*, p. 135.

③ 欧阳灿灿."无我的身体":赛博格身体思想[J].广西师范大学学报(哲学社会科学版),2015(2):61.

④ 韦德,何成洲.当代美国女性主义经典理论选读[M].南京:南京大学出版社,2014：195-196.

受到和平和尊严,他们唯一的命运就是被机器社会压制和遗弃。①奥尼尔的论断表明,身处后工业时代之中,没有人能逃脱这个巨大的"工业空间"的控制,人类只有在意识和身体上做出相应的改变才能在未来继续主宰世界,继续做工业空间的"主人"。

《手机》传达出一种焦虑,那就是充斥着工业空间在改变人类生活状态的同时也在悄悄地将人类引向一个深渊,在那个深渊之中,人类依靠智能化的机器生存,最终会成为机器的宠物。这种焦虑在本质上是一种"生态焦虑",也就是说,如果人类是赛博格,那么世界也不再是人类的自然世界,"当人类存在的根基——'身体'发生变化,人类存在的意义与价值也将发生深刻的改变"。②这种焦虑与让·鲍德里亚(Jean Baudrillard)的观点十分相似。他认为,对经济制度来说,身体的理想类型是机器人,机器人是作为劳动力的身体得以"功能"解放的圆满模式,是绝对的、无性别的生理性生产的外推(也可能是电脑机器人,电脑一直是大脑和劳动力的外推);对符号的政治经济制度来说,身体的指涉模式是人体模型,由于与机器人属于同一时代,人体模型也代表价值规律下完全功能化了的身体。③实际上,这种"生态焦虑"的本源仍然是人类中心主义的,人类并不愿放弃自己对自然(工业空间)的领导地位,而是像《手机》中为反抗手机人而四处奔走的克雷那样纠结于如何将自己的身体"去功能化",以便为所欲为地继续自己对万物的"统治"。

如果按照罗西·布拉伊多蒂(Rosi Braidotti)的说法,人类已经进入了"后人类"(Posthuman)时代,"后人类"是提出一种思维方式的质变,是对我们自己是谁、我们的政治体制应该是什么样子、我们与地球上其他生物是一种什么样的关系等一系列重大问题的思考……从而引进一种全新的思维方式"。④这个观点与哈拉维的观点不谋而合,也给《手机》所引发的焦虑提供了解决方案。如果以工业空间的视角来审视人类的身体,那么人类努力维系的身体形态必将做出改变,以适应整个工业空

---

① 约翰·奥尼尔.身体形态:现代社会的五种身体[M].张旭春译.沈阳:春风文艺出版社,1999:38.
② 欧阳灿灿."无我的身体":赛博格身体思想[J].广西师范大学学报(哲学社会科学版),2015(2):65.
③ 汪民安,陈永国.后身体:文化、权力和生命政治学[M].长春:吉林人民出版社,2003:53-54.
④ (意)布拉伊多蒂.后人类[M].宋根成译.开封:河南大学出版社,2016:2.

间（生态环境），同时还要从思维上对自我身体的客观状态做出判断，从行动上去适应身体性质变化的事实，并预判未来可能出现的若干问题以达到人与工业空间和谐共生的态势。

　　作为一名通俗小说家，一方面，金对人类生存现状的思考迎合了大众文化语境中人类及其依赖工业产品的社会现实；另一方面，金通过将后现代的身体叙事与映射现实的故事内涵相结合，展现了作为后现代语境下"严肃文学"作家乐于表达的对人类命运的关注。以上两种创作特质展现了金的小说"展现时代特征""关注人类本质"[①]的政治美学价值，也展现了金的作品拥有"高超叙事技艺"的文艺美学价值。

---

　　① 胡铁生，张晓敏. 文学政治价值的生成机制[J]. 山东大学学报（哲学社会科学版），2015(4):45.

第五章　斯蒂芬·金对后现代主义文学的贡献

　　哥特文学现今已经成为一个历史上的概念,但它的生命在无数个现代作家的作品里仍然鲜活,爱伦·坡、亨利·詹姆斯、福克纳、柯南道尔、洛夫克拉夫特等作家都是哥特文学的拥护者。无论是"严肃文学"大师还是"通俗文学"巨匠,他们都用自己的文字令哥特文学焕发了新生。在后现代语境中叙事的斯蒂芬·金仍然延续着先辈的足迹,他的故事用精巧的结构和跌宕的情节表达了深远的内涵,这对一个靠"卖字"赚钱的通俗小说作家来说是难能可贵的。后现代思想家标榜的解构、拼贴、戏仿、话语游戏等要素在金的作品中屡见不鲜,这不仅让金的一些作品搭上了"文学主流"的班车,也让这些故事成为读者和观众眼中的"经典";而金也正是用这种方式"反哺"着后现代语境下的文学与文化。

第一节　斯蒂芬·金对传统文学的继承与创新

一、后现代语境下金的作品之形式美学

　　金的创作继承了 18 世纪以来的哥特文学传统,但在后现代语境与大众文化语境之中将其发展,进而形成了独特的"后现代式哥特"[1][2]文学。金的大部分作品都是以恐怖小说的样式呈现给读者的,这就意味着

---

① 倪楠. 疏离·分裂·扭曲·疯癫——以弗洛姆异化理论看《迷雾惊魂》中卡莫迪太太社会性格的异化[J]. 哈尔滨师范大学社会科学学报,2015(4):133.

② 王晓姝,傅景川. 从《宠物墓园》看史蒂芬·金的后现代哥特世界[J]. 解放军外国语学院学报,2016(2):132.

在作品的体裁上与英国维多利利亚时期的惊悚小说、18 世纪的哥特小说有着历史渊源上的沿承关系,惊悚小说和哥特小说中的元素被金在作品中灵活运用。在金的《闪灵》和《一九二二》中,瞭望酒店(Overlook hotel)、乡村老宅是恐怖故事的发生地,有着哥特式古堡的色彩;在《绿里奇迹》《凯丽》《神秘火焰》《绝望》等作品中,故事的主角被赋予了各种超人能力,神秘的超自然能力一向是哥特小说中不可或缺的元素;在《撒冷镇》《穿黑衣的男人》(*The Man In the Black Suit*)中,反派人物的身份是魔鬼或吸血鬼,这与维多利亚时期惊悚小说中制造恐怖的元素相类似;在《迷雾》《兰戈利尔人》(*The Langoliers*)中,神秘的异度空间生物威胁着人类的生命,这种对人类未知世界的恐惧直接继承了洛夫克拉夫特(H. P. Lovecraft)所建构的《克苏鲁神话》(*Cthulhu Mythos*)世界;金的创作还得益于爱伦·坡的《黑猫》《红死魔面具》等恐怖故事,在《噩兆》《宠物公墓》和《我是大门》(*I Am the Doorway*)中,普通小动物、外星生物都被赋予了致命的邪恶力量。所以说,金的创作既有对文学传统的继承,又有对传统的突破。

金不仅在文学体裁上沿承了丰富的哥特小说、惊悚小说传统,在后现代语境之中,金的作品在结构上也有着强烈的后现代性,他创造性地发展了恐怖小说这种文学类型。托尼·麦基斯特里曾认为,金的创作"将传统的哥特文学在新时期发扬光大"。①作为深受哥特小说形式美学影响的作家,金的创作虽然继承了哥特文学在体裁上的特质,但也有着时代赋予的、不同于哥特文学的艺术特征。后现代文学的艺术性在于文本由碎片构成,打破线性叙述结构,给读者无限想象空间,否定了现实的确定性,并且由读者积极参与文本意义的建构。②在文学创作中,遵从这种后现代理念和范式的作品形成了后现代意义上的艺术价值。在金的作品中,读者可以清晰地发现碎片化、戏仿、拼贴、非线性叙事等后现代性文体的构成元素。

在《凯丽》中,故事在人物构建、故事结构上对格林童话《灰姑娘》有着戏仿的痕迹,在学校欺负凯丽的同学形象对应着《灰姑娘》的姐姐,虐待凯丽的母亲玛格丽特的形象则源自灰姑娘的"恶母";同时,《凯丽》由多种文体构成,书籍、词典、证词、调查报告、报纸摘录构成了《凯丽》全篇

① Tony Magistrale. *Landscape of Fear:Stephen King's American Gothic*,p. 12.
② 胡全生. 英美后现代主义小说叙述结构研究[M]. 上海:复旦大学出版社,2002:145.

的非线性、多视角的叙事结构,因此,《凯丽》就是一部后现代版的《灰姑娘》。在《一号书迷》中,非线性叙事与全知视角的叙事形成了穿插在故事发展中的文本交叉结构,保罗在半睡半醒的梦境中的思考充斥着命运的不确定性,安妮的人物性格也喜怒无常,这也导致了故事情节的不确定性;《米泽丽》作为故事中作家保罗的作品竟被堂而皇之的插入主体故事之中,安妮与保罗对《米泽丽》写作方式的争论制造出了一种"元小说"的文本氛围。在《惊鸟》中,主体故事由多萝丝作为叙事者进行讲述,在多萝丝对过往生活非线性的叙述中,关于另一位女主人公维拉的信息全部隐含在叙事者的只言片语之内,读者只能通过限知视角下碎片化的信息拼凑出维拉的人物形象。在《死亡区域》中,现实中的人物罗纳德·里根(Ronald Wilson Reagan)竟作为总统候选人在集会上与主人公约翰尼握手,约翰尼甚至预见他将成为一个"好总统";在《六三年十一月二日》中,主人公杰克(Jake Epping)坐上了时光机穿越回 1963 年的美国,试图拯救被暗杀的总统肯尼迪(J. F. Kennedy)。此外,金还在创作中广泛使用了身体叙事、空间叙事等后现代创作技法。可以说,正是金对诸多后现代要素的综合运用使其小说作品在后现代语境中得以广泛传播,形成了金氏独有的"后现代哥特"美学。金的小说也因此深受广大读者的好评,为他赢得了"美国文学杰出贡献奖"等多个文学奖项,金从此获得可以比肩汤婷婷等作家的文坛地位,这一点也从一个侧面表明学界对金的小说文学价值的认可。

学术界有学者指出,后现代主义美学全面反对形而上学,形成了诸如反本质主义、生活美学、身体美学等"形而下"的美学。[①]这就产生了后现代主义文学审美的虚无论,从而需要重新强调审美对"形而上"的回归。但是,也有学者指出,文学的终极价值是文学的核心价值,是人类自我本质维系与发展的基本要素和人类活动要素的本体,也是定义人之存在的核心概念之一,因而,否定后现代主义文学的终极价值追求不仅否定了人的发展的本质,也从根本上否定了后现代主义文学存在的全部意义。[②]从这个角度来看,后现代时期文学的价值在于对人类自身具有不确定、碎片化、模糊的生活状态的思考,在后现代时期,无论文学作品采

---

① 管雪莲. 后现代美学批判与审美形而上学的重建——兼论《作为第一哲学的美学》的美学体系[J]. 厦门大学学报(哲学社会科学版),2017(2):14.
② 胡铁生. 后现代主义文学的终极价值追求[J]. 学习与探索,2018(2):141.

取何种样式,其最终的审美情趣始终倾向于对人类自身问题的关注,这也正是后现代文学的审美价值所在。国外学者曾指出:"恐怖小说不单单是一块随意访问的安静之地,除了它能让我们宣泄之外,恐怖小说有着它的认知价值,它让我们更好地了解自我和我们所处的世界。"①金的小说是哥特小说和惊悚小说在后现代语境中的新发展,在形式上对传统文学有着一脉相承的联系;同时,金的小说也一直关注着普通美国家庭、美国人乃至整个人类的生存状态,在内容上同业已进入"严肃文学"殿堂的经典作品有着本质的关联,这一点在前文已有论证,在此不再一一赘述。因此,处于后现代语境之下,处于文学大众化的氛围之中,金的文学创作具有独到的美学价值和审美意蕴。

二、斯蒂芬·金小说的政治美学价值

有学者指出,金的恐怖小说就是一种颠覆性的艺术,它直接打破绚烂的事物表象而直指现实的真相,这种颠覆揭开了我们对抗自身困境的那些伎俩——科技、宗教、物质主义和文明。②金的创作始于20世纪70年代,在他的很多早期小说中,故事的背景跨越了整个20世纪的后半段与21世纪的前二十年,这段时间正逢后现代主义文学的大发展阶段,处于结构主义、女性主义、新历史主义等思潮之中从事文学创作的金深深地受到了各种当代思潮和流派的影响;这些思潮与流派风起云涌的历史背景赋予了金的文学创作以强烈的时代特征,越南战争、肯尼迪遇刺、水门事件、人类登月、冷战、环境污染、9·11事件、互联网兴起、大众文化兴盛、智能终端的广泛使用等一系列人类历史发展进程中的重大事件构成了金创作的社会、政治、科学和人文环境。

国外学者曾指出,金通过多部小说"发展了理性超自然主义(rational supernaturalism)的主题",并将其"风格化"后延续在自己的后续小说中,其恐怖小说"通过打破事物外表的面具而直面真相",金的"一些小说中充满了现代童话的意味",我们可以"通过金的小说透视社会规约、习俗、职业、装束之下人们的真实模样"。③因此,金的创作在内容上

---

① Douglas E. Winter. *Stephen King：The Art of Darkness*, p. 5.
② Douglas E. Winter. *Stephen King：The Art of Darkness*, pp. 8-9.
③ ibid, pp. 21-22.

突破了大众文学(或通俗文学)的藩篱,从而表现出作家作为知识分子所应具有的独立思考、独立人格和强烈的社会责任感,这恰恰是金的小说中政治美学价值所在,也是其作品在文艺美学层面上的"价值增值"。①虽然文学的形式和内容分属文学价值的不同层面,但两者既存在各自的优势,同时也存在着各自的不足。仅仅在形式研究层面探讨文艺美学价值会使其研究流于创作技法表面,而不能深入作品的肌理去探讨其思想内涵与社会意义;过分强调内容研究,仅在政治美学层面讨论金的创作又会忽略支撑文本的基本框架与文本内涵的表达方式,因此,只有综合形式与内容两方面的研究才能科学地评价作家所创造的文学作品的艺术价值。

纵观古今中外的文学发展史可以发现,文学在政治文化领域中对意识形态功能以及和谐社会的建构的确具有重要的促进作用。文学价值在政治层面的增值,除文学在伦理政治方面对人类理想社会的追寻以外,还包括权力政治范畴的政论性文学通过学科跨界所做出的贡献。②在创作形式上,金的小说综合运用了身体叙事等后现代叙事策略,具有典型的后现代主义特征和形式主义的文艺美学价值。虽然金的创作一向被学界看作通俗文学或大众文学,但金在创作内容上一向惩恶扬善,并将社会公平、伦理道德、人间正义作为其小说的主要创作主旨。也有学者认为,金对社会、对普通人的关注远超过古希腊和文艺复兴时期的故事。③在一定程度上,金的小说在形式上和内容上的美学价值存在着辩证统一的关系,而金的创作对"文学价值的增值"则体现在其小说的形式与内容在政治美学层面的有机统一。

从"人学"意义上看,金的写作中对普通人生活的关注亦存在着形式与内容在文艺美学和政治美学上的统一。《凯丽》中后现代意义上的身体叙事是故事发展的叙事动力,不仅推动了情节的发展,也构成了故事的基本框架,凯丽的身体也成为通俗文学中一个经典的"女妖"形象,《凯丽》故事的主旨也在于表现后现代社会中来自美国社会中教育、宗教给

---

① 胡铁生.理想社会建构的文学思维模式——以西方乌托邦与反乌托邦小说的正向与逆向思维模式为例[J].甘肃社会科学,2018(2):84.

② 胡铁生,张晓敏.文学政治价值的生成机制[J].山东大学学报(哲学社会科学版),2015(4):45.

③ Leonard Mustazza. "Fear and Pity: Tragic Horror in King's *Pet Sematary*." In Tony Magistrale, ed., *The Dark Descent: Essays Defining Stephen King's Horrorscape*, p.76.

个人带来的身心压抑。《惊鸟》中的女性身体是故事的核心要素,故事主旨在于揭露男权制婚姻给女性身心上带来的伤害。《一号书迷》中男女主人公对身体控制权的争夺是故事的核心矛盾,身体状态的变化则表征了男女两性气质失衡对社会带来的冲击。《噩兆》中源自身体的欲望和求生欲是推动情节发展的叙事动力,也是现代社会中造成家庭危机的基本要素。

从"社会学"意义上看,金对社会生态的书写也有着形式与内容在政治美学上的统一。《神秘火焰》中的身体叙事既是塑造人物的艺术手段,同时也是对美国政府在冷战时期施加给民众的极端身体政治策略的抨击。《死亡区域》中的身体叙事构成了主人公身份变化的线索,也表达了美国民众对不良政治生态的愤懑。《迷雾》中的身体叙事不断地为"身体迷失"的主题服务,也客观地再现了军事试验、环境污染给民众带来的生存危机。

"人类学"意义上看,金的小说从不缺乏对人类未来的憧憬与对人类命运的担忧,金对未来人类社会形态的书写是文学的形式与内涵完美结合的产物。《奔跑的人》中的身体被"物化"为商品的过程是故事发展的主线,也是对"反乌托邦"社会的生产和消费模式的无情讽刺。《末日逼近》中人类身体与致命病毒的抗争过程是故事的核心矛盾,也是对人类无限制地发展生化科技的警示。《手机》中人类与被手机操纵的身体之间的斗争是故事的核心矛盾,也是对人类处于工业空间中生存困境的象征性表现。

有国外学者指出,对现实主义的追求要求恐怖小说遵从这样的形式:隐晦地通过刻画不合常理或超自然的事件去表达理性。①金的文学创作体现出这种创作机制,即用"非常规"的事物来表达自己对理性的认识与回归。金自己曾表示:"对我来说,写作就像从自己的生活里的一个小洞钻出去,到外面的现实世界去,而且可以在那里待上一段时间。"②以作家自身的生活管窥普通大众的生活状态或许能够更好地创作出贴近现实、反映现实、鞭笞现实的作品,在这个意义上,金的文学创作与他

---

① Douglas E. Winter. *Stephen King*: *The Art of Darkness*, p. 6.

② Tim Underwood, Chuck Miller. "An Evening with Stephen King at the Billerica, Massachussetts Public Library." In Tim Underwood, Chuck Miller, ed., *Bare Bones*: *Conversations on Terror with Stephen King*, pp. 3-4.

所处的时代背景又形成了某种媾和。历史话语与小说话语的交织明显地构成了后现代小说的互文性,它将真实之景与虚构之景间的对立展现在读者面前,迫使读者意识到两种世界的存在。①文学的政治美学价值则要求"完美性是精神的目标和特质,因为只有精神能够设想完美性的概念并创造完美的理想世界"。② 正是由于对文本世界和现实世界之间关系的精准描述,金的作品才具有后现代意义上的美学价值,而金的小说创作在形式与内容之间有机地、互补地统一于其文艺美学和政治美学的价值体系之中。

第二节　大众文化语境中金通俗小说的伦理教化意义

一、大众文化语境中斯蒂芬·金小说的伦理诉求

在后现代时期,文学正处于多样化发展的历史进程之中,后现代时期的文学作品在"高雅"与"通俗"之间的壁垒已经不复存在,③在这种情况下,学术界所谓的"通俗"小说研究得以广泛流行。当代大众文化语境是后现代社会发展的必然结果,在大众文化语境下,传统的文学表现形式被解构,传统价值观也逐渐被新的价值观所取代,④在大众文化语境中广泛传播的通俗小说正是以新颖的表现形式和价值观得到了大众读者的认可。这种认可一方面体现在通俗小说对当今世界时代特征的精确映照上,另一方面也体现在通俗小说对当代伦理价值的高度弘扬上。

金小说中的伦理诉求既与 18 世纪欧洲文学传统一脉相承,也具有鲜明的时代特征。惊悚小说与哥特小说反映了特定历史时期中的伦理道德观,这些"伦理密码"都隐匿于文学作品引人入胜的情节之中,悬疑、恐怖、杀戮和血腥的场景都是大众文化语境之下文学作品对大众审美心

---

① 胡全生. 英美后现代主义小说叙述结构研究[M]. 上海:复旦大学出版社,2002:113.
② 张盾. 超越审美现代性:从文艺美学到政治美学[M]. 南京:南京大学出版社,2017:79.
③ 胡全生. 英美后现代主义小说叙述结构研究[M]. 上海:复旦大学出版社,2002:5.
④ 綦天柱,胡铁生. 当代大众文化语境下的文学经典化[J]. 求是学刊,2017(1):134.

理需求的回应,而诸如《白衣女人》《弗兰肯斯坦》《山间鬼屋》《黑猫》等此类的传统作品无不宣扬对传统婚姻道德的维护、对生命道德的坚守与对道德败坏者的无情批判。因此,哥特小说、惊悚小说与"精英文学"同样"诠释了大众文学语境下文学作的品经典化过程,也表现了对文学的伦理道德思考",①这一点正是其时代伦理道德特质和文学价值之所在。

虽然不同时期社会的伦理道德标准具有相对的恒定性,但在后现代社会中,人类文明的时代发展对文学提出了不同于以往的伦理和道德问题,在现代社会发展的进程中,男权主义、金钱至上、极端宗教、社会不公、种族主义和纳粹主义以及科技发展的双刃剑等问题均已成为挑战人类道德良知的因素。在大众文化语境的影响下,各种类型文学在经典化的道路上都对这些问题形成了独到的见解。作为通俗小说作家,金对当今时代道德的批判与坚守及其取得的成功在客观上为恐怖小说的经典化发展做出了巨大贡献,金的通俗文学或恐怖小说类型"超越并且改变了这个类型文学的形态和内涵"。②在金的小说中,《噩兆》与《惊鸟》用后现代时期的婚姻悲剧表达了作家对恪守婚姻伦理观的期待;《多兰的凯迪拉克》《宠物公墓》和《凯丽》则以后现代社会中的家庭惨剧表达了作者对重整家庭伦理的诉求;《尸骨袋》(*Bag of Bones*)与《纳粹高徒》(*The Apt Pupil*)用对种族主义、纳粹主义的批判方式表达了作者对人间正义与人类生存伦理的尊重。正因如此,乔纳森·戴维斯指出,金的小说是对传统哥特式小说的继承与发展,其作品中的一些故事表明当今社会中人们的道德水准在日渐下降,使人们透过故事看到了现代社会中人性阴暗的一面。③

文学作品中对社会丑恶行为的揭露属于"以丑见美",因而形成了文学特定的审美价值。除了对人类社会道德败坏行为的"审丑"式批判外,金的小说在极大程度上个关注了现代社会中的人性美和道德美,从而展现出其作为通俗文学在大众文化语境中在伦理方面的"审美"倾向。在金的小说中,《丽塔·海华丝与肖申克的救赎》展现了主人公安迪对希望、良知、正义原则的坚守,歌颂了安迪身上的隐忍、克制、执着的伦理品

---

① 胡贝克,李增. 惊悚小说《白衣女人》的时代道德潜质[J]. 外国文学研究,2017(5):89.

② Michael R. Collings. "Afterword." In George Beahm, ed. ,*The Stephen King Story*, p. 200.

③ Jonathan P. Davis. *Stephen King's America*, p. 17.

质;《绿里奇迹》叙述了约翰·科菲虽然身陷囹圄但仍不顾及个人恩怨,积极主动地去拯救他人的故事,其行为不仅体现了作家对人间大爱的弘扬,而且表达了对善良、热情、博爱等人类优良伦理品质的赞许之声;《尸体》(The Body)用少年的视角审视了我们周遭的现实生活,体现了作家对友谊、陪伴、同情、互助等高尚情操的认同;《惊鸟》用女性不顾自身安危拯救孩子于水火之中的故事赞扬了最为质朴的人伦情怀——母爱。伦理价值是文学的基本的价值之一,它反映了文学所有价值的本质特征。除了伦理价值,文学又有其他价值,但它们都以不同形式与伦理价值联系一起。①金的创作虽然属于通俗小说之列,但由于能够"根植于西方世界的伦理密码之中",②因此,金的作品在伦理诉求方面与"严肃文学"别无二致。所以,国内有学者对通俗小说的伦理价值做出了这样的论述:从维多利亚时代到当代,惊悚(通俗)小说所蕴含的伦理道德观念既体现出作家对人类社会中相对恒定的价值观的诠释,亦表现出作家随社会发展而形成的伦理道德观的差异性思考。③

在后现代时期,"文学已死"也已成为一个学术话题,其主要原因是后现代思潮下的大众文化语境"对文学格局产生了巨大影响。"④通俗小说作为文学"商业化"和"批量化"的产品正在逐步侵蚀曾经引以为傲的"严肃文学"的生存空间。但是,商业成功并不代表着文学价值与审美价值,通俗小说文学价值的生成过程实际上紧紧伴随着其经典化的过程,而这个经典化的过程则离不开作品中对文学传统的坚守与随时代发展而进行的创新。金的小说正是沿承了18世纪以来欧洲的文学传统,在创作形式和内容上都在已有传统的基础上既对后现代通俗文学进行创新,同时也保持了文学对时代特征的描绘、对传统伦理道德的维护和对后现代语境中新的伦理道德追寻。学术界所提出"斯蒂芬·金现象"的缘由正是与金在文学创作上不断进取与对时代价值的不懈追求紧密相关。因此,金的小说创作不仅在文学性和政治性层面贡献卓著,而且在文学商业化的风潮中也独领风骚,并最终成为当代大众文学经典化的样板。

---

① 聂珍钊. 文学伦理学批评:论文学的基本功能与核心价值[J]. 外国文学研究,2014(4):13.
② Jonathan P. Davis. *Stephen King's America*,p.18.
③ 胡贝克,李增. 惊悚小说《白衣女人》的时代道德潜质[J]. 外国文学研究,2017(5):89.
④ 綦天柱,胡铁生. 当代大众文化语境下的文学经典化[J]. 求是学刊,2017(1):132.

二、大众文化语境中斯蒂芬·金小说的伦理价值

后现代时期的文学创作在坚持自身对现实进行"虚拟化"写作的同时谋求与大众文化的合流。①在大众文化语境中,相对于文学作品的形式而言,读者对文学作品内容上的关注度更高,这就要求作家在创作中能够迎合读者的阅读兴趣,使作品在内容上更加贴近读者的阅读心理与审美情趣。在后现代时期,伦理与审美批评几乎失去了必然的联系。我国有学者对此现象指出:"大众文化兴起带来的文学审美的日常生活化也极大地拓展了审美的边界,甚至将之前受到伦理排斥的形而下情欲也纳入文学审美中,共同参与消解了伦理对审美的规约。"②这种倾向导致某些作家会依照"大众口味"进行创作,因而在各种类型的文学作品之下皆有诸如凶杀、打斗、色情、悬疑等吸引读者阅读兴趣的情节出现。尽管文艺美学中的"审丑"仅是 20 世纪才出现的一个概念,但在后现代主义文学作品中却起到了举足轻重的美学审美作用。③可见,文学作品中的"丑恶"和"善美"在教诲的价值层面上是趋于一致的,即"审丑"等同于反向度的"审美",二者共同作用于构建社会中不可逾越的规范,从而有着同样的伦理道德教化价值,这一点在金的后现代创作中屡见不鲜。

金的小说的教诲功能主要体现在对社会规约的认同上。在《凯丽》中,母亲玛格丽特以极端宗教的教义给凯丽洗脑,试图控制女儿的自由,这个行为违背了当代基本的家庭伦理。凯丽的同学在学校羞辱凯丽,在舞会陷害凯丽,同样违背了基本道德原则。因此,凯丽最后疯狂的反抗可以被看作对"逾越规约"者的惩罚;在《惊鸟》中,多萝丝的丈夫对她施以家庭暴力,而且猥亵自己的女儿;维拉的丈夫流连于情人的石榴裙下,他们违背了基本的婚姻伦理和人性伦理,所以均遭到了妻子的报复。在《宠物公墓》中,路易斯执意复活孩子和妻子,试图重建家庭的行为则是对生命伦理的违背,他最终不仅失去了一切,而且受到了死亡威胁,这也是他违背人性规约而付出的代价。由此可见,金的小说创作在家庭、社

---

① 胡全生. 英美后现代主义小说叙述结构研究[M]. 上海:复旦大学出版社,2002:64.
② 赖大仁,周莉莉. 美善的悖论:西方文论中的审美与伦理[J]. 求是学刊,2017(4):135.
③ 胡铁生. 审美与审丑的表象与内涵——莫言小说自然景观书写的美学特征研究[J]. 社会科学,2018(4):173.

会、人性等层面对违背规约者进行"审丑",以达到正向说教的目的,从而实践了文学的伦理价值。

　　金的小说的教诲功能还体现在对自由、平等、公正的政治伦理的追求层面上。在《神秘火焰》中,政府机构拿民众身体做药物试验,以达到制造人体武器的目的,安迪和恰莉对这种规训的反叛行为体现了民众对自由的诉求;在《漫漫长路》中,独裁政府以"胜出者"会得到"余生想要的东西"为诱饵,让民众参与竞赛,参赛者最终认识到这个比赛的本质只不过是政府强化暴力统治的手段,导致他们失去了对这种"美国梦"的信念,进而表达了作家对社会公正的理想诉求;在《奔跑的人》中,"身体经济"成为末日政府维系经济体制的手段,民众的生活惨状和奋起反抗则体现了对社会公正的向往。可见,金的小说创作在政治的美学层面对政府的极端政治手段进行了"审丑",从而"用教诲政治文化的渠道体现了文学的伦理政治价值",①形成了文学价值在政治层面的"增值"。

　　金的小说的教诲功能同时又体现在对人类未来的关切、对人类生存伦理的前瞻层面上。在《末日逼近》中,生化武器试验失败引发病毒肆虐全球,幸存的人类为了存活而对反人类组织进行宣战;在《迷雾》中,军事试验给美东地区带来了巨大的迷雾和嗜血怪兽,侥幸躲过一劫的人们不断地寻找摆脱迷雾的办法,故事的结局为人们的生存提供了希望;在《手机》中,人类面对手机的操控无计可施,人类与"手机人"之间的战争象征着人类对被工业空间异化的抗争。在《卡车》中,人类被自己的"器械孩子"控制,进而成为机器的"奴隶",这种对人类未来生存危机的担忧深深地印证着金对后工业时代人类命运的关切。文学的功能指文学作品自身所特有的影响读者和社会生活、社会发展的作用和效能。②金的小说在很大程度上影响着人们对未来生活的态度,也影响着人类自身处于后工业时代对自身处境的认识。

　　传统上的哥特小说和惊悚小说以及当今的恐怖小说均在一定程度上契合了大众文化的时代潮流,该类型小说集战争、杀戮、科幻、推理等元素于一身,所以有着广泛的受众。但是,文学的经典化过程是一个去

---

　　①　胡铁生,张晓敏.文学政治价值的生成机制[J].山东大学学报(哲学社会科学版),2015(4):47.

　　②　聂珍钊.文学伦理学批评:论文学的基本功能与核心价值[J].外国文学研究,2014(4):9.

伪存真的过程,单纯流于表面上那些制造怪异情节和紧张气氛的作品会被排除在"经典化"之外,其根本原因在于公众对文学基本价值的判断。对于作家的创作来说,能否"用虚构的作品以文艺美学的审美影响人类自身,并促成人类的自我解放"①就成为判断其作品是否具有基本价值的标准。

在传统西方美学中,亚里士多德提出的"悲剧净化论"是判断文学作品价值的一个标尺,它以道德出发,以伦理为"净化"目的,认为文学作品的说教作用是其价值的一部分,这把标尺迄今仍影响着我们对文学作品价值的判断。而对于大众文化语境中的通俗小说来说,能否起到伦理道德教化的作用则可以作为判断其文学价值以及能否达到"经典"的重要依据。文学伦理学批评认为,文学的教诲作用是文学的基本功能,教诲的实现过程就是文学的审美过程,教诲也是文学审美的结果。②在后现代的大众文化语境中,金准确地把握了文学的教诲功能,并通过后现代小说特有的叙事策略使其作品融入了伦理道德价值探讨的范畴,因而才能受到读者的普遍青睐,进而使自己的小说走上了通俗文学的经典化之路。

第三节　通俗小说对建构"人类命运共同体" 的积极意义

一、斯蒂芬·金小说中的"后人类"与人类身体

杜克大学教授凯瑟琳·海里斯(Katherine Hayles)提出的"后人类"概念旨在说明人类正面临一种身份上的转换,即人类正面临对新技术、新文化的盛行而成为一种"从属者"的身份。③在后现代时期,人类面临

① 胡铁生. 后现代主义文学的终极价值追求[J]. 学习与探索,2018(2):141.
② 聂珍钊. 文学伦理学批评:论文学的基本功能与核心价值[J]. 外国文学研究,2014(4):9.
③ Katherine Hayles. *How We Became Posthuman:Virtual Bodies in Cybernetics,Literature and Informatics*[M]. Chicago:University of Chicago Press,1999,p. 33.

自我身份的困惑和无奈在各种类型的文学创作中得以描绘,文学也通过其教诲功能加深了人类对自身所面临局面的判断。虽然学术界习惯上将金看作一个恐怖小说作家,但实际上金在写作恐怖故事的"同时也涉猎其他风格,诸如悬疑、科幻、奇幻类小说"。①作为通俗小说家,金的小说常以"审丑"的方式实现其教诲意义,在各种类型的小说创作中,金一贯秉承这种理念,从而为读者呈现出了一个令人深思的"后人类"世界。

《末日逼近》是金的一部反乌托邦小说,也是有着后天启示意义的科幻小说,该作品描述了被称作"蓝色工程"(Project Blue)的生物武器研究失控后释放出致命流感病毒,其蔓延几乎致使整个人类灭亡的惊悚故事。②在《末日逼近》中,社会的整体崩溃、各地暴力盛行、道德沦丧、军队失控、军人随意对人们施加暴力,幸存者为了生存和斗争而建立起"自由区域"(Free Zone)的新的民主社会。有评论家认为,金在《末日逼近》中拓展了美国人的恐惧;我们的进步建立在物质主义的基础上,但我们质疑我们的成就,质疑我们的力量,甚至质疑我们自己;我们在社会中的位置是极为脆弱的,这基本上是因为我们的信条是对文明和科技的神圣化,但当经济萧条和犯罪横行时,当核反应堆融化时,我们的疑虑就必然会增长,这些都是金给读者展示的当代民众的恐惧。③实际上,在大众文化语境中,对人类未来命运的恐惧远不止美国人,全世界的人们都在人类社会高速发展、不确定性加剧的后现代进程中有着更深的焦虑。科技的进步给人类带来的不仅是生活方式上的变化,也更影响着人类最为本质的"肉身"的行动方式。人类面临世界性灾难的时候首先要保护的就是自己的身体,当末日来临、病毒横行的时候,几乎没有人会逃脱这种人为的悲剧,而侥幸幸存的人们却仍然为自己能够继续存活下去抑或拜托自己的"从属地位"而斗争。

在反乌托邦小说中,生态环境遭到严重破坏,人的道德沦丧,集权主义对人的幸福和自由造成新的重创是其基本社会特征。④《末日逼近》中"人造"病毒的泄露事件犹如"潘多拉魔盒"的故事,是对人类引以为傲的科技进步的一种讽刺;人类建立的自由民主政权"自由区域"实际上具

---

① Sharon A. Russell. *Revisiting Stephen King:A Critical Companion*, pp. 30-31.

② Stephen King. *The Stand*[M]. New York:Doubleday,1990. p. 12.

③ Douglas E. Winter. *Stephen King*, p. 57.

④ 胡铁生. 理想社会建构的文学思维模式——以西方乌托邦与反乌托邦小说的正向与逆向思维模式为例[J]. 甘肃社会科学,2018(2):89.

有反讽意味,因为没有人能够逃脱末日世界而获得所谓的"自由",另外,
"自由区域"和弗莱格(Randall Flagg)作为领袖的"拉斯维加斯"之间的
对抗被描绘成末日后人类正邪之间的较量,这一点本身也存在将人类身
体异化为武器的意味,因为世界末日已经是原本社会肌体中的毒瘤,现
在在这个毒瘤里又出现了两种力量在一分高下,较量着哪一方更具毒
性。作为通俗小说家,金并没有给出一个解决人类面对困境的办法,而
是用故事本身的悲剧性质进行说教,其意义不仅在于对人类现有的社
会制度和生产方式提出警告,也在于提醒人类从伦理道德层面看待自
己的行为并为之作出忏悔。金在自己的创作漫谈《死亡之舞》(*Danse
Marcabre*)中曾提到:"我从写作《末日逼近》中学会的就是斩断戈尔迪之
结(Gordian knot,意在快刀斩乱麻),也就是不去解谜而是直接毁掉它,
这本书的最后一句话("我不知道")给出的答案是这个谜团仍然存在,我
们必须接受这一点。"①这个开放式的故事结局和《迷雾》中人类不断寻
找战胜迷雾办法的结局十分类似,都以留下想象空间的方法教诲读者去
对人类的未来进行思考。

　　金的后现代恐怖小说经常利用对现代科技的夸张手法或文学设想
来形成人们的当代恐惧感。人类对现代科技的滥用在某种程度上影响
着金的创作。金曾在访谈中表示,他写《末日逼近》的动力来自犹他州的
一次生化泄露事件,那东西就像橙剂(Agent Orange)一样泄露出来,毒
死了许多羊,而恰巧一阵风把泄露的东西吹离了盐湖城;如果风是往回
吹的话,盐湖城的情况就惨了。②除了科技进步的大背景之外,国际环境
也对金的创作产生了重大影响。美国文学史上的科技恐怖类小说源自
20世纪50年代,其本质是对美国冷战时期社会状态的文学反映,在那
个时期"原子弹的威力让人们担心对科技带来的负面影响,人们开始怀
疑现今科技解决当今社会复杂问题的能力,这样一来,科技恐怖就如同
不可抵挡的潮流一样,在作家的推动下翻开了新篇章"。③

　　金在科技恐怖小说中的叙述延续了美国民众对冷战、科技发展形态
的焦虑,也同样对"后人类"的生存状态有着写实性质的描绘。在金的

---

①　Stephen King. *Danse Marcabre*,p. 374.
②　Tim Underwood, Chuck Miller, ed. , *Bare Bones: Conversations on Terror with Stephen King*,p. 23.
③　Douglas E. Winter. *Stephen King: The Art of Darkness*,p. 87.

《克里斯汀》中,少年艾尔尼(Arnie)因为迷恋汽车而为她取名为"克里斯汀",但未料到这辆车着魔似的拥有了灵魂,在夜里自动外出撞人,时刻威胁着艾尔尼和他身边人的生命。金通过这个故事"表达一种人类对机器的深度依赖,甚至给机器贴上'她'的标签,甚至将机器人化为代理情人";①在短篇小说《卡车》中,人类对机械产物的恐惧被推向极致,世界上所有的汽车都拥有了意识,它们开始逼迫人类为他们加油、维护,否则就大开杀戒;在《死亡区域》和《神秘火焰》中,金"把视线放在更为广阔的空间和时间之中,他将社会政治恐惧带入了故事主题,那也是人类对自我发明的政治文明的诅咒";②在《手机》中,更大规模的人类"肉身"的沦丧也成为现实,手机控制了"手机人"的行动和思维,人类面临工业空间的侵蚀而无能为力。

现代小说中内在生命的产生不仅是社会、经济、哲学和政治力量的作用,也是时间、叙事和身体的结合体。③当人类携带自己的"肉身"进入了"后人类"时代,处于后工业空间中的人类面临的就是一种纯粹的"肉身"问题,或是被自己的发明(科技、机器)所征服,或是发展可以让自己继续作为"万物主宰"的新本领。西方关于智能机器和生物科技发展的主流话语从一开始就没有脱离人类文明可能会走到尽头的叙事逻辑。④金的科技恐怖类小说一直在围绕着人类如何自我发展的问题上展开叙事,而至于问题的答案则可以参考《末日逼近》的英文名称"*The Stand*",这个带有双关修辞的命名不仅含有"坚持"之意,同时也有着"崛起"的意义,其作用在于表达对人类自救行为的思考和解决人类发展问题的终极答案。

二、斯蒂芬·金的通俗小说对构建"人类命运共同体"的意义

在金的小说中,不仅人类的身体、生活方式陷入了"后人类"的危机,人类赖以生存的生活环境也问题严重。金的小说故事发生地多数在新英格兰的缅因州,戴维斯曾指出,缅因州"起到了地理背景作用,让读者

---

① Jonathan P. Davis. *Stephen King's America* , p. 71.

② George Beahm. *The Stephen King Story* , p. 101.

③ Daniel Punday. *Narrative Bodies: Toward a Corporeal Narratology* , p. 108.

④ 孙绍谊. 后人类主义: 理论与实践[J]. 社会科学文摘, 2018(4): 106.

能够通过这一地区窥探人类世界全貌",金的创作让人们"渴望了解自己的生存状态,尤其是他们居住的这个国度。"现实的社会状况是"圆满结局太少,人们总在残酷的世界中和邪恶斗争。"①金对人类生存状态的叙述往往从一个微小的细节出发而将发生的问题扩大至全人类的范畴,这种"管中窥豹"的叙事方式也是金的通俗小说走向经典化的过程中不可或缺的一环。

《穹顶之下》(*Under the Dome*,2009)讲述了缅因小镇切斯特磨坊(Chester's Mill)发生的离奇故事。一个巨大的半球形透明"力场"突然将小镇笼罩,任何武器也打不开这个"穹顶",于是小镇的居民陷入了抢夺生存资源的帮派斗争之中,人们开始勾心斗角、肆意杀戮,直至最后小镇的资源、空气几乎被耗尽,幸存者寥寥。②《穹顶之下》是一部具有反乌托邦性质的后现代主义小说,与世隔绝的小镇居民在"穹顶"里形成了一个微缩的人类社会景观,人类对自然资源的肆意使用、对同类的杀戮、集权政治的残暴、生态环境的不堪重负都凝缩在这个微缩景观中。生态学家尤金·斯托莫(Eugene Stoermer)和大气化学家保罗·克鲁岑(Paul Crutzen)曾提出:"人类纪"(Anthropocene)始于蒸汽机发明的时期。③因为人类的生产、生活改变了地表、水系和大气的形态,正像很多外来物种对某个地区产生的作用一样,当地球上有人类时,地球生态平衡即被打破。"人类纪"首先是个地质学概念,作为地质上的一个"纪元",人类处于宏大的历史进程之中,人类在没有认清自己所处历史位置的条件下对地球的肆意妄为本身就是加速自我灭绝的行为。学术界将"人类纪"概念引入文学批评领域旨在"建立一种新的认知体系以改变人类统治下的环境持续恶化的现状,实现整个地球的和谐共生"。④如果金的《穹顶之下》是对人类社会现状的微缩化描绘的话,那么小说的悲剧性结尾则直指人类社会在"人类纪"末期将要面临的局面,那就是自毁前程。

反乌托邦小说在本质上是作家对人类理想社会构建与当代社会中

①　Jonathan P. Davis. *Stephen King's America*,pp. 33-34.

②　Stephen King. *Under the Dome*[M]. New York:Pocket Books,2009,pp. 4-577.

③　Paul J. Crutzen,Eugene F. Stoermer. "The Anthropocene." [J]. *The International Geosphere-Biosphere Programme News Letter*,2000,Vol. 41,pp. 17-18.

④　肖云华. 人类纪视野下的菲利普·拉金诗歌——以《去海边》为例[J]. 外国文学研究,2018(4):70.

集权主义统治和科技发展导致人的道德沦丧以及幸福及自由受到重创所形成的新的矛盾的文学反思。①《穹顶之下》形成的对人类社会现实形态的隐喻将集权主义、道德沦丧、自由受创通过非理性的、荒诞的后现代叙事形式表达出来，其文学价值在于以"逆向"的方式实现对人类的教诲作用。对于人类亟待解决的问题，"人类命运共同体"②的倡议可以作为解决人类问题的"网状的理性政治"途径。"人类命运共同体"的共同利益观、可持续发展观和全球治理观是对"人类纪"问题的最好回应，也是人类逃离物种生存困境的科学途径。

　　金的小说对人类自身处境和行为的批判对人类认清自身处境、对人际间的团结与互助提供了参考，也成为金文学创作的教诲意义的一个方面。西方有学者认为，金的小说在几个层面上都有着很高的价值：可以让我们回溯到理性让步给未知世界的时候，也能够让我们以成熟的心智回头看看这个世界，看看道德在生命中的地位，看看人类和科技的关系，看看一个成年人的生活就意味着要在社会和个人喜好间做出妥协；当我们来到金所创造的文学世界中，我们就开始了人类的经验之旅，一个让我们经历一切生理和心智成熟的旅程。③在一定程度上，金的小说站在生命、人生乃至于人类的制高点对读者进行说教。对于作家来说，能否在叙述中表达对人性的参悟、对社会的批判和对人类未来的关注是判断其作品文学价值的标准，而不是去看看其文学形式和文学类别。金的小说无论是对人性的深度挖掘、对资本主义政治形态的批判，还是对于建构人类理想社会来说，"均具有以文史为鉴、服务现实和昭示未来的启示性意义。"④

　　在科幻短篇小说《我是大门》(*I am the Doorway*)中，金利用身体叙事进行了对人类社会过度到工业化的反思与对人处于宇宙中位置的反思。《我是大门》以第一人称为叙事视角，讲述了"我"和同事克里在执行一次美国宇航局的任务时，由于近距离接触金星的大气而感染了外星病毒，随后身体和精神都产生了极大的变化，以至于难以受到自我意识控

　　① 胡铁生.理想社会建构的文学思维模式——以西方乌托邦与反乌托邦小说的正向与逆向思维模式为例[J].甘肃社会科学,2018(2):90.
　　② 国务院新闻办公室.《中国的和平发展》白皮书,2011-9-6.
　　③ Jonathan P. Davis. *Stephen King's America*, p.51.
　　④ 胡铁生.理想社会建构的文学思维模式——以西方乌托邦与反乌托邦小说的正向与逆向思维模式为例[J].甘肃社会科学,2018(2):84.

制。故事中的"我们"返回地球时,飞行器遭遇了意外,降落伞没有完全打开,克里死了,"我"则摔成了下肢残疾,不能走路。经过几年休养后的"我"渐渐忘了伤痛,但在一次和老朋友出游的过程中,"我"由于金星病毒发作而感到身体异样,右手的虎口处先是发痒,后来慢慢长出了很多眼睛,这些眼睛不受"我"的大脑控制,它们有着自己的思维,他们能够看到作为普通人的"我"所看不到的东西,它们看到的世界是"下流、淫秽、扭曲、怪异"的世界,并且当"我"想要控制"它们"的时候,"它们"已经开始慢慢地支配了我的行为,让"我"不知所措。①《我是大门》批判了人类唯我独尊的自我意识。"我"通过长出"外星的"眼睛而看到了人类处境的异样与尴尬,同时,"我"和"眼睛"的对抗、"我"用布包裹住"眼睛",不让它看见的行为是一种人类主观逃避责任的行为。而"眼睛"在观察人类社会的同时,也通过他们的宿体"我"表达了一种局外生物对待人类世界的态度。"我"与异质的"眼睛"的对抗,"我"身体的渐变、眼睛慢慢长出、对新发现的恐惧、"我"用铅笔刺伤"眼睛"的行为则意味着人类对自我主体的过度自信。"眼睛"被刺伤时痛苦、愤怒的表情则出自作者站在全人类的视角上对人类社会中暴力、杀戮、毁灭等行为的愤慨。"我"的身体同时处于"看"与"被看"的位置,这种将本来处于对立位置的两个客体融合为"一体"的叙事行为本身就是对处于一元的、以自我为中心的人类地位的解构。

科技恐怖小说总是用一种感伤的视角来看待我们对现如今未知科技的那些探索。②金的创作在很大程度上都站在这种"感伤视角"之上,以悲剧的形式引发读者的"同理心",进而完成文学的教诲作用。也有学者认为,金的小说常表达出"科技是美利坚的甜蜜情人,美国人对科技极其依赖,以至于根本没有考虑到自身已经成为它的附庸。"③由于人类自身的"后人类"属性,处于"人类纪"已经预示着人类将要面临的危险和挑战,金对这种情形的应对便是依托其作品的教化作用给人类自身提出警告,在《手机》《卡车》《克里斯汀》等小说中,人类和电子产品、机械、通信网络等人造科技产物之间的斗争被极端化,人类在成为"科技附庸"的过程中不断靠近自身灭绝的边缘——人类纪。金的科幻小说中固有的教

---

①　斯蒂芬·金.守夜[M].邹亚译.上海:上海译文出版社,2013:80-96.

②　Douglas E. Winter. *Stephen King: The Art of Darkness*, p. 87.

③　Jonathan P. Davis. *Stephen King's America*, p. 70.

诲意义成就了其文学价值,但其文学价值并不仅限于此,金的作品也为人类自身认清未来命运走向而进行呼吁,从这个意上看,金的创作对于构建"人类命运共同体"具有积极的促进作用。

　　总体而言,金在"描写美国人对权力和利润的追求时,毫不留情的点破了自私的资本主义意识形态带来的恶果,通过对美国人思想中的自私和贪婪的描写表达了对资本主义的疑虑"。①在这个意义上,金的部分恐怖小说、科幻小说属于反乌托邦小说,并且"在这一领域中为人类理想社会的建构所形成的正向与逆向思维模式研究提供了重要的、可供借鉴的文学依据。"②科技进步的浪潮给人类带来了社会形态的新发展,人类既要保护自己的文明,又要不断地开拓进取,这就给人类对未来的适应提出了新的要求,如何"建立一种新的认知体系以改变人类统治下的环境持续恶化的现状,实现整个地球的和谐共生"③成为新的挑战。金小说中的教诲意义推进了读者对于"人类命运共同体"价值的认识,也间接地促进了读者对于阻止"人类纪"发生的渴望,按照斯蒂格勒的说法:"人类纪的问题和挑战就是'负人类纪'(Neganthtropocene),也就是说要找到一条使我们能够逃离这个困境的道路。"④而"人类命运共同体"则为这个挑战给出了应对的办法。

---

　　① Jonathan P. Davis. *Stephen King's America*, pp. 76-78.

　　② 胡铁生. 理想社会建构的文学思维模式——以西方乌托邦与反乌托邦小说的正向与逆向思维模式为例[J]. 甘肃社会科学,2018(2):84.

　　③ 肖云华. 人类纪视野下的菲利普·拉金诗歌——以《去海边》为例[J]. 外国文学研究,2018(4):70.

　　④ (法)贝尔纳·斯蒂格勒. 逃离人类纪[J]. 南京大学学报(哲学·人文科学·社会科学版),2016(2):82.

结　论

　　伴随着后现代社会的飞速发展,多样化的社会问题层出不穷,虽然后现代主义文学采取了灵活多变的叙事策略,但其文学价值最终还是体现在作家对社会问题予以关注的层面上。后现代的大众文化语境滋养着金的创作,在他的笔下,美国社会中的教育、宗教、婚姻、家庭、伦理、道德、民主政治、社会生产、消费模式、工业化进程等都存在形态各异的问题,这些问题往往以极端的方式爆发,以令人不寒而栗的结局呈现在读者面前。虽然有批评者曾指出,在金的某些以"恐怖小说"为框架的故事里似乎存在一种悖论:一方面,金把故事与现实世界紧密地联系在一起;另一方面,金又融入了怪异的元素将读者驱离了现实世界,①但这个看法恰好从读者反应的角度证实了金的创作与社会现实之间不可分割的关系。诚然,金采用的后现代的叙事形式往往制造了怪异、离奇、恐怖的故事氛围,但金的故事从来都将矛头直指现代社会中存在的问题,正如乔治·比姆所言:"金从未让故事脱离现实,而是让读者直面问题,从自己身上找到答案。"②后现代的叙事策略形成了金的小说的形式美,批判现实的故事内容则构成了其作品的内容美,正是因为金的创作实现了形式与内容的完美统一,在叙事中生成了文艺美学和政治美学相结合的艺术价值,金才取得了不俗的商业成就和文坛地位,同时反哺后现代语义文学思潮,影响了许多当代作家的创作,成为一支描绘美国现代文化的浓墨重彩之笔。

　　现如今,国内外学术界对金这样一位曾被打上"通俗""大众"标签作家的争议已经淹没于学术发展的长河里。学术界普遍对金有着极高的评价,有学者认为,最有可能被列入那极小的"严肃文学"行列中的当代作家非斯蒂芬·金莫属,从各个方面,金都令人想起了狄更斯,因为他们

---

　①　George Beahm. *The Stephen King Story*, p. 100.

　②　ibid. p. 201.

都多产,都喜欢针砭时弊,也都善于讲述伟大的故事。①也有学者指出,如果一位作家的写作深深的植根于我们的社会意识和文化潜意识中,也就具备了研讨价值,否认金的价值就是否认了我们生存的世界。②因此,同研究经典文学一样,对于金的作品的研究也就存在着积极的现实意义。

现代小说的内在生命不仅是社会、经济、哲学和政治力量作用的结果,也是时空、叙事、身体相结合的结果。③所以,从叙事和身体的角度考察金那些"扎根现实"的作品就可以为其小说研究提供独到的视角和新的范式。从身体叙事出发,对金的作品的"文学性"进行再思考,这将有助于研究者加深对金的通俗文学价值的理解,也有助于人们重新审视所谓的"严肃文学"与"通俗文学"的关系。金通过高超的后现代叙事技艺与反映现实的故事内涵相结合的方式缔造了他本人独有的"后现代哥特式小说"书写范式,"打破了严肃文学与通俗文学之间的界限"。④

潘代曾借用米兰·昆德拉《生命中不能承受之轻》(*The Unbearable Lightness of Being*)中的"轻"来比喻身体的角色:我们的身体可以变成一种在文本中展示、形塑、撬动和操纵故事的工具。⑤ 从这个意义上看,身体研究可以作为解析金的文学作品的一种行之有效的手段。广义上,身体是人类的"肉身",是有血有肉的、能够感知外部世界的"生物体"。按照梅洛-庞蒂的观点,身体也是肉体和心灵的统一体。所以,普遍意义上的身体可以成为解读文本的实用工具。在《凯丽》中,凯丽变化中的身体是故事的主线,也是推动情节发展的动力之源;在《惊鸟》中,身体是女性承受不幸婚姻和男权社会迫害的客体,也是女性寻求独立、反抗男权的行动主体;在《神秘火焰》中,身体是虚伪的民主政府进行政治压迫的目标,也是反抗规训、与权力机构不懈斗争的依托;在《一号书迷》中,身体控制权是男性气质与女性气质竞相争夺的对象,也是维系男、女两性平衡的砝码;在《死亡区域》中,身体是洞悉犯罪和政治阴谋的探查器,也

---

① Gary Hoppenstand. "Editorial: The King of Horror Goes to the Movies. " [J]. *The Journal of Popular Culture*, Vol. 42, No. 1, 2009, p. 1.

② Joseph A. Citro. "Foreword: King and I." In Tony Magistrale, ed. , *The Dark Descent: Essays Defining Stephen King's Horrorscape*, p. xiv.

③ Daniel Punday. *Narrative Bodies: Toward a Corporeal Narratology*, p. 108.

④ 胡全生. 英美后现代主义小说叙述结构研究[M]. 上海:复旦大学出版社,2002:4.

⑤ Daniel Punday. *Narrative Bodies: Toward a Corporeal Narratology*, p. 184.

是主人公不懈追寻的身份之根。金的创作巧妙地利用了身体元素、哥特元素、科幻元素为故事搭建起后现代意义上的小说框架,把后现代意义上"人"的问题作为主体引入这个框架中,达成了叙事艺术在形式和内容上的统一。

金笔下的人物、故事背景与情节往往来自世俗生活,但和日常生活中潜在的危险完美地结合起来。[①]在把身体置于一个危险的社会空间的同时,金也巧妙地解决了"身体如何与外部世界互动"[②]的问题。所以,金的作品中还充斥着对身体与世界之间关系的深刻表达,而这也正是金的小说的"文学性"和思想性所在。在《迷雾》中,冷战时期的军事试验和环境危机成为美国民众身体上的苦难和绝望的主要原因,在这样的社会环境中,民众的身体都在进行着绝望的挣扎;在《漫漫长路》中,独裁军政府的高压统治是民众身体失去自由、任人摆布的原因之一,而这种身体政治也击碎了"美国梦"的根基;在《奔跑的人》的那个反乌托邦社会中,民众的身体是娱乐产业的"消费品",无节制的工业扩张和"身体经济"毁掉了身体所赖以存在的自然和社会环境,影射了资本主义经济形态下民众空虚的精神世界。后现代意义上的人与社会始终是金的作品中的核心关注点,对人性的挖掘和对社会的批判本身就具有文学的教诲意义,也生成了金的小说作品的文学价值。

金的小说中从来不缺少超自然力量和各种怪诞的故事元素,这其中除了金对哥特式小说的历史沿承之外,也受到了当代大众文化语境的巨大影响。虽然金的作品中充满了怪物,但人类才是他们的化身。[③]无论文学作品采用何种形式讲述故事,人始终处于叙事的核心地位,金的作品的"文学性"同样也体现在这个层面上。身体叙事学认为,人的具有普遍意义的身体存在着多种样式,可以是伍尔夫小说中被疏离的空间,可以是诺里斯笔下人物间讽刺性的联系,也可以是《宠儿》中人物形象的文学展示。[④]在《噩兆》中,美国家庭所面临的在伦理、婚姻、财务上的危机直接作用于家庭成员的身体之上,他们所承受的痛苦、伤痛,甚至死亡都

① Michael R. Collings. "Quo Vadis, Bestsellasurus Rex?" In George Beahm, ed., *The Stephen King Story*, p. 122.

② Daniel Punday. *Narrative Bodies: Toward a Corporeal Narratology*, p. 63.

③ Michael R. Collings. "Quo Vadis, Bestsellasurus Rex?" In George Beahm, ed., *The Stephen King Story*, p. 210.

④ Daniel Punday. *Narrative Bodies: Toward a Corporeal Narratology*, p. 83.

已成为危及社会稳定的因素,也是美国社会家庭现状的现实书写。在《宠物公墓》中,身体的痛苦、病态、死亡构成了危及美国家庭稳定的身体危机,也预示着美国人所面对的婚姻道德与家庭伦理中的困境。在《手机》中,人类的身体被现代科技异化,身体与机器融合成为一种新的人类存在形式——"赛博格",人类对工业空间无力的抗争也预示着人类在后工业时代必将成为"后人类"的历史趋势。在大众文化语境中说教的金正是秉承着贴近生活、描绘生活、反映生活、批判生活的精神才得以用"通俗小说"的形式取得了"严肃文学"的价值,并成功地反哺了大众文化,成为大众文化的积极构建者。

身体叙事学最终关注的还是叙述行为中的现代身体所扮演的角色。①在金的叙述中,身体构成了参与后现代社会实践的主体,同时也是后现代时期各种处于变化中的力量,诸如政治、军事、科技、文化、经济竞相规训的客体;身体是金叙述故事的主线,也是推动故事发展的叙事动力;身体可以作为性别社会中男、女性别矛盾的出发点,也可以作为家庭、婚姻问题的最终归宿,或者,身体也可以是人类现状与人类未来的"肉体隐喻"。身体是精神,身体也是肉体,身体是人类存在的证明和归宿,人类若试图逃脱"人类纪"的宿命,那么人类就必须在自我发展和由此引发的环境变化中找到结合点,而金的创作所抛出的问题正引导着读者去寻找这种结合点,从而也对构建"人类命运共同体"产生了积极的探索意义。

---

① 　Daniel Punday. *Narrative Bodies*:*Toward a Corporeal Narratology*,p. 19.

参考文献

斯蒂芬·金作品

［1］King，Stephen. *Carrie*［M］. New York：Penguin Books，2011.

［2］——. *Cujo*［M］. New York：Signet Books，1982.

［3］——. *Danse Marcabre*［M］. New York：Berkley Press，1981.

［4］——. *Pet Sematary*［M］. New York：Pocket Books，1983.

［5］——. *The Dead Zone*［M］. New York：Viking Press，1979.

［6］——. *The Long Walk*［M］. New York：Signet Books，1999.

［7］——. *The Mist*［M］. New York：Signet Books，2007.

［8］——. *Under the Dome*［M］. New York：Pocket Books，2009.

［9］［美］斯蒂芬·金. 惊鸟［M］. 袁绍渊译. 珠海：珠海出版社，2005

［10］斯蒂芬·金. 神秘火焰［M］. 王帆，梁冰译. 珠海：珠海出版社，1998.

［11］斯蒂芬·金. 手机［M］. 夏菁译. 上海：上海译文出版社，2007.

［12］斯蒂芬·金. 守夜［M］. 邹亚译. 上海：上海译文出版社，2013.

［13］斯蒂芬·金. 斯蒂芬·金传［M］. 曾瀞瑶，高美龄译. 珠海：珠海出版社，2002.

［14］斯蒂芬·金. 一号书迷［M］. 胡寄扬，韩满玲译. 珠海：珠海出版社，2005.

著作

［1］Beahm，George W. *Stephen King：From A to Z. An Encyclopedia of his Life and Work*［M］. New York：Andrews McMeel Publishing，1998.

［2］Beahm，George. *Knowing Darkness：Artists Inspired by Stephen King*［M］. Lakewood：Centipede Press，2009.

［3］Beahm，George. *The Stephen King Story*［M］. Kansas City：Andrew and McMeel,1991.

[4] Bloom,Harold. ed. *Bloom's BioCritiques*:*Stephen King*[M]. Philadelphia: Chelsea House,2002,pp. 321-342.

[5] Bosky, Bernadette Lynn. *The Mind's a Monkey*:*Character and Psychology in Stephen King's Recent Fiction*, In Tim Underwood,Chuck Miller,ed.*Kingdom of Fear*:*The World of Stephen King*[M].New York:New American Library,1987,pp. 255-268.

[6] Brooks,Peter. *Body Work*:*Objects of Desire in Modern Narrative*[M]. Massachusetts:Harvard University Press,1993.

[7] Burns, Gail E. Melinda Kanner,*Women*,*Danger*,*and Death*:*The Perversion of the Female Principle in Stephen King's Fiction*[A]. In Diane Raymond ed. ,*Social Politics and Popular Culture*[C]. Bowling Green:Popular,1990. p. 168.

[8] Collings,Michael. *Stephen King as Richard Bachman*[M]. Mercer Island:Starmont House,1985.

[9] Davis,Jonathan P. *Stephen King's America*[M]. Bowling Green:Bowling Green University Press,1994.

[10] Deleuze, Gilles, Guattari, Felix. *Anti-Oedipus* [M]. Robert Hurley, Mark Seem, Helen R. Lane, Trans. , Minneapolis: University of Minnesota Press,2000. p. 9.

[11] Gans, Herbert J. *Popular Culture and High Culture*:*An Analysis and Evaluation of Taste*[M]. New York:Basic Books,1974.

[12] Hayles,Katherine. *How We Became Posthuman*:*Virtual Bodies in Cybernetics*,*Literature and Informatics*[M]. Chicago:University of Chicago Press,1999.

[13] Hoppenstand,Gary. Browne,Ray B. ed. *The Gothic World of Stephen King*:*Landscape of Nightmares* [M]. Bowling Green: Bowling Green State University Popular Press,1987.

[14] Horton, Rod W. , Edwards, Herbert W. *Backgrounds of American Literary Thought*[M]. Englewood Cliffs:Prentice-Hall. Inc. ,1974.

[15] Kantorowicz,Ernst H. *The King's Two Bodies*:*A Study in Mediaeval Political Theology*[M]. Princeton:Princeton University Press,1997.

[16] King,Stephen. *A Conversation*[M]. In Tim Underwood,Chuck Miller

ed. *Bare Bones*：*Conversations on Terror with Stephen King*[M]. New York：McGraw-Hill Book Company，1988. p. 20-21.

[17] Magistrale，Tony. ed. *Landscape of Fear*：*Stephen King's American Gothic*[M]. Madison：The Popular Press，1988.

[18] Magistrale，Tony. ed. *The Dark Descent*：*Essays Defining Stephen King's Horrorscape*[M]. Westport：Greenwood，1992.

[19] Magistrale，Tony. ed. *The Shining Reader*[M]. Mercer Island：Starmount House，1991.

[20] Magistrale，Tony. *Hollywood's Stephen King*[M]. New York：Palgrave，2003.

[21] Magistrale，Tony. *Landscape of Fear*：*Stephen King's American Gothic*[M]. Bowling Green：Bowling Green State University Popular Press，1988.

[22] Magistrale，Tony. *Stephen King*，*The Second Decade*：*Danse Macabre to The Dark Half*[M]. New York：Twayne Publishers，1992.

[23] Oakes，David A. *Science and Destabilization in the Modern American Gothic*：*Lovecraft*，*Matheson and King*[M]. Westport：Greenwood Press，2000.

[24] Paquette，Jenifer. *Respecting The Stand*：*A Critical Analysis of Stephen King's Apocalyptic Novel*[M]. New York：McFarland Press，2012.

[25] Phillips，Anne. *Our Bodies*，*Whose Property?* [M]. Princeton：Princeton University Press，2013.

[26] Punday，Daniel. *Narrative Bodies*：*Toward a Corporeal Narratology*[M]. New York：Palgrave Macmillan，2003.

[27] Reino，Joseph. *Stephen King*：*The First Decade*，*Carrie to Pet Sematary*[M]. Boston：Twayne Publishers，1988.

[28] Robertson，Don. *The Ideal*，*Genuine Man*[M]. Bangor：Philtrum Press，1987.

[29] Rogak，Lisa *Haunted Heart*：*The Life and Times of Stephen King*[M]. New York：St. Martin's Griffin，2010.

[30] Rolls，Albert. *Stephen King*：*A Biography*[M]. Westport：Greenwood Publishing Group，2009.

[31] Russell，Sharon A. *Revisiting Stephen King*：*A Critical Companion*

[M]. Westport:Greenwood Press,2002.

[32] Schopenhauer,Arthur. *Saemt Liche Werke (I)* [M]. Kritisch Bearbeitet und Hrsg,Von Wolfg ang Frhr,Von Loeneysen,Baende,Frankfurt:Alf. M. ,1986. p. 161.

[33] Schulman,Bruce J. *The Seventies:A Great Shift in American Culture,Society,and Politics* [M]. New York:Free Press,2001. p. 161.

[34] Shweitzer,Darrell. ,ed. ,*Discovering Stephen King* [M]. Mercer Island:Starmont House,1985.

[35] Spignesi,Stephen J. *The Essential Stephen King:A Ranking of the Greatest Novels,Short Stories,Movies,and Other Creations of the World's Most Popular Writer* [M]. Franklin Lakes:Career Press,2001.

[36] Strengell, Heidi. *Dissecting Stephen King:From the Gothic to Literary Naturalism* [M]. Madison:University of Wisconsin Press,2005.

[37] Underwood, Tim,Chuck Miller, eds. ,*Fear Itself:The Horror Fictions of Stephen King* [M]. San Francisco:Underwood-Miller Publisher,1982.

[38] Wiater,Stanley,Golden,Christopher,Wagner,Hank. ,ed. *The Complete Stephen King Universe:A Guide to the Worlds of Stephen King* [M]. New York:St. Martin's Griffin,2006.

[39] Winter,Douglas E. *Stephen King*. Mercer Island:Starmont House,1982.

[40] Winter,Douglas E. *Stephen King:The Art of Darkness* [M]. New York:New American Library,1986.

[41] [德]费尔巴哈. 费尔巴哈哲学著作选集(上)[M]. 荣震华,李金山等译. 北京:商务印书馆,1984.

[42] [德]黑格尔. 美学(第一卷)[M]. 朱光潜译. 北京:商务印书馆,1979.

[43] [德]康德. 判断力批判[M]. 北京:人民出版社,2004.

[44] [德]马克思,恩格斯. 马克思恩格斯选集(第二卷)[M]. 中共中央编译局编译. 北京:人民出版社,1995.

[45] [德]马克思,恩格斯. 马克思恩格斯选集(第一卷)[M]. 中共中央编译局编译. 北京:人民出版社,1995.

[46] [法]波伏娃. 第二性[M]. 陶铁柱译. 北京:中国书籍出版社,2004.

[47] [法]米歇尔·福柯. 规训与惩罚[M]. 刘北成,杨远缨译. 北京: 生活·读书·新知三联书店,1999.

[48] [法]米歇尔·福柯. 临床医学的诞生[M]. 刘北成译. 南京:译林 出版社,2001.

[49] [法]米歇尔·福柯. 性经验史[M]. 余碧平译. 上海:上海人民出 版社,2002.

[50] [法]梅洛-庞蒂. 眼与心:梅洛-庞蒂现象学美学文集[M]. 刘韵涵 译. 北京:中国社会科学出版社,1992.

[51] [法]莫里斯·梅洛-庞蒂. 眼与心[M]. 杨大春译. 北京:商务印 书馆,2007.

[52] [法]莫里斯·梅洛-庞蒂. 知觉现象学[M]. 姜志辉译. 北京:商 务印书馆,2003.

[53] [法]乔治·巴塔耶. 色情、耗费与普遍经济:乔治·巴塔耶文选 [M]. 汪民安编. 长春:吉林人民出版社,2003.

[54] [古希腊]柏拉图. 柏拉图全集:斐多篇(第1卷)[M]. 王晓朝译. 北京:人民出版社,2002.

[55] [古希腊]柏拉图. 理想国[M]. 郭斌,张明竹译. 北京:商务印书 馆,1996.

[56] [美]C. S. 霍尔,V. J. 诺德贝. 荣格心理学入门[M]. 冯川译. 北 京:三联书店,1987.

[57] [美]赫伯特·马尔库塞. 爱欲与文明[M]. 黄勇,薛民译. 上海: 上海译文出版社,1987.

[58] [美]凯特·米利特. 性政治[M]. 宋文伟译. 南京:江苏人民出 版社,2000.

[59] 韦德,何成洲. 当代美国女性主义经典理论选读[M]. 南京:南京 大学出版社,2014

[60] [美]约翰·奥尼尔. 身体形态:现代社会的五种身体[M]. 张旭 春译. 沈阳:春风文艺出版社,1999.

[61] [美]詹姆斯·帕里什. 斯蒂芬·金[M]. 叶婷婷译. 上海:上海交 通大学出版社,2012:64.

[62] [意]布拉伊多蒂. 后人类[M]. 宋根成译. 开封:河南大学出版 社,2016:2.

[63] [英]马克·布朗宁. 大银幕上的斯蒂芬·金[M]. 黄剑,姜丙鸽

　　　　译.北京:世界图书出版公司,2015:52.

[64] 葛红兵,宋耕．身体政治[M]．上海:三联书店,2005.

[65] 胡全生．英美后现代主义小说叙述结构研究[M]．上海:复旦大学出
　　　　版社,2002.

[66] 黄禄善,刘培骧．英美通俗小说概述[M]．上海:上海交通大学出
　　　　版社,1997

[67] 黄禄善．美国通俗小说史[M]．南京:译林出版社,2003.

[68] 马黎．视觉文化下的女性身体叙事[J]．成都:四川大学出版社,2009.

[69] 汪民安,陈永国．后身体:文化、权力和生命政治学[M]．长春:吉林
　　　　人民出版社,2003.

[70] 汪民安．尼采与身体[M]．北京:北京大学出版社,2008.

[71] 汪民安．色情、耗费与普遍经济:乔治・巴塔耶文选[M]．长春:吉
　　　　林人民出版社,2003.

[72] 汪民安．身体的文化政治学[M]．开封:河南大学出版社,2003.

[73] 汪子嵩,范明生,陈村富,姚介厚．希腊哲学史(第三卷)[M]．北
　　　　京:人民出版社,2003.

[74] 张盾．超越审美现代性:从文艺美学到政治美学[M]．南京:南京
　　　　大学出版社,2017.

期刊文献

[1] Davenport, Steven. "From Big Sticks to Talking Sticks: Family, Work and Masculinity in Stephen King's The Shining"[J]. *Men and Masculinities*, 2000(6), Vol. 2. No. 3. p. 308-329.

[2] Dymond, Erica Joan. "From the Present to the Past: An Exploration of Family Dynamics in Stephen King's Pet Sematary"[J]. *The Journal of Popular Culture*, Vol. 46, No. 4, 2013, p. 789.

[3] Folio, Jessica. "Stephen King or the Literature of Non-exhaustion"[J]. *Journal of Literature and Art Studies*, 2013(3), pp. 427-435.

[4] Hoppenstand, Gary. "Editorial: The King of Horror Goes to the Movies"[J]. *The Journal of Popular Culture*, Vol. 42, No. 1, 2009, p. 1.

[5] Nash, Jesse W. "Postmodern Gothic: Stephen King's *Pet Sematary*"[J]. *The Journal of Popular Culture*, Vol. 30, Spring, 1997.

［6］McAleer，Patrick "I Have the Whole World in My Hands … Now What?：Power，Control，Responsibility and the Baby Boomers in Stephen King's Fiction"［J］. *The Journal of Popular Culture*，Vol. 44，No. 6，2011，p. 1222.

［7］Smith，Greg. "The Literary Equivalent of a Big Mac and Fries?：Academics，Moralists，and the Stephen King Phenomenon"［J］. *The Midwest Quarterly*，2002，43（4）. p. 342.

［8］Crutzen，Paul J.，Stoermer，Eugene F. "The Anthropocene"［J］. *The International Geosphere-Biosphere Programme News Letter*，2000，Vol. 41，pp. 17-18.

［9］［法］贝尔纳·斯蒂格勒. 逃离人类纪［J］. 南京大学学报（哲学·人文科学·社会科学版），2016（2）.

［10］［美］道格拉斯·弗里克. 美国文学中的高雅艺术和通俗艺术［J］. 当代外国文学，1981（10）.

［11］陈凌娟. 论《流浪女伶》中的女性叙事［J］. 外国文学，2012（3）.

［12］陈小慰. 当代英美通俗小说的译介与影响［J］. 福州大学学报（哲学社会科学版），2005（3）.

［13］仇云龙. 论《肖申克的救赎》中的权力运作［J］. 东疆学刊，2011（2）.

［14］方凡. 绝望与希望：麦卡锡小说《路》中的末日世界［J］. 外国文学，2012（2）.

［15］管雪莲. 后现代美学批判与审美形而上学的重建——兼论《作为第一哲学的美学》的美学体系［J］. 厦门大学学报（哲学社会科学版），2017（2）.

［16］郭佳雯. 史蒂芬·金之《魔女嘉莉》作为反生殖未来主义的酷儿剧烈美学》［J］.（台湾）文化研究双月报，2014（3）.

［17］郭义贵. 美国社会的家庭暴力及其法律对策［J］. 法学评论，2005（4）.

［18］何映宇. 和托尔金一比高低——美国作家斯蒂芬·金专访［J］. 新民周刊，2013（41）.

［19］胡铁生. 后现代主义文学的终极价值追求［J］. 学习与探索，2018（2）.

［20］胡铁生. 理想社会建构的文学思维模式——以西方乌托邦与反乌托邦小说的正向与逆向思维模式为例［J］. 甘肃社会科学，2018（2）.

［21］胡铁生. 审美与审丑的表象与内涵——莫言小说自然景观书写的美学特征研究［J］. 社会科学，2018（4）.

[22] 胡铁生.维多利亚惊悚小说研究的里程碑——评《英国19世纪惊悚小说研究》[J].关东学刊,2016(9).

[23] 胡铁生.虚幻下的深渊:石黑一雄小说的当代书写[J].学术研究,2018(2).

[24] 江宁康.通俗小说与当代美国文化[J].译林,2004(4).

[25] 金莉.20世纪末期(1980—2000)的美国小说:回顾与展望[J].外国文学研究,2012(4).

[26] 赖大仁,周莉莉.美善的悖论:西方文论中的审美与伦理[J].求是学刊,2017(4).

[27] 李雁.冷战对战后初期美国文学创作之影响[J].外语教学,2017(5).

[28] 林小平.后现代的"恐怖"演绎——恐怖小说《丽赛的故事》的后现代主义解析[J].长江大学学报(社会科学版),2011(6).

[29] 刘明德.谈谈美国通俗小说[J].中国图书评论,1988(6).

[30] 刘晓天.美国通俗小说的娱乐消费性[J].文艺研究,2012(6).

[31] 刘岩.男性气质[J].外国文学,2014(4).

[32] 倪楠.疏离·分裂·扭曲·疯癫——以弗洛姆异化理论看《迷雾惊魂》中卡莫迪太太社会性格的异化[J].哈尔滨师范大学社会科学学报,2015(4).

[33] 聂珍钊.文学伦理学批评:论文学的基本功能与核心价值[J].外国文学研究,2014(4).

[34] 欧阳灿灿."无我的身体":赛博格身体思想[J].广西师范大学学报(哲学社会科学版),2015(2).

[35] 欧阳灿灿.欧美身体研究述评[J].外国文学评论,2008(2).

[36] 申丹.视角[J].外国文学,2004(3).

[37] 施咸荣.美国的电视文化和通俗文学[J].世界文学,1989(6).

[38] 孙绍谊.后人类主义:理论与实践[J].社会科学文摘,2018(4).

[39] 唐伟胜."可然世界"理论及其对"叙事世界"的解释力[J].西安外国语大学学报,2008(4).

[40] 田俊武."冷战"影响下的西方文学及其宗教意识[J].西安外国语大学学报,2010(9).

[41] 汪民安.后现代性的哲学话语[J].外国文学,2001(1).

[42] 王晓姝."骷髅之舞"——当代美国哥特小说狂飙的社会美学审视[J].解放军外国语学院学报,2014(6).

[43] 肖明翰. 英美文学中的哥特传统[J]. 外国文学评论,2001(2).

[44] 肖云华. 人类纪视野下的菲利普·拉金诗歌——以《去海边》为例 [J]. 外国文学研究,2018(4).

[45] 谢有顺. 文学身体学[J]. 花城,2001(12).

[46] 于志新. 肖申克的救赎》:对人性的深层思考[J]. 当代外国文学, 2008(1).

[47] 张连桥. "杀子虐母"与伦理禁忌——论《美国梦》中的伦理危机 [J].当代外语研究,2014(11).

[48] 张琼.《垃圾道里的弃婴之死》的家庭伦理危机与重构[J]. 外国语 文研究,2018(2).

[49] 赵行专. 大众文化语境下的女性身体美学[J]. 中国矿业大学学报 (社会科学版),2007(2).

[50] 陈友华,佴莉. 家庭暴力:社会工作干预与社会学思考[J]. 扬州大 学学报(人文社会科学版),2018(5).

[51] 仇云龙,关馨. 论《纳粹高徒》中的隐形监狱[J]. 世界文学评论, 2013(1).

[52] 胡贝克,李增. 惊悚小说《白衣女人》的时代道德潜质[J]. 外国文 学研究,2017(5).

[53] 胡铁生,宁乐. 文学审美批评传统及其当代走向[J]. 甘肃社会科 学,2019(1).

[54] 胡铁生,张晓敏. 文学政治价值的生成机制[J]. 山东大学学报(哲 学社会科学版),2015(4).

[55] 綦天柱,胡铁生. 当代大众文化语境下的文学经典化[J]. 求是学 刊,2017(1).

[56] 汪民安,陈永国. 身体转向[J]. 外国文学,2004(1).

[57] 王晓姝,傅景川. 从《宠物墓园》看史蒂芬·金的后现代哥特世界 [J]. 解放军外国语学院学报,2016(2).

[58] 许德金,王莲香. 身体、身份与叙事——身体叙事学刍议[J]. 江西 社会科学,2008(4).

网络文献

[1] Bricken,Rob. *R. I. P. Richard Matheson ,Author of I Am Legend and*

Many Other Classics. April 30, 2015. http://io9. gizmodo. com/r-i-p-richard-matheson-author-of-i-am-legend-and-many-564036878.

[2] Colby,Sandra L. ,Ortman,Jennifer M. "Projections of the Size and Composition of the U. S. Population:2014 to 2060:Population Estimates and Projections". *United States Census Bureau Report*, 2015,p. 25-43. http://www. mixedracestudies. org/? tag＝sandra-l-colby. March

[3] Collings,Michael R. "Stephen King". *The St. James Encyclopedia of Pop Culture*. 29 Jan. 2002. http://www. findarticles. com/p/articles/mi_glepc/is_bio/ai_2419200652.

[4] Obama,Barack. *Remarks by the President at the National Medals of the Arts and Humanities Awards Ceremony*. 10 Sept. 2015. https://www. whitehouse. gov/the-press-office/2015/09/11/remarks-president-national-medals-arts-and-humanities-awards-ceremony.

[5] Unnamed. 1982 *Award Winners ℰ Nominees*. Mar. 2. 2017. http://www. worldswithoutend. com/books_year_index. asp? year＝1982.

[6] Unnamed. *The Twentieth Century's American Bestsellers*. 11 Apr. 2018. https://people. lis. illinois. edu/～unsworth/courses/best-sellers/picked. books. cgi.

[7] Unnamed. *Ultra Marathon Marschen*. Dec. 20. 2018. http://fotrally. se/regler.

报纸

[1] Bloom,Harold. "Dumping Down American Readers". *The Boston Globe*,Sept. 24. 2003.

[2] Jonas,Gerald. "Ray Bradbury,Master of Science Fiction,Dies at 91". *The New York Times*,June 6,2012,p. 6.

[3] Minzesheimer, Bob. "More Bibliophiles Get on The Same Page with Digital Readers". *USA Today*,October 20,2010. p. 2.

[4] Verton,Dan. "Barnes ℰ Noble Takes Popular Literature Digital". *Computerworld*,Jan 8,2001. p. 14.

[5] 石平萍. 通俗文学登上大雅之堂[N]. 文艺报 2003-10-4.

学位论文

[1] Glickman,Steven R. *Forbidden Texts : The Ambivalence of Knowledge and Writing in Horror Fiction From Mary Shelley to Stephen King* [D].Denver:University of Colorado Doctoral Thesis,1997.

[2] Smith,Creg. *Dark Side of the Dream : The Social Gothic in Vietnam Era America*[D]. Kalamazoo:West Michigan University Doctoral Thesis. 2000.

[3] Sullivan,Kathleen Erin. *Suffering Men/Male Suffering : Construction of Masculinity in the Works of Stephen King and Peter Straub*[D]. Eugene:University of Oregon Doctoral Thesis,2000.

[4] Toth,Erin Michelle. *Poe V. King : Three Critical Approaches Toward A Reevaluation of King's Short Fictions*[D]. Long Beach:California State University Doctoral Thesis,2002.

[5] 王晓姝. 哥特之魂——哥特传统在美国小说中的嬗变[D]. 长春:吉林大学博士学位论文,2009.

[6] 张建. 冷战时期的美国战略思想家与美国国家安全战略研究[D]. 上海:华东师范大学博士学位论文,2017.